萧遇安没解释，撕开去院子里吃，抬头就看见闪烁的星辰。

明恕也在看星星。医院的顶楼露台，星星很亮。他很小的时候就喜欢星星。

他看了会儿星星，又看会儿手串，笑着将它们碰到一起。

手串比星星漂亮。

哥哥比星星好。

初禾

2023.6

薄荷衬衣

初禾／著

长江出版社
CHANGJIANG PRESS

萧遇安回头一看，明恕就跟在他后头，
像条尾巴一样

萧遇安
xiao yu an
“听我的。听哥哥的。”

明恕
ming shu
“我喜欢追随哥哥！”

手串比星星漂亮，
哥哥比星星好。
明恕看向他的眼神从来没有改变过，
仿佛他是希望，
是光明，
是火焰。

在他的记忆里，
夏天有几样必不可少的东西——
切成三角形的西瓜、
萧老爷子煮的毛豆、
树荫下的水池，
还有批发的冰棍雪糕。

魅丽文化

图书在版编目（CIP）数据

薄荷衬衣 / 初禾著 . — 武汉 : 长江出版社，
2023.6
ISBN 978-7-5492-8852-6

Ⅰ . ①薄… Ⅱ . ①初… Ⅲ . ①长篇小说－中国－当代
Ⅳ . ① I247.5

中国国家版本馆 CIP 数据核字（2023）第 073055 号

薄荷衬衣 / 初禾 著

出　　版	长江出版社 （武汉市解放大道 1863 号）
出版统筹	曾英姿
选题策划	喻　戎
市场发行	长江出版社发行部
网　　址	http://www.cjpress.com.cn
责任编辑	钟一丹
印　　刷	湖南天闻新华印务有限公司
版　　次	2023 年 6 月第 1 版
印　　次	2023 年 6 月第 1 次印刷
开　　本	880mm×1230mm　1/32
印　　张	10.25
字　　数	310 千字
书　　号	ISBN 978-7-5492-8852-6
定　　价	49.80 元

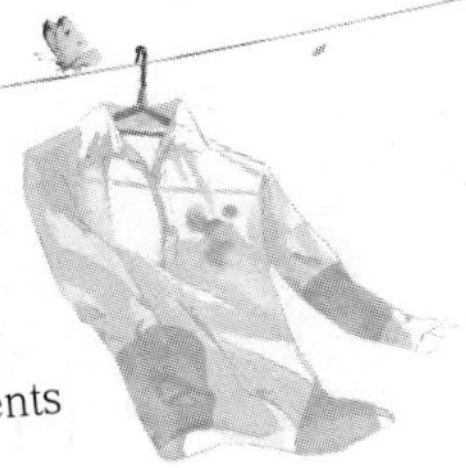

目录

Contents

目录
Contents

第一章
树上的弟弟

1

萧遇安将被水枪滋湿的条纹背心脱下来，扔在脏衣盆里。

窗外传来萧锦程的声音："萧遇安！你躲好啦？萧牧庭到处找你！你在哪儿呢？"

在哪儿能告诉你？萧遇安手忙脚乱地找出一件干净背心换上，他刚才脱下的那件就是被萧锦程给弄湿的，这祸害把零花钱全攒起来，买了把顶配水枪，一天到晚在院子里滋人，滋完还嫁祸给萧牧庭。

每次看到萧锦程那张快要笑烂的脸，萧遇安就觉得自己很幸运，只有一个姐姐，下头没有弟弟。萧牧庭多惨啊，摊上萧锦程这么个缺德弟弟，见天儿在外惹是生非，回家就惹萧牧庭。

萧牧庭是萧遇安堂哥，但萧遇安不觉得自己是弟弟。他就比萧牧庭晚出生一天，从小他就觉得，是妈妈的错，妈妈把他生晚了。

刚记事那会儿，萧牧庭戳着他的脸，要他叫哥哥，那他肯定不愿意。俩小孩儿就为这事儿打架，一帮大人看戏。反正两个团子谁也伤不了谁，那就随便打，打完了拧巴不了多久，萧牧庭又来逼他叫哥哥。

直到萧锦程出生，萧牧庭有了真弟弟，才不再跟他摆哥哥架子。

萧家一群孩子都住在爷爷奶奶的院子里，父母虽然忙，但一有时间就会回来看看。几个小孩儿玩具是少不了的，但那话怎么说——有人的地方就会有江湖，玩具再多，同龄男孩照样会抢得面红耳赤。

萧锦程虽然老跟他哥作对，但抢玩具时又成一家人了。萧遇安倒是能和萧牧庭干架，但架不住萧锦程捣乱，败北的次数居多。

这时萧遇安又想，如果自己有个弟弟就好了，起码能够牵制一下萧锦程。

但如果弟弟像萧锦程一样狗都嫌，那也是个麻烦。

有弟弟好？还是没有弟弟好？对十一岁的萧遇安来说，是个总也想不明白的世界难题。

就刚才，他在楼下跟萧牧庭玩军棋。本来玩得好好的，各有胜负，但萧锦程偏在一旁瞎搅和，一会儿乱动棋子，一会儿抱着水枪在桌边跑来跑去。夏天本来就热，他被萧锦程闹得心烦，稀里糊涂输了一局，萧牧庭刨着棋子得意大笑。

他一想，就明白了。萧锦程根本就是早和萧牧庭商量好了，故意捣乱来的，不然萧牧庭怎么丝毫不受影响？

他都一周没和萧牧庭打架了，这会儿火气上头，又扭打起来。萧锦程这闯祸精乐得手舞足蹈，跳上沙发往两人身上滋水。

他向来爱干净，最受不了身上湿答答的滋味，着急上楼换衣服，把萧牧庭给甩掉了。

夏天是四季里最浓墨重彩的季节，它的存在仿佛是具象的，外面的蝉鸣就像一口金钟，将人罩起来。

萧遇安嫌这“金钟”敲得太响，想将窗户关上。走到窗边时，扶窗的手却忽然顿住。

院子一个挨着一个，就像军棋的棋盘，中间由小路和粗壮的大树隔开，一个小小的身影出现在其中一棵树的树干上，正在卖力地向上爬。

小孩儿穿着土黄色的背心，上面有粗细不一的条纹，远远看去，就和萧遇安扔在盆儿里的那件差不多。

夏天能供选择的衣服太少，女孩还能穿穿短裙、连衣裙，男孩就只能背心短裤换来换去，横竖就那几种花色，连穿 T 恤都嫌热得慌。

萧遇安见过那个小孩儿，是隔壁明家的孩子，个头小，眼睛很圆，总是一个人。家里的大人有时聊起明家，说明家孙辈就那一个孩子，叫明恕。明恕自打出生就被丢在祖父母这儿，家长在外各忙各的事，一年到头也不回来看看。

大概是因为没人一起玩儿，明恕就一个人爬树玩儿。萧遇安看他爬好几次树了，也不知道爬树有什么好玩儿。

蝉也喜欢爬树，明恕抱着树干往上爬的样子像一只大号的蝉。

萧遇安看了一会儿，乐了。

“萧遇安！你出来！”萧牧庭在门外喊道，“你躲什么！”

我躲了吗？萧遇安心想，我只是上楼换身衣服。

萧锦程还端着水枪在楼下巡逻，一边蹦一边吼：“萧遇安被打怕啦！萧遇安躲起来啦！”

“你们别闹了。”姐姐萧谨澜已经上初中了，大家闺秀，终于受不了三个闹翻天的弟弟，从书房走出来主持公道，“爷爷切了西瓜，都来吃！”

接近 40℃的天气，没人不爱冰镇的西瓜。一听有西瓜吃，就连最招人烦的萧锦程也听话了，丢下水枪就往院儿里的木桌子跑。

萧遇安将脏衣盆推到床底，开门下楼。

明恕费力爬到枝丫上坐好时，萧遇安已经没在房间里了。

他抻长脖子看了看，发现萧家一群哥哥姐姐正在吃西瓜。萧家的爷爷穿着一件白背心，正摇着蒲扇，在树荫下乘凉。

枝丫的角度不是特别好，他要歪着身子才能看到他们每一个人。

他平时不爱爬这棵树的，但最能看清萧家院子的那棵树被他爬太多次，枝丫好像快断了。他害怕摔下去，只得换一棵爬。

每次他爬完树，都会挨爷爷一顿骂。

爷爷不喜欢他爬树，认为爬树是件很没有家教的事，还会把衣服弄脏。

他其实也不喜欢爬树，但他太矮了，才五岁，只有爬到树上，才能看见萧家的小孩做游戏。

他没有兄弟姐妹，爸妈也不回来看他，爷爷奶奶都很凶，不像萧家的爷爷奶奶那样和善。他都没跟萧家的哥哥姐姐说过话，但他喜欢看他们玩。那个叫萧锦程的最淘气，嗓门最大；那个叫萧遇安的经常和那个叫萧牧庭的打架，看他们打架很有意思，比看动画片还好玩。他跟自己赌着玩儿，今天押萧牧庭赢，明天押萧遇安赢。

赌赢了就请自己吃一根薄荷味的冰棍。

渐渐地，他发现萧家的哥哥们打架很不公平，萧遇安只有一个人，但萧牧庭有个弟弟。萧锦程总爱捣乱，搞一些小动作，萧遇安很吃亏。

虽然还小，但小小的男子汉已经有同情弱者的心理了。明恕觉得萧遇安可怜，打架连个帮手都没有。

他坐在枝丫上一边晃着腿一边抠手指，心想如果自己是萧家的弟弟，那就可以帮帮萧遇安了。

可他不是。他是明家的孩子。

想到这儿，他就难过得嘟了嘟嘴。

春节时他第一次爬上树，就是因为听见了萧家的欢闹。他羡慕极了，老是想——我为什么不是萧家的孩子呢？那样的话，我也可以和他们一起玩。

高高的大树像一个造梦的地方。他偷偷看着萧家，想象自己是萧家最小的孩子，嗯，就给萧遇安当弟弟吧。以后萧锦程再捣乱，他就去抱萧锦程的腿。

因为他是个好弟弟。

他往树上爬了小半年，萧家都没人注意到他。他有点儿高兴，也有点儿难过。他胆子其实挺小的，想和人家玩，却不敢，看看也起劲。如果被发现了，万一人家不准他看了怎么办？

毕竟爷爷说过，爬树很没家教。他不想让萧家的哥哥姐姐觉得他是个没家教的小孩。

他很乖的。

萧锦程最快吃完西瓜，又端起水枪滋人，萧牧庭被滋了一脸，赶紧将西瓜皮扔过去。萧遇安已经不想打架了，但夹在萧牧庭和萧锦程中间，他新换的衣服又遭了殃。

三个男孩混战成一团，萧谨澜管不住了，拿着西瓜上了楼。

见那边打起来了，明恕眼睛一亮。

可就在这时，爷爷的声音从树下传来："又上树，给我下来！"

明恕最怕爷爷了，条件反射地一缩脖子，麻溜地往下爬。最后几步没踩稳，他摔在地上，痛得立马红了眼睛。

爷爷板着脸看他，喝道："回去换衣服！"

院墙挡住了视线，却挡不住萧锦程的叫喊。明恕听得心痒痒的，好像是萧遇安和萧牧庭联合起来将萧锦程给收拾了，他很想看看萧锦程被收拾成什么样，却被爷爷扯进了家里，什么都看不到。

被教育之后，明恕安分了几天，但到底不长记性，趁着爷爷不在家，又找了棵树往上爬。

萧家的哥哥们仍然打得不亦乐乎，可他这次没看见萧遇安。

萧牧庭和萧锦程扯好几天皮了，萧锦程因为上次挨了双打，天天追着萧牧庭叩问——我是不是你的亲弟弟？

这倒是让萧遇安清静下来。

他们住的家属院儿环境好，宽敞，萧遇安懒得待在家里听萧牧庭和萧锦程打架，拿了本讲探险的画本，准备找一个阴凉安静的地方看一下午。

经过明家旁边的小道时，他听见上方传来细小的动静。抬头一看，只见明家那小孩儿抱着树干，一只脚钩在枝丫上，下不来也上不去，正急得“呜呜”叫唤。

明恕没想到会在这时遇到萧遇安。

这棵树他以前没爬过，坐上去之后觉得不舒服，想换根枝丫，却踩断了一根枝丫。

他落不了地，吓得都快哭出来，眼眶憋得通红。

总是远远看着的萧家哥哥却朝他伸出手：“要下来吗？”

他忽然就不害怕了，却也没有立即回应。

这还是他第一次清楚地听到萧遇安的声音。萧遇安打架时不怎么说话，他听得最多的是萧锦程的声音。

萧遇安的声音比萧锦程稳重多了。

“要下来吗？”萧遇安又问了一次。

2

明恕有些害怕，不知道该不该请萧遇安帮忙。以前也发生过爬到树上下不来的事，但是爷爷将他呵斥一通之后，并没有把他抱下来，而是叫他自己想办法。他边哭边一寸一寸往下挪，到底还是下来了。

所以这次，就算萧遇安不帮忙，他也可以靠自己下来。

只是花的时间会比较长而已。

他扭头看萧遇安，细声细气地说：“我可以哦。”

蝉鸣实在是太吵了，萧遇安根本听不清小孩儿嘴里嘟囔着什么，猜想是在跟他求助，于是走到近前，伸手去拉明恕的腿。

明恕的位置有点高，他没办法直接拦腰将人抱下来，只能从腿开始。

明恕吓一跳，下意识就踹了一脚，将萧遇安的手踹开了。

萧遇安爱干净，一点水洒在身上都受不了，更别说脏兮兮的脚印了。他低头看了看手掌和内手臂那一块痕迹，不高兴地皱了下眉。

明恕那就是本能的一踹，根本没想那么多。他打从记事起就没怎么见过妈妈，别家小孩有妈妈抱，睡前妈妈会亲亲额头，他就自个儿睡，爷爷奶奶也从不抱他。春节时爸爸回来了，他张开双手跑过去，想爸爸抱一下自己。但爸爸的眼神很冷，他的手悬在半空中，最终背到了身后。

他几乎没有和谁有过身体上的接触，刚才萧遇安碰他一下，他还以为有危险呢，在脑子想明白之前腿已经先动了。

他连忙说“对不起”，可往下一看，萧遇安正在拍手臂上的灰，生气了。

“哥哥。”他着急又害怕，声音终于大了些，“哥哥对不起，哥哥……”

萧遇安是挺不高兴的，他今天难得穿了件白衬衣，特别整洁，好心抱小孩儿下来，不想被踹了满手灰，那些灰还落到白衬衣上了，脏。

但面前的小孩儿红着眼，着急又慌张的样子有点可怜。大概是抱不住树了，两条细细的胳膊正在发抖，话也说不清楚，就知道叫哥哥，就知道说对不起。

谁能和这样一个孩子生气呢？

萧遇安不免想到自家那个堂弟，皮到天上去了，从来就没叫过一声“哥哥”，“对不起”更是想都别想。

虽然一直很庆幸妈妈没再给自己生个弟弟，但此时看着蝉一样的明恕，萧遇安忽然觉得，如果弟弟都像明恕这么乖，追着喊哥哥的话，那多个弟弟还挺美。

他懒得计较明恕踹脏他的手臂了，再一次伸出手：“我帮你。”

从来没有被夸过，在家看到的都是爷爷奶奶的冷脸，明恕早就学会了看脸色和讨好人。一见萧遇安没有跟他生气，他顾不得别的，连忙手一松，往萧遇安身上扑去。

萧遇安这是要帮他，他可再不能不知好赖了。

“不知好赖”这个词他其实还不太明白，但奶奶经常说他不知好赖。他就琢磨着，萧遇安抓他的腿，他却踹了萧遇安一脚，这大概就叫不知好赖。

明恕扑下来的一瞬间，萧遇安一惊，心道：糟糕。

他虽然比明恕大几岁，却也经不住这么扑啊。他和萧牧庭玩的军棋里面有飞毛腿，他觉得明恕就像一个飞毛腿一样向自己砸过来。

明恕对重量什么的没有概念，他知道好赖的，既然萧家哥哥对他伸了手，那他扑就完事儿！

亏得萧遇安这两年跟着爷爷锻炼身体，正在学军体拳，迅速反应，身体往后倾了一下，留出一个缓冲的空当。

不过明恕真扑他怀里了，他才发现小孩儿挺轻的，不至于像飞毛腿那样骇人。

他搂着明恕后退几步，将那股冲力卸掉，终于站稳。

明恕全然不知自己在萧遇安脑中当了一回飞毛腿，也不知道刚才那一扑有多危险。此时他正环着萧遇安的脖子，一双大眼睛一眨不眨地看着萧遇安，然后喘了口气儿。

“噢——”

萧遇安本来想立即将明恕放下来——他手臂有些酸。可明恕好像被吓傻了，眼睛虽然还是亮亮的，但目光有些呆。

看来他还在害怕呢。

萧家家长都是讲理又温和的人，很少掺和孩子之间的事。三个男孩打架吵架都内部解决，爷爷奶奶顶多当当倾听者，偶尔讲一两句做人的道理。即便是最能闹腾的萧锦程，也明白适可而止、将心比心的道理。萧遇安的心思就更细一些，觉得不该立即将明恕放下去，小孩儿还没回过神来，需要哄。

明恕那哪里是呆，只是看愣住了而已。他没有哥哥，记忆里就没有被这样抱过。爷爷奶奶脸上有皱纹，不好看；妈妈虽然很漂亮，但已经很久没来看过他了，他连妈妈的样子都快不记得了。

小孩的心最单纯，好恶也最简单，什么好看，就喜欢什么，就冲什么笑。明恕觉得萧家哥哥长得真好看，一点儿皱纹也没有，萧家哥哥身上还有他最喜欢的薄荷味，在萧家哥哥的怀里待着舒服。

还没到会掩饰情绪的年龄，明恕先是抿着嘴乐，没过多久就抿不住了，咧嘴对着萧遇安笑。

萧遇安不明白小孩儿怎么这就笑了，想了想说：“你没事吧？”

明恕乖巧地摇头，努力让自己显得有礼貌：“谢谢哥哥。”

萧遇安手臂快要酸死了，于是问：“那我放你下来？”

明恕不乐意下来，一听萧遇安不抱他了，他下意识扁了下嘴，眼睑垂下去，长长的睫毛挡住些许光亮，眼神看上去暗淡了几分。

他其实挺黏人的，可是从来没有一个人让他黏。他明知道爷爷奶奶不喜欢被他跟着，可他有时还是忍不住，看见爷爷浇花，就跟上去，看见奶奶晾衣服，也跟上去。好是讨不到的，时常被训斥一声“不要站这儿，挡路”。

他好不容易被抱住，可这也太短暂了，他舍不得。

但他知道自己该下去了，不能等到萧家哥哥不耐烦。他都没意识到自己刚才扁了下嘴，赶紧乖乖点了个头：“哥哥，我可以自己走。”

可就这片刻的工夫，反倒弄得萧遇安不好将人放下来了。

小孩儿的失望那么明显，一听要放下来，眼睛都不亮了。明明不愿意自己走，还要说可以自己走，懂事小心得让人心痛。

萧遇安就没遇到过这么懂事的弟弟，萧锦程别说懂事了，一天不惹事都过不去。这对比过于残酷，萧遇安居然萌生出一丝身为兄长的责任感。

手酸一下又怎么了？又不是抱不动。

“要回家吗？”萧遇安说，“我可以送你回家。”

明恕才不想回家，他想和萧遇安玩。

见小孩儿摇了摇头，萧遇安又问：“那你想去哪里？还爬树吗？”

明恕当然也不想爬树，可要他说“想和你玩”，他也不敢，只好问：“哥哥，你要去哪里？”

萧遇安看了眼掉在地上的探险画本：“我要去看书。”

说着，他有些费力地蹲下来，单手搂着明恕，另一只手将书捡起来，让明恕帮忙拿着。

那书封面挺好看的，明恕一下子就来了兴趣，眨着眼说：“哥哥，我可以和你一起看吗？”

萧遇安从鸡飞狗跳的家里出来，的确是想哪儿安静上哪儿待着去，而且看书这种事，他向来不认为应该和别人一起做。和萧牧庭或者萧锦程分享一本书？他想都不敢想。

但小孩儿可怜巴巴又满怀希望地望着他，他说不出不可以。

大院里有个茉莉园，里面有一条曲折的休闲长廊，还有两个亭子。亭子里总是有人，不是舞剑的老太太，就是练太极的老爷爷。但长廊的哪一处都能坐，还清静。萧遇安找了个拐角，将明恕放下来。双手没有负担时，倒还酸得更狠了，他没忍得住，露出了吃痛的表情。

明恕望着他，观察了一会儿说：“哥哥，我是不是太重了？”

他并不想诉苦，笑了笑：“没事，看书。”

长廊其实不太适合两个人看书，坐着书不好放，蹲着吧，腿又麻。萧遇安看了一页就觉得看不下去了，因为明恕嘴上说着要看书，其实老在看他。

他转过头，明恕连忙低下头老实看书本，看了不到三秒，又拿余光瞄他。

对萧遇安来说，弟弟就是讨厌鬼的代名词。但明恕这漂亮的小孩儿让他发现，弟弟也可以很有趣。

“你不是要看书吗？”他板起脸，“看我做什么？”

“啊！”明恕眼睛水汪汪的，声音里带着几分胆怯，“哥哥，你发现了呀？”

萧遇安心想：你刚才动作那么大，我又不瞎。

十一岁的男孩子，正是最不知天高地厚，觉得“全世界我最牛”的时候。萧遇安表面上没堂兄堂弟那么嚣张，可内心也是觉得自己特牛的，但凡有个机会，就要抖一抖身为哥哥的威风。

他拍了拍明恕的头，故作严肃道：“你跟着我，说要看书，但书翻开了，你又不看。那你为什么要跟着我？”

明恕急了，眼睛变得更加水润。

他的确不想看书，他字都不认识几个呢。他只是想和萧家哥哥一起玩，所以才撒了谎。

在小孩子的认知里，撒谎是天大的错，撒谎会被狼吃。

明恕手指在书上戳了戳，嘟着嘴说：“哥哥，我想看的，可是，可是……”

萧遇安没想到自己这一唬，把小孩儿唬得快哭了，却也不好马上哄，语气好歹缓了下来：“可是什么？”

明恕抠着书本，低头说：“可是我不认识字呀。”

3

头埋得太低了，明恕说话带着些鼻音，听上去格外委屈。萧遇安这才想起，这本书封皮上就标注着“适合十三到十四岁儿童”，连他自己看起来都有些费力，更别说明恕了。

他不知道明恕多少岁，看上去可能四五岁的样子。明恕好像很紧张，小手不断在书页上抠着。他心疼书，赶紧从明恕手里把书救下来。

这下明恕更紧张了，头还是低着，但悄悄瞄了他一眼，喉咙里挤出“呜”的一声。

这个年纪的小孩时不时就呜呜，倒不是什么大事。但萧家男孩儿就没呜过，要哭就哭得响亮，要叫就叫得豪放。萧遇安没经验，一听明恕呜了，就觉得自己摊上事儿，把人小孩儿给整哭了。

“你……”萧遇安无措了片刻，将心爱的画本往坐的地方一放，再次把明恕抱了起来，让他坐在长廊的木板上。

明恕看看身边的书，又看看萧遇安，小声说：“哥哥。”

萧遇安有意哄哄小孩儿，脑子飞快地转出一个话题来：“你几岁了？”

明恕矮，坐在木板上时，两条短腿挨不着地。只见他一边晃腿一边伸出右手的五根手指：“五岁了！”

萧遇安莫名从这一声“五岁了”里听出几分炫耀的意思，但他想不明白五岁有什么可炫耀的，他还十一岁了呢。

“爷爷说，我再长一岁，就可以去学校了！”正当萧遇安琢磨接下去该说什么时，明恕自个儿说了起来，“明年秋天，我就要去上学了！”

萧遇安诧异地看了看明恕，上学这么开心吗？他倒是无所谓，但萧锦程被送去读一年级时的情形还历历在目，哭得那叫一个惨烈，抱着爷爷的腿不肯撒手，不知道的还以为萧家在杀猪。

后来还是他和萧牧庭每人拉住萧锦程一只手，才把这倒霉玩意儿拉进校园。

“很想上学？”不知不觉间，萧遇安就和明恕聊了起来。两人都坐在木板上，中间隔着一本书，空气中飘浮着茉莉花的馥郁。

明恕用力点头。

萧遇安想了想明恕刚才抠书的样子：“想学认字？”

明恕先摇头，后来像是想到了什么，又点头。

萧遇安这就看不懂了：“不想学认字？”

“也想。”明恕性子里就黏人，总喜欢挨着人。这会儿画本搁在他和萧遇安中间，他挨不着萧遇安，好动症就犯了，先挪一下，再挪一下，直到碰到了萧遇安的胳膊，这才舒坦。

萧遇安却已经有了距离的观念，夏天衣服少，皮肤贴着皮肤，总归是不舒服的。他不想让明恕挨着，便将手肘收了回来。

明恕眨巴一下眼，心想自己招人厌了，又退回去，咬了咬嘴唇。

萧遇安不知道自己是不是伤人自尊了，就说：“也的意思是，还有更想做的事？”

明恕不再挪屁股：“因为上学了，就有人和我玩了。我没有哥哥，家里没人和我玩。”

所以你才爬树玩儿吗？萧遇安歪着头看明恕的脸，明恕垂着脑袋，他歪得再厉害，也看不见明恕的眼睛。但他听出来了，明恕那语气挺难过的，还有点孤单。

“那你可以来我家玩。”萧遇安想也没想就发出邀请，说完又有些后悔。明恕才五岁，别说他和萧牧庭了，就是萧锦程也没法和五岁的小孩儿玩到一起。五岁，大字不识的，架那更不可能打，被萧锦程一推就倒，麻烦。

明恕一听，本来就圆的眼睛睁得更圆，眼里全是光：“真的？”

这么高兴啊？萧遇安突然又不后悔了，挺真诚地看着明恕说：“真的。”

“哇！”明恕从木板上跳下来，双手按在萧遇安的膝盖上，一蹦一跳，“哥哥，那我给你当弟弟吧！”

萧遇安听见“弟弟”两个字就头疼，一时间表情有些古怪。

明恕轻轻在萧遇安的膝盖上拍：“我请你吃薄荷冰！”

这季节什么薄荷冰、柠檬冰、香草冰特别多，萧遇安家里有的是，哪需要明恕请。他问：“你想吃薄荷冰？”

明恕纠正：“是请哥哥吃。”

“哥哥不吃。”萧遇安这话说得别扭，他还从来没有自称过哥哥，话说完差点咬了自己的舌头。

两人正在争论谁吃薄荷冰的问题，一大婶儿从走廊上经过：“遇安在这儿呢？”

萧遇安认得对方，是住在对门院子的黄阿姨。

“你堂哥、堂弟打起来了，正找你评理呢。你不回去看看？”黄阿姨说着看向明恕：“哟，这不明恕弟弟吗？和遇安哥哥一块儿玩呢？”

明恕鞠了个躬，说话又软又有礼貌：“阿姨好。”

乖小孩没人不喜欢，黄阿姨一看就乐了，连忙将刚做的茉莉花手串放在明恕手里：“送你了，香。”

明恕嗅了嗅，冲人笑。

萧遇安面上懒得掺和萧牧庭和萧锦程的破事儿，心里却还是记挂着。这年纪的男孩子就这样，见不得，离了还想。

黄阿姨还有事，送完茉莉花就走了。明恕手小，胳膊还细，戴不了手串，便把手串顶在头上，扯了扯萧遇安的衣角，让萧遇安看。

萧遇安觉得傻，但没说，牵住明恕的手道：“要不就去我家吃薄荷冰吧？”

明恕当然乐意了，声音响亮地道：“好！”

这一声惊飞了落在近处花田里的蜻蜓，也把茉莉花手串给震了下来。明恕没发现，萧遇安看见了。傻归傻，但毕竟是明恕的东西，萧遇安将手串捡起来，又给放在明恕头上。

明恕顶着花手串儿，走得还挺美，脚下生风。要不是他腿太短了，说不定比萧遇安走得还快。

萧遇安想，这孩子可能是太馋薄荷冰了。

萧家院子里已经鸡飞狗跳，萧锦程这回是真把萧牧庭给惹毛了，正蹲在地上哭，头上盖了块西瓜皮。

萧家三兄弟虽然隔三岔五打架，但下手都有分寸。萧锦程最小，才八岁，萧遇安和萧牧庭嘴上不说，其实都让着他，不然他哪能上房揭瓦。可他自己不知道，还以为自己天赋超绝，打两个十一岁的都没问题。小孩的三岁年龄差不比成年人，成年人差个三岁不叫事儿，但搁小孩身上，事儿就大了。萧牧庭一动真格，萧锦程就只有求饶的份儿，现在萧锦程蹲在地上，萧牧庭正坐在他旁边的板凳上啃西瓜。

这场面萧遇安见怪不怪，但明恕稀罕，惊讶得挪不动腿，直勾勾地盯着人看。

萧锦程没想到萧遇安会带个不认识的小孩带回来，立马不乐意了，凶巴巴地吼道："那谁呀！"

明恕胆子本来就小，被萧锦程一吼，吓一大跳，连忙躲到萧遇安背后，茉莉花串掉地上，被他自己踩了一脚，坏了。

"蹲你的！"萧牧庭吼萧锦程。

萧遇安看了看地上脏兮兮的茉莉花串，觉得有点可惜。明恕在他后面扯着他的白衬衣，明明挺害怕的，还露出一只眼睛看萧锦程。他心里忽然一乐，看捣蛋鬼萧锦程倒霉，可能是大家共同的乐趣。

萧遇安没管萧锦程，牵着明恕往屋里走。都要进门了，明恕还扭头看萧锦程。

萧锦程顶着一块西瓜皮还想耀武扬威，用口型冲明恕说：看什么看？挖你眼珠子！

明恕没听见，口型也没看明白，不知道人说的不是好话，还冲人笑。把萧锦程都给笑愣了。

明恕是真的高兴，天知道他想来萧家想了多久。以前只能爬上树远远地看，现在被萧遇安牵进了院子牵进了门，就算萧锦程凶他，他也笑得出来。

萧遇安将明恕领到厨房，正要开冰箱门，却听见明恕发出一声上扬的"咦"。他低头看明恕，而明恕好奇地望着冰箱门上花花绿绿的贴纸。

"黑猫警长！"明恕指着其中一张说。

那贴纸是萧锦程在学校门口买的，好几大张，回家剪了一晚上才剪完，没头没脑地到处贴，冰箱成了重灾区。萧遇安也看动画片，但瘾没萧锦程那么大，更不会买贴纸到处贴。冰箱干干净净的不好吗？被萧锦程这么一贴，和外面的电线杆有什么区别？

不过爷爷奶奶倒是觉得没什么，萧锦程便贴得更起劲了。

“你喜欢？”萧遇安问。

明恕小心地摸着贴纸，眼里全是羡慕：“哥哥，萧爷爷不说你吗？”

萧遇安摇头：“不是我贴的。”

明恕又说：“萧爷爷不说哥哥们吗？”

萧遇安有些明白了，明恕肯定也在冰箱门上贴过黑猫警长，却被长辈说了，所以才这么羡慕。

“不说。”萧遇安将明恕拉到一旁，然后打开柜门，冷气一下子冒出来，明恕连忙闭上眼睛。

“挑挑看，想吃什么？”萧遇安说，“除了薄荷冰，还有其他的，雪糕也有。”

明恕就像发现了宝藏一样，小声地“哇”了一声。冰箱里最贵的是火炬，萧遇安以为他要拿火炬，可他看了半天，还是拿了最便宜的薄荷冰：“哥哥，我想吃这个。”

第一次招待客人，谁都想显得豪气一些，萧遇安说：“还是火炬吧？”

明恕想了想，拿起火炬，却放在萧遇安手上：“哥哥吃火炬，弟弟吃薄荷冰。”

4

萧遇安向来不爱吃火炬，嫌火炬太腻，冰箱里的火炬都是萧锦程吃的。明恕将火炬拿给他，他的手心被冰了一下，接着就听见明恕那句“弟弟吃薄荷冰”。

说这话时明恕是仰着头的，眼睛睁得很圆，带有几分讨好的意思。明恕的确是弟弟，和萧锦程待一块儿也只能当弟弟，但他没想到明恕会自称弟弟，还说得挺自然。

萧遇安不禁笑了，逗道：“你刚才叫自己什么？”

明恕想了想：“弟弟？”

他其实不是故意这么说，只是叫了萧遇安哥哥，下面就下意识接了个弟弟。他想当萧家的小孩儿太久了，这回终于被萧遇安领进门，可不是圆了他当萧家弟弟的愿望吗？

可萧遇安这么问起来，他又害起臊来。明明还不是弟弟呢，萧遇安都还没有说他是弟弟，他怎么自个儿就叫上了？

想明白这个道理，明恕就红了脸，头低下去，手指在薄荷冰的包装纸上划拉，不说话了。

天气太热，才一会儿的工夫，包装纸上已经覆了一大片冰水。萧遇安越看明恕越觉得好玩儿，搁以前他可没发现有个弟弟是件这么好玩儿的事。他将薄荷冰从明恕手中拿走，和火炬一起放回冰箱里。明恕马上抬起头，轻呼一声，眼巴巴地看着冰箱，舍不得薄荷冰，手都伸出去了，却又缩回来，不好意思拿。

萧遇安说："你以为我不让你吃了？"

明恕眨巴着眼，哼哼唧唧的，半天也没蹦出半个字来。

萧遇安觉得自己把小孩儿逗狠了，这不行，再接着逗就是欺负人了。他重新拿出一支薄荷冰，剥了包装袋，递给明恕："刚才那支你拿半天都要化了，吃这支。"

要不怎么说几岁的孩子跟狗狗一样呢，明恕的眼睛一下子就亮了，装了亮闪闪的开心，抿一口薄荷冰，冲萧遇安乐："谢谢哥哥！"

吃个冰都这么开心。萧遇安给自己也拿了一支，也是薄荷冰。他其实不怎么吃薄荷冰，更喜欢白冰糕。白冰糕倒也不是白开水冻的冰糕，那是冰块儿了，白冰糕只是甜味最轻，白色半透明的一块，不像薄荷冰那样味儿冲。

哥俩儿坐在厨房的矮凳上吃冰，外面蝉叫，萧锦程也叫。明恕一边吃一边向外面张望，吃得没萧遇安快。薄荷冰一会儿就化了，萧遇安吃完后看见明恕沾了一手的薄荷水，蓝绿蓝绿的，没纸擦，就低着头舔。萧遇安刚还觉得有个弟弟不错，这会儿又嫌弃上了，小孩儿怎么这么不爱干净？

"过来。"萧遇安指了指水池，"洗手。"

明恕比同龄孩子敏感很多，看出萧遇安烦他了，连忙跑到水池边。

他也不是生来就敏感，别的小孩一天到晚在外面疯玩，也没精力琢磨事儿，他没个玩伴，连谁打架赢谁打架输都只能和自己赌着玩，没事就瞎琢磨爸妈为什么不来看自己，爷爷奶奶为什么不喜欢自己。琢磨久了，心思就细了。

萧遇安那点嫌弃几乎没有表现出来，就随随便便的一句，他就咂摸出意思来了。可水池太高，他洗不了。家里的水池也高，但他有张专门踩的小板凳，每次要洗手或者洗别的东西，他就把板凳搬过去，也不要别人帮忙。

这次他看了看周围，板凳倒是有，但那是坐的，他不敢踩。可不踩板凳就洗不了手，手黏黏的，哥哥就不喜欢。

明恕不知道该怎么办，一着急就“呜”了一声。

萧遇安踢来一张板凳，让明恕踩。明恕摇摇头。萧遇安说：“你不踩怎么洗？”

明恕嘟囔道：“这是坐的呢。”

萧遇安一方面觉得这小孩儿麻烦死了，一方面又觉得他麻烦归麻烦，但还挺有礼貌。那板凳不能踩，腿又太短，洗不着怎么办？抱起来总行了。

明恕还没被这么频繁地抱过，当萧遇安把他抱起来时，他被吓着了，手下意识就去抓萧遇安的肩膀。这下好了，洁白的衬衣瞬间印上一个薄荷手印，蓝绿蓝绿的，一闻还有味儿。

“对不起！”明恕连忙道歉，“哥哥，你吓死我了，我才抓的！”

萧遇安颇感无语，这到底是谁吓谁？

这件白衬衣他很喜欢，一共也没穿几次，染上丁点儿灰都嫌，这下一看肩头的五指印，心头丝儿丝儿蹿起火来。但明恕眼眶湿了，可劲儿跟他道歉，他那点火一下就给浇没了。衬衣花了就花了吧，能跟五岁的哭包置什么气？相处时间就这么个下午，明恕没跟他哭过。可大约是明恕那双大眼睛太水灵了，眼皮子兜不住里面的委屈，他单方面认定明恕是个哭包。

“行了，洗手。”萧遇安抱着明恕转了个方向，拧开水龙头，让明恕洗手。

明恕干什么都认真，“哗啦啦”地冲水。直到萧遇安说皮都要搓掉了，他才将手收回来，小声说：“哥哥，衣服脏了。”

还知道衣服脏了。萧遇安心里好笑，将人放地上：“不急着回家吧？”

时间还早，才三点多钟。

明恕摇头，他才不着急，他连家都不想回。虽然这是头一回来萧家，但他喜欢萧家的院子，还有萧家的冰箱，屋子里有一股好闻的味道。他要脸皮再厚一点，就跟萧遇安说——哥哥，我就住你家好不好？

我给你当弟弟，以后你和牧庭哥哥打架，我就当你的小帮手，我去抱锦程哥哥的腿。

但他不仅脸皮薄，胆子还小，这种话是万万说不出来的。

“我不回家。”他也就能说出这么一句。

萧遇安点点头，准备上楼换一身衣服。可刚走出厨房，后面就传来“吧嗒吧嗒”的脚步声。萧遇安回头一看，明恕就跟在他后头，像条尾巴一样。

明恕有点着急：“哥哥，你去哪儿呢？”

萧遇安最烦被人管着，爷爷奶奶都不管他去哪儿，这一个弄脏他衣服的小孩儿还管上了？他往厨房里的小板凳一指，命令道：“坐那儿去。”

明恕又“呜”了一声，伸手轻轻扯萧遇安的衬衣角：“那你去哪儿呢？”

5

萧遇安没脾气了，耐着性子说：“你坐那儿去等我，你把我衣服弄脏了，我得换一身。”

明恕愧疚地低下头，老老实实走回去，坐下后双手还放在膝盖上，一动不动的。萧遇安换好衣服下来，他还保持那种姿势，像被点了穴。萧遇安就没见过这么听话的男孩子，上次萧牧庭弄来一块蛋糕，急着去洗手，让萧锦程坐着别动，等他洗完手一起吃。结果不到一分钟，萧锦程根本坐不住，萧牧庭回来时，蛋糕已经被萧锦程咬了一大口。

见萧遇安回来了，明恕似乎想起什么来。萧遇安见他在板凳上扭了两下，没起来，有点像被绑住了。一瞬间萧遇安甚至以为是萧锦程跑进来拿绳子给人勒住了，定睛一看，哪儿有绳子，空气绳子吧。

“想起来？”萧遇安问。

明恕使劲点头，朝萧遇安伸出双手：“哥哥——”

萧遇安没懂他想干什么：“腿疼？”不应该啊。

明恕又使劲摇头。

萧遇安没辙：“那你不起来？”

明恕说：“你让我坐这儿呢。”

萧遇安走过去，戳了戳小孩儿的脑门：“让你坐你就坐，不叫你起你就不起？”

他根本没使劲，明恕挨了这一下，脑袋往旁边轻轻一偏：“因为我听话呀。”

“听话”这个词在萧家就不存在，三个男孩子谁也不听谁的话，大人也不怎么管他们。萧遇安觉得稀罕，索性蹲下来：“那你为什么听话？”

明恕听不出来萧遇安是在逗他，当真思考起来。他不像一些孩子那样一思考就喜欢咬手指，双手还是紧巴巴地贴着膝盖。

萧遇安耐着性子等了半天，听见明恕以一种商量而又天真的语气道：“因为我乖？”

萧遇安忍俊不禁，笑道：“你是挺乖。”

被夸奖了，明恕不好意思地抿唇笑，瞥见一旁的衬衣，那个被他抓出来的蓝绿手印正好翻在上面。他问：“哥哥，这衣服要洗吗？”

萧遇安赶着换衣服，就是为了洗掉那块污渍，怕放久了洗不干净。逗也逗完了，他起身往院子里走，那儿有个专门洗衣服的地方。

明恕追上去：“哥哥，我帮你洗吧。”

弄脏了萧家哥哥的衣服，他已经内疚好一会儿了。在家吃饭时，他每次把汤洒身上，都会挨奶奶说，说得可厉害了。这回萧遇安居然没说他。奶奶说他时，他一点儿不内疚；萧遇安不说他，他反而觉得自己错了。

萧遇安怎么可能让一个五岁的豆丁给自己洗衣服。再说了，豆丁洗得干净吗？莫不是想玩水吧？

“不用你。”萧遇安到了水池边，接水，放在地上蹲着搓。

明恕看了一会儿，也跟着蹲下，双手探进盆子里。

院子里晒，水池虽然在树荫里，但太阳在空中明晃晃地挂了一天，哪哪儿都热，就水摸上去还算凉丝丝的。

明恕的手一浸入水里，还没挨着衬衣，就“咯咯”笑了两声。

太舒服啦！

萧遇安看了看那双在水里晃来晃去的小手，心想这小东西果然是来玩水的。

明恕在萧家待到太阳西斜，衬衣没洗，光顾着玩水了。萧锦程在萧牧庭那儿吃了亏，跑萧遇安这边来捣乱，拿水枪滋明恕一身的水。明恕也不跑，站在原地让他滋。他滋一下，明恕就缩着肩膀躲一下。

萧遇安晾完衣服回来一看，小孩儿的胸前后背全湿了，连忙把萧锦程赶走，拿来一条干毛巾给明恕擦：“你不知道跑啊？”

“我等你。”明恕头发也湿了，软趴趴地在贴在头上，像刚才扣在萧锦程头上的西瓜皮。

萧遇安觉得这孩子傻乎乎的，得教育，不然将来肯定吃亏：“他下次再拿水滋你，你就躲，明白吗？”

明恕哼哼两声，那意思估计是懂了。

萧遇安觉得和年纪小的相处起来太费劲，话都不会好好说，要么哼要么呜，也不知道跟着哪只狗儿猫儿学的语言。

但该说的还得说，他还没教育完：“不躲也可以，但你不能就这么让他滋。这盆子里不是有水吗？他滋你，你就泼他。”

明恕从来没听过这种道理，新奇地说：“哥哥，你教我打架呀？”

明家家教很严，明恕从小就被条条款款约束着，食不言寝不语，打架更是不允许。他长到五岁，还从来没有打过架，幼儿园的小孩儿把他推倒了，他站起来拍拍屁股就走。

“没教你打架。”泼个水而已，在萧遇安眼中连打架的边儿都挨不上，“教你不被欺负。”

明恕还觉得这是打架，低着头思考。

萧遇安哪知道豆丁脑子里的那些弯弯绕绕，将人拉到树荫下，擦头发又擦脸。亏得气温高，明恕的衣服没多久就干了。

临到晚饭的点，萧遇安就把人给送回去了。爷爷萧争云还问怎么不留人在家吃饭，萧锦程抢白：“我都不够吃！”

萧争云笑着敲他的手背：“什么时候饿过你？”

大院里孩子多，到了暑假、寒假，隔三岔五就有小孩儿往萧家院子跑，没人把明恕下午来玩当回事儿。

饭桌上，萧争云问萧谨澜：“你们俩哪天去外公家？帮我带两盒茶叶过去？”

萧谨澜说：“后天就走。爷爷，您又拿我和遇安当苦力。”

萧争云笑：“捎盒茶叶就叫当苦力啦？那你不拿，遇安帮我拿。”

萧遇安点头：“爷爷，您放心吧。”

每年暑假，萧遇安都要和萧谨澜去外公家住一周左右，帮着两边亲家拿这个拿那个。今年本来前几天就要走的，但爸妈临时走不开，便延后了几天。

萧锦程听说他后天就要走，脸就垮下来了，平时互相厌烦，真要告别了又舍不得：“那你别去太久啊。你不在，陈铁和他那些兄弟又要欺负我和萧牧庭。”

陈铁也是大院里的孩子，和萧锦程一样是闯祸精。

萧遇安才不信他的话：“你和萧牧庭还能被人欺负？”

他们萧家三兄弟内讧厉害，但一致对外时谁都不含糊。有萧牧庭在，谁能欺负得了萧锦程？

两天后，萧览岳来接人，萧谨澜去玩得好的姐妹家道别，萧遇安早早地上了车。

萧览岳说：“你不去跟你兄弟打声招呼？”

萧遇安昨天就跟同学和朋友打过招呼了，这会儿没必要再去。萧谨澜回来之后，车就发动了。从明家门口经过时，萧遇安看见明恕正坐在院子里的小板凳上。

他忘了跟明恕说自己要出远门，但好像也不用跟明恕说，他们只是邻居而已，又不是兄弟。

第二章
第一份礼物

1

明恕不知道萧遇安去了外公家。萧遇安刚走的那天下午，他就没忍住，又爬到了树上。送他回来时，萧遇安答应过他，会接他去萧家玩。可他等了两天，都没见着人。他胆儿小，又喜欢自己琢磨事儿，萧遇安不来，他就不好意思跑去萧家门口去待着，总认为哥哥不来接他是有原因的。但他想来想去也不明白，只得爬到树上去看看萧遇安在干吗。

可他在树上坐到想要解手，也还是没瞧见萧遇安。

就这么过了两天，明恕有些着急了。午后听见萧家又传来打闹的声音，他跑人家门口，还没来得及往里看，身后就传来一声吼——

“哈！”

明恕被吓得冒烟儿了，转身一看，原来是萧锦程。

这回萧锦程没拿水枪滋他，头上却顶了两根须须。

他见过那须须，大院门口就有卖，像女孩子的发箍一样箍在头上，像小悟空的两根翎子。

他想要，但是爷爷说这种东西戴在头上不成体统。

好多事情都不成体统，须须不能戴，冰箱上不能贴贴纸，也不能跟人打架。他都不知道体统到底是什么，他也不想成体统，只想成为萧家的弟弟。

见明恕不眨眼地看着自己，萧锦程也有点慌了。他只是想吓唬吓唬明恕，因为那天明恕被萧遇安带回来时，他被萧牧庭罚蹲在地上头顶西瓜皮，太丢脸了。他比明恕大，不给明恕来个下马威，他这当哥哥的面子往哪里放？

可他也没想过要把明恕给吓傻。

俩小孩儿在门口干瞪眼，要不是萧牧庭出来逮人，他们俩能在太阳底下默默杵一下午。

“萧牧庭。”萧锦程见着哥了还是有点慌，他皮是皮了些，但从来没把谁吓傻过，臊眉耷眼地缩到萧牧庭身边，“你来看看，这娃是不是傻了？”

明恕缓过气儿来了，小声说：“我不傻呀。”

萧牧庭将萧锦程训了一顿，又招呼明恕进来。

明恕歪着脖子朝院子里看：“哥哥在吗？”

“哪个哥哥？”萧牧庭和萧锦程异口同声。

在他们家既没有哥哥也没有弟弟，只有姐姐是姐姐，兄不友弟不恭，谁跟谁都叫名字。

刚才那一声有点凶，明恕退后一步：“萧遇安哥哥。”

本来在他心里，萧家三个哥哥都差不多。但自从萧遇安抱过他，请他吃过薄荷冰，萧遇安就不一样了。哥哥这个称呼就是萧遇安专属。

“他去他外公家了。”萧牧庭烦萧锦程，对其他小孩儿态度还不错，“被吓着了吧，进来吃西瓜。”

夏天小孩子家家能拿出来招待人的也就是西瓜、冰激凌、盐水花生了，萧牧庭让萧锦程全拿了出来，明恕这回没客气，不吃薄荷冰了，拿了最贵的火炬。

“萧遇安哥哥什么时候回来呢？”明恕吃完火炬，又去拿盐水花生。他都没有吃过盐水花生，他们家只有三餐，没有小吃。

“那说不准了。”萧锦程说，“那是他妈妈的老家，在海边。你去过海边吗？我去过，海可大了！”

萧牧庭说：“问你海多大了吗？”

萧锦程朝萧牧庭扮鬼脸，又跟明恕说：“他在这儿待一年了，他外公老念着他，回去怎么着也得十天半个月？”

“啊？”明恕一听这么久，吃到嘴里的盐水花生都不怎么香了。

“你啊啥？”萧锦程觉得这豆丁好玩，一颗花生扔过去，正中明恕脑门。

明恕摸摸额头：“我想和他玩呢。”

“你还真会黏人，你是汪汪吗？给你吃根薄荷冰，你就缠上萧遇安了？”萧锦程自己都是个烦人的，还嫌别人麻烦，“他该去陪外公啊，你没外公啊？你怎么不去看看你外公？”

明恕不说话了。他也有外公，但他没有见过外公。妈妈都很少来看他，他上哪儿见得着外公？

萧遇安和萧谨澜每次去外公家，回来时都会带大包小包的礼物。萧锦程心大，被糖衣炮弹一收买，就把萧遇安的外公也当自己外公，跟明恕吹外公家有多好，萧遇安带回来的东西有多宝贝。

“今年他和姐姐又会给我们带礼物回来。”

明恕从来没有收过礼物，他们家不兴这些，可哪个小孩儿不稀罕礼物呢，他哼哼半天，委屈巴巴地说：“我也想要礼物。”

萧锦程替萧遇安大方，拍拍明恕的脑袋道：“放心吧，肯定有你的。”

“可是……”可是我不姓萧。

“没啥可是。”萧锦程打包票，“我们有什么，你就有什么。”

回家之后明恕有了心事，一方面他也很想去外公家玩玩，另一方面他惦记着萧遇安的礼物。

本来他觉得礼物应该没有自己的份儿，但萧锦程那么确定，那就是有他的份儿。他天天盯着日历看，盼着萧遇安快点回来。

萧遇安和萧谨澜在海边住了十多天，帮外公干活。暑假他倒是无所谓在哪儿过，家里挺好，外公这里也自由，吃的不一样，晚上吹着海风很舒服。但萧谨澜报名的钢琴班要开课了，得回去了。

离开前一天，外公照例唠叨，往他们的行李箱里塞特产。每年都这样，回去时拿的比来时带的要多很多。

“今年给锦程和牧庭带了什么？”全收拾好了，爷孙仨坐在门口摇扇子，等着车来接。

萧遇安说：“贝壳枪。”

海边最多的就是贝壳，萧家男孩个个喜欢枪，家里多得是。但贝壳枪不一样，只有海边买得到。

外公听了笑道：“你们啊，才大多点儿就天天枪不枪的。”

过了一会儿，外公又笑："不过也好，萧家的男儿，哪个不和枪打交道。"

一路汽车转飞机，到家时已经是傍晚。

萧遇安刚下车，就听见萧锦程的声音："快快！萧遇安回来了！"

他有些好笑，萧锦程也就要礼物时特别积极，后座放的贝壳枪能让萧锦程消停好几天。

可进了院子萧遇安才发现，隔壁明家的小孩儿居然也在。爷爷在桌上摆了不少凉菜，看样子就在等着他们回来。

"萧遇安，给我带啥了？"萧锦程不等听到答案就往车上冲，他太清楚萧遇安都把礼物放哪儿了。

半分钟后，萧锦程举着两把贝壳枪冲回来，开心得都快疯了："萧牧庭，枪！"

明恕看着那两把在夕阳下闪着光的贝壳枪，也很高兴。他走到萧遇安面前，声音又软又甜。

"哥哥，你回来啦！

"哥哥，我的礼物是什么呀？"

2

这个问题可把萧遇安问住了。他给很多人准备了礼物，萧牧庭两兄弟就不说了，爷爷奶奶、程粤、夏柊都有。

但他没想过送明恕礼物。

在海边待的这十来天，他甚至没有想起过明恕。明恕只是邻居，碰巧和他说过一次话。大院里那么多邻居，都送礼物的话，他哪里送得过来？

可明恕睁着水汪汪的眼睛找他要礼物，睫毛的阴影剪开深棕色瞳孔里的光，那么期待，他忽然内疚了——自己好像少准备了一份礼物。

明恕年纪虽然小，但心思特别细，一看萧遇安的反应，就猜到礼物没有自己的份儿。

他仰起的头低下去了，有点胖的手指彼此抠着，难过。

就像吃了一颗酸溜溜的糖，别人哄他，说外面那一层化掉，里面就甜了。他忍着酸，一点点把外面的都吃掉，吃得快要哭出来，可别人的糖里真的包着甜，他这一颗裹着的却是苦。

今天早上，萧锦程跑来跟他说，萧遇安下午就要回来了，把他高兴得午饭都没吃好，午觉也没睡着。他下午匆匆跑到萧家，和萧锦程、萧牧庭一起等着萧遇安回来。

萧锦程和萧牧庭等的是礼物，他等的却是哥哥。

当然也有哥哥的礼物啦。

他好开心呀。

可是现在，大家都分到了礼物，哥哥根本没有给他准备礼物，萧锦程骗了他。

他五岁了，却没有收到过一次礼物，一股不明不白的委屈涌上来。他有点想哭，但这也太不男子汉了，他忍了忍，只从喉咙里挤出几声。

萧遇安看着小孩儿眼里的光渐渐暗淡下去，正想蹲下来哄几句。车里有得是从海边带回来的玩意儿，姐姐装了满盒子的贝壳珍珠，随便拿一件儿都能哄哄明恕。可是他刚准备开口，就见明恕转了个身，背对着他说："哥哥，我回家吃饭了。"

说完他就跑了。

萧遇安站在原地，一时摸不着头脑。

明恕跑得转了个弯才停下来。他都跟奶奶说好了，今天在萧家吃晚饭。但他要是再不跑，就真的要哭了。他努力忍着，可还是没忍住。他盼了那么多天，礼物居然没有他的份儿。

如果萧锦程没有骗他就好了，他本来就没期待有礼物。

萧锦程为什么要给他打包票呢？哥哥为什么不给他贝壳枪呢？

跑累了，也委屈累了，他蹲在地上，捡了块石头，在地上画萧锦程得到的贝壳枪。

那枪可好看了，还会发光。

他也想要。

这个转角在两个院子中间，不在大路上，一般没人走。明恕蹲了一会儿，脚都麻了，可他不想回家，回家了奶奶还得问他怎么不在萧家吃饭。他找了棵树，在树根那儿坐下，靠着树干看天空。

太阳已经落山好久了，天边乌青乌青的，不刺眼。可没一会儿，他就抬起手臂擦了下眼睛，没一会儿又擦了下，小肩膀哭得一抽一抽的。

其实他已经不高兴好几天了。听说哥哥上外公家之后，他问爷爷，自己可不可以去外公家。爷爷当天晚上就给妈妈打了电话，他有点激动地在旁边听着。妈妈的声音从电话里传来，很好听，他的妈妈很漂亮。可妈妈却说，没有时间来接他。

“爸，孩子在您那儿，辛苦您照顾了。”

这样的话他听过好几次了，从有记忆以来，只要他说想妈妈，爷爷就会打电话，可妈妈翻来覆去就这一句话。

对他来说，这句话的意思就等于妈妈不来。

他扯了扯爷爷的衣角：“我可以和妈妈说句话吗？”

听筒里却传来妈妈的声音：“爸，我这儿还有事，先挂了。”

他没有和妈妈说成话，电话递到他手上时，传来的只有“嘟嘟”的声响。

他最讨厌这种声音了。

那天他本来就很难过了，但一想到哥哥会给他带礼物，他就开心了些。现在礼物也没有了，他终于哭得收不住。哭到后来，天彻底黑了，他肚子也饿。

他坐的这棵树其实就在萧家的院墙外面，萧家的动静他可听得太清楚了。萧爷爷准备了一桌子菜，哥哥姐姐吃完还在院子里吃葡萄。萧锦程抱着贝壳枪不撒手，老说自己的比萧牧庭的帅。

“我没有贝壳枪……”他闷声闷气地嘟囔着，又擦了擦眼泪，听着肚子发出的叫声，想再哭一会儿就回家去。

明家没有准备他的晚饭，他偷偷溜回去，不想让爷爷奶奶看到他哭红的眼睛。爷爷奶奶正在看电视，只说了声“回来了”，就没再跟他说话。

他上楼自己洗了澡，看着镜子里红着眼睛的自己，噘了噘嘴，自言自语说：“你哭啥呀，再哭不是男子汉了。”

“男子汉”这个词是他从妈妈那里学来的。

打从有记忆，他就住在爷爷奶奶家，爸爸逢年过节回来看看他，妈妈来的次数更少。别的小孩都和爸爸妈妈生活在一起，就他没有爸爸妈妈，他也不懂。有次他盼了好久，终于把妈妈给盼来了，可妈妈只和他待了一个下午就又要走。他抱着妈妈不让走，敞着嗓子哭。妈妈就对他说：“你是男子汉，男子汉不能哭。没人喜欢哭哭啼啼的小孩。”

他牢牢记着这句话，男子汉不能哭。

他就偷偷哭。

萧家十分热闹，萧锦程已经够闹腾了。吃过晚饭之后，萧遇安的几个朋友还来了。

3

程粤是萧遇安班上的，萧遇安是班长，程粤是体育委员。

小学班级里对男生来说最重要的也就是这两个职位，有点一呼百应的意思，什么活动萧遇安和程粤一说，保管全班男生都踊跃参加。

萧遇安体育也好，班里打比赛时，都是他们俩各带一队，各有胜负。如果跟别的班打比赛，那他们俩就是黄金搭档。

程粤也是大院里的孩子，两人一块儿长大，这马上念六年级了，早就是好友。

“这是给我的？”程粤抱着海鲜干货大礼包，那里面啥都有，够他吃到过期了。

萧遇安说：“不给你给谁，也没别人比你更能吃了。”

程粤笑：“那是，我长身体呢。”

十一岁上下的男孩，的确在长身体，半个暑假没见着，萧遇安发现程粤比自己还高了。

“我的呢？我的呢？”夏柊挤在哥俩儿之间，甜着嗓子说，“哥哥，我的呢？”

夏柊和萧遇安不是同学，他小一岁，从小跟在萧遇安和程粤屁股后面跑，老管萧、程二人叫哥哥。

大院儿里的男孩都爱打架，就夏柊跟姑娘似的，以前被欺负过几回。萧遇安和程粤看不过，把人给救了，从此就有了个跟班。

夏柊长得漂亮，白瓷娃娃样，萧遇安每次从海边回来都给他带珍珠，这回送的也是珍珠。

夏柊将珍珠手链挽在手上，翻来覆去看：“好好看啊，谢谢哥哥！”

“多大了还叫哥哥。”程粤弹了弹夏柊的脑门儿，“奶声奶气的，你上初中了也叫我们哥哥？”

“为啥不能叫哥哥？”夏柊还在欣赏他的珍珠手链，“长大你们就不是我的哥哥啦？”

这一声声“哥哥”，萧遇安听着有点闷。听萧锦程说，明恕本来是要跟他们一起吃晚饭的，可不明不白就跑了。

其实也不算是不明不白，明恕是没有得到礼物才跑的。

小孩儿生气了。

“也是你的哥哥，但你不能这么奶声奶气地叫，懂吗？”程粤还在一旁跟夏柊说教，“你说你一喊哥哥，我和遇安的气场都被你喊没了。明年我们俩就上初中了，你得换种喊法。”

“换啥？”

“萧哥、程哥。”

“那不还是哥哥呀？”

“不一样，萧哥、程哥一听就是大哥！唉，你也就比我们俩小一岁，真别再叫哥哥了，那是小孩儿才叫的。”

小孩儿才叫哥哥。萧遇安想，这儿的确有个小孩儿冲自己叫哥哥，夏柊那哪儿叫奶声奶气，充其量就是声音有点细，明恕那才是真的奶声奶气。

赶了一天路，累得够呛，行李第二天才开始整理。萧谨澜带回来的东西比萧遇安还多，珍珠石头占了大半，什么珍珠手链啦、珍珠发卡啦、珍珠挎包啦，全是给小姐妹们带的。

萧遇安帮着整理了一会儿，想起明恕昨天望着他时的模样，眼巴巴的，充满欣喜和期待。得知没有礼物，他那双亮闪闪的眼睛一下子就没有光彩了。

他本想送一颗珍珠给明恕，好歹哄一哄。但小孩儿生气了，没给他哄的机会。

他其实没带多少珍珠回来，最好看的一串给夏柊了，剩下的他昨晚看了看，都不太好看。

“姐，你那儿有多余的珠子吗？”

萧谨澜从一堆花花绿绿的珠子里抬起头：“你要？”

萧遇安说：“送人。”

萧谨澜眨了下眼，忽然笑了：“送女同学？”

她比萧遇安大三岁，开学就初三了，心思挺多的。

“不是女同学。”萧遇安皱了下眉，又问，“你有多的吗？”

“我这都是送女孩儿的啊。”萧谨澜才不信，“快说快说，是不是你同桌？”

萧遇安忽然从一堆花花绿绿中看到一串薄荷色的手串，颜色很淡，阳光从它里面穿过，折射出来时少了灼热，多了清凉。

是夏天的味道。

萧遇安将薄荷色手串拿起来，对着光看。

“你可真会挑，拿了我最好看的一串。”萧谨澜笑道，“喜欢就拿去，但你得告诉我，是哪个女同学？”

这还就在女同学上过不去了呢。萧遇安说：“隔壁明家的小孩儿。”

萧谨澜十分惊讶：“帮你洗衣服那个？”

那是玩水。萧遇安在心里纠正。

“他呀。”萧谨澜大方地道，“那就送吧，我们家就没这么乖的小宝贝。”

明恕自个儿难过了一晚上，早上起来刷牙时却想通了。哥哥不送他礼物，他可以照着萧锦程的做啊。

幼儿园大班开了手工课，他用硬纸板和木块做的飞机得了第一名，老师一只手拿着飞机，一只手牵着他，去其他班做展示，人家都冲他“哇”。展示完以后飞机放在活动室的玻璃柜子里，给看不给摸。

虽然没做过贝壳枪，也没有贝壳，但第一名奖励了很多硬纸板和彩笔，他可以做一把七彩纸板枪。

萧遇安从萧谨澜那儿拿了薄荷色手串，找了个丝绸锦囊装着，打算过两天拿给明恕。今天肯定不行，他和程粤他们约了要去游泳，而且小孩儿昨天显然是怄气了，他不爱哄人，麻烦。明恕才一丁点儿大，呜呜哼哼的，讲不了道理。自家兄弟说不好就动拳头，对明恕不能动拳头，凶一下人家还掉金豆子。

吃过了午饭，萧谨澜竟然又从那一堆珠子里扒拉出一串手链。这串是桃花粉，中间还夹着一颗金色的珠子，很漂亮。

“你把这串也送给明小弟吧。”萧谨澜说，“凑个双。”

萧遇安觉得萧谨澜笑得像有阴谋，手串还凑什么双？而且这串粉色的不好，是女孩儿戴的。

不消他问，萧谨澜自己就招了：“我看明小弟挺喜欢你的啊，你哄哄他，让他经常来我们家玩呗。你们仨天天打架，都没个安宁的时候，我这姐姐当得不省心啊。”

敢情是觉得明恕乖，想哄来当自己的弟弟。萧遇安将粉色手串还回去：“你自己送去。”

“唉，我不行。”萧谨澜硬把手串放到萧遇安手里，“姐姐对你不好？还跟姐姐讲条件。”

萧遇安就无语。在他们家，萧谨澜是唯一的女孩儿，金贵着，大的让小的这条在他们家不管用，三兄弟都得让着萧谨澜。

懒得和萧谨澜扯，萧遇安收了手串：“知道了。”

4

明恕趴在桌上画了一上午枪，总算画出来一把满意的。爷爷叫他吃午饭，以前他一听见就下楼，这回硬是磨蹭了半天才下去，几口吃完又往楼上跑。

图画好了，下午就是做。天气热，摇头扇“呼啦啦”地吹，把彩色的纸都吹散了。

“啊——”明恕不乐意地嘟囔起来，跑去把摇头扇给关了，没一会儿就热得汗流浃背，背心和短裤都给浸湿了，跟从水里提溜出来似的。

可他顾不上，做枪做得专注呢，哪管热不热。

萧遇安才真是从水里钻出来。

游泳池离家挺远，三人坐了几站公交车才到。他们家里其实都有车，接送不是问题，但这种活动没人乐意坐家里的车，赶公交车自由。

游泳池就在太阳底下，也没个遮挡，分了成人和小孩两个池子。萧遇安和程粤不爱跟小孩子凑热闹，往成人池子里扎猛子。夏柊套着游泳圈也不敢下去，在岸上边喝橘子汽水边等他们。

萧遇安才从海边回来，游这种池子简直小意思。程粤被他落下快十米，不服气，要再来。

再来就再来吧，统共来了四五回，差距居然越来越大。

夏柊这个看戏的直乐，脚踢着水：“程哥你不行啦，游不过我萧哥！”

昨天程粤纠正了他，不让他说哥哥，他这就现学现用了。还别说，萧哥、程哥听上去的确霸气，一喊就像道儿上的。

萧遇安上了岸，也想喝橘子汽水。程粤被夏柊一取笑，转身就要再练十个来回，头也不回地喊：“萧哥，帮我拿一瓶薄荷水。”

冰柜就在泳池旁边，萧遇安拿薄荷水时忽然想到了明恕。他其实不大喜欢喝薄荷味儿的冰水，本来就冰了，薄荷一下去，半截脖子都没了知觉。但在他出神的时间里，一个男孩跑过来拿走了最后两瓶橘子汽水，剩下半个冰柜全是薄荷水。

夏天橘子汽水最受欢迎，老板说你能等一刻钟吗，我这就去拿来。萧遇安想了想，刚拿来的不冰，这种天气喝常温的没劲。

“那就薄荷水吧。”

程粤还在游，这个人就是不服输。萧遇安和夏柊坐一块儿，夏柊已经把手链给戴上了，他白，珠子戴在手腕上很好看。

虽然大胜程粤，可萧遇安也是拼足了劲儿在游，这时渴得慌，连着灌了好几口，被刺激得一个酸爽，喉咙跟被薄荷堵了似的，凉快是凉快了，但怪难受的。

上回给明恕吃薄荷冰，明恕怕化了，左一口右一口，啃得满手糖水，喉咙被刺激到了，还直抽气，那样子滑稽得很。如果忽略最后明恕弄脏了他白衬衣的话，那就是滑稽得可爱。

喝完薄荷水，萧遇安又下去和程粤比了一回。这回他故意让着体育委员，还没让人看出来。

玩到傍晚，夏柊喊饿了。他们仨都跟各自家里说了不回家吃饭，就盼着这一顿。

这年纪的男孩半大不小，独立的观念刚刚冒出来，特别强烈。支开家长，和兄弟们上馆子，那是特别有面子的事。

程粤挑了一家大排档，三人一人一个马扎，和那些喝啤酒的大人挤在一个大堂里，吃到晚上九点多钟才紧赶慢赶跑上收班公交车。

明恕在没开摇头扇的房间里闷了一下午，闷出一身的痱子，还惦记着枪没做完。

吃晚饭时他就有点不舒服了。奶奶熬的绿豆粥，凉了一下午，平时他能就着青菜吃两碗，今儿才喝了半碗就把碗放下了。

他挺能忍的，不舒服也不说，痱子痒得很，他就挠挠，想赶紧把枪做好。晚上他也没开摇头扇，直到爷爷来敲门，叫他睡觉。

这会儿他的脑子已经有点迷糊了，哪儿哪儿都热，睡觉前把摇头扇开到最大，定在床的方向，要把白天没吹着的风给吹回来。

风大，但他并不觉得舒服，反而越来越难受。到了半夜，他终于忍不了了，推开爷爷卧房的门，小声说："爷爷，我难受。"

萧遇安清早起来，和萧牧庭绕着大院晨跑一圈，回来后坐在写字台前做假期规划。这都八月了，暑假过去了一半，学校布置的作业他早在去外公家之前就写完了，后半程没什么事。但他做事很有计划，将接下来要看的书，要学的东西一一列在本子上。萧谨澜马上要去上钢琴课，他也打算学一门乐器。

放本子时看到装着两条手串的锦囊，萧谨澜昨天就让他拿给明恕，可他回来得太晚，只能今天去给。

也不知道小孩儿还生气没生气，生气的话，两条手串也该哄好了。

明恕喜欢坐在院子里，萧遇安过去却没见着人，就明恕的奶奶在。

"生病了。"明恕的奶奶说，"昨天半夜发烧，中暑，长了一身的痱子，送去医院了。"

中暑在夏天很常见，但明恕才五岁，病得太厉害万一把哪儿烧坏就麻烦了。萧遇安有些心惊，他班里就有个因为发烧把耳膜给烧坏的男生，干什么都不方便。

问了是哪家医院后，萧遇安立即赶去，路上脑中反复浮现明恕望着他讨要礼物的样子。他没道理给明恕准备礼物，而且明恕生病也和他没关系，但他就是有点内疚。

那么乖的小孩儿，受了委屈生了病，换谁都心疼。

刚被送到医院时，明恕其实还有点高兴。难受归难受，但他觉得妈妈会来看他，还让爷爷给妈妈打电话。

妈妈说了些什么他不知道，爷爷也没告诉他。他等了一上午，妈妈也没来。到了下午，他就灰心了。

"爷爷。"他打着点滴，眼睛不太有神，说话也没力气，"妈妈不来了吗？"

爷爷跟他说，妈妈在国外，回不来。

他又有点想哭了。

不是爷爷奶奶不好，他半夜生病，爷爷奶奶照顾了他一宿，天亮就把他送医院来了，中午奶奶还给他熬了鱼汤。可他就是想让妈妈来陪着。妈妈就没陪过他，他都生病了呀。

“呜……呜……”他将自己裹在被子里，忍着不哭，但还是有细小的声音挤出来。

萧遇安来到病房时，正好听见明恕在呜呜。病房里就他一个人，那么小一个，缩在病床上，手背上还挂着点滴针，可怜巴巴的。

5

明恕看到萧遇安，眼睛都瞪圆了。在他难过得要死的时候，哥哥居然来了！

“哥哥！”他觉得自己声音挺大，可到底身子虚，实际上跟蚊子叫似的。

萧遇安走近，摸了摸他的额头。他一动不动，觉得萧遇安的手比自己额头凉，好舒服啊。他晃着头蹭了蹭，睫毛都扫到了萧遇安的手腕上。他脸上要哭不哭的表情忽然就换成了笑：“哥哥，你来看我吗？”

大院里的孩子，大人都认识。明恕的爷爷刚去洗了个苹果，见萧遇安来了，便没守着明恕了，去走廊透气了。

萧遇安坐在床边，刚想将手收回来，明恕又喊他：“哥哥。”

小孩儿病恹恹的，萧遇安的声音都温柔了几个度：“嗯？”

“你再摸摸。”明恕不想让萧遇安把手抽走，“我发烧呢。”

萧遇安心痛有一点，好笑也有一点。这小孩儿怎么回事，发烧还炫耀？

“你手放我额头上我就舒服。”明恕蔫蔫地说，“你再放放好吗？”

萧遇安就没见过这么黏人的小孩儿，沾上就撕不掉了。他到底没马上把手拿回来，但贴了一会儿，明恕就嫌了，对他说：“哥哥，你手不凉了，不舒服。”

萧遇安巴不得赶紧把手收回来，明恕这是拿他当冰枕头。其实就刚贴上那一会儿，他觉得明恕额头不怎么热。住院一上午，烧大概是退了，不过他还是问了一句：“要毛巾吗？我给你拧条毛巾来？”

明恕被他拿手贴着时表情赖赖的，他不合时宜地想到了去年冬天在大院门口看到的那一窝小狗。流浪狗妈妈在最冷的时候生了一窝小狗崽，有人丢了个纸窝，里面塞着撕碎的报纸，狗妈妈就将小狗一只一只叼进去。可那也还是冷。

他和程粤等几人经过，夏柊眼泪汪汪地说小狗好可怜，蹲下来就要抱。他也抱了抱其中一只。那只就赖赖的，贴在他手上不肯动，还老呜呜，明恕也老呜呜。

那窝小狗后来被夏柊的妈妈领了回去，狗妈妈也跟着回去。春天狗崽子们断奶之后，被陆陆续续送人了。有一只特别聪明，和军犬一块儿训练去了。赖着他的那只最笨，夏柊妈妈怕它去别人家会不习惯，就和狗妈妈一起留在家里。

明恕又开始呜，萧遇安回神，带着一丝儿严肃问："你呜啥？"

明恕立马不呜了，但还抽了两口气："我不要毛巾，你不要走。"说着，他没打点滴的手就有些不安分了，往萧遇安面前伸了一根手指，哼笑起来。

萧遇安妈妈那边的亲戚家小孩儿比萧家还多，有大有小，但最小的也不像明恕这样黏糊糊。萧遇安捏了下明恕的手，肉肉的，捏一下，明恕就笑一声，跟个漂亮玩具似的。

他不捏了，明恕还要来扯他的手指。可他哪能一直跟小不点儿玩这种弱智游戏，只一会儿就没劲了。但他刚来不久，要走也太早了，就琢磨着怎么聊个天。

这时，护士进来了，将被子掀开，要给明恕涂药。

萧遇安这才看到，明恕身上、腿上长了大片痱子。

前天明恕来找他要礼物时还好好的，身上穿着衣服看不到，但腿上白白嫩嫩，啥小红点都没有。才一天时间，痱子长了这么多？

明恕自己捞着衣服，涂药时一声不吭。可大概是觉得痒，护士一碰他，他肚子就用力收起来，有点好笑。

"你这孩子，大夏天的风扇都不开，不长痱子才怪！"护士已经知道明恕长痱子的原因了，一边涂一边叮嘱，"回去之后可不能这么傻了，知道吗？"

明恕乖乖地点头："谢谢阿姨，我回去吹风扇。"

“那也不能定着吹，你这不就生病了？”护士处理完了，帮他把衣服放下来，瞧见萧遇安，“这是哥哥吗？”

萧遇安正想说不是哥哥，只是邻居，明恕却朝他看了过来。那眼神怎么说呢？黑漆漆、湿漉漉的，跟明恕本人一样黏，还特别赖。萧遇安莫名觉得，自己要说了不是哥哥，明恕一会儿又得呜。

明恕小声说：“就是哥哥。”他可太想有个哥哥了。

护士笑起来：“是哥哥呀？那就好。”说着转向萧遇安：“哥哥要照顾弟弟呀，下次他再把自己闷在家里，哥哥要去看看，不吹风扇不行，吹太大风也不行。”

萧遇安这就不好解释了，只说了声“我知道了”。

护士还有其他病人要照顾，交代完就推着推车走了。

这间病房是三人病房，但另外两张床上没人，都是上午输完液就回家去了。

午后阳光有些晒，萧遇安将窗帘拉过一半，回到床边：“你在家不开风扇？”

明恕低下头，将手指掰来掰去。他也想开风扇，他昨天都快热晕啦，但是开了风扇纸就会吹得到处都是，哥哥不送他贝壳枪，他只能自己做一把。

“我昨天……”枪还没做好，他就不想跟萧遇安说，想了半天来了句模棱两可的话，“我昨天有事呢。”

这语气把萧遇安给逗笑了：“你什么事啊？风扇都不能吹？”

这下明恕就答不上来了，坐在床上东摸一下，西摸一下：“就有事呀。”

放到平时萧遇安就不说了，他不是一个爱管闲事的人，一个问题懒得问第二遍，都是萧锦程兴冲冲地跑来跟他说——我发现了一个秘密，你要不要听，我不告诉你，哎，你别走，听我说啊！

现在看明恕这么别别扭扭的，他十分难得地产生了追问的想法：“到底什么事？”

明恕瞄他好几眼，自己在那儿不知道嘀嘀咕咕些什么。他看得出明恕不想他走，于是故意站起来：“你不说我就走了。”

明恕果然上当，连忙喊：“哥哥，我说！”

欺负一个生病的小孩儿不是什么光明磊落的事，尤其萧遇安是班长，向来都挺光明磊落的，被明恕这么一喊，就有点内疚，打算完了去买点什么东西给明恕。要不就铁盒子精装的薄荷糖？

“我昨天拿纸片做枪。”明恕盘着腿，坐得还挺端正，就是脸蛋儿太红了，像个不倒翁，“风扇会把纸吹跑。”

6

男孩子大多喜欢枪，萧遇安也自己做过，不过明恕做枪他倒是有点意外。明恕长得太漂亮了，倒不是说像女孩儿，但就是很细致、秀气，五官有点精雕细琢的意思。男孩子长得漂亮容易让人误解，他就没想过明恕也会喜欢什么枪啦、坦克的。明恕找他要礼物，他首先想到的也是珠子，主观上就觉得明恕会喜欢那些亮晶晶的玩意儿，戴上也好看。

不然他也不会跟萧谨澜要来那串薄荷色手串了。

明恕只端正了一会儿，就不老实了，伸手去挠脚丫子：“我想快点把枪做好，就不能吹风扇。”

萧遇安一把纸枪做了一个秋天，不知道明恕急什么，问：“赶着做完有用？”

明恕望着他：“我想快点有礼物。”

这话乍一听没头没脑的，但“礼物”这两个字在萧遇安这儿简直成了个高频词。前天明恕亲眼看到他把贝壳枪送给萧牧庭和萧锦程，难道明恕也想要贝壳枪？

因为他没送，所以明恕才要自己做？

明恕要是真因为这事中了暑长了痱子，那他可就过意不去了。

“想要我的礼物？”萧遇安不那么确定地问了一句。

明恕眨眼，点头，幅度挺大的，都快点到胸口去了：“想要哥哥的礼物，哥哥不给，我就自己做。”

萧遇安深深吸了口气，不知道是不是病房里太闷了，觉得脑袋有点涨。

明恕最初不想说，害臊，但说出来就不怕了，咕噜咕噜倒出来一堆，怎么画图怎么剪纸，还夸了夸自己手工第一名。

其实小孩子单纯归单纯，但撒娇讨好是本能。哪个小孩不希望被疼啊，这点儿本能让他们会直白地耍小心机，暴露自己的委屈，招人疼。倒是年纪大一点就不会了，十来岁的小大人不干这种事，嫌跌份儿。

明恕这么一说，萧遇安这么一听，那点愧疚情绪就上来了。明恕拿摸过脚丫子的手去牵他，他也没把人给拍开，下意识就道：“回去别做枪了。”

明恕睁圆眼睛，那哪行呢？他没有贝壳枪，自己做一把都不可以吗？

“你想要枪的话，我那儿有。”多得是，萧遇安说完想了想，又补充一句，“我自己做的。”

明恕惊讶：“哥哥，你也会做？”

这是被小孩儿瞧不起了吗？萧遇安轻轻皱一下眉：“难道就你会？”

明恕乖巧是挺乖巧的，但正处在顺着杆子能爬上天的年纪，脑瓜子一转，有了主意：“那哥哥，你和我一起做吧。”

萧遇安才没工夫和一小孩儿做纸枪，但面对明恕，他没法拒绝啊，小孩儿这回生病多少和他有点关系，他得惯着。

见萧遇安点头，明恕那小脸乐得跟开了花似的，又要去抓萧遇安。

萧遇安这会儿想起明恕的手刚才摸过脚丫子，又嫌又有点心软。他不让抓，明恕就嘟嘴。

嘟嘴不是什么好习惯，呜呜哼哼也不是，孩子年纪小就爱这样，得家长时不时管教一下才纠正得过来。

萧遇安不是明恕的家长，自己都是小孩。但他看着明恕耍赖，管教的心思就上来了，单手掐住明恕的脸颊：“不准嘟嘴。”

明恕还没被人这么掐过，哼哼着挣扎。

萧遇安就用上两只手，还说：“也不准哼哼，你几岁了？”

他这不是真问年龄，明恕五岁，上回把明恕从树上抱下来时他就知道了。他就想提醒明恕，五岁得注意习惯了。

可明恕没听懂，还老老实实回答：“五岁！”

又是那种有点得意的语气，萧遇安深感代沟太大，麻烦。

明恕拍拍他的手腕，求他：“哥哥，你松手，你手脏。”

萧遇安惊讶了，向来只有他嫌别人脏，哪能有人嫌他脏？而且进病房之前他已经抹过门口的酒精了。

“我刚摸你手呢。”明恕说，“我的手摸过脚丫子。”

萧遇安哭笑不得：“你还知道你手摸过脚丫子？”

明恕偷偷笑。

萧遇安放开他，想起兜里的手串，就拿了出来，一串薄荷、一串粉色，正好两只手腕各戴一串。

明恕很白，戴这两种颜色正合适。萧遇安给他戴好了就站到一旁。明恕不是惦记礼物吗，现在一收收俩，肯定高兴。

但事实出乎他的意料，刚才还笑嘻嘻的小孩儿突然哭了，手一抬就抹眼泪，哭得上气不接下气的。

萧遇安有点慌，将人抱在怀里："怎么了？不喜欢？"

明恕盯着手串，低下头去，一边亲了一下，珍惜得不行。

"哥哥，这是我第一次收到礼物呢。"

萧遇安一下子没反应过来。礼物在萧家太常见了，他和萧牧庭出生之前，长辈们就准备好了金锁和镯子，年年生日都有特殊的礼物，平时也是礼物不断。爷爷奶奶有三个孩子，爸爸、伯伯，还有小姑。小姑刚嫁人，还没有小孩，疼他们四个疼得不行，次次回爷爷这儿来，车后面都放满了礼物。即便她不回来，也会往家里寄礼物。班上还兴开生日会，谁过生日就去谁家吃饭，随个礼。

若让他算算收过多少礼物，他一时半会儿根本算不出来。因为太多了。

明恕居然说，那两串手串是自己收到的第一份礼物。

明家不是困难的家庭，不可能亏待孩子。但明恕哭成这样，也不可能是撒谎。萧遇安只能想到，两家的条件虽然差不多，但养育小孩的方式不一样。萧家家长动不动就来"玩具炮弹"，明家连孩子过生日也没礼物送。

这么一想，萧遇安就越发觉得眼前的小不点儿可怜。难怪那天得知礼物没有自己的份，他会噘着嘴转身就跑。

萧遇安回忆了一下自己五岁的时候，上小学前的最后一次生日，因为意义特别重大，所以办了个大的。他和萧牧庭生日挨得太近，每年都一起办。小姑提前回来，将院子装扮得像个游乐园，又是气球又是彩带，能坐人的那种玩具车拉来了好几辆，几乎整个院子的孩子都来了。他和萧牧庭头上戴着尖尖的帽子，收礼物收到最后手都酸了。上学后程粤跟他说，他办个生日，连对面大院的人都知道了，豪得很。

而隔壁的明家什么时候给明恕过过生日？没印象。

明恕还在哭，小心地亲着手串。小孩儿表达喜欢的方式太单一了，除了嘴上说喜欢，就是笑，就是亲，还有抱着不撒手。

萧遇安看得有些心酸，坐在床沿，想摸摸明恕的头。明恕忽然抓住他的手。

想抓就抓吧，可能这也是表达喜欢。没想到明恕哭到打了个嗝就算哭够了，都不需要人哄的。而他正好在这时给明恕递了手，明恕抓他手是为了擦眼泪和鼻涕。

看着那一手背的湿滑，他简直好气又好笑。这也太不讲究了，换个小孩儿他得一把将人推开，然后马上找水龙头洗洗。但现在他做不出来，明恕在他这儿已经打上“没人疼”的标签了。

他可以临时疼明恕一下。

7

“别哭了。”萧遇安拿起床头柜上的卷筒纸，一下子扯了许多，将自己的手背擦干净，又重新扯了一条给明恕擦脸。

明恕动也不动，就让他摆弄，那双圆圆的眼睛全程看着他，不带眨的。

萧遇安把明恕从树上抱下来那次就发现明恕的睫毛又长又翘了，跟洋娃娃似的。这会儿一哭，就更有点洋娃娃的意思了。

萧遇安把明恕的脸擦干净了，还破天荒地帮着擤了回鼻涕，扔掉湿了的纸，随口道：“你妈妈是不是在你刚生下来时给你剪过眼睫毛啊？”

萧锦程还是个奶娃时，小姑就跟他和萧牧庭说：“你们刚生下来时我就想给你们剪眼睫毛，新长出来的会又长又卷，特别好看。但老大、老二都不准，说男孩子家家，眼睫毛要那么卷干什么。”

小姑说完就在萧锦程身上动心思，神神秘秘地说：“要不你们去给我把个风，我们把锦程的眼睫毛给剪了？”

小姑到底没能得逞，大伯回来了，没让小姑动手。

这事儿萧遇安印象挺深的，明恕的眼睫毛又长又卷，应该就是被剪过。

“啊？”明恕听了这话，抬手去摸自己的眼睫毛，看上去有点失落，连声音都小了，“没有的。”

没有就没有吧，萧遇安不知道他怎么又把头埋下去了，小朋友的心思可真是不好猜啊。

明恕这才说："我妈妈不喜欢我，她都没有抱过我，也不回来看我。她不会给我剪眼睫毛的。"

听明恕说这番话时，萧遇安觉得明恕的不高兴都快凝结成实体了，在病床上云雾缭绕。过了几秒，这雾还没散呢。

萧遇安将明恕抱住，拍了拍他的背："你妈妈肯定很忙，没有时间，才不来看你。"

这话还真不是随便说说忽悠小朋友，萧遇安自个儿的妈妈就是个大忙人，来看他的次数比爸爸还少。这次去外公家就是由爸爸接送，妈妈连影子都没露一个。但只要妈妈抽得出空来，就会来陪他和萧谨澜，把四个孩子一起带出去兜风。

他觉得明恕的妈妈也是因为太忙了，才回不来。

明恕窝在他怀里不吭声，不像是被安慰到了。他就不说这话题了，明家是什么样，他确实不了解，等回头问问爷爷再说。

明恕的爷爷明瀚回来了，看到明恕手腕上的珠子，板了脸。明恕害怕，连忙将两只手藏到身后。

萧遇安站起来，解释说这是自己从海边带回来的，不值多少钱，院儿里的孩子都有。明老爷子点了点头，说了声谢谢，又说小孩儿不需要戴花里胡哨的东西，下次不必送了。

萧遇安面上说好，挺有礼貌，心里却很抵触。像明瀚这样说话古板的老头儿他见得多，怕是不怕的，他爷爷那样成天乐呵呵的才是少数。他从来没觉得那些古板的老头儿烦，见着了就礼貌地打招呼，偶尔鞠躬什么的。这还是他头一回对对方产生厌恶的情绪。

情绪的源头是明恕，一个和他算不上多熟的小孩儿。

明恕还把手背在身后，那眼神一瞧就挺恐惧的。萧遇安看得出来，明恕是怕明老爷子让他把手串摘下来。

小孩儿胸膛一鼓一鼓的，又发出呜呜的声音，很轻，也很闷，不是他之前听到的那种带点娇气的声音，单纯就是害怕。

萧遇安心里的天平又往明恕那边偏了许多。

明恕看了爷爷一眼，又往床边挪屁股，直到贴在萧遇安手臂上，没什么用处地藏了起来。

这事倒没发展到什么不好的地步，明瀚古板，古板的人有个特征，好面子，讲究家丑不外扬，也不在外人面前教训小孩。明恕收礼物算不得什么家丑，明瀚说了几句便过去了。

不久医生来看了看，说明恕这情况今晚也可以回去，明天早上再来看看。但他建议在医院住一晚，万一有个什么问题，也好及时处理。

明瀚决定让明恕住一晚，萧遇安在病房陪到四点多，就准备走了。明恕握着他的手指，可舍不得了。

礼物和下午那一哭将两人的距离一下子拉近了。萧遇安本来就觉得明恕黏人，娇滴滴的，现在更觉得明恕像块撕不下来的糖。他又不是明恕的亲人，总不能在这儿陪床吧，他还得回去吃饭，晚上和萧牧庭约好了打羽毛球。

明恕又赖在他身上了，两条手臂抱着他的腰，从下面盯着他看。

语文课上，老师念优秀作文，有人写谁谁的眼睛会说话。他当时觉得这形容有点扯，眼睛会说什么话呢？眼睛都会说话了，那嘴巴长来干什么？

但现在他觉得那位同学没错。有人的眼睛真的会说话。明恕这不就在说——哥哥不要回去吗？

可他已经惯着明恕一下午了，礼物送了，纸枪也答应一起做了，连笑话都讲了好几个，从来就没这么哄过人。他得走了。

明恕抱了一会儿，自己先撒了手。他觉得哥哥好像有点不高兴了。

“哥哥，我明天可以去找你玩吗？”明恕问得小心翼翼的。

明天萧谨澜要去上钢琴课，萧遇安也准备跟着去上课的地方看看，报个合适的兴趣班。

“你明天还要输液。”他说。

“那我明天不输了呢？”

“再说吧。”

萧遇安回家时饭都快吃完了。他们家没那些复杂的规矩，到点就开饭，不等谁，回来晚了自己上厨房吃剩菜去。听着有点没人情，但自由。往常吃剩饭的都是萧锦程，因为出去一疯就没个时间概念。这回轮到萧遇安，萧锦程就得意扬扬的。

夕阳落下去，天边跟着了火一样，大地还没褪去暑气，萧牧庭已经拿着球拍在催了。

大院每年夏天都要搞青少年运动会，阵仗挺大的。萧遇安和萧牧庭从三年前开始就一直拿羽毛球双打冠军，这回也是奔着冠军去的。

两人跟别人说起这事时，都是很无所谓的态度，但心里较着真，胜负心很强，输不得。

刚开始打时火烧云烧得正旺，打完时天上已经满是星星。因为明恕的事，萧遇安今天憋着一股劲没处使，正好发泄在球场上。萧牧庭被他扣杀得有点狼狈，后半程也发起飚来，直打得双方都精疲力竭。

“你下午上哪儿去了？”萧牧庭躺在地上问。

萧遇安没答，倒是问了个别的问题：“你见过长到五岁才第一次得到礼物的小孩儿吗？”

“啊？”萧牧庭坐起来，想了想，“明家那小孩儿？不至于吧？”

他们俩交流比和萧锦程容易，说个半句基本上就懂了。萧遇安“嗯”了一声：“他家管得严。”

“那真该把萧锦程丢过去。”萧牧庭对自己这个弟弟烦得牙痒痒，“换明恕过来。”

萧遇安笑：“真换你又该不乐意了。”

夏天的晚风吹着舒服，橘黄色的路灯下飞着一两只蚊虫。兄弟俩歇够了就往回走，到家第一件事就是开冰箱。

萧牧庭拿了支绿豆沙，萧遇安忽然想吃薄荷冰，翻了半天却没找着。

他不大爱吃薄荷冰的，但不知道怎么了，昨天游泳喝的是薄荷汽水，今天打完球还想吃薄荷冰棍。

“这儿。”萧牧庭帮着找出最后一支薄荷冰，还说，“你不是不喜欢吃这种吗？”

他没解释，撕开去院子里吃，抬头就看见闪烁的星辰。

明恕也在看星星。医院的顶楼露台，星星很亮。他更小的时候就喜欢星星，但现在他有更喜欢的东西了。

他看会儿星星，又看会儿手串，笑着将它们碰到一起。

手串比星星漂亮。

哥哥比星星好。

第三章
听哥哥的

1

夏天，树木太多好也不好，好的是树荫下凉快，那不好的就多了，长蚊虫，蝉大合唱起来能烦死人。

萧遇安想关窗，可刚站起来，明恕就抬起脑袋看他，小大人似的说："哥哥，窗户不能关，要通风，闷着容易中暑。"

这小东西前阵子中了一回暑，长了记性，特别会爱惜身体了——摇头扇开小档，窗户得开着，每天下午定时吃一支薄荷冰，晚上还要喝冰镇好的绿豆汤。

薄荷冰是在萧家吃，绿豆汤也是在萧家喝。除了三餐还在自个儿家里解决，觉还在自个儿床上睡，他都快长在萧家了。

萧遇安低头看了看他。刚过了晌午，太阳还明晃晃地挂在天顶上，阳光在树叶间纳了一层凉，铺在明恕眼睛里，像湖水晃了一下。

小东西穿着水蓝色的背心和深蓝色的短裤，正霸占着他的床，做那把好几天还没做好的纸枪。他这床是按成年人的尺寸定做的，对小孩子来说是很大的了。但被明恕那些彩色的纸一铺，居然找不到落脚的地方了。为了不让风把纸吹走，他从萧谨澜那儿拿了不少小玩偶，将纸给压着。乍一看床上花花绿绿，一群小玩偶里盘腿坐着个大玩偶。

见哥哥不去关窗户了，明恕又趴下去摆弄纸。

其实以他上学期拿手工冠军的水平，做把枪根本用不了这么多天。生病之前他就做得差不多了，但哥哥说帮他做，他就把东西一股脑全搬来，和哥哥做了一下午，就是不想那么快做好了。他没把做枪当成任务，他是玩儿呢，和哥哥一起做枪，就是和哥哥一起玩，中间还可以下楼去吃冰，哥哥给了他一把小水枪，他还能和萧锦程玩枪战，回来背心湿透了，哥哥会拿毛巾给他擦，找背心给他换，晚上回家时他再把晒干了的背心穿上。

如果枪做好了，他就不好天天来找哥哥玩了。

于是从大前天开始，他就磨蹭，纸贴好了又撕，将一把已经成型的枪糟蹋得枪管子都要折了。

萧遇安最初没发现小东西是故意的，还觉得人家有耐心，做个什么就要做好。他也是从明恕这个年纪过来的，手工课谁没上过。去年还是前年，萧锦程拿了个手工作业回来，做纸房子，挺简单的作业，萧锦程却跟有好动症似的，才做了三两下就跑了，最后还是他和萧牧庭这俩当哥哥的帮着把作业完成了。

明恕才丁点儿大，就能沉下心来做东西，得表扬。

但是没过多久他就发现了明恕的心思。这小东西哪里是有耐心，单纯就是想赖在自己身边玩儿。

明恕每天早上吃了早饭准时过来，他看书或者写作业，明恕就在旁边做枪，偶尔喊一声："哥哥，这里怎么弄啊？"

被打搅是件很烦的事，但明恕也不是经常喊他，一上午也就四五次，大多数时候都是安安静静玩自己的，有时哼哼呜呜两声。他学习也没有多专注，被喊过去帮忙并没觉得被打搅，反而觉得在写字台和床之间活动活动，比自己一个人在写字台边一坐一上午要舒服。

他看穿了明恕的想法，觉得没必要说破，看小孩儿耍心机还挺有趣。

见明恕又装模作样地摆弄纸片，萧遇安拿起一个小狗玩偶放在明恕头顶上。明恕歪头看他，那小狗就掉了。

"哥哥，你干啥呀？"明恕这语气听着一点抱怨都没有，说完还把小狗捡起来，放回头顶。

掉都掉了，萧遇安没想到明恕还能捡起来放回去，顿觉好笑。明恕过来这几天，不止明恕"哥哥长哥哥短"，他无聊了也会去逗一逗明恕。小孩子爱玩是天性，上一秒明恕还貌似认真地干活，下一秒马上抓住他的手要和他玩。

哥哥又来了，明恕心里直乐，坐得正正的，生怕小狗又掉下来。

萧遇安故意问："这枪你做多久了？还没做好啊？"

明恕一听这话，就有点慌了。小孩儿撒了谎做了歹事，那就是明明白白写在脸上，脸皮薄一点的更抬不起头。明恕下意识低头，小狗又掉了，骨碌碌滚到地上。他爬到床边，伸手要去捡，但手短，够不着。

萧遇安帮着捡起来，明恕又把小狗给顶在头上。

这要是萧锦程在，指定得笑得打滚了。萧遇安没那么夸张，但肚子也抽了两下。

"问你呢，枪什么时候才能做完？"

明恕撇了下嘴，一想哥哥催我，就蔫儿了，屁股歪在一旁，腰杆也挺不直了，却还固执地顶着小狗，答非所问地来了一句："我在做呢。"

萧遇安都快笑出声了。他自己是班长，从来不拖欠作业，可他太认识拖欠作业的人了，家里的萧锦程算一个，夏柊算一个，一问"作业什么时候做完"，都是含含糊糊的"我在做呢"。

做是在做，右手握着笔，左手压着纸，但做到啥时候就没个数了。

萧遇安有心逗明恕，拿起半成品假装观察："知道你在做，问你什么时候做完呢。"

明恕一门心思赖在萧家，偷瞄哥哥一眼："嗯……还有二十几天。"

二十几天后都开学了，萧遇安皱眉："要花这么长时间？"

明恕说谎把自己脸给说红了——不过也可能是急的："要的，我手笨，哥哥你教我。"

萧遇安说："可我看你这不是快要做好了吗？"

明恕装傻，掰着手指哼哼。

"我帮你吧。"萧遇安说，"今天下午就做好了。"

明恕一听，那完了，他不想今天下午就做好，做好了他可怎么办呢？情急之下，他把枪从萧遇安手里抢回来，侧过身背对着萧遇安，不让看："我自己做，我能做好。"

小狗又掉了，但小东西这回没心情捡了。萧遇安笑出声，没哄。

院子外面有人在说话，声音还不小，把蝉的声音都盖过去了。萧遇安一听就知道，是程粤他们几个人。运动会快开始了，大家都很兴奋。他参加的不止羽毛球双打，还有田径，程粤早就和他说好一起练习了。

他不打算带明恕去，这么热的天，还是家里凉快，万一在外面又中暑了，也不好跟明家交代。

“你就在这儿。”萧遇安摸了下明恕的脑袋，“我出去一下。”

明恕坐好：“哥哥，你不跟我玩儿了吗？”

2

萧遇安本来就不喜欢和五岁的小孩玩。要不是那天在医院觉得明恕挺可怜的，他也不会让明恕一直黏着。

明恕来了，他就跟长了条尾巴似的，总甩不掉。

明恕这弟弟不像萧锦程那么皮，但过于黏人也麻烦。他有自己的事，总不能上哪儿都牵着。

“你自己玩。”他说，“去找萧锦程也行。”

少年们在林荫道下飞奔，空气里是汗水的味道。骄阳似火，即便有树林遮挡，阳光浇在身上也像开水一样。

接连跑了十多个来回，萧遇安走到路边休息。

程粤问：“你小姑生小孩儿了？”

萧遇安险些被水呛到：“还早。”

“那你后面的小孩儿是谁？”

萧遇安往后看了一眼。

程粤笑起来：“不是现在，你院儿里跟在你后面的那个小不点。”

“你不知道？”萧遇安说，“明叔叔的儿子。”

大院里说个姓都知道哪家是哪家，程粤“啊”一声：“那他怎么跟着你？”

这就说来话长了，萧遇安热得慌，嫌解释费劲，就说：“夏柊不还跟着你吗？”

“我拿柊儿当弟弟。”

萧遇安刚要开口，话又卡住了。他也拿明恕当弟弟吗？

哥哥一走，明恕就不想做枪了。他爬到窗户上，看哥哥和别的哥哥走了，有点不高兴。

他出了痱子后，每天洗完澡就抹痱子粉，香喷喷的。前几天一早到萧家来，哥哥还抱着他嗅了嗅，问是什么味道。他得意得很，以为哥哥喜欢：“痱子粉！”

今天他还特意将自己的痱子粉拿了过来，试图给哥哥擦擦，被残忍地拒绝了。

现在哥哥还丢下他和别人玩去了。

“小崽子，你趴那儿干吗！”萧锦程端着水枪在楼下巡逻，抬头就看见二楼窗户上长了一小孩。明恕天天来，他都习惯了，但看明恕趴窗户，还是吓了一跳。那是小孩儿能趴的地方吗？掉下来即使不断胳膊也要断腿。

明恕更是吓了一跳，连忙缩回去。哥哥在的时候他天不怕地不怕，哥哥不在他就怕萧锦程。萧锦程的水枪比他的好，他打不过萧锦程。

“噔噔噔——”萧锦程跟踩了风火轮似的，飞快地跑了上来。明恕蹲在窗户下面，他也赶那儿蹲着。两人大眼瞪着大眼。明恕没地方退了，就很不情愿地喊：“锦程哥哥。”

院儿里大人们都说他乖，其实他有时轴得莫名其妙的。萧遇安是哥哥，其他人就不是哥哥了。要不是萧锦程凶，他都想直呼萧锦程大名了。

萧锦程蹲了一会儿，乐了，在明恕脑袋上一呼噜：“你咋㞞㞞的？”

明恕支吾半天：“㞞是啥？”

萧锦程的词汇量也不算大，㞞还是他昨天跟萧牧庭学的，现学现用拿来忽悠小孩儿。他答不上来，那只得换个话题：“你想吃毛豆吗？”

明恕以前在树上看过萧家哥哥们分毛豆吃，早就馋了：“想！”

萧争云刚将毛豆从沸水里捞起来，还没凉，萧锦程就伸手去抓。明恕正是看啥学啥的年纪，也跟着去抓。

这一抓，两个人就都被烫了手，缩到一旁吹手指头。

这种天气练田径，衣服就没有不湿透的。萧遇安他们班从上个学期就流行穿足球衣，很光滑的那种料子，衣服裤子都宽松，夏天穿着凉快，跑起来跟鼓了风似的。唯一的缺点是不吸汗，贴在身上难受。

练到中途萧遇安就觉得不行了，累没把他累趴下，脏给他脏趴下了。

“等我一会儿，我回去换一身。”

程粤一听，眼睛就直了：“你洁癖是不是又严重了？这天气能不出汗啊？你换一身还不得湿？”

萧遇安拿着空掉的水壶：“那也要换。”顺道灌一壶冰水过来。

“不是，你把衣服脱了不行吗？”程粤见不得自家兄弟这么扭扭捏捏的，啥呀，跑出一身汗就要换衣服。这太阳底下就是一动不动戳着，那也分分钟内裤湿透啊。他也嫌身上潮潮的不舒服，但这是搞集训呢，汗出着爽，完了回去冲个凉不就干净了？

“那也汗。”萧遇安摸一把手臂都觉得腻得慌，果断地走了。到家时他还在琢磨自己有没有把明恕当弟弟，就听见院子里传来几声狗叫。

他们家没养狗，但偶尔有流浪狗跑来讨食。但那声音也不像流浪狗，流浪狗没这么奶气。

像人装的。

果然，他循着声音的来处一看，树底下，就上次他和明恕搓衬衣的那地儿，明恕坐在小马扎上，冲萧锦程直汪。萧锦程呢，抱着个小簸箕，往明恕跟前丢毛豆。

明恕汪一下，萧锦程就丢一颗。丢的那个开心，汪的那个也开心。萧锦程丢了几回，明恕都接不住，豆子掉了一地。明恕想捡起来吃，萧锦程就吼他，说地上脏。他委屈巴巴的：“那我吃不到啊。”

“你笨！”萧锦程继续剥豆子，“小狗都不会当！”

明恕被批评了，“呜呜”两声表示自己不高兴：“那你也不会当小狗啊。”

“我会！”这世界上哪有萧锦程不会的，即使有也不能有。萧锦程往胸口一拍，要跟明恕换位子，把小簸箕往明恕怀里一塞，“你来丢。”

明恕嘟了下嘴：“那你来汪？”

“我汪就我汪，锦哥教你怎么当小狗！”

萧遇安本来都想过去阻止了。他不在家萧锦程就欺负明恕，把人当小狗玩，明恕不懂事，还特配合，哪有这么玩的？但他还没来得及阻止，萧锦程就汪起来了，还大声指挥明恕：“来，丢正，歪了我揍你！”

明恕小心地丢豆子，萧锦程左偏右歪去接，还真全都吃到了。

这回汪的是萧锦程，萧遇安也就懒得阻止了。

明恕馋毛豆，刚才他当小狗时，一共就没吃到多少。现在小簸箕在他手上，他剥了就往自己嘴里塞。萧锦程再汪，吃到的都没他多。

“嘿你这坏孩子。”萧锦程跳起来想抢小簸箕，“你咋不懂事儿呢？我汪了你就得给我。”

明恕护着小簸箕转身就想跑，结果看到了萧遇安，立马边跑边喊：“哥哥！哥哥！”

萧遇安没打算招这俩人，集训时间宝贵着呢，晚上就得和萧牧庭练羽毛球了。但明恕看到他了，他也不好不理人，就站在原地等。

虽然是树荫下，但下午的阳光还是晒人。明恕脸红扑扑的，额头和鼻尖上都有汗，像个刚洗好的苹果。

“哥哥，吃豆豆吗？”明恕说，“我给你剥。”

3

小孩儿做什么都显得笨手笨脚，一条毛豆能剥半天。萧遇安赶时间，想拿几个算了。可手还没挨着小簸箕，就见小簸箕往旁边一歪。

明恕皱着小脸儿：“哥哥，你还没洗手呢，你手脏。”

萧遇安错愕了下，向来是他嫌这儿脏嫌那儿脏，谁嫌过他脏？那毛豆大不了不吃了，反正他也不是很想吃。

上楼换了衣服洗了脸，萧遇安终于舒坦了，拿上灌好冰水的壶要走，明恕就拦住他：“哥哥，我给你剥了豆子。”

这已经耽误好一会儿了，程粤准得抱怨，萧遇安的手是干净的，要自己拿却又被拒绝了。

明恕说：“哥哥，我喂你。”

萧遇安叹了口气，蹲下来，以为明恕会直接放他嘴里，结果小孩儿居然退后两步：“哥哥，你给我汪一个。”

明恕白生生的一孩子，不是那种讨人嫌的长相。但这话说出来，萧遇安还是有点怄。小东西这是跟萧锦程学坏了。

见哥哥蹲在那儿一声不吭，明恕还催：“哥哥，你汪啊，汪了就有豆豆吃。我练过，可准了！”

萧遇安站起来，在明恕头上揉了两下，然后把剥好的豆子拿了过来。

明恕：“咦？”

“小狗才汪。”萧遇安觉得自己挺语重心长的了，“想吃什么就直接说，谁让你汪都别汪，也别让别人汪，记住了？”

明恕有点愣怔，但还是点点头：“记住了。”

萧遇安一走，萧锦程就又来叫明恕：“明汪汪，明汪汪！”

“我不叫明汪汪。”明恕不和萧锦程玩丢豆子的游戏了，拿了根薄荷冰棍，上楼去摆弄他的纸枪。

纸片把凉席都霸占了，他躺上去，把纸片拱到一旁。他今天其实不是很高兴。哥哥催他，枪做好了可怎么办呀？

萧遇安回到搞集训的地方时不仅拿了水壶还拿了一个碗，把程粤给看笑了。

“哥，我的萧哥，你拿个碗干吗？放地上都能讨饭了。”

这人就是嘴贱，萧遇安懒得跟他计较，将碗递过去：“吃吗？”

程粤一看：“毛豆？还剥好了？唉，你真幸福，爷爷还给剥，我爷爷就不剥。”

萧遇安拿豆子的手一顿。

程粤还在那儿说：“我回去得跟我爷爷说一声，下次剥一盒子盐水花生，我也给你吃。”

萧遇安想解释这一碗是明恕剥的，但想了想又懒得说。程粤是个事儿精，问题多得没完，你给他解答一个，他马上能问第二个，没完没了的。

之前那个问题他还没答上来，有没把明恕当弟弟？他自问还算有责任心，要真收个弟弟，那就得负责，随时随地关照着。但明恕太小了，麻烦，连不能随便跟人汪都要教，简直是给自己找事儿。

“继续跑吗？”吃完毛豆，萧遇安把碗放到一旁。

程粤：“跑啊，你磨蹭半天了。”

明恕睡了一觉，哥哥还没回来。他有点想去找哥哥了，往窗外一看，萧锦程不在，但萧牧庭在。他们住的院子很大，他平时的活动范围就从家到茉莉园，远了一个人不敢去。

“找萧遇安？”萧牧庭说，“我也在找他。他上哪儿了？还练不练球啊？”

明恕听出萧牧庭带了点火气，像要找哥哥麻烦，就有点后悔请萧牧庭带自己去找哥哥了。他们老打架，他爬树上时看得清清楚楚。

那时他还在心里琢磨，自己要成了萧家的弟弟，那就对付萧锦程，帮哥哥一个小忙。但现在看来是不成了，他打不过萧锦程，得拖哥哥后腿。

“走哇。”萧牧庭说，“找萧遇安去。”

明恕不知道哥哥具体在哪里，但他看到哥哥拿着碗往东走了，那就绝对不在西。

“牧庭哥哥。”他指着西边，正儿八经地说，“哥哥在那边。”

萧牧庭没想到小孩儿能在这事上瞎说，就当真往西边去了。明恕也在后面跟着。大院西边有一大片林子，萧牧庭兜一圈也没找着萧遇安，回头跟明恕说：“没人啊。”

明恕背着手，脑袋左转右转：“不知道呢。”

萧牧庭也没怪他，又领着他去其他地方找。每当要往东了，明恕就瞎指，又给兜回去。后来，萧牧庭总算觉得不对劲了。

“小东西，你带我瞎逛呢？”

太阳快下山，集训马上结束了。最后一趟，萧遇安拿了个第一，站在路边灌冰水。水拿出来时里面还有冰块，现在已经一点凉意都没有了。但那也没办法，他仰着脖子喝，没喝完就听人喊：“萧遇安，你看看你捡回来这小骗子！”

萧牧庭的声音他太熟悉了。但他什么时候捡过小骗子？

余光瞥见萧牧庭提溜着明恕，他差点给呛着了。

明恕耷拉着肩膀，一副做错了事的样子，臊眉耷眼地说：“哥哥。”

萧牧庭把明恕带着自己满院子溜达的事跟萧遇安说了，萧遇安也觉得无语，在明恕额头上轻轻弹了下：“这里面一天天的都想什么呢？”

明恕支支吾吾。他就委屈，自己明明是想阻止萧牧庭和哥哥打架，被萧牧庭提溜了一路不说，哥哥居然还弹他额头。

“我怕牧庭哥哥打你呢。”他嘀咕着，“我还没长大，不能帮你。”

萧遇安和萧牧庭一听，都哭笑不得。

萧牧庭说：“你跟他说。”

两兄弟都觉得和小孩儿说话麻烦，但明恕好歹解释清楚了练球的事。

那边程粤做完了拉伸运动，回来收拾东西。萧遇安把碗和水壶拿起来，也准备回家了。

程粤随口一说：“下次爷爷还给剥豆吗？”

萧遇安的眼皮跳了下。

萧牧庭一听就惊讶了："爷爷给你剥毛豆？"没有的事啊，爷爷从来只管煮不管剥。

明恕看了看那碗，拿起来，挤到众人中间："下次我还剥。"

程粤还说了句"弟弟乖"，说完突然反应过来，猛地看向萧遇安。

萧遇安："……"

程粤："这位？爷爷？"

4

明恕小小年纪就当了回爷爷。

程粤他们半大不小，暑假过完就升六年级了，在大人眼中还是小孩。可他们自己不这么想啊，看了租来的影碟，个个跟着电影里学，不是要当大哥就是要当爷，自称"你爷爷"的事没少干。

萧遇安倒没说过什么"你萧爷爷"，但他好歹一班之长，他们班有小弟叫他萧爷，他也就勉为其难应一声儿。

明恕没看过那些江湖气的电影，一听程粤冲他喊爷爷，连忙摆手："我不是爷爷，你叫错了！"

和这群十一岁左右的男孩凑一块儿，他的声音软得让人发笑。

程粤当即就笑得拍大腿："哎哟喂，我勒个乖乖！这哪家的小崽儿啊？"

明恕想跟人玩，但到底孤单惯了，忽然被一群人围着，还是害怕。

他一害怕就要找哥哥。

哥哥就在他旁边，伸手把他圈起来，将手护在他胸前。他扭头看了哥哥一眼，心马上就放回去了。

程粤蹲下来逗明恕，故意说："小爷爷。"

他个头挺大，皮肤黑，一放暑假就把头发给剃了，现在长起来一层青茬，跟凶巴巴的五官一衬托像个坏人。

明恕连忙往后缩，背贴着哥哥，手还抓着哥哥的手指，胸膛轻轻震动。

萧遇安觉得他马上又要呜或者哼了。

"不是小爷爷。"明恕都没发现自己把哥哥的手给抓红了，小声反驳，"我不是小爷爷。"

程粤逗上瘾了："那不是小爷爷是什么？小宝贝？"

明恕在幼儿园经常听见叔叔阿姨叫别的小朋友宝贝，宝贝是很珍贵的称呼啊，可他的爸爸妈妈就没这么叫过他。

他懵懂地明白，自己不是宝贝。

这下被叫了声小宝贝，他既惊讶又羞愧，头马上就低下去："我也不是小宝贝。"

"啊？不是小爷爷，也不是小宝贝，那你是个啥？"

"我……"明恕声音更小了，"反正不是小宝贝。"

萧遇安刚才就发觉有点不对劲，说自己不是小爷爷时，明恕只是有点害羞，但说自己不是小宝贝时，明恕就蔫儿了，小孩子难过起来就是这样。

他一时半会儿也想不出这个词怎么就让明恕难过了，但程粤再逗下去，说不定会把小孩儿给惹哭。

"行了。"他牵了明恕一下，直接将人拨到了身后，"你管人是啥，还没完没了了？"

"这不逗着玩儿吗？"程粤站起来，嬉皮笑脸的，"逗小宝贝又没逗你，你这么紧张干吗？你家小宝贝啊？"

萧遇安听到明恕"呜"了一声，心想：小孩子就是麻烦，一天也不知道在呜些什么。

"对啊，就是我家的。"

后面那条小尾巴不"呜"了，换了个音节——"咦？"

"就知道是你家的。"程粤爽朗地笑，冲明恕做了个鬼脸，"都给你剥毛豆了，不是你家的还能是我家的？"

夕阳把整片天都给烧红了，少年们吵吵嚷嚷地走过林荫道，各自往家里去。

萧遇安很久没跟人牵过手了，上次妈妈来接他们四个人出去玩，想牵他，他不让，说多大了还牵手。

妈妈笑他装成熟，强行牵了萧锦程。

这会儿他倒是牵着明恕走了老长一截路。

明恕也不知道是吓着了还是怎么了，心事重重的，要不然他也懒得牵了。这么热的天，谁的手都汗，贴在一起不舒服。

大院里的房子一栋挨着一栋，其中又分了片区。萧家和明家在一个片区，程粤在另一个片区。每经过一段小路，就要少几个人，到最后就只剩下萧遇安、萧牧庭和明恕了。

萧遇安把明恕送到明家门口，松手时觉得明恕还抓了一下他的手指，不舍得的意思很明显。之前他也送明恕回来过，明恕一直很黏人，却不至于像今天这样。好像打从听到“小宝贝”起，明恕就有了心事。

“回去吧。”萧遇安冲院子里一抬下巴。

明恕磨蹭了一会儿：“哥哥，我不是宝贝。”

“嗯？”

“我不是宝贝。”

萧遇安听得出明恕语气里的消沉，可他愣是不明白，这词到底哪里刺到明恕了。不过现在也不是问的时候，萧牧庭在前面叫他，说马上开饭了。明恕爷爷也从屋里走到院子里，往外面看。

“先回去吃饭。”萧遇安揉了揉明恕的脑袋。

明恕回头看到爷爷，这才耷拉着脑袋点点头。

萧遇安赶上萧牧庭，萧牧庭还拿毛豆的事笑他。转弯时他下意识往明家的方向看了一眼，明恕已经没在门口站着了。

那儿斜着一抹夕阳，亮堂得晃眼。

运动会马上开始了，萧遇安也没工夫琢磨明恕脑子里的那些想法，晚上跟萧牧庭练羽毛球，白天练田径，时间老是不够用。

明恕上午又来了，趴他床上做手工，那把纸枪眼看着就要大功告成了。

“明天看运动会去吗？”萧遇安带着一身热气从外面回来，火速冲完澡，拿着两根薄荷冰上楼，给了明恕一支。

最近他挺爱吃薄荷冰，也不觉得味儿冲了。

明恕当然想去。他本来还想参加比赛的，可是要上了小学才能参加。

“哥哥，我去给你加油。”

萧遇安反坐在椅子上，一只手搭在椅背上。

他这间房子原来很整洁，但打从明恕来了，就哪哪儿都乱，到处都扔着明恕的小玩意儿。就他坐的这张椅子上，都贴着一张黑猫警长。是明恕贴的，小孩儿在自己家乱贴东西会被说，就来他这儿搞破坏，还和萧锦程交换了好几张。

明恕当时眨巴着眼问他：“哥哥，我可以贴一张吗？”

他本来想说“不可以”，但最后没说得出来。

不就几张贴画吗？贴贴怎么了？

明恕倒是乖，说贴一张就只贴一张，多的都存在他的抽屉里。

“怎么加油啊？”萧遇安问。

他是随口一问，明恕却老老实实思考起来。

电视里加油的都是啦啦队，有统一的衣服，手里拿着大号毽子一样的东西，五颜六色。明恕一瞥自己的枪，那也是五颜六色的。

“哥哥，我把枪带去。”

萧遇安还是头一回听说拿枪去加油的，想象一下那画面，觉得有趣。去年有人扎了个孙悟空，今年明恕扎把枪，也不是不行。

萧遇安问：“枪做好了？”

枪早该做好了，明恕是故意拖着呢，这下想了半天，抬起头来说：“哥哥，我今天晚上就能做好。”

小孩儿那眼神挺认真的，萧遇安却看出老大不情愿，笑出声：“行，那我等你来给我加油。”

明恕夜里没睡着，半夜起来又摸了摸贴上最后一片彩色纸的纸枪，漂亮得很，比萧锦程的贝壳枪还好看。

大院里有个活动中心，运动会就在那儿举行。以前只开半天，今年像模像样地加了个入场式环节，就扩充成了一整天。

“哎哎，看那儿。”四百米跑之前，程粤拿胳膊肘戳萧遇安，往看台上指了指。

萧遇安正在做准备，懒得理他。

“你家小宝贝你都不看啊？”

萧遇安这才朝看台望去。人堆里明恕还挺显眼，站在第一排，手里举着花花绿绿的纸枪，见他看过去，就跳着喊：“哥哥！哥哥！”

那儿挤，小孩子推人没个轻重。萧遇安又往旁边看了眼，萧谨澜就在明恕旁边，把这小东西给护着。

“他拿的那是什么？枪？”程粤说，“稀罕了，这也能拿出来。你要跑赢了，那枪就送给你？”

萧遇安说：“送什么送？那是他自己的。”

发令枪响，除了两个在起跑线就摔倒的，其他人全“嗖”一下冲了出去。萧遇安起初落在程粤和另外一个人后面，和第一第二有点距离。

明恕一看就急眼了，他哥哥怎么能输呢？

看台这边喊声震天，明恕也挥着枪使劲儿喊："哥哥，快跑呀！"可他没那么大的嗓门儿，一着急就更喊不出来了。

萧谨澜上初中后就不参加运动会了，初中生和小学生之间有代沟，她看萧遇安三兄弟，就像萧遇安看明恕一样。

见明恕这么着急，她没忍住，乐了："弟弟，跑步的人是遇安，你急什么呀？"

明恕快急死了："我声音太小，哥哥听不到，跑不快。我说好了要给哥哥加油的。"

萧谨澜就哄他："哥哥听得到，哥哥顺风耳。"

"那哥哥跑不快？"

"因为哥哥比较笨。"

萧遇安哪知道亲姐会说自己坏话，更不知道明恕那么着急。他不是真落后，只是起跑时悠着，过了两百米才开始发力，渐渐超过了第二，马上就要超过程粤。

明恕看见哥哥赶上来了，连忙说："哥哥不笨，哥哥加油！"

萧遇安从看台冲过，就听到这声"哥哥不笨"。撞线时他惊险超过程粤，喘着气转身时，一眼就看到一个小矮子朝自己跑来。

是明恕。

看见明恕他就想起刚才从耳边擦过的那声"哥哥不笨"，除了这小东西，谁还会这么助威？

"哥哥！"明恕高兴得跟自己拿第一了似了，"哥哥第一名！"

纸枪太大了，明恕抱着枪，就没法扑到萧遇安怀里，别扭地换着姿势，却怎么换都不对劲。萧遇安一身的汗，挺排斥肢体接触的，可看明恕转了半天，心忽然软了，将人抱起来。

"哦！"明恕吓一跳，"哥哥？"

5

"叫什么？"萧遇安穿的是白T，明恕刚才在看台上抓了一手的铁锈，这会儿全抹他身上了。要放在平时他肯定得生气，这小东西是他那一柜子白衣服的杀手吧，怎么每次穿白衣服出来都会带一串脏手印回去？

但拿了第一的人心情总归是不错的，而且萧遇安自己也不比明恕干净。明恕脏的只有手，人家穿的是背带裤，还打了个领结，白衬衣上一点儿灰都没有。倒是他满身的汗，把明恕抱起来，就把汗蹭明恕身上了。

萧遇安计较的不是明恕那脏兮兮的手，而是这家伙喊的“哥哥不笨”。

“哥哥哪儿笨？”

明恕眼睛睁得溜圆，小声说：“啊？”

他朝哥哥跑过来，是来恭喜的，又不是要抱抱。哥哥忽然把他抱起来，他还没准备好呢，枪没拿稳，掉在了地上。那枪现在可是他的宝贝，就这么掉下去，枪痛不痛他不知道，反正他挺痛的。

见小孩儿愣愣的，萧遇安有点逗上瘾了：“问你呢，哥哥哪儿笨？”

明恕这个年纪的孩子特别容易开小差，上一秒说过的话下一秒就忘，而且他已经被快乐冲昏了头，哪儿还记得哥哥哪儿笨。

哥哥不笨啊，哥哥最聪明了！

“哥哥，枪。”答不上的问题那就不答，明恕盯着地上，都快急死了，“哥哥，枪掉了。”

这时陈粤走过来，帮忙捡起枪，手臂在额头上一抹，甩出一串汗：“你前面故意的啊？”

萧遇安把枪拿过来：“让你练耐力你不听。”

程粤输得起，再说了，他跟萧遇安那是铁哥们儿，他们俩谁拿第一都一样。第一被萧遇安抢了，他也高兴，萧遇安说他一句，他就杠回去：“那我让你练练起跑你不也没听吗？”

起跑时冲在第二的是陈铁，比他们大一岁，但书读得晚，还跟他们一个年级，仗着个子高力气大，在学校和大院里横行霸道。程粤最烦这人，单是上学期就干过几次架。

陈铁干不过他们，就去欺负年纪小的，萧锦程都被揍过。当然，萧锦程不可能白白吃亏，回头跟萧牧庭一告状，陈铁那脑袋起码缩了一个月。

枪还在萧遇安手里，明恕想自己拿，萧遇安故意拿远，明恕就着急，哼哼呜呜的：“哥哥，还给我。”

程粤看着好笑：“这枪可以啊，我在起跑线就看到了。怎么，送给你遇安哥哥的？”

明恕不哼了，老实回答：“不是。”

“不是？”程粤假装震惊，“那你拿来干吗？馋你哥啊？那不地道，起跑之前他还跟我说，赢了你就会把枪送给他。敢情这不是礼物啊？”

明恕惊讶地转过头：“哥哥？”

明明知道不是那么回事，但小东西逗起来太好玩儿了，于是萧遇安配合道：“不是奖品？”

这是我的礼物！明恕在心里喊着，你没送我贝壳枪，我自己做一个，咋成你的奖品了？

明恕喜欢哥哥，可那也不等于哥哥想要他的宝贝枪，他就乐意给啊。

萧遇安见小东西脸都皱了起来，险些没忍住笑，正想说“好了好了不逗你，枪还是你的”，人家已经特别懂事儿地说：“哥哥，是奖品。”

明恕想通了。他刚才可劲儿委屈，可劲儿舍不得，是忘了哥哥送了他两条手串。现在手串正戴在他的手腕上，一边粉红色，一边薄荷色，阳光一照还闪着光。

萧遇安有点意外：“真给我啊？”

明恕这下大气起来了：“是哥哥得第一的奖品！”

程粤在一旁笑得肚子痛。

这时，旁边传来一声呛：“四百米还兴打配合啊？”

萧遇安不看都知道是谁，不就是那个被他超过的陈铁吗？四百米是陈铁的强项，这人身高腿长，去年跑在他和程粤前头拿了第一，今年还想拿，这下不仅丢了冠军，连第二名也没捞着，心里正不服气。

萧遇安懒得跟手下败将掰扯，他后边儿还有比赛。程粤火气大，陈铁没招惹他那就没事，现在陈铁自个儿嘴贱，那他也得动动嘴。

“打配合怎么了？你有兄弟你也打一个？”

陈铁凶得二五八万似的：“你得意啥，当老二光荣？”

程粤不受他的挑拨：“那是比你老三要光荣。”

萧遇安把明恕放下来，牵着往萧牧庭那边走。走出挺远了，明恕还回头看。这一看正好和陈铁看了个对眼，陈铁恶狠狠地瞪他，他吓得赶紧转过头去。

中午之前，萧遇安又拿了跳远第一。萧家全线开花，萧牧庭和萧锦程参加一项就拿一项冠军。

明恕开心疯了，他没参加过这种集体活动，早上还放不开，只敢待在萧谨澜身边喊哥哥加油。后来劲儿上来了，哥哥拿第一，他就扬扬得意，声音奶兮兮的，喊得比谁都卖力。萧谨澜都快管不住他了。

大院的小孩再多也没多少，到了下午，参赛当啦啦队的就都知道了他这个不安分的小不点儿。有人觉得他可爱，就有人烦他，尤其是那些输给萧遇安的。

下午的重头戏是羽毛球赛。因为人少，不好组队，所以每年运动会的球类项目都只有羽毛球和乒乓球。篮球时有时没有，今年倒是有，但萧遇安没参加。

陈铁也参加羽毛球赛了，但半决赛输给了萧遇安和萧牧庭，气得摔了拍子。

他今年也是背，报哪个项目都没拿到冠军。四百米是第一项，羽毛球双打是最后一项，那个叫明恕的小崽子跟上了金霸王电池似的喊个不停，哥哥哥哥的，烦死了。

从场子里一出来，他就瞧见明恕了。这死小孩身边没个大人，萧遇安他姐也不在。他憋一天的火了，这下总算找到个出气的。

明恕嗓子喊哑了，回家拿薄荷冰吃。这家是哥哥的家，但他现在脸皮厚起来了，开那贴满黑猫警长的冰箱比开他自己家的冰箱还顺手。

他得跑快点，姐姐说决赛和半决赛之间只有半小时休息时间，他急着吃完回去继续看哥哥。可是刚跑了一截儿，就被人拦了下来。他抬起头一看，是早上那个和程粤哥哥吵架的人。

他有点害怕，左右看了看，没人经过，想跑，但后衣领被拉住了，勒得他直咳嗽。

“这不是萧遇安的弟弟吗？”陈铁阴森地笑了两声，“我看你喊得挺厉害，萧遇安是你谁啊？哎，你跑什么？”

6

比赛快开始了，明恕都没回来。

萧谨澜心里奇怪，明恕上场比赛就哼哼说想吃薄荷冰，可是又舍不得哥哥的比赛，一个人在那儿纠结了好半天，都比完了也不敢回去，生怕错过了决赛。半小时说什么也够了，她跟明恕保证了半天，明恕这才决定跑回去拿薄荷冰。

这马上就半小时了，明恕不该回不来啊。

萧谨澜忽然担心起来，明恕不是路上遇到什么了吧？

可她再一想，又觉得不可能。这又不是外面，来来去去都是认识的人，能有什么事？就是没这场运动会，明恕不也在周围转悠惯了吗？

运动会只开一天，最后几个项目拼的早就不是技术，谁耐力强谁拿第一。萧遇安都懒得练习了，练习还费体力。萧牧庭丢了瓶橘子汽水给他，他下意识说了句“不是薄荷味儿啊？”。萧牧庭诧异，说：“你不是爱喝橘子味儿吗？”

他想了想，橘子味儿也行吧。

“你几个第一了？”萧牧庭问。

萧遇安说：“三个。”

萧牧庭说：“那今年又一样。”

“哪一样？”萧遇安说，“去年一共三个，今年加这个就四个了。”

萧牧庭笑了两声：“这还没打。”

萧遇安说：“没打也一样，稳的。”

他们俩从小就什么都较劲，和萧锦程那是闹着玩，大的不能跟小的真比，丢脸，大的只能跟大的比，每年运动会都要算算你几个第一，我几个第一。

裁判让开始了，萧遇安总觉得少了点什么。明恕今天嚷嚷了一天，现在怎么没声音了？他往观众席方向看了看，没见着明恕，萧谨澜也不在。

“你看到小不点儿了吗？”他冲萧牧庭问了句。

萧牧庭视线一扫，正好对上蹲在地上的萧锦程：“没，只看到猴子。”

猴子是萧锦程的新绰号，爷爷给取的，八岁的男孩太烦了，比猴子还难收拾。

对面两人是他们的老对手了，输给他们很多次，却也赢过，这还没开始，就虚张声势挑衅起来。这年纪的男孩没人经得住挑衅，但萧遇安不喜欢废话，一个球扣过去，就给了对方几分颜色。

上午场上听不到萧锦程的助威声，明恕那奶兮兮的声音才格外突出。萧锦程不喊不是因为喊不过，他也有好几个比赛，现在比完了才有工夫铆足了劲给两个臭哥哥加油。

萧遇安一打起来就注意不到场外了，对面两人能赢他和萧牧庭，水平绝对是有的。他们输的那几回就是因为轻敌，这最后一次大院运动会，说什么都不能再掉以轻心。对方也铆足了劲想拿这个冠军，超常发挥，各胜一局打成了拉锯战。

最后的关键时刻，萧遇安接连扣杀，完全没注意到萧锦程没喊了。

萧锦程是在决胜局被萧谨澜叫走的，他正看得起劲，恨不得自己上去挥两下拍子，就听萧谨澜说明恕不见了。

“这还能不见？”萧锦程就没听说过谁能在大院里不见的。

“我怕他走出去了。”萧谨澜说，“奶奶说他根本没回去。怎么办啊？他才五岁。”

萧锦程皮归皮，但遇到事情是个能扛的。他们萧家的男孩都这样，外表怎样那不论，内心一定稳得住。

“就他那德性还能一个人走出去？不可能。而且他急着看萧遇安的比赛，别人叫他出去他也不可能出去。”

萧谨澜说：“但我和奶奶到处都找了，没见人啊。总不可能在这儿还能遇见坏人吧？”

萧锦程脑子里立马跳出来一个人，牙齿咬得“咯咯”响：“那不一定。姐，我知道谁了，你回去跟萧遇安、萧牧庭说一声，让他们打完来石头坡。”

石头坡是大院里的一个荒坡，平时没人去。萧锦程以前也不知道有这么个地方，还是上回陈铁和一群人将他推过去，他才知道。

他在那儿吃过亏，对陈铁这号人物印象深刻。上午他就瞧见陈铁跟萧遇安叭叭的，萧遇安那会儿还抱着明恕，这小人肯定是不能把萧遇安怎么样，就拿明恕撒气去了。

这能忍吗？都欺负到萧家头上来了。

萧锦程气冲冲地赶过去，明恕果然在那儿，陈铁也在，还有三个和陈铁玩得好的。四个十一岁的围着一个五岁的，打倒是没打，但拿地上扯的狗尾巴草扔明恕。明恕那么丁点儿大一个人，往哪儿走都有人拦着，只能缩着脖子躲闪。

陈铁更过分，抓一把狗尾巴草往明恕脸上拍，没使劲儿，但看着跟扇耳刮子似的。

萧锦程看着就急眼了，也顾不上在陈铁手上吃过亏，马上就冲上去要干架。

明恕怕得不行，他是被陈铁扛在肩上带过来的，一路上都在喊。但陈铁选的路偏，人们都在看比赛，根本没人听见。

被扔在草地上时他吓坏了，想哭又不敢哭，一个劲儿地喊“哥哥”。陈铁就听不得他叫哥哥，哥哥不就是萧遇安吗？萧遇安和程粤得意，这奶声奶气的小崽子也得意，不就拿了第一吗，眼里就瞧不着他们这些人了！

他也没想将明恕怎么样，小娃儿他下不去手。上次打了萧锦程，那是因为萧锦程先动的手，他没道理不还手。他打的主意是吓吓明恕，将来见着他了老实点，别以为有萧遇安罩着就这么张扬。他本以为能把明恕吓哭，结果明恕强忍着眼泪，憋了半天，眼泪硬是没掉下来。

“你哥的比赛打完了？”见萧锦程急吼吼地冲过来，陈铁不慌不忙地把明恕推到身后，“那他们人呢？怎么就你一个？当冲锋狗啊？”

萧锦程知道自己打不过他，但明恕在陈铁后面叫他锦程哥哥，他听得心焦，上去就是一推。但陈铁太壮实了，那一下根本没推动。

陈铁笑着扬手，一点劲都没留，抓着萧锦程的脑袋猛地就是一下。萧锦程挣不脱也扛不住，一下子就摔在地上。

陈铁握了握拳头：“和上次一样，是你先动的手。”

四人全围了过来，萧锦程知道一顿揍是躲不过了，抱着其中一人的腿就喊：“快跑！去找萧遇安！”

明恕根本没走，他扯住陈铁的衣服，声音都哽咽了，眼泪还是没掉下来：“你不能打他！”

“感情好啊。”陈铁要推明恕简直太容易了，手臂一挥人就摔到地上。

萧锦程已经被踹了好几脚，他打不过人，但亏的只是力气和身高，打架的技巧他半点不差，身子还灵活。几拳过去，陈铁一兄弟的眼角居然挂了彩。

别人欺负他，还有他们萧家的弟弟，他就不能让别人好过，专挑要害揍。揍不揍得着那另说，只要让他给揍着了，那就痛得没商量。

明恕连冲突都没跟人起过，吓都吓蒙了。陈铁刚把他扔地上时，他连着“呜呜”了好几声。他有这毛病，害怕的时候、不知道说什么的时候就一个人呜呜，但是他越这样，那些人就笑得越厉害，往他身上丢草和小石子。他想跑，但哪里都是别人的腿脚。

他想起上次萧锦程拿水枪滋他时萧遇安说的“你就拿水泼他”，换这回那就该捡石头扔回去。但他不敢。萧锦程那是跟他玩儿，这些人是真的欺负他，他怕极了。但萧锦程冲过来时他突然就不怕了，萧锦程叫他快跑，他哪能跑啊，锦程哥哥是来保护他的，他也要保护锦程哥哥。

最后一局被萧遇安和萧牧庭艰难地拿下，裁判还在宣布冠亚军归属，萧谨澜就跑了过来。

等萧遇安和萧牧庭赶到时，明恕正好被陈铁摔在地上。陈铁脸上有一个脚印，也不知道明恕是怎么踹上去的。

明恕一直忍着没哭，看见萧锦程来都没哭，可发现哥哥来了时，眼泪再也忍不住，马上就下来了。

“哇——”

7

明恕那一声“哇”惊天动地，当场就把萧锦程给吓得愣住了。陈铁等几人也呆住了，都没想到这个一直呜呜的小东西这么能哭。

能哭刚才怎么不哭？

一帮人傻站着，明恕哭得凶，眼睛却还盯着萧遇安。他能不哭吗？刚才都拼命忍着呢，被坏人欺负哭了、打哭了那算什么事儿啊？他没那么弱，他连枪都会做，不就是还太小了吗？他要是长大点儿，那些人哪个能欺负他呀。

可是现在哥哥来了，他就不怕了。他不是被欺负哭的，他是看到哥哥给激动的！

视野里，哥哥和牧庭哥哥一起冲了过来，看上去好凶啊。他们靠拢时像是带起了一阵风，他一下子闭上眼，耳边就响起拳头砸在身上的闷响，还有好几声叫喊。

他悄悄睁眼，看见哥哥将刚才往他脸上扔狗尾巴草的人踹到地上，左手抓住那人的衣领，将人半拽起来，右手就往头上招呼。

那人吱哇乱叫，嘴里喊的是什么“萧遇安你放开”“萧遇安你听我说”。可哥哥根本不理，拳头就没停过。

明恕爬树那会儿经常看到哥哥打架，但都和现在不一样。哥哥生气了，不是和锦程哥哥闹着玩的那种，而是真的在揍人。

他不由自主地将手攥成了小拳头，心“怦怦”跳得很快。那个人刚才一直戏弄他，好几次将他扔在地上。他一身都是草，背和屁股还摔疼了，膝盖磕到石头上都流血了，锦程哥哥的脑袋还挨了几下。那人好坏啊，他也想过去捶两拳。

草坡上混战成一团。

但要说混战其实也不准确，陈铁那边人虽然多，但对上萧遇安和萧牧庭就只剩下挨打的份儿。萧锦程鬼机灵，在两个哥哥没来之前挨揍也牛气汹汹的。这下靠山一来来两座，他拍拍屁股不干活了，牵着明恕往旁边退，还颇有经验并且得意扬扬地对明恕说：“坐这儿看，我给你分析一下萧牧庭和萧遇安的招式，你学学。”

明恕傻不楞登的，看到哥哥心里踏实了，只心跳还是有点快：“啥招式呢？”

萧锦程吧啦吧啦讲一堆，把明恕都给绕晕了。萧锦程还要拍他的背，显摆自己遇到这种事根本不慌，因为上头有大萧和二萧。除了他自己，哪个眼瞎的敢惹大萧和二萧啊。

明恕又朝哥哥那边看了看，轻轻一努嘴。

“嘿，你咋啦！看打架还不高兴？”萧锦程手被人踩了，脏兮兮的还往他脸上戳，“不准努嘴，努着努着就长了，就变成猪拱嘴啦！”

明恕赶紧死死抿住嘴唇。

萧锦程乐了：“你干啥不高兴呢？”

“你是哥哥的弟弟。”明恕嘴里嘀嘀咕咕，“他们当然帮你打架了。”

“你也是啊。”要论心大，整个萧家就没谁比萧锦程心还大，明恕那点小情绪他哪看得出来，抬手就摸明恕的脑袋，“我不也帮你打架了吗？”

明恕小声说：“可你打不过啊……”

“你短手短脚还嫌我？”萧锦程瞎生气，“你三个哥哥，我是第一个赶来的！”

明恕睁大眼：“咦？”

“你好笨啊。”萧锦程揉明恕的脑袋揉上瘾了，“我们都是你哥哥，当然会帮你打架。”

“哥哥……”明恕将萧锦程的手拍下去，专注地看着萧遇安，“我是弟弟啦？”

萧锦程觉得这小东西太好玩了，天天上自己家玩，居然还不承认是弟弟：“你当然是弟弟！”

他当萧家最小的都当烦了，早就想有个弟弟来使唤了。

“哎哟哎哟！”陈铁一兄弟哭得哇哇的，萧遇安眼中的火气极重，又补了几拳才将人松开。

比赛之前他没在观众席找着明恕，就觉得有点奇怪，但他怎么也没想到陈铁居然敢把明恕给拐了。萧谨澜匆忙跑来报信时，他和萧牧庭拔腿就跑。

陈铁欺负的人多了去了，但明恕才多大点儿啊，这人也是卑劣到一定程度了，才能对个五岁的孩子下手。看到明恕被扔在地上，萧遇安就觉得这事过不去。换一个不认识的小孩，也不能被这么扔啊，何况明恕黏了他大半个暑假，虽然每天都回明家吃饭睡觉，但跟他自己的弟弟也没差了。

明恕那一声“哇”谁听见都心疼，这是受了多大的委屈？

萧牧庭上次就收拾过陈铁，招呼着萧遇安别把人揍出毛病。萧遇安松了手，陈铁鼻青脸肿的，想骂，但看着萧遇安就骂不出来了。他横惯了，但那都是虚张声势，真遇到个更横的，他心里恨得慌，怨只怨自己打不过。

萧遇安没想这就放人走，喊了萧锦程。

萧锦程立马蹦起来，好像就等着这声，脑袋也不痛了：“哎！”

“过来。”萧遇安没回头，盯着陈铁，“明恕也过来。”

萧锦程牵着明恕就过去了。

陈铁的嘴角破了，后退几步，看样子想跑。

“站住。”萧遇安没再动手，陈铁一看萧牧庭在自己身后，这是被围住了，想跑也跑不掉。

“你还想干吗？”陈铁咬牙切齿。

明恕被萧锦程牵着的时候还挺乖，走到萧遇安跟前马上不乖了，挣脱开萧锦程的手，要哥哥牵。

萧遇安也正好在这时伸出手，一把将明恕拉到自己跟前，双手按在明恕的肩膀上：“道歉。”

哥哥的声音和平时太不一样了，从头上传来，明恕还抖了下，下意识就扭过头去想看哥哥。

陈铁的脸色很难看，一边喘粗气，一边恶狠狠地看向明恕。

这人像条野狗，好丑啊。明恕心里想着，也瞪了回去。他以前都不会瞪人的，但现在哥哥就在他身后呢，别人瞪他，那他就瞪回去，他啥都不怕。

“道歉。”萧遇安又说了句。

陈铁在那儿磨蹭半天，终于还是尿了，低声道：“对不起。”

萧锦程双手放在耳朵后面：“听不到！”

萧牧庭见着陈铁就烦：“欺负小孩儿有力气，现在没劲了？”

“对不起！”陈铁自暴自弃地吼道。

萧遇安皱了下眉，牵住明恕的手：“有什么冲我来。下次你再敢动他和萧锦程，我送你进医院。”

陈铁惊讶地睁大眼，他们打架归打架，但萧遇安从来没放过话要送谁进医院。

萧牧庭有些不耐烦：“滚！”

一群人丧家犬似的跑下荒草坡。萧遇安这才蹲下来，看了明恕一会儿，伸手帮明恕拍身上的草。

明恕先是愣怔地站着让拍，然后小声地喊：“哥哥。”

萧遇安抬头：“嗯？”

明恕也不说话，两只小手张开，扑进萧遇安怀里。

8

明恕是趴在萧遇安背上被背回去的。

他脏是脏了点儿，小脸儿上糊着灰，身上的草怎么也拍不干净。但是他被萧锦程护着，除了膝盖磕出了血，其他就没什么伤了。

膝盖磕破是多小的事啊，他以前一个人玩还能把两边膝盖都磕破。刚破皮时很痛，但最痛还是涂药的时候，中间不痛。

他现在就不痛，完全可以自己走路，但他还是让哥哥背了。

刚才哥哥给他拍身上的草，从手臂到胸口，一下一下，很轻。他最初还乖乖站着，一眨不眨地看着哥哥。哥哥好勇敢啊，像个英雄。哥哥来之前坏人还在用狗尾巴草拍他的脸，哥哥来了之后坏人就被哥哥揍趴在地上。

哥哥是来救他的呢！

救锦程哥哥，也救他。他和锦程哥哥都是萧家的弟弟。

弟弟是最小的，弟弟可以撒娇。想到这儿，他就往哥哥怀里钻，想让哥哥抱抱他。旁边的锦程哥哥八岁了还往牧庭哥哥背上跳，要牧庭哥哥背回去。他才五岁，比锦程哥哥还轻。

钻进哥哥怀里后他一直没动，哥哥身上有汗味儿，以前他经常闻到的薄荷香皂味都没有了。他轻轻呼了口气，觉得踏实了。他脏，哥哥比他更脏；他好歹不臭，哥哥臭熏熏的，这样他就不怕哥哥嫌他了。

哥哥抱了他一会儿，拍打着他的背，然后松开他，说要背他。他马上扑上去，双手环着哥哥的脖子。

夏天快要结束了，傍晚的太阳溶解在了云里，风吹着不再烫人。

两个哥哥背着受了欺负的弟弟往回走，山坡不好下，都走得很慢。

那边萧锦程被揍了还精神奕奕，一会儿喊“飞啦我飞起来啦”，一会儿喊“驾”。萧牧庭终于忍不了了，将萧锦程扔到地上，任这只皮猴子再求也不背了。

萧遇安这边就安静多了，他不说话，明恕也只是时不时地哼一声。

哼到不知道第几声时，哥哥突然停下脚步。

萧遇安问：“你哼什么？”

他并没有不耐烦，只是很好奇。虽说小孩子有各种各样奇奇怪怪的习惯，但他不记自己小时候也爱哼，印象里萧锦程像明恕这么大时也不哼。

明恕这样，不注意听很像自言自语。

“我没哼啊。”明恕自己还没发现。

“怎么没有？”萧遇安只觉好笑，“你都哼多少次了。”

明恕将下巴搭在哥哥肩膀上，想了一会儿：“我哼着玩儿。”

“哼着怎么玩儿？好玩吗？”

“也不是很好玩，但以前没人和我玩，我不哼，就没声音啦。”

萧遇安脚步顿住，没想到会是这么一个答案。以前他猜明恕那些呜呜是不是跟小猫小狗学来的，但明恕似乎比他想象中还要孤单。

“哥哥？”明恕小声说，“你是不是走不动了？我可以下来。”

萧遇安摇摇头，将他往上抬了下，继续下坡：“走得动。”

萧锦程已经从坡上滚了下去，萧牧庭在后面喊：“你就不能安分一分钟？”

“我已经安分好多个一分钟啦！”萧锦程冲明恕喊，“小东西，你也来滚滚！”

明恕看着那长长的坡，想滚，又有点怕，轻轻抓了抓萧遇安的衣服。

“现在不滚，你膝盖破了。”萧遇安难得有耐心，“等膝盖长好了，还想滚的话再来滚。”

明恕问：“哥哥，你陪我一起滚吗？”

萧遇安想了想：“我可以陪你来，看着你滚。”

明恕高兴得晃腿：“太好啦！”

“别乱动。”萧遇安说。

明恕马上就老实了。

萧锦程就歇了一口气，又继续往下滚。不久，后面的三人就听到一声惨叫。

明恕紧张地抻长脖子：“锦程哥哥怎么了？”

萧锦程哭着喊：“萧牧庭，我滚到狗屎上了！”

萧家彻底热闹了，中午五个孩子一起出去，三个参加比赛，两个助威。傍晚回来，就萧谨澜身上还算干净，明恕和萧锦程都挂了彩，萧遇安和萧牧庭虽然没伤着哪儿，但打过架身上也不干净。最脏的是萧锦程，一进院子就被爷爷萧争云提溜去洗澡。

陈铁等几人被揍得很惨，但惹事的是他们，逮着个五岁的孩子也欺负，任谁来看都知道他们不占理。所以家长也都不好来找，关着门该教育教育，该上药上药。但萧遇安和萧牧庭打架，这还是得被训一训。

眼看哥哥被叫进屋里，明恕的心就揪起来。萧谨澜拿火炬给他吃，他也不吃了，直往里间看。

“你还担心他们俩啊？”萧谨澜找来医药箱，准备给明恕膝盖上的伤消毒上药。

有三个弟弟麻烦死了，无论谁被打破皮，上药都是她这个姐姐的事。家里这医药箱就跟她的发卡箱一样，里面放了啥，没人比她更清楚。

“爷爷会说哥哥吗？”明恕最怕被自己的爷爷说，平时他犯点小错都要被说，哥哥这可是跟人打架。

“那肯定说啊。”萧谨澜说，“不过没事儿，他们又不是故意找人麻烦，是你和锦程被欺负了，他们才打架的。”

明恕还懵懵懂懂的。好在没一会儿，里面的门就开了。

“这么快？”萧谨澜朝萧遇安招手，“弟弟还担心你们会被爷爷说。”

萧遇安走过来，从萧谨澜手中接过药瓶：“我来吧。”

明恕漆盖上的伤已经涂过酒精，算是消完毒了。涂酒精是最痛的，明恕眼睛都红了，但没哭出来。

萧谨澜笑着说：“弟弟真的很勇敢。”

明恕不好意思地低头。他才不勇敢呢，他都不会打架，哥哥才勇敢。

萧遇安用棉签蘸了碘伏，正要涂上去，手却顿了下。明恕这小胳膊小腿的，看着都弱，也不知道陈铁怎么摔得下手。

这么一想，他就又有点生气，觉得揍得还不够狠。

明恕看哥哥皱眉，想了下，觉得可能是因为自己，就说：“哥哥，你放心涂，我不会哭的。”

萧遇安抬头：“哭？”

明恕跟他解释，说自己很能忍，再疼也不会掉眼泪。

萧遇安想了想，这小孩儿其实已经在他面前掉了几回眼泪了。

其实掉眼泪也没什么。

“不用忍着。”萧遇安将棉签贴上去，“疼了就哭。”

“可是妈妈说……”

“听我的。”萧遇安看着他的眼睛，“听哥哥的。”

第四章
小家长

1

开学了，报名那天，萧遇安一大早就出了门。

程粤在萧家门口等他，还嫌他磨蹭：“搞快点儿你，再晚抢不到中间的书了！你咋这么能摸呢！”

报名时班干部最忙了，要负责组织大个儿男同学把新学期的书搬到教室里来。

小学生就爱在这种事上较劲，每学期开学的这个时候都要去抢书。跑得快的就能抢到中间的，去得太晚，那剩下的就全是被挑剩下的，不是书脊被压坏了，就是哪哪儿折了角，反正就丑，谁都不喜欢。

程粤是体育委员，身子的担子重得很，每学期都赶着男同学们冲，他觉得萧遇安这个班长更该冲。

萧遇安当然也冲了，以前都是他去程家门口等程粤，今天是被明恕给耽误了。

运动会之后，明恕就彻底黏上他了，每天他听得最多的话就是小孩儿腻腻巴巴的“哥哥”。

可这是他自己招上的，谁让他跟明恕说今后听哥哥的呢。

他都自认哥哥了，那还能不让人黏啊？

今天他要开学，明恕也要去幼儿园大班，白天暂时就不能待在一起了。前两天明恕把枕头从明家抱来，说舍不得哥哥，要和哥哥睡几天。

他床宽，睡个豆丁是没问题。可他从小就一个人睡，不习惯旁边有人。明恕团在床尾不肯走，说都跟爷爷说好了，就要在这儿睡。

他有点无语，明恕黏他黏惯了，连睡觉都不肯回家。他处处惯着这个小不点儿，却也不想因为迁就小不点儿让自己受委屈。

不喜欢和人一起睡就是不喜欢和人一起睡，就是明恕也不行。

“那我不当人了。”明恕语气里带点天真的撒娇，把他给气笑了。

“不当人你当什么？”

“呜……呜……”

“好好说话。”他凶了明恕一句。其实明恕最近都没怎么呜呜了，每次要呜不呜时，他一纠正，明恕就老老实实地吐字。

“你不喜欢和人睡，”明恕还委屈上了，“那我就不当人了。”

这答非所问，他只得耐着性子说：“问你不当人当什么。”

明恕大眼睛一眨：“我可以当咪咪。”

萧遇安：“……”

上周妈妈回来了，送了萧谨澜一只波斯猫，可把萧谨澜给乐坏了，干什么都抱着，睡觉时还把猫放在床中央，自己挂在边儿上，成天“咪咪、咪咪”唤不停，还不让三个弟弟碰，只让明恕摸。

明恕以前虽然经常和野猫流浪狗一起玩，但这还是头一回抱宠物猫，也跟着萧谨澜咪来咪去的。

“我可以当咪咪。”明恕正儿八经地强调，“我不像咪咪那样睡中间，我挂边儿上。哥哥，你就让我挂吧。我要开学了呢。”

他还是不乐意，想说，你是哪门子的猫，猫有你这么大只的？

可明恕赶在他说之前就“喵”了起来，一声儿一声儿，细细的，喵得他真说不出拒绝的话来。

明恕就这么成功地赖他床上了。

每天晚上，明恕刚睡下时都在靠墙那边——小东西说要挂边儿上，但他哪能真让人挂边儿上，摔下去可怎么办？但早上醒来明恕就滚他身边来了，睡梦里还拽他的胳膊、蹬他的腰，根本不是什么咪咪，就一小捣蛋。

小捣蛋还要赖一下床，放假倒是没什么，赖就赖吧，横竖也就十来分钟。可现在开学了，十来分钟那可耽误不起。

今天他得早早地出门，明恕趴在他肚子上睡得沉沉的，他将人拎起来，人家还嘟嘟囔囔，说什么“哥哥讨厌”。

他戳明恕的脑门，将人教育了一通。

这么一折腾，等他下楼时程粤就有些不耐烦了。

不过这个插曲并没有影响（2）班抢书，一群男孩儿搬得汗流浃背，保证班上每个人拿到的都是书脊没歪、书页没折的完美课本。

班主任和几个老师坐在第一排收费，报完名的同学上班委那儿领书。教室里闹哄哄的，大伙儿一暑假没见，都挂念着，这下开学了，又不用马上上课，都争着讲假期发生的事。

萧遇安向来不管发书，他和学习委员分工，抢书归他管，发书就归学习委员管。这会儿他都忙完了，坐在后排拿本子扇风。

很多男同学领完书就跑他这儿来，叽叽呱呱的，暑假里有世界杯，两拨人争论某场四分之一决赛精彩还是某场半决赛精彩都能争得面红耳赤。

他正想找个安静点的地方待着，就见他们班的好学生来了。那是个瘦瘦的男生，爱好就是学习，每次开学必问他们几个成绩好的暑假都看了什么书，又做了多少题。

他只做老师布置的假期作业，剩下的时间就上兴趣班去。好学生每次问到他这儿都会松一口气，但这回听他说完，两条眉毛就跟老头儿似的皱起来。

“你骗我。”

“我哪儿骗你了？”

“你说你没做额外的题，而你又没上兴趣班，那你干吗去了？”

好学生声音挺大的，这一声问，让那几个争论哪场球赛精彩的男生都转过头来。

萧遇安是觉得假期好像少做了什么事，但天天感觉还挺充实，好学生这一吼把他给吼清醒了。从海边回来以后，他本来打算报个乐器班的，结果就被明恕给缠上，啥都没学成，光顾着带小孩儿了。

不过这也不用跟同学解释。

“你就是骗我了！”好学生激动得很，“班长，你偷偷做题！”

“做题做题，你就知道做题，以为谁都跟你一样啊？”程粤跑过来推开好学生的脑袋，“咱萧哥有弟弟了，暑假里忙着带弟弟呢。”

萧遇安想堵住程粤的嘴，但大家已经开始起哄：“班长，你妈给你生弟弟了啊？”

“隔壁小弟。”萧遇安觉得自己这些同学好奇心也太旺盛了，上数学课时怎么不见他们充满求知欲？

这帮人吵了一会儿又被转移了注意力，闹腾其他事去了。

倒是萧遇安自己琢磨上了，回想这个暑假，他是一点儿正经事没干。萧谨澜上钢琴课，萧牧庭学滑冰，他们家就他和萧锦程在荒废光阴。萧锦程那是自己没点儿追求，而他纯粹是让明恕给耽误了。

但想到明恕那跟在他身后的样子，他又不觉得有气。耽误就耽误吧，反正逗小孩儿也挺好玩的。

只是认真算一算，才发现明恕居然占据了他那么多做正事的时间，这倒是满稀奇的。

报完名领完书就没事了，课要明天才开始上，男孩们约着踢一场球，完了程粤提议一起滑冰去。市里开了一家真冰场，稀罕。

萧遇安走到半途正巧经过幼儿园，幼儿园快放学了，外面等着很多家长，还有明恕的爷爷。他看了一会儿，忽然对程粤说：“你上幼儿园那会儿，是谁去接你来着？”

2

很多小孩儿都不爱去幼儿园，嫌被老师管着不自由。明恕不一样，他还挺喜欢在幼儿园待着。幼儿园小朋友多，比在家里好玩儿。

但是他不喜欢下午放学。

每天来接他的都是爷爷，幼儿园外面有很多小吃摊儿和玩具铺，彩色的风车，亮晶晶的糖人，奇形怪状的泥巴小人，他看见什么都喜欢，都想要。但爷爷从来不给他买，说男孩儿不需要玩这些。

吃的就更别提了，爷爷说小吃摊儿上的东西不干净。

越是要不着，他就越是想，心里那点瘾被勾着，一到放学时间就痒。

来接孩子的一半是爷爷奶奶，一半是爸爸妈妈。明恕不止一次盼望过妈妈来接自己，他要找妈妈买一个金色的风车，呼啦啦转呀转，从幼儿园门口一直转到家门口。

但来接他的永远是沉默的爷爷。

久而久之，他就有点害怕放学了。

放学之前他跟其他小朋友一样开开心心的，放学时间一到，他就觉得自己成了灰姑娘。

上学期小桃老师讲了个童话，灰姑娘坐着南瓜车，穿着水晶鞋参加国王的舞会，午夜十二点魔法消失了，惊慌逃走时丢了一只水晶鞋。

他当然不是灰姑娘，他是灰男孩，放学时间就等于午夜十二点，他的快乐魔法没有了，看其他小朋友有吃的有玩的，他就更不开心了。

“唉——”

明恕坐在黄色的小板凳上，望着活动室的挂钟，用力地叹了口气。

五点钟放学，现在已经四点五十分了。还差十分钟，魔法就要消失了。

“多大点儿就学大人叹气。”小桃老师很漂亮，扎着两个马尾，蹲在明恕面前晃了晃手中的球，“小宝贝有心事？”

明恕点点头，又摇头，端正地坐好：“没有心事。”

“那就快起来，要回家啦。”小桃老师伸出手，“我刚才看见你爷爷了，爷爷真好，天天来接你。”

明恕低下头，嘴巴嘟了起来。

“咱们小宝贝还耍性子呢？”小桃老师揉揉明恕的脑袋，“别嘟嘴啦，找爷爷去。”

幼儿园外面人声鼎沸，学龄前的小孩最经不住诱惑，牵着家长的手，“妈妈我要棉花糖”“奶奶我要卤鸡腿”“爸爸我要玻璃弹珠”。

明恕穿着新衣服、新鞋子，背着新书包，跟在爷爷后面，头埋得特别低，不敢往两边看。今天他被小伙伴们围着瞅，因为他这一身太好看了，书包也好看，陈丫丫羡慕死了，下午放学前还背着他的书包照镜子。

这些都是妈妈买的。他的衣服和学习用品一直是妈妈买，偶尔爸爸也买，但他们很少亲自拿给他，都是直接寄到爷爷这边来。

要不是被大家夸了，他都没意识到新衣服新书包好看。上午他因为这事儿高兴了很久，但现在又不开心了。陈丫丫在他前面，坐在爸爸的肩上，手里牵着个精灵气球。

陈丫丫还羡慕他，他才羡慕陈丫丫。

挤满小贩的路快要走完了，明恕终于没忍住，抬头看了看四周。他就不该抬头的，这一眼就看到了旁边的溜溜球摊儿。溜溜球五颜六色，还有夜光的，摊主左右手各一个，甩得像电视里的杂技表演。

溜溜球是这学期新出现的玩具，很多小孩儿都被吸引了。明恕再懂事也才五岁，哪儿还走得动路啊。

溜溜球摊儿旁挤满了大人和小孩，摊主忙不迭地收钱。

明恕太想要那个蓝绿相间还发光的球了，小跑几步，扯住爷爷的衣角说："爷爷、爷爷，我想要溜溜球。"

爷爷只看了一眼就说："花里胡哨，有什么用？"

明恕平时都乖，以前放学的时候也不是没有跟爷爷奶奶要过东西，但只要被拒绝，就不会再要了。可溜溜球真的好好看啊。

也不知是溜溜球太有吸引力，还是刚过去的这个暑假在萧家有点心吃有玩具耍，被宠得过分了点儿，他这次不干了，非要让爷爷买溜溜球。

可爷爷就没纵容过他，喝道："你听不听话？"

明恕已经挺久没有被凶过了，在自家待的时间少，萧家没人凶他，只有萧锦程背着萧遇安欺负他。这突然被吼，他愣住了，然后眼泪突然就掉了下来。

即便如此，爷爷也没有给他买溜溜球，拉着他的小臂，将他从溜溜球摊儿边拽了出来。

萧遇安在马路对面正好看到了这一幕，眉头轻轻皱了下。

他这位置听不到爷孙俩说的话，也听不到明恕的哭声，但看得出明恕在擦眼泪，被扯着胳膊还在挣扎，不愿意走。

他没见过明恕这样，明恕在他跟前一直很乖，想要什么顶多黏着他跟他撒娇。但这场景他太熟悉了，萧锦程不就经常这样吗？

原来小东西也有和萧锦程一样不讲理的时候。

不过看了一会儿，萧遇安就觉得不对。萧锦程那是真的无理取闹，而且赖皮撒泼之后，一般都会得到想要的东西。明恕闹得没有萧锦程厉害，这时已经被明瀚牵走了。

明恕不是赖皮撒泼，他真的只是想要一个溜溜球而已。

一群人往溜冰场去了，就萧遇安一人还留在原地。

程粤回头没见着人，找了半天才看到萧遇安。

“哎，萧哥，你杵那儿干吗呢？想回去读幼儿园啊？”

萧遇安说：“你们去吧。”

“咋？”程粤说，“你真要去幼儿园？”

“去买个东西。”萧遇安说着就走上斑马线，“你们先去，我一会儿赶上。”

萧遇安来到幼儿园这边的街道时，明恕已经跟着明瀚走远了。萧遇安挤进人群里，被叽叽喳喳的小孩吵得脑子发晕。

这暑假天天被明恕黏着，他本来觉得小孩子也不是很讨厌，会睁着一双大眼睛叫哥哥，很乖很听话，你上哪儿他就跟到哪儿，经常嘀嘀咕咕的，但只要提醒一声，就安静了。

但现在他又烦小孩子了。这都是一群什么小怪物，也太能闹了。

幸好溜溜球摊儿就在路边，不用往里走太多。萧遇安忍着烦躁，跟摊主买溜溜球。

他已经过了玩这种幼稚玩具的年龄了，一时间不知道买哪个好，就照着贵的和大的买。

“给家里弟弟买吧？”摊主拿起蓝绿相间还发光的溜溜球，“要不你买这个？刚才一小孩儿跟他爷爷哭呢，就指着要这个，可那爷爷不给买。小男孩可能都喜欢这种颜色。”

萧遇安不确定摊主有没看准明恕指的是哪个，因为他觉得蓝绿那个并不好看，想了下，索性买了两个，另一个是金红相间，回头让明恕挑去，剩下一个给萧锦程。

3

明恕挨了爷爷的说，闷闷不乐回到家，饭还没吃就跑去萧家。他受委屈了，想让哥哥哄哄。

但萧家只有萧爷爷和萧奶奶在，他问哥哥什么时候回来，萧爷爷跟他说，明天正式上课了，哥哥今天要和同学玩到晚上。

明恕只得一路踢着小石子回家。

暑假里，他每天晚上吃过晚饭就去找哥哥，哥哥要去游泳、踢球，他就跟着；哥哥在家看书，那他就趴哥哥床上翻小人书，这都习惯了。

一开学没了哥哥，他待自己房间里，坐也不是，站也不是。

他们班的梁小明有好动症，在哪儿都坐不住。小桃老师让梁小明跟他学习，可他好像被梁小明传染了，也坐不住，老想往萧家跑。

放假时爷爷不管他，他睡在萧家，爷爷也没说什么。但现在爷爷不让他过去睡了，说萧家那两个大哥哥马上升初中了，他过去会影响人家学习。

哥哥明明在外面玩，根本没学习。他心里犯嘀咕，趴在窗户上张望。

他们家在萧家前面，哥哥回来的时候会从他窗户底下经过。果然，八点多钟时，他看见哥哥了。

萧遇安买了溜溜球就去溜冰场和程粤他们会合了。溜冰是一项新运动，大家以前都没玩过，很多人摔得四仰八叉。萧遇安平衡性好，虽然也是头一次去，但跟着教练学了一会儿，已经能够自己滑了。

溜完冰本来要聚餐的，但是除了他和程粤，其他人都这里痛那里痛，吵着要回家。他和程粤各自买了个煎饼，吃完也回家了。

还没走到家门口，他就听见熟悉的喊声。

“哥哥！你回来啦！”

往侧面一看，明恕果然趴在窗户上。

“不准趴窗户。”小孩儿趴窗户最容易出事，他跟明恕说过几回了，这次有点凶，明恕连忙缩回去。

明恕也不是被吓着了，就是看到哥哥回来了高兴，赶紧往楼下跑。明瀚叫了他一声，意思是这么晚了别再去打搅人家。他边跑边说：“没有打搅，是哥哥叫我下来的。”

只不过一个白天没见，萧遇安看着明恕扑过来，觉得这小东西像很久没见自己似的。

“哥哥，我想死你啦！”

萧遇安一下就乐了，本来还想训明恕几句，结果被这么一打岔，就给忘了。

萧家一楼亮堂堂的，萧牧庭居然正在给萧锦程讲题。

两兄弟讲个题都能打起来，萧锦程不认真，萧牧庭对这个讨嫌弟弟又没耐性，讲着讲着就敲脑袋。萧锦程还还手，两个人打得鸡飞狗跳的。

见萧遇安回来，萧牧庭马上撂担子："你来你来，这家伙脑子不进东西！"

眼看哥哥要被拉去给萧锦程讲题，明恕不乐意，双手抓住哥哥的手臂，冲萧牧庭说："牧庭哥哥，自己的弟弟自己教。"

萧牧庭没想到明恕这小不点儿这么能说："啊？"

萧遇安才懒得教萧锦程，笑道："对啊，自己的弟弟自己教。"

上楼后，萧遇安洗澡，明恕就翻哥哥的书包。他不是小偷小摸的那种翻，哥哥背回来了新课本，让他帮忙拿出来呢。

这一本本的，还挺厚。他一边拿一边想：等我上小学了，我也要背这么多书，我要和哥哥一起上小学。

书全都拿了出来，底下好像还有什么东西。他掏了掏，一看，居然是溜溜球！

萧遇安洗完澡又去院子里洗衣服，夏末的晚风吹着很舒服。他不爱让别人碰他的私人物品，书本更是犯不着让明恕整理。小孩儿懂啥整理啊，说不定还会把书翻得皱巴巴的。

他只是想让明恕发现溜溜球。

这东西不好直接给明恕，不如让明恕自己发现。

刚晾好衣服，他就看见明恕拿着溜溜球跑下来了："哥哥、哥哥，球球！"

两个溜溜球都会发光，白天太阳大，还看不大出来，这下天黑了，那光就特别明亮，一闪一闪的，映在明恕的脸蛋上和眼睛里。

萧遇安擦了擦手，装作惊讶："啊，你拿我的溜溜球干吗？"

明恕简直爱不释手，他今天下午刚为这溜溜球哭一场，现在居然就在哥哥的书包里发现了。哥哥的好多玩具他都玩过了，哥哥的就是他的！

"你也玩球球！"他一晃，溜溜球就闪得更快，"你今天买的呀？"

萧遇安说："你想玩啊？"

"爷爷不给我买。"明恕当时还难过，现在一点儿不难受了，双手甩着球，但不得要领，被线缠住手，脑门还被撞了一下。

"笨。"萧遇安将金红色的那个拿过来，蓝绿色那个留给明恕，手一提，球就跳到掌心，握住，再抛出，"这样，会了吗？"

明恕照着做，但抛得太用力，手没抓住，额头被砸了一下。

“哎哟！”

“拿来。”萧遇安让明恕把蓝绿色那个也给自己，双手一起抛。

明恕看得津津有味，一边拍手一边跳：“哥哥好厉害！”

这年纪的男孩哪里经得住夸啊，萧遇安甩得更起劲，还真像摊主那样甩出了一圈光带。

“想要哪个？”玩累了，萧遇安将两个溜溜球都放在明恕面前。

明恕想也没想就选了蓝绿色的。萧遇安说：“那这个给萧锦程。”

“要给锦程哥哥呀？”明恕抱着溜溜球问。

“我玩够了，你们俩分。”

明恕盯着那个金红色的看了半天，手就伸过去了。

萧遇安在他手背上打了一下：“这个也想要？”

明恕眨巴眨巴眼：“锦程哥哥都八岁了，不玩这个了。”

萧遇安心里笑，这小东西还挺贪心。

明恕如愿以偿得到两个溜溜球，跟着萧遇安回卧室。萧遇安收拾书，他就在旁边没章法地玩球，说妈妈不来接他放学，爷爷不肯给他买幼儿园门口的好玩意儿，每天放学他就像个灰男孩。

萧遇安一下子没明白什么是灰男孩，明恕就说了灰姑娘的故事。萧遇安一方面觉得滑稽，一方面又觉得明家这样确实没必要，太压抑了。

明恕嘀咕了半天，忽然说：“我不是灰男孩，我是灰弟弟。”

灰弟弟和灰男孩好像也没什么不同，不过当弟弟那就有哥哥，明恕觉得灰弟弟比灰男孩幸福。他现在有溜溜球了，就是幸福的灰弟弟。

4

小升初是件大事，上了六年级，班上的氛围都不一样了。

萧遇安念的小学挺好的，全市数一数二那种，这种小学出来的学生大多想往更高处走，差一点的初中都不乐意去。

开学没多久，班主任就宣布了集中补习的办法，还单独找萧遇安谈了次话。

“你的成绩我不担心，肯定是往一中去的。但你是班长，搞好自己学习的同时，还得适当帮助一下同学。”

这就是给派任务了。其实不需要班主任说，萧遇安也挺有身为班长的自觉。开学那几天，他就时不时督促一下程粤，谁找他问问题，他也耐心讲解。

不过班主任给他的任务还要重一些，六年级按成绩分了补习班，成绩最好的不用补习，自己有分寸就行了。班主任的意思是希望他们几个班委在顾好自己的同时，轮流去补习班守守，做个榜样。

这就有点耽误时间了。

因为上次溜溜球那件事，明恕跟他说害怕放学，他每周会去幼儿园接明恕两回。这事他跟明恕的爷爷说过了，但没说带明恕吃东西、买玩具。

守补习班的话，他就来不及去接明恕了。

不过反正也是轮流，可能一周就轮一次。他想了想，还是答应了。

这阵子萧家没暑假时那么吵了，姐姐要参加中考，仨男孩都挺懂事，不在院子里打架了，萧牧庭被抓去上课外小班，每天晚上九点多才被他爸的车送回来，成天苦哈哈的。

萧览岳问萧遇安：“你上不上小班？”

“我不用。”萧遇安闷头写作业，回答得很淡定。

萧览岳在他头上拍了下：“不上就不上吧。”

萧览岳向来不怎么过问他的学习，也没指望他考多好的分数，顺其自然。但回一趟家总得关心一下儿子，于是随手拿起写字台上的绵羊火车：“听爷爷说你多了个小弟啊？”

萧遇安被打了岔，作业暂时写不下去了，余光瞥见绵羊火车。那是上周明恕吵着要的，其实也不算吵，就放学时盯着人摊子瞧。他扯了下明恕的手，没扯动，问：“想要？”

明恕就冲他不好意思地笑。

还知道不好意思呢，简直满脸都写着“哥哥给我买火车好不好”。

他零花钱多，爸妈给，小姑也给，有时萧谨澜还从小金库里拨点钱给他，买绵羊火车纯属小意思。

明恕得到火车高兴极了，说了起码十遍“哥哥最好了”。可才玩了不到三天他就腻了，正好那天在他这儿玩，忘了拿回去，就一直放在写字台上。

火车不是明恕留在他这里的第一个物件儿，仔细想的话，他这儿明恕的东西越来越多了。明恕还自己折风车送给他，金色的，也不管他需要不需要。

见儿子不说话，萧览岳笑了笑："你别欺负人家啊。"

"怎么可能？"他差点就说"我对明恕可好了"。

萧览岳也就过来办事，顺便回家一趟，看过几个孩子就又走了。

萧遇安写完自己的作业，楼下传来萧牧庭的声音，说累死了累死了，不想读书了，想这就去当兵。

爷爷就笑。

萧家两代军人，萧遇安他们这一辈将来也是要进部队的。但萧遇安自个儿倒不是太想入伍，更想当警察。这一点萧锦程和他难得地意见一致。

明天是周五，每个周五他都去幼儿园接明恕，这一点已经和明恕的爷爷达成共识。睡前他看了下班委轮班，明天轮到学委。

小东西肯定又想要新玩具，还要吃钵仔糕。他都躺下了还特意起来，从抽屉里多拿了两张钱放进书包，以防不够。

但第二天中午，学委却病恹恹地背着书包来找他："班长，我发烧了，马上就要去医院，一会儿你和我换一下行吗？"

萧遇安是班长，这活就得班长接。平时还好说，可今儿是周五，谁不想早点溜？

萧遇安没办法，只能和学委换。但他也没忘了接明恕的事，去老师办公室给家里打了通电话，让爷爷去跟明恕爷爷说一声，今天他就不去接明恕了。

这么安排本来是妥了，萧遇安在补习班尽职尽责当着榜样，七点多终于放学了，还把窗户和电源检查了一遍才走。

回家不用经过幼儿园，但他想到明恕前几天叽叽咕咕说钵仔糕，便绕路往幼儿园走去。

钵仔糕是外地传来的，除了幼儿园门口，他还没见哪儿有。今天反正带的钱多，不如买点回去给明恕。

他今天没去接明恕，说不定明恕现在正在他门口像小狗一样守着。

可到了幼儿园那条街，竟然远远看见明恕和明恕爷爷站在幼儿园门口。门已经关了，明恕双手抓着门，明瀚似乎在说着什么。

走近了些，他才看清明瀚脸色很难看，而明恕正在哭。

再近一些，他听见明恕哭着说："我不要爷爷，我要哥哥！哥哥说了要来接我！"

他惊得暂时停下脚步。

小孩儿嗓子都喊哑了，但居然听得出几分坚定的意思。

他赶紧跑过去，明瀚看见他，问了句"你怎么来了"。这时明恕也转过头来，看见他的一瞬间，哭声当即就停了。

"我就知道哥哥会来！"

明恕脸都哭红了，还蹭了些铁门上的锈。萧遇安立即把人抱起来，跟明瀚解释是怎么回事。

明瀚始终板着脸，在萧遇安印象里他就没笑过。听萧遇安说完，明瀚点了点头，看了眼明恕道："他说你和他说好了要来接他，不肯走，非得等你来。"

明恕不看爷爷，在萧遇安怀里嘀咕："哥哥就是会来。"

"那麻烦你一会儿带他回来。"明瀚说。

"嗯，我先带他玩一会儿。"

明瀚一走，萧遇安就把明恕放下来。这都深秋了，明恕穿得厚，个头没怎么长，比夏天更像团子，睁着圆眼睛看萧遇安，明明刚才还哭得那么惨，这会儿又笑起来了。

"还笑。"萧遇安戳他的脑门，"怎么不听爷爷的话？"

明恕嘟嘴："你说了要来接我。"

这事要追究起来，只能算明恕不懂事儿，但萧遇安气不起来。明恕这是等他呢，眼巴巴的，从放学等到天黑，还敢和爷爷犟，抓着铁门撕不下来，长脾气了。

萧遇安有点好笑，把手递给明恕，明恕马上牵住。

小摊儿都收了，但卖钵仔糕的是一家固定店铺，萧遇安过去给明恕买了几个，明恕边走边吃。

以防将来又出现今天这种情况，萧遇安把班委轮流守补习班的事说了，不免就要提到小升初。

明恕想了想，眉头忽然皱起来：“那我明年读小学，还是不能和你一起上学呀。”

萧遇安乐了。他比明恕大六岁，不管是小学还是中学，都注定不能在一所学校。

“萧锦程明年四年级，你们俩一起。”

明恕不高兴：“可是我想和哥哥一起。”

萧遇安想：这是盼着我留级啊？

明恕说：“我就要和哥哥一起，我跑快点，就追上了！”

萧遇安摸他的头：“差六岁，跑再快都追不着。”

明恕想也没想就说：“追得着！”

小孩儿那表情太认真了，萧遇安都不忍心逗了：“吃你的钵仔糕吧。”

被萧遇安落了几步，明恕赶紧跑上前去，一只手举着钵仔糕，一只手牵住萧遇安：“追得着！哥哥被我抓住了！”

5

萧锦程在自家皮惯了，在外面却挺会装的。早晨，他穿着白衬衣和短裤，脚上踩一双一尘不染的白鞋，冲着明瀚道：“明爷爷早啊！”

明瀚点点头：“明恕马上下来。”

小姑给买了最新款儿童防水表，天蓝色的，特别酷，萧锦程见人就要把胳膊抬起来，假装看时间。他那胳膊都举到额头的位置了，再举恐怕就要敬个礼：“明爷爷，快迟到了，我上去看看他在干吗！”

大院里的小孩老是窜来窜去的，明瀚没阻拦，萧锦程脚上像踩了火箭，“嗖”一下就上去了。

明恕已经洗漱完毕，吃完早餐，正站在床上穿校服。

他上小学了，和萧锦程一个小学。

开学已经一个月，一中离小学不算远，本来每天早上哥哥都可以顺路将他送到小学门口，但前两天哥哥参加军训去了，得去大半个月，每天送他捎他的就成了萧锦程。

锦程哥哥也不是不好，但他想哥哥。上学本来就累，早上醒来想到来接的不是哥哥，他就没什么干劲起床。锦程哥哥老催他，拖着他一通跑。他比锦程哥哥矮了那么一大截，哪跑得过啊，气咻咻地喊“我跑不动了”，锦程哥哥都不停一下。

昨天他都摔了，膝盖撞破一块皮，涂了紫药水，好难看。锦程哥哥还抱怨是他的错，怪他腿长那么短。

可是腿还会长的呀，今后一定会长长。

哥哥就从来不说他腿短。上次他耍赖，明明还走得动，偏要捶着膝盖说“哥哥我走不动了”，哥哥还背他呢。

想到这里，他就在床边坐了下来，一边抠膝盖上结的痂，一边想哥哥什么时候回来。

萧锦程冲到二楼一看，嚯，马上迟到了，小东西居然还在床边晃脚，马上气不打一处来。

他可是他们班的纪律委员，每天早上站校门口检查着装记迟到的，这官儿可大了。上学期他亲哥还没上初中，进校门时衬衣扣子没扣好，他追着人喊“这位同学我要给你记过”。

这周本来也该他执勤，他最喜欢执勤了，戴着防水表往校门口一戳，顶天立地的，那叫一个威风！

可就因为这小东西，他不得不和其他班委换班。萧遇安去军训前把小东西托付给了他，让他盯着点儿，早上有空的话顺路捎一程。

其实萧遇安没有说必须接送明恕上学放学，人家有爷爷有奶奶的，他不送明家老头儿肯定送。但谁叫他有责任心呢？人交给他了，他就天天催明恕，按照他站岗那一套，在家就把明恕收拾得妥妥帖帖的。

“你居然还坐着！”萧锦程进屋就发狂，“还想我给你穿袜子吗！”

明恕吓一跳，他胆儿可小了，经不住萧锦程吼，连忙抓过白袜子：“我自己穿，不要你穿。”

萧锦程像个监工，明恕这儿摸摸那儿摸摸，他都死死盯着。明恕心里直犯嘀咕，更想哥哥了。

小东西一穿好袜子，萧锦程伸手就去抓。明恕膝盖上一摊丑兮兮的紫药水，又被拽得飞快地跑起来。

好歹没有迟到。

明恕在一年级（2）班，萧锦程在四年级（3）班。他们小学挺大的，低年级和高年级不在一栋楼，却也不是完全分开，中间有一条长廊连着。萧锦程把明恕送到门口还不走，装模作样地巡视一圈，还让一个乱扔垃圾的小胖子把垃圾给捡起来，抖足了威风才往自个儿班上走。

“他是你哥哥呀？”小胖子叫杜皓，是明恕同桌，“天天来我们门口站着。”

明恕先摇头，但一想哥哥去军训前跟他说要听锦程哥哥的话，就又点了下头：“也是哥哥。”

“那真好。我哥哥上初中了，我怕被欺负。”

明恕说：“我哥哥也上初中了。”

杜皓说：“你哥哥不是上四年级吗？”

“不一样的哥哥。”

“啊，你还有很多哥哥啊？”

明恕忽然得意地笑了，大眼睛眨了眨，伸出四根手指，用那种小孩子家家炫耀的口气说：“我有三个哥哥、一个姐姐哦！”

杜皓：“哇！”

明恕以前只认萧遇安，但这一年在萧家待的时间比在自己家还多，自封为萧家的弟弟，那萧牧庭、萧锦程、萧谨澜不就是他的哥哥姐姐了吗？不过哥哥还是最特别的，不是遇安哥哥，就是哥哥。

“我只有一个哥哥。”小胖子突然忧郁起来，“我妈妈如果早点把我生出来就好了，那我就可以和哥哥一起念小学了。”

明恕这下得意不起来了。小胖子的忧郁也是他的忧郁，这事儿他都忧郁好久了。因为比哥哥小六岁，所以他上小学时哥哥就上中学了，他将来上中学哥哥已经是大学生，他再怎么追，也不能比哥哥只小五岁呀。

“你被批评啦？”放了学，萧锦程带明恕回家，见明恕闷闷不乐的，就拍明恕的脑袋。

四年级的放学时间比一年级晚很多，但是明恕愿意等他。因为不急着回家，天天都帮值日生做清洁，他成了班上人缘最好的一个。

“不要拍，拍了要变笨蛋！”明恕抱着脑袋，小声吼萧锦程。

“你就是小笨蛋！”萧锦程乐了，小大人一样，“说说，为啥被批评，是不是作业写错了？”

明恕嘁嘴：“当然不是，我聪明！”

“你还聪明？不要因为你名字里有个明，你就聪明。”

“哥哥说我聪明！”

两人扯了半天，萧锦程自己想吃学校门口的麻辣串，就给明恕也买了两串，回家要是被批评了，就说是明恕非要吃。

明恕哪知道自己被套路了，吃得开开心心的。但小孩子的肚子娇气，明恕当天晚上就拉肚子了。虽然不严重，但还是让萧锦程紧张了一回，课都不上了，带人上医院去看大夫。

这事谁都没跟家长说，萧锦程是怕被爷爷骂，明恕想得就多了。他敏感得很，小小年纪心眼儿细得很，怕爷爷奶奶知道这事之后怪锦程哥哥，今后不准他去萧家玩。

那怎么行啊。

明恕肚子痛了两天，萧锦程就给他请了两天假，一大一小天天逃课往医院跑。后来明恕好了，这事本来就过去了。国庆之后，萧遇安和萧牧庭军训回来，都晒黑了，萧锦程在两人跟前转了又转，幸灾乐祸的。

明恕盯着萧遇安看了半天，却牵住萧遇安的手往院子里拉。

萧遇安说：“干吗去？”

明恕认真地说：“哥哥黑了，弟弟给洗洗。”

6

虽然国庆之后就正儿八经入秋了，但天气还是热，在院子里泼个水也不是不行。

不过军训已经够苦了，洗个澡跟打架似的。

部队照顾女生，洗澡时间不变，那就只能压缩男生们的时间，全年级只给五分钟。这短得不像话，耍人呢，进去过一道水都不够。

萧遇安本来就有点洁癖，后来想了个办法，和萧牧庭、程粤，还有另外几个男同学去厕所接水，天天晚上穿条裤衩站厕所外面互相浇水。

简直是受够了浇水的苦。

但明恕不知道啊，打了盆水摇摇晃晃走过来，端得还挺吃力，往萧遇安跟前一放，就准备洗哥哥了。

萧遇安看他这样儿，心里好笑，又有点无语。

大半个月不见，耳边没了小东西的哥哥长哥哥短，居然还有点想念。

本来前阵子放暑假，明恕黏他黏到了寸步不离的地步，他都有点烦了。有时让明恕离他三米远，明恕不乐意，却又怕把他惹毛，就可劲儿在三米之外跺脚。

这下离开大半个月，刚才他又让明恕站三米外，人家可不听了。

不听就不听吧，委屈小家伙了。

明恕是真觉得哥哥变黑了，凑上去闻闻，还有点臭。但他不像萧锦程那样——萧锦程刚才说牧庭哥哥臭死了，他得给哥哥留点面子，所以才让哥哥洗澡，还拿洗白当理由。

哥哥黑总比哥哥臭听着有面子吧。

萧遇安这回真没看明白小东西的心思，说不洗，吃了饭洗热水澡去。

明恕就站在盆子边转眼珠子。

萧遇安看了明恕一会儿，揉了下他的脑袋："你是不是瘦了？"

明恕当然瘦了，拉了两天肚子，后来这几天吃得也少，能不瘦吗。

但吃坏肚子这事是他和萧锦程的秘密，不能说。跟哥哥说其实没什么，但他虽然拉肚子了，也还是觉得麻辣串好吃，这要说了，今后就吃不成了。

他计较这个，就打算连哥哥也骗，摇着头说："没有啊。"

没想到哥哥直接弯下腰，将他抱了起来："我抱抱就知道你瘦没瘦。"

萧遇安一把人抱起来就察觉到真的瘦了，但还没来得及问怎么回事，就见明恕小脸儿皱成一团，十分难受地看着他。

哥哥好臭，明恕心想。

他知道哥哥今天回来，还专门洗澡洗头，换了干净校服跑过来。哥哥自己不洗澡，还把他也弄臭了。

但他还是不想揭穿哥哥。

小孩儿啥也不说，但萧遇安没一会儿就明白了。明恕这一年多都跟着他，啥事他看不出来？人家是嫌他军训回来臭了，还忍着不说。

萧遇安忍俊不禁。他不怎么欺负明恕，却也不是没欺负过，今天就想欺负一下。

不是嫌他臭吗，那他就把汗都蹭明恕干净的校服上去。

明恕被搂紧时都傻了，心里就一个念头——我的校服！

但马上他又高兴了，他就喜欢哥哥抱他。每次他在家里被爷爷奶奶说了，或者想妈妈，就跑来萧家钻哥哥怀里，不一会儿就不难过了。

哥哥的怀抱有种魔力。

萧遇安还以为明恕得哭，这一年他下意识地纠正明恕有事没事哼哼呜呜的毛病。纠正过来了，但大约是因为混熟了，明恕不再小心翼翼的，遇到不开心的事儿也不忍了，冲他掉金豆子。

结果这回人家不仅没哭，还咧着嘴笑。

萧遇安也乐了："不哭啊？"

明恕双手捂住哥哥的脸："臭哥哥也是哥哥！"

体重这事儿后来还是没抹过去，晚饭后萧遇安洗了澡，又把明恕叫到跟前，问他为什么瘦了。

半年前，明恕出现过突然瘦一圈的情况。

那时是明恕妈妈温玥回来，似乎是要和明恕爸爸明豪锋离婚，不过没离成。明恕得知妈妈回来了，本来很开心，几天都没往萧家跑。但温玥迁怒于孩子，从回来到离开都没给明恕一点好脸色。

明恕再次来到萧家时就瘦了很多，大半年来在萧家养出的活泼劲儿都没了，蔫儿了一个多星期才慢慢好转。

这次明恕突然又瘦了，萧遇安不得不想是不是明家又出了什么事。

明恕这下瞒不过去了。他本来就没跟哥哥说过谎，哥哥不问他他还能瞒一下，问了他就兜不住，全倒出来了。

萧遇安听得眼皮都跳了好几下。

吃坏肚子本来就是件不小的事，亏萧锦程还知道拿着压岁钱带明恕去看病。但为了不让家长知道，俩小孩儿就逃学。

明恕这才上一年级，居然就跟萧锦程一起逃学了。

萧锦程正缠着萧牧庭下军棋，哪想到这么快就大难临头。吃坏肚子这事虽然没捅到明家去，但萧家是全家人都知道了。萧争云把萧锦程关起来说了一顿，明恕也挨了萧遇安的说。

萧遇安不是不准明恕吃学校门口的东西，明恕上幼儿园的最后一年，他就经常给明恕买吃的。但吃的也得分，麻辣串这种太重口了，明恕现在这年纪不能随便吃。

他给明恕讲道理，明恕就巴巴地点头，听没听进去不知道。但他太了解明恕了，小家伙向来听他的话，答应不吃，那就是真的不吃了，萧锦程下回再哄也没用。

教育了一会儿，萧遇安忽然觉得自己这也太苦口婆心了。这一年他就没少教育明恕。明恕看着乖，但小孩子坏习惯都多，尤其明恕还约等于没爸没妈。他一样一样纠正，简直像照着自己的喜好捏橡皮泥。

明恕还挺乐意让他捏的。

哥哥回来了，明恕就不用萧锦程送了。萧锦程终于解放了，赶忙把换的班调回来，威风八面地站在校门口执勤。

明恕每天从他眼皮底子下过，不明白他到底骄傲个啥。

即便是小学生，学习负担也是很重的。明恕上了大半个学期的课，还没整明白，就到了期中考试。他考得不好，全班四十个人，他考了个三十七名。

期中考试之后就是家长会。他本来就因为分数备受打击，开家长会那天，教室里坐满了爸爸妈妈，唯独他的位子上坐的是爷爷。

他一下子就觉得自己和别人不一样。

7

小学的家长会都是同一个时间开，这边低年级楼明恕闷闷不乐地缩在走廊上，那边高年级楼萧锦程也担惊受怕的。他爸给他开家长会来了。

萧家和明家这点很不一样，虽然都把孩子放在爷爷奶奶家里，但应该参与的重要时刻，比如家长会、开学，学校有什么比赛或者活动，父母中的一方都会抽时间去参与，不是什么都不管，只会扔给爷爷奶奶。

萧锦程倒是希望爷爷来开家长会，不然小姑也行，但回回家长会他爹他妈都没缺席过，把他给愁的。

明恕一不开心就想找哥哥，但哥哥在中学呢，只能找锦程哥哥。

他其实不大敢去高年级教学楼，那儿的人都高高大大的，可他也不想留在这边。

因为是第一次家长会，大家都等在走廊上，七嘴八舌说别人家的爸妈。他都听见了，很多人说明恕座位上的怎么是个爷爷呀，明恕的爸爸妈妈呢？

童言无忌，小朋友们说来说去，居然有人小声说明恕是不是没有爸爸妈妈，又有人说那个爷爷可能就是明恕的爸爸。

明恕不自在极了，觉得所有人都在看他，那些目光像火，不断在他脚边燃烧。他躲啊躲，不知不觉就躲到了连接低年级教学楼和高年级教学楼的长廊上。

“哥哥……”他小声嘟囔着，想哥哥如果在就好了。

长廊上人多，他又矮，被人挤着推着，就到了四年级的地盘上。

萧锦程正焦虑着，各科老师正在给家长发卷子。他暑假玩疯了，心到现在还没收回来，上学期期末考好不容易考进了全班前五，这下又跌回去了，一会儿肯定要被骂。

结果一转身，他就看到明恕茫然地站在人群里，东张西望的，不知道在找什么。

他赶紧跑过去，将人一牵，凶巴巴的：“你来这儿干吗？”

明恕刚才又难过又紧张。他没来过这儿，怕。但是看到锦程哥哥，他就松了口气：“我来找你。”

“找我干吗？看我出洋相啊？”

明恕没懂：“啊？”

萧锦程气呼呼的：“我爸今晚准揍我！”

“大伯给你开家长会来啦？”萧锦程的爸爸是萧遇安的大伯，明恕跟着萧遇安叫。

萧锦程说：“是啊，请假赶回来的。真是，有事就别回来啊。小姑和二叔给我开就好了。”

明恕一听，心里酸溜溜的，小声说：“我想爸爸给我开家长会。”

萧锦程没听清：“啊？”

明恕不说了。他觉得锦程哥哥很讨厌，故意跟他炫耀有爸爸开家长会。

老师们要交代的东西很多，家长会一时半会儿开不完，萧锦程又是个坐不住的，便带明恕下楼买雪糕吃。

明恕平时就爱吃这些甜甜的东西。萧遇安和萧牧庭大了，不爱吃小孩儿吃的东西，萧谨澜更是个大姑娘，天天喊着要减肥。萧家的零食基本就是萧锦程和明恕瓜分。

现在天儿凉了，家里的雪糕冰棍儿没了，萧锦程和明恕就偷偷吃。

萧锦程本来以为请明恕吃雪糕，这小东西会笑嘻嘻地跟他说“谢谢锦程哥哥”，结果人家压根儿不搭理他，还说现在不能吃雪糕，要向哥哥告状。

萧锦程快气死了。

雪糕不吃，麻辣串也不吃，兄弟俩都不想回教学楼，就坐在操场边玩儿。

初中的家长会开得早，月考之后就开了。萧牧庭知道今天小学开家长会，放学后球都不踢了，幸灾乐祸地叫上萧遇安，去小学看萧锦程倒霉去。

萧锦程开家长会这天，可是萧家的大喜事。全家都指着他乐，萧牧庭尤其乐此不疲。

两人赶到时，家长会还没开完，只见萧锦程和明恕各坐一处，都不高兴。

萧牧庭就乐了。

萧遇安见明恕这样，却皱了皱眉。

“哥哥！”看见萧遇安来了，明恕精神马上好了，赶紧跑过去。

萧遇安看了他一会儿，没直接问他怎么了。小东西平时不这样，今天这么不开心，肯定是和家长会有关。可能是因为没考好，挨老师说了。

没过多久，一年级的家长会先开完。明瀚向来是板着脸的，此时倒是并没有显得比平时严肃。但萧遇安明显感觉到他的不悦，因为当他跟明瀚说一会儿和明恕一起回去时，明瀚拒绝了，直接将明恕带回家。

被牵走时明恕不断回头，眼神无助。

“完了完了！明恕的现在就是我的未来！”萧锦程跳脚，“我们都逃不过因为考得差而被修理的命运！”

晚上，萧锦程真被收拾了。但萧遇安没跟萧牧庭一起乐，他有点担心明恕。但隔壁院子一直静悄悄的，也没听见什么斥责的声音传出来。

次日，萧遇安照例去接明恕，明恕一出来就牵住他的手，还给他塞了几颗牛轧糖。

“这是？”萧遇安觉得明恕今天不太对劲。

明家几乎没有小吃，明恕馋，在萧家吃完了还要拿点回去。牛轧糖他们都不爱吃，觉得是老头儿才吃的，明恕塞给他，大概是有什么事要求他。

“哥哥，你拿着，这个好吃。”明恕说。

萧遇安在他脑袋上削了下：“谁说过牛轧糖难吃来着？”

明恕“哎呀”一声，红了脸，不看哥哥了：“但是我只有牛轧糖呀。”

“给我牛轧糖干吗？”萧遇安故意问，“是不是做错什么事了？”

明恕用力摇头。

“那又有什么事想求我？”

明恕这回没马上摇头。

萧遇安说：“作业不会做？还是礼拜天想去哪里玩？”

明恕说：“都不是。”

“那是什么？”

明恕支支吾吾的，萧遇安将牛轧糖放在他的兜帽里。

都走大半截路了，小学就在前面，明恕才说：“哥哥，以后你能不能来给我开家长会呀？”

萧遇安怎么也没想到小孩儿拿牛轧糖来“贿赂”他，是为了让他开家长会。可他哪能给明恕开家长会，他也才念初中。

“昨天爷爷去给我开家长会，我被笑了，他们说我没有爸爸妈妈。”明恕自个儿难过了一晚上，又把自己安慰好了。妈妈不回来就算了吧，爸爸不来开家长会也算了吧，他还有哥哥。

哥哥给他开家长会不就行了！

哥哥那么疼他，一定会答应的，而且他还有牛轧糖送给哥哥。

他就等着哥哥跟他说“好”。

萧遇安老惯着明恕，但这事不是他惯就行了。早上时间匆忙，他也没来得及琢磨一下明恕的心思，就说：“那不行，我不能给你开家长会。”

明恕本来胸有成竹的。

可现在竹子一下就蔫儿了。

8

萧遇安把明恕送到小学门口，也没听明恕再说一句话，估计是自个儿在生闷气。但临到要分别了，明恕又转过来喊哥哥。

“嗯？”

明恕愁一路了，到底没忍住：“你为什么不能给我开家长会呀？”

这问题本来不复杂，但是和一个六岁的黏人孩子解释起来费劲。

萧遇安自己还得赶去学校，今儿他值日，只得跟明恕说：“因为我不是你家长。”

明恕“啊”了一声，听着挺失望的。

萧遇安想了想，得了空得好好跟明恕说说。

这时，自诩萧家骄傲的萧锦程在门口吼了起来：“喂！那个一年级（2）班的，磨蹭什么？还要不要上课了？小小年纪，和校外分子混什么？”

明恕经不起吓，连忙抓着两条书包带子往里面跑：“我来了，我来了！”

萧遇安看着明恕跑进校门，又看了萧锦程一眼。这小东西挺胸抬头，趾高气扬的，官威可以说大得很，也不知道谁昨晚在家鬼哭狼嚎。

不过他得谢谢人家，要不是萧锦程刚才那一嗓子，明恕还得跟他叽叽咕咕好一会儿。

明恕一进一年级（2）班，还没坐到自己位子上，就觉得有点不对劲。怎么好些人都盯着他看啊，光看，也不说话，那眼神让他觉得怪怪的，不舒服。

连同桌小胖子杜皓也偏着脑袋看他，嘴巴张合几个来回，想跟他说话，却又痛苦地憋回去。

上午的课上完了，明恕问杜皓：“你们老看我干什么呀？”

杜皓平时话太多了，要老师不管纪律，能在明恕耳边念一天，这会儿却拧拧巴巴，半天没吐个字出来。

明恕今天本来就不高兴，昨天也不高兴，他都不高兴两天啦，情绪控制不住，手也没个轻重，推了杜皓一把。

杜皓没站住，摔一屁股蹲儿，惊讶地喊："明恕你打人啊！"

班主任还挺意外的。这半学期，明恕算得上班里最乖的小孩儿了，虽然成绩不好，但听话，长得也漂亮，和谁都能玩一起，一看就是那种家教很严的家庭出来的孩子。

乖小孩居然把同桌给推倒了，一问还是乖小孩先动的手。

其实明恕刚把人推倒就知道自己错了，他还伸手去拉小胖子呢。小胖子跟他好，站起来拍拍屁股就算了。但他推那一下阵仗太大了，全班同学都看见了，有人就跟老师说了。

他十分委屈，昨晚回家爷爷因为他的成绩说了他好大一通，今天哥哥又不跟他好好说话，在校门口被萧锦程吼，到了班上被莫名其妙围观。

他推人是不对，但别人干吗都那么盯着他？

班主任刚结婚，温柔有耐心："跟老师说，为什么要和杜皓打架？"

明恕脑袋都快埋胸口上了，声音闷闷地说："他们都看我。"

"看你？"

"我问杜皓，他也不说为什么看我，我就推他了。"

杜皓本来就在旁边，一听明恕这话，也赶着道歉："对不起，我跟他们不是一头的，我跟你一头。"

班主任听得一头雾水。杜皓连珠炮似的解释，说昨天开家长会，大家都是爸爸妈妈来，只有明恕是爷爷来，不知道谁说明恕没有爸爸妈妈，早上一到全班都在说这事。

"我跟他们说了，我同桌有爸爸妈妈，但他们不相信我！"说到这儿，杜皓也委屈起来，他可是明恕这一头的啊，明恕居然推他。

明恕听杜皓说完，脑袋埋得更低了，脸颊到脖子根儿都红了，紧紧咬着嘴唇，手也抓紧了。

他这都不是难过了，就是羞得慌，觉得自尊心受到了伤害。

带低年级的班主任多少钻研过儿童心理，一看明恕这样子，心里就清楚了。

对这个年龄的孩子来说，"没有爸妈"那是最严重的指责，没爸妈的小孩在班上被孤立都有可能。她不能坐视不管。

其实昨天明恕爷爷来开家长会，她也有些不满。明恕有些小毛病需要家长监督，比如经常开小差，不爱吃水果、蔬菜。会后她还专门和明恕爷爷聊了聊，得知明恕从小就是和爷爷奶奶生活在一起。

她教过的父母不在身边的孩子不少，性格多少都有点问题，明恕算是很正常的了。但今天这一闹，让她不得不怀疑明恕还是缺少关爱。

这还是得和家长谈谈。

班主任斟酌着用词，安抚了明恕好一会儿才说："让家长来见见老师好吗？"

明恕情绪低落地眨了下眼："昨天爷爷不是才来了吗？"

班主任觉得孩子的问题，和老一辈不一定说得清楚，得由父母来。父母实在来不了，姑姑、舅舅，或者大一些的哥哥姐姐都行。

她跟明恕这么说了，明恕眼睛立马就红了："可是哥哥说，他不是我的家长，不能来给我开家长会。"

班主任一看明恕这样，也心疼了，连忙哄了几句，请家长的事就先搁置了。她想，要不自己平时就多盯着明恕吧，这么乖一孩子，也不可能老打架。

初一课外活动丰富，萧遇安上的又是重点班，期中考试一过，什么活动都来了，要准备运动会，还要准备文艺汇演，每天都在学校待到晚上才回去。明恕要么自己回家，要么跟着萧锦程，就早上还能送送明恕。

自从上次之后，明恕就跟他别扭上了。倒也不是不理人，就是没以前那么黏他，像有心事。

他确实没空管着明恕，想把这一摊子事都忙完了，再关心一下明恕在学校的情况。

结果还没忙完，有一天晚上萧锦程就喊着"号外号外"冲到他跟前，说明恕跟人打架了，打得还挺厉害，桌子都掀翻了，后桌的文具和书本稀里哗啦摔了一地。

萧遇安皱眉，明恕还能和人打架？

明恕掀桌子这种事，他是真的想象不出来。

萧锦程说了一大堆，什么老师让请家长、明恕今天回来的路上一直垮着脸，完了完了，肯定要被明老头儿揍。

萧遇安看了看时间，都九点多了。但犹豫了一会儿，他还是拿起外套出了门。

明家一楼亮着灯，但明恕的窗户是黑的。萧遇安正要进院子，忽然察觉到一道熟悉的视线。他退了两步，往旁边一看，只见明恕坐在树杈上，红着眼看他。

那棵树就是当初他将明恕抱下来的树。

明恕已经很久没有再爬过树了。

9

明恕和杜皓后面坐了俩男生，长得黢黑，还丑，但个子比明恕大，和杜皓差不多。但杜皓那是胖，后面那俩人是壮。

班主任已经在开班会时和大家解释过了，说明恕有父母，只是现在和爷爷奶奶住在一起。消停的这就消停了，那些不消停的还天天笑明恕没有爸妈，后来越说越难听，连孤儿都来了。

明恕后面那俩人一上课就躲着老师说："哎，孤儿、小孤儿，你爸妈呢？"

明恕回头看他们，他们还嬉皮笑脸："孤儿转过来了！"

虽然哥哥说过，在外面不能让人欺负，但明恕从小被教育要有礼貌，硬是把气给憋回去，一整堂课脸憋得通红，掌心也被抠出深深的指甲印。

倒是杜皓没忍住，下课照着后面的课桌就是一肘子："你们俩说什么呢！"

杜皓胖，那俩人也不敢对他怎样。三人吵半天，明恕拉杜皓，说别理这些煤炭。

煤炭这词儿把后面那俩人刺激到了，越发过分，喊了几天孤儿后，还编了首歌来唱。

明恕能忍，那不是因为他脾气好，一是家庭教育的原因，二是他觉得打架的小孩不乖，他不想让哥哥觉得他不乖。但这几天哥哥都不怎么理他，他放学等半天，哥哥也不来，他只能跟锦程哥哥一起回去。

他老想着"哥哥是不是讨厌我了"，越想情绪越低落。本来就低气压了，那俩人孤儿歌一唱，他憋了好久的气一下子就压不住了，还在上写字课呢，转身就把桌子给推翻了。

桌上和桌肚里的书稀里哗啦全掉在地上，俩煤炭吓了一大跳，其中一个反应快，没给压着，另一个被压在桌子下面直叫唤。

老师也给吓着了，全班同学都往他们这边儿看。那是明恕啊，全班最乖的明恕！

明恕气急了眼，桌子推倒还不算，跳过去就踩在翻倒的桌子上，压着下面那块煤炭打，边打边喊："你才是孤儿！你才是孤儿！"

旁边那块煤炭回过神来后扑上去打明恕，杜皓胖归胖，但有义气，早想揍后面俩人了，哪能让那人打明恕，马上跑过去和煤炭打成一团。

教师当然得来拉架，几个班委，还有个子高一点的男生都来了。但明恕打架是跟哥哥学的，加上又压了一张桌子，直打得那人哭着喊"我错了"。

错当然是俩煤炭的错。四人站在办公室，都跟花猫一样。明恕没挨揍，也没哭，但脸上沾着些灰。

哭得最厉害的是杜皓，声泪俱下地控诉那俩人说明恕是孤儿。

班主任也不好办，心里偏向明恕，但挨揍的学生吃了亏，家长得找学校。没办法，只能都请家长。

而且班主任觉得，明恕的爸妈不能老这样不来学校，这事归根到底，还是因为上次开家长会时，明恕的爸妈都没来。

得知要请家长，杜皓哭得更伤心。明恕一声没吭，还拿出纸巾来给他擦脸。

回家后，明恕没把这事儿跟爷爷说。班主任专门提醒了他，这次得爸爸妈妈去。

他得让爷爷给爸爸或者妈妈打个电话，但他什么都不想说。这是他第一次打架，不是什么光彩的事。他不怕被爸爸妈妈说，他怕的是给他们打电话了，他们还是不来。

从小到大，他都让爷爷打过多少电话了。

他都有点灰心了。

在学校就洗干净了脸和手，吃晚饭时爷爷奶奶也没发现他怎么了。到了该睡觉的时间，他偷偷跑出来，一个人爬到树上。

周围很安静，直到这时，他才"呜呜"哭起来。

他不是孤儿，他不是故意打人，是别人先欺负他，他都忍好久了。

可他打架了，打架就不乖。

枝丫上可以看到萧家，他想去找哥哥。但哥哥会理他吗？会不会因为他不乖就不喜欢他了？

他越想越难过，眼泪把衣袖都弄湿了。

不知怎么的就想到了一年多以前，他在这棵树上下不来，是哥哥将他抱下来的。

如果哥哥能来就好了。

当哥哥真的出现时，他都没能及时反应过来。

萧遇安没想到会在这儿看到明恕，两人都很惊讶。看着明恕那双哭红的眼睛，萧遇安心里泛起说不出的滋味，走上前去伸出手："来。"

明恕轻轻说了声"哥哥"，没动。

萧遇安就哄："乖，先下来。"

听着那声乖，明恕就忍不住了，大滴大滴的眼泪往下掉。

萧遇安终于把人抱下来，没放地上，直接抱家里去了。

明恕在学校打架的事，明家不知道，萧家倒是全知道了。萧争云觉得还是该跟明瀚说一声，萧遇安说他们自己能解决。

萧争云想了想，便随孩子去了。

萧遇安把明恕带到自己的房间，给人擦了脸，又拿来一杯温热的牛奶。萧谨澜最疼明恕，把今天刚买的樱桃蛋糕拿过来，还抱了抱明恕："小宝贝不怕啊，姐姐在。"

萧遇安把萧谨澜支了出去，让明恕自己把白天的事说了一遍。明恕一直低着头，蛋糕也没吃，说到后面就抬手擦眼泪。

萧遇安越听，脸色就越难看。

小孩子再无知，"孤儿"这个词也太重了，那就是天生的恶，性格里的残忍。他都不知道这段时间明恕在学校被欺负成这样。他要知道，就算老师不请家长，他也得去找老师说说。

"我明天陪你去学校，我去见你的班主任。"

明恕抬起头，哭过的眼睛更亮了："可是……可是……"

萧遇安觉得自己的耐心都耗在明恕这儿了："可是什么？"

"可是你不是我的家长。"明恕说到这儿，忽然委屈得打了个嗝，"你说的，你不是我的家长，所以不能给我开家长会。"

萧遇安愣了一下，一回想，之前的确说过这种话。小孩儿竟然因为这句话委屈成这样了。

冷静下来再一琢磨，他去找老师确实不合适。但明家的情况他大致也清楚，明恕的爸妈都不可能来，即使打电话也没用。

考虑半天，他以一种商量的口吻对明恕说："这样，你先打两个电话，说老师希望见见他们，如果他们确实不愿意来，我们再想办法。好不好？"

好一会儿，明恕才点了点头。

家里用的都是座机，二楼有分机，就在旁边的书房。萧遇安带明恕过去，最初还想明恕可能记不得号码，但是明恕熟练地拨了号。

萧遇安心里更不是滋味。他都不记得父母的号码，明恕从来没亲自打过电话，却记得这么清楚。

那边接通了，是明恕的妈妈温玥。

不等明恕说完，温玥就说自己在国外，短时间内回不来。明恕想多说一会儿，通话已经断了。

明恕站在电话边，轻轻吸了吸鼻子，又给爸爸明豪锋打。

萧遇安有种强烈的冲动，让明恕不要打了。

电话再次接通，明豪锋倒是听完了明恕的话，但在沉默片刻后道，最近太忙，抽不出时间，让爷爷去吧。

明恕放下电话后，看萧遇安的眼神充满无助，眼睛睁得很大，好像只有这样才能勉强兜住泪水，可紧咬着的唇却将他出卖得彻底。

萧遇安走过去，蹲下来，牵住明恕的手："没关系，我来想办法。"

10

萧览岳接到萧遇安的电话时，还以为萧遇安在学校犯了什么事儿要请家长，心里犯嘀咕。

他这一双儿女，小的比大的还让人省心。大的是个姑娘，当父母的就操心姑娘家吃亏，小的丁点大就稳，从来没出过请家长的事，要真请一回，他倒是要和妻子争一争谁去。

但萧遇安把话说清楚了，是隔壁家的明恕被请家长。

萧览岳这几次回家都看见明恕给萧遇安当尾巴根儿，招人疼得很，但没想到这请家长都请到他头上来了。

萧遇安把明恕哄到卧室里，陪着吃了一会儿樱桃蛋糕，才关上书房门打电话。

家长得请，但明恕爸妈都不在。他刚从小学毕业，太了解小学那一套了，如果这时候明恕还去跟班主任说，爸妈来不了，那往后日子就难过了，一是班主任心里会有意见，二是同学们的孤立、欺负会变本加厉。

他要是上高中了，那就以明恕兄长的身份独自去跟班主任谈。

但他现在这年龄实在是不合适。萧谨澜也不行，缺了点儿声势。思来想去，就只剩下亲爹了。

正好萧览岳这阵子没去外地，至少时间上抽得出空来。

萧览岳本来不同意去见明恕的班主任，不是故意不帮这个忙，明恕到底是别人家的孩子，他没立场。

但萧遇安把明恕在学校的遭遇，还有给温玥、明豪锋打的那两通电话都说了，萧览岳沉默了一会儿，先感叹了一句明豪锋这爹当的，又说别着急，这事他去处理。

萧遇安就把电话给挂了。

爸说自己处理，那应该就是要管这事，但在管之前得知会明恕爸爸一声。那他就等着。

不一会儿，明恕吃完蛋糕，牛奶也喝完了，来书房找他。小东西哭够了，肚子里的话也全倒出来了，这下看着没之前那么蔫儿了。

“哥哥。”明恕往萧遇安腿上爬，“你当我的家长吗？”

萧遇安没说当不当家长，但说：“明天我去见你班主任。”

明恕终于露出笑来：“那你就是我家长！哥哥是家长！”

萧遇安怕又把明恕给说伤心，就没反驳。家长就家长吧，反正明恕现在天天赖着他，这家长他就是不乐意当，不也已经当上了吗？

这时，萧览岳的电话打来了，说明天下午去见明恕的班主任。

“你先来接我。”萧遇安说，“我们一起去。”

萧览岳乐了：“带你干吗？你都一小孩儿。”

萧遇安说：“我是他哥哥。”

明恕小声在旁边说：“是家长。”

萧览岳无所谓，想着反正有阵子没见着儿子了，那就先去接萧遇安好了。

明恕早上到校，是萧锦程牵到班上的。萧遇安只是跟他说明恕被欺负了，让他护着点儿。他那架势大得吓人，朝半屋子人一扫：“我四年级（3）班萧锦程话就放这儿，明恕是我弟，谁要是再敢欺负他，我见一次打一次，不服上我那儿找我！”

明恕坐在座位上，脸都被说红了。路上萧锦程就跟他说，一会儿要给他们一点颜色看看。

现在颜色是看到了，但他也成了全班焦点，他臊。

后面那俩煤炭身上涂着红药水、紫药水的，将桌子往后挪了一大截，再不敢找事儿了。明恕也不看他们，嫌臭。

杜皓着急死了：“你昨晚被揍了没？”

明恕摇头：“我吃了蛋糕。”

杜皓惊讶：“我昨晚被揍了！”

明恕想笑，但忍住了。他分得清谁跟他好，杜皓昨天是为他才打的架，他不能笑杜皓。

“那你爸妈来吗？”杜皓问，“不会又你爷爷来吧？”

明恕想说哥哥的爸爸来，话到嘴边又改了口，笑着说：“家长来。”

他说的时候有点高兴，语气听着挺得意的。

杜皓琢磨到下午，也不明白请家长还得意个啥，不该害怕吗？

初一下午只有两节正课，但课后事情太多了，萧遇安惦记着明恕请家长的事，把排练和训练全推了，出校门上了萧览岳的车，一上车就看到后座放着几个大盒子。

那种盒子他太熟悉了，不就是玩具嘛。但他们家没人还玩这些了。

“给你小弟的。”萧览岳笑了笑，“你们那些玩具老的老旧的旧，换点儿新的给他玩。”

萧遇安说：“你刚买的啊？”

“你妈以前买的，回来放着就忘了。昨天正好翻出来，都没拆封。”

萧遇安又回头看了看：“那多谢。”

“唉，你这小子。”萧览岳笑，“跟爸爸还说谢谢？而且这也不是给你的。”

萧遇安转头看窗外，小声说：“给我我也不要。”

一年级已经放学了，明恕跑到校门口，抻长脖子等家长。看到哥哥从车上下来，他就弯着眼睛笑。

萧览岳摸了摸他的头："我们小弟长个儿了。"

明恕怯生生地说："叔叔好。"

萧览岳去找班主任的时候没让明恕跟着，萧遇安这算是母校重游，在小卖部给明恕买了一碗现兑的杏仁茶。

别人请家长都殚精竭虑的，明恕倒好，心安理得一口一口舀着吃，吃完又等了一会儿，萧览岳就出来了。萧遇安拍拍明恕："先上车，车里有你的礼物。"

见到萧遇安时，班主任有点惊讶。她虽然没有带过萧遇安，却也知道萧遇安是刚毕业的优秀学生代表。

刚才萧览岳是以明恕叔叔的身份来的，虽然不是明恕的父母，但既然明恕父母都不在，那她也只好把情况都跟萧览岳说了。萧览岳保证会回去好好跟明恕说，也希望老师能够正确引导学生，态度温和中带着几分强硬。

班主任挺喜欢明恕，既然家长来表了态，她这也放心了。没想到萧览岳刚走，萧遇安又来了。

还没有做好给小东西当家长的准备，但被叫了一年多哥哥，萧遇安觉得自己有责任保护明恕。明恕爸妈是指望不上了，这次幸好他自个儿的爸在，但今后要再出什么事，爸不可能回回都来，那就得他这个当哥哥的顶上。

萧遇安和班主任聊了一刻钟，总结起来就一个意思——我是明恕的哥哥，今后明恕在学校里有什么需要请家长的地方，您就找我。

第五章
麻烦的小学生

1

秋天，银杏树的叶子黄了，风一吹，就飘飘洒洒落在教学楼之间的青石路上。

一群高年级男孩在青石路上飞奔而过，前头的在躲，后面的在追。教学楼的窗户上趴着许多看热闹的人，一个挤着一个，最下面的一边拍窗一边喊：“你们快压死我了！起开起开！”

没人愿意起，都追着那群男生看。

“牛粪这回是完蛋了吧？”一人说，“你们看看他那样儿，也就欺负欺负低年级的，这一被明哥盯上，跑得比耗子还快！”

“跑得再快也没用啊。”另一人说，“明哥上周就放话说要收拾他呢！”

“他活该！明哥早该出马了！”

“就是，牛粪欺负过好多低年级女生，连我都被他欺负过。”

教学楼背面是户外器材区，再后面就是围墙了。牛奋和他的一帮兄弟没地儿躲了，就往器材上爬。

六年级的学生，器材显得有些小，爬上去施展不开。

杜皓在下面一看，乐了：“你们跑得掉吗？”

他打的主意是他们就在下面守着，几坨牛粪总不可能一直不下来，尿急了难道还能尿裤子里？

但他话刚说完，旁边一个人影就飞了过去。

对，就是飞。明恕跑起来跟飞似的，眨眼工夫就过去了，他拦都没法儿拦。

“哎明哥！”杜皓喊了一声，也没犹豫，手一挥，“都给我上，等什么等啊，直接打下来完事儿！”

他这么一喊，大伙儿全压了上去。

但谁都没有明恕速度快。

明恕今天就盯着牛奋了，这人仗着自己块头大。家里有几个钱，从上学期就开始在学校称王称霸。以前还只是欺负男生，现在连女孩儿都欺负。

他就见不得这种人，放了话要收拾，那就不兴讨价还价，牛奋躲也没用。再说他今天有重要的事，得速战速决。

牛奋在器械上翻来跳去，明恕个头不比他矮，但灵活得多。在云梯上翻腾时看得杜皓心都揪紧了，生怕他明哥一个没抓好，从上面摔下来。

几秒钟的工夫，明恕就逮着牛奋了。牛奋晃了下，装腔作势地喊：“我警告……”

明恕话都没让他说完，直接扯着就往下跳。

牛奋命都快吓没了，落地时满地滚，痛呼着：“腿断了，腿断了！”

明恕一脚过去，牛奋立马跳起来。但跑是跑不了，明恕拎住他的衣领，又往地上摔，然后直接骑了上去，抡起拳头就开揍。

牛奋那些小弟也被一个个逮住，器械场顿时怪叫一片。

杜皓吼得最凶：“我明哥警告过你们没？打架就打架，公平着来！把人家女孩儿堵厕所干什么？你们贱不贱啊！”

这会儿是中午放学时间，一群五年级的把六年级的压着打。也不怪六年级的打不过，牛奋那些人都是水货，虚张声势有一套。五年级的基本全是校足球队的，还有两个从小学武术的。

牛奋趴地上哭，明恕拖着人往另一块地上扔，一脸的汗，恶狠狠地说：“下次还整女孩儿吗？”

牛奋的脸皱一块儿，还真像一摊干瘪的牛粪：“不敢了，不敢了！”

明恕站直了，喘了一会儿气：“萧锦程走了我还在，我盯着你，直到你毕业。”

牛奋点头如捣蒜。

明恕擦了擦汗，一看时间，皱了下眉。

“走走走，今天我请客！”杜皓跑过来揽住他的肩膀，“吃牛肉面去！”

“我不去了。”明恕肩膀摆了下，“下午帮我请个假。”

今天周五，下午是活动课，杜皓一听不乐意了：“你去哪儿玩？我也要去！游戏厅还是台球室？”

明恕白他一眼：“一中。”

杜皓愣了下：“找你哥啊？你也找不着啊，他们高二很忙的吧。”

明恕说：“今天有篮球赛。”

杜皓恍然大悟，做了个“拜拜”的手势：“那你去！快快乐乐地去！活动课我帮你搞定！”

当了四年的同学，这是第五个年头了，杜皓还能不了解他明哥吗？什么事都没哥哥重要，哥哥就是天底下第一好，哥哥的篮球赛那能不去看？

说起来，明哥一年级时还不是明哥，个头矮，声音也软，长得像个姑娘，弱弱的，还被后桌欺负，要不是他无条件护着明恕，明恕哭都不知道得哭多少回。

好在明恕有个高年级哥哥，萧锦程，还有个上初中的哥哥，萧遇安。一年级时明恕被后桌叫孤儿，打架请了家长，是萧遇安来的。

在这之后明恕就不软了，说话的底气儿都足了。

后来他听说明恕家里不止这两个哥哥，还有一个哥哥、一个姐姐，三个哥哥轮流教明恕打架，萧锦程还有事没事到他们年级来巡视一圈。

萧锦程谁敢惹啊？那可是高年级的霸王。

到了二年级，明恕就不弱了。有次班上男生被隔壁班的打了，体育委员约人说要打回去，明恕举手报了名。

后来萧锦程毕业去了初中，高年级的觉得明恕没人罩了，想整明恕，结果明恕直接把人给打趴下，多了个绰号叫明哥。

明哥拥趸多，男的女的都有，男的觉得明哥打架强，女的觉得明哥长得好看。

杜皓咂摸半天，自个儿乐起来。

不管怎么说，他才是他明哥最铁的伙伴，别人没得比，明恕一年级第一场架就是和他一块儿干的。

他在明恕这儿的重要性就比萧遇安差那么一小截。

明恕午饭都没吃，急急忙忙赶到一中，在篮球场转了一圈，练习的人里没瞧见哥哥。

打了场架把肚子给打饿了，他左右看了看，跑去小卖部买了俩面包——现在他正长身体，一个吃不饱，一条巧克力、一袋牛肉干，又买了三瓶饮料装进口袋，打算下午比赛时拿给哥哥。

哥哥现在应该正在午休，他很懂事儿，没去班上打搅，就一个人在校园里闲逛，逛着逛着脚步就停了下来。

高二楼下面的植物园，哥哥在那儿，旁边还有一个女生，长头发，手里拿着两瓶水，正在和哥哥说话。

2

萧遇安是被他们级花佟宇叫到这儿来的。

他们俩都是从一中初中部直升，初二时还短暂地做过同桌。但上高中后就不在一个班了，萧遇安在实验班（1）班，佟宇在实验班（2）班，都是理科。

佟宇长得高挑漂亮，人还聪明。高三和高一的级花都是文科生，就他们高二的级花是理科实验班的学生。

一中理科实验班里的学生都必须选一个竞赛班，佟宇最好的是数学，理应去数学竞赛班，却填了物理竞赛班。

竞赛班的座位不固定，谁先到谁挑位子。佟宇经常帮萧遇安占座带水。

萧遇安从来没接过佟宇带的水，上课也和（1）班的兄弟坐一块儿。

他们班和（2）班的人老爱起哄他和佟宇，这让他有点烦。

程粤和夏柊都问他几回了：“萧哥，你和级花到底有事儿没事儿啊？”

他次次都说没有，不仅和佟宇没有，和别的女生也没有。

他现在没有谈恋爱的工夫，也许将来很长一段时间都没有。对未来他有长远且明确的计划，甚至不打算报考普通的大学。

祖父和父亲都是军人，到了他这一辈儿，正常情况下也是入伍。但他更想成为警察，执行特殊任务的那种。

今天佟宇约他来植物园，下午马上就有比赛，他本来不想来，可看佟宇态度挺郑重的，便来了，打算趁机说清楚。

果然，佟宇是跟他告白来的。

他干脆地拒绝，还把责任都推到自己身上。

佟宇有些惋惜，却也接受了，叹着气说："其实我知道你会拒绝。"

他倒是有些诧异。

"你不坐我给你占的座儿，也不接我送你的水，分组讨论也一般不和我一起。我要再看不出来，就不配在竞赛班混了。"佟宇说。

他看着佟宇，等对方说完。

植物园里多得是花花草草，风一吹就香。

佟宇将被吹散的头发拢在耳后，继续说："但咱理科生也不是随时随地都能保持理性是吧？即使你对我没意思，但我还是想争取一下，起码听你亲口拒绝我，省得我一个人瞎猜瞎幻想，偶尔异想天开，还真觉得自己有机会。"

佟宇笑了，豁达地道："咱们以后还当朋友，但我不给你占座了，我得换去数学竞赛班，准备半年，也不知道能拿个什么名次回来。"

萧遇安说："加油吧。"

佟宇无奈道："唉，你都不安慰我一下？一点儿不会哄女孩儿啊，刚才你应该说'你数学那么好，肯定可以'。"

萧遇安只是笑了笑，没再说话。

他惯于让很多事在自己的掌控中，如果是他篮球队的兄弟说"下午输了怎么办"，他会说："放心，拿得下来。"

但在他掌控之外的事，比如别人竞赛考多少分，从物理班中途转去数学班还能不能跟上节奏，他从来不会说"你肯定可以"。

这种话没意义，而且他也是故意不去哄佟宇。

拖泥带水也没意义。

"就这样吧。"佟宇走之前将两瓶水递给他，"物理课我给你带了那么多回水，你一次都不接。这次总可以接了吧？"

他皱了下眉。

“别这么严肃。咱们俩都说清楚了，我这就是普通同学送的应援水，祝你下午超常发挥，带领你们班拿冠军。”

他到底把水接下来了。

明恕看见女孩儿先走，哥哥拿着两瓶水还站在原地，似乎正看着对方的背影。

那女孩儿他知道，是哥哥初中时的同学，叫佟宇。他有次上一中来，佟宇还挺新奇地看他，说他可爱，给他买了个可爱多。

他没听清他们说的话，傻站了半天，无意识地抓紧手中的口袋，心里有些不舒服——自己给哥哥买了水，哥哥却拿了别人的水？

从小到大，他不知道给哥哥送多少回水了。大院的运动会、一中初中部的运动会和篮球赛。非要追溯的话，其实最早不是他给哥哥送水，是他老爱去看哥哥比赛，哥哥就把水壶放他怀里。如果水壶有绳子的话，绳子就挂他脖子上。

小姑——哥哥的小姑——有一回还给他拍了张照。

他坐在板凳上，怀里一个超大号水壶，他穿的是白衣服，兜帽上还有两只耳朵，水壶是红色的，乍一看像只兔子抱着胡萝卜。

后来他长大了点儿，就开始带各种各样的饮料，等哥哥比赛完了，和哥哥一起喝。

萧遇安不想和佟宇一起走，所以刻意等了几分钟，结果一出来就看到戳在路边的明恕。

篮球赛明恕知道，他也猜到明恕肯定会来，但没想到明恕会在这儿站着。

“吃饭没？”他走过去，在明恕头上推了一下。

明恕回过神来，仰着头看他：“哥。”

他们现在身高差得离谱，男生上了高中后窜个子，萧遇安这都一米八几了，明恕才小学五年级，跟小时候比那是长了，但赶不上萧遇安的速度。

为此他天天烦，恨不得把牛奶当水喝，然后喝到拉肚子，被萧遇安说了一顿，这才有所节制。

萧遇安一看那口袋里的面包就知道明恕没吃午饭，伸手把口袋接过来，顺道把佟宇给的水放进去，一起提着，带明恕去一食堂三楼吃小炒。

明恕一看那两瓶水进了自己的口袋，马上不乐意了。

那是外人的水，怎么能和自己的水放在一起？

萧遇安觉得小孩儿现在是越来越难捉摸了。这几年明恕一直跟着他，都算他们家的亲小弟了，也不知道是不是让萧谨澜给惯坏了，有时忽然就一脸不高兴，也没个来由。他问，明恕也不说，或者直接给他来一句——“哥，我没事。”

他也不逼着明恕说，明恕真有什么事，一定会找他。没什么那就是来了小情绪，过了就算了，这年纪的小朋友都这样。

明恕显然不觉得自己是小朋友，在班上他都是明哥了，刚收拾完六年级的祸害。

但明哥最近确实很忧郁，一是有个长久困扰他的问题——因为那不可能缩短的六岁，他没办法和哥哥上同一所学校，而且现在哥哥身高也比他高太多，这差距是越来越大了。

三楼是专门吃小炒的地方，人少，萧遇安已经吃过，就没点自己的。一份泡椒牛肉、一份糖醋排骨，都是给明恕点的，盘子一端回来，就看见明恕在那儿折腾口袋，又把他刚放进去的两瓶水给拿出来了。

麻烦的小学生。他这么想。

3

明恕还以为哥哥不知道他的小动作，接过饭就开始吃。

今天打了一架，消耗有点儿大，口袋里那两个面包只够填填肚子，还是有肉有油的饭菜吃着舒服。

萧遇安看着面前狼吞虎咽的小东西，心里就一个想法——人见人爱的乖宝贝终于也到狗都嫌的年纪了，萧锦程后继有人。

以前明恕刚跟他叫哥哥时才五岁，乖巧，软，脾气也好，唯一的毛病就是爱哼哼呜呜，他给纠正过来了。

现在一转眼，人都读五年级了，在学校皮得厉害，还当起了什么明哥，隔三岔五给他找事儿。

当初全家都嫌萧锦程烦，都夸明恕乖。萧锦程上初中后不知道是有偶像包袱还是怎么了，成天端一架子，出门之前还拿水弄头发，臭美，倒是明恕成了皮的那一个。

要不是明恕前阵子给他说漏嘴了，他都不知道萧锦程毕业时把高年级霸主的名号传给了明恕，两人还在小学那堆攀爬器械上搞了个传承仪式。

他这捡来的小不点儿，是真的被萧锦程给带坏了。

就说这吃饭吧，明家家教严，吃饭时不准说话，明恕以前刚和他们一起吃饭时，端着饭碗一声不吭，一口一口细嚼慢咽。要不是他给明恕夹得多，好吃的都得让萧锦程抢去。

哪像现在，吃得这么大刀阔斧。

人家还有理由，说这是长身体，身体在呼唤饭。

总归歪理一大堆。

明恕吃得呛了下，萧遇安这才收回思绪："打份汤？"

明恕直摇头，手在口袋里摸半天，拿出一瓶可乐。

"说多少遍了，少喝这些。"萧遇安说。

明恕连着灌了好几口，喉咙终于舒服了："哥，你不也喝？"

他说话时瞥着桌上那两瓶水，虽然不是可乐，却也是三块钱一瓶的甜味饮料，没差。

"你还喝别人送你的。"明恕心里不痛快。他就见不得别人给他哥送水，刚才不好说，现在正好借题发挥，伸食指和中指比了个"V"，有点兴师问罪的意思，"两瓶呢！"

萧遇安说："你拧拧那瓶盖儿，看我喝了没？"

明恕撇嘴，小声嘀咕："没喝也是别人送的。"

小孩儿长大了不仅皮，还别别扭扭的。

萧遇安还能不知道明恕？他冲两瓶水一抬下巴："那你拿去。"

明恕才不稀罕，说完又往嘴里灌可乐。

萧遇安之前没发现，此时注意到明恕脖子上有一道红痕。

明恕喝完可乐，脑袋还没放下来，就放不下来了——他哥用手卡着他的下巴，不让他动。

他吓一跳："哥，你干吗呢？"

"这是怎么回事？"其实不用问萧遇安都知道，还能是怎么回事，打架打出来的呗。

明恕一年级时，他就教明恕打架，萧牧庭和萧锦程也教。那时明恕刚被欺负，个子又小，细胳膊细腿儿的，加上长得秀气，是需要学点儿打架的本事，起码不能再被欺负。

但明恕太会学，他们仨又太会教了，一不小心就把明恕教成了明哥。

明恕在学校打架也不是一两回了，好在他从来不欺负弱小，干的都是行侠仗义的事，也没吃过亏，偶尔受点伤那也正常。

明恕“啊”了一声。他自己都不知道脖子给伤着了，这会儿才觉得火辣辣地痛。

“自己吃。”萧遇安说着就要走，“等会儿老实交代这回又是跟谁打。”

“哎，哥！”明恕连忙把萧遇安的手腕抓住，不让他走。

别的高中男生都爱戴手环，那种软软的，橙色、白色、黄色的，在小学生们眼中就叫酷。但哥哥从来不戴，手上要么戴块手表，要么什么都不戴，抓上去能摸到突出而坚硬的骨头。

明恕每次抓到就觉得心里踏实。

“你去哪儿啊？等等我，我马上吃完了！”

萧遇安没挣脱，就像明恕熟悉他的手腕，他也太熟悉明恕的手了。明恕打小就黏人，抓着他才舒服。不过小时候这手又短又软，还特别肉，现在总算是长出点少年的雏形了。

“你吃你的，我去小卖部买酒精给你擦擦。”

明恕不干：“我们一起去，哥，你就等我一会儿吧。”

反正也不是什么大事，萧遇安就坐回去了，但他得说说明恕：“五年级了，还这么离不得人？”

明恕生怕哥哥一会儿真走了，连忙往嘴里赶饭，心里狡辩：我没离不得人。

哥哥老说他黏人，说男孩儿长大了不能这样。可他也没见谁就黏着啊，他就喜欢跟着哥哥，这有啥？

他自己的哥哥，他凭啥不能黏？

等明恕吃完饭，萧遇安看一眼时间，买了酒精，就在食堂外面的台阶上给明恕消毒。

明恕刚才还眉飞色舞地说自己教训了一个欺负弱小的混账，这下就痛得眼眶都湿了。

“下次注意，这位置不能让人伤着。”萧遇安收好酒精，放明恕口袋里，又从那口袋里拿出一瓶矿泉水，拍了拍明恕的肩，“回去。”

明恕一听这是赶他走呢，那不行，他今天就是来看哥哥比赛的！

“回去上课。”萧遇安真赶了，“才五年级就想逃课？”

明恕杵着不肯动：“你刚才都说我五年级了！”

他“都”字咬得特别重。

萧遇安：“……”

明恕黏上去：“哥哥，我今天下午是活动课，你就让我看吧！”

萧遇安想了想，周五下午确实是活动课，但为了看比赛逃课，这种先例不能开，便沉下脸，一定要明恕回去。

明恕抱着那口袋，依依不舍地往旁边挪。他给哥哥买了好几瓶水还有巧克力，他哥就拿了一瓶矿泉水，还把别人的水放里面。

萧遇安看他那不乐意的劲儿就想笑，但这孩子已经被他们家惯成这样了，至少逃课这件事绝不能再惯着，于是凶了一句：“回去！”

明恕没办法，闷着“哦”了一声，一步三回头往校门口挪。

时间紧，萧遇安没空押着明恕回去，喊了声“快点儿”，见明恕那动作终于从蜗牛变成了乌龟，叹口气，向篮球场跑去。

来都来了，明恕哪可能真回去。察觉到哥哥没盯着他了，立即绕路，赶在比赛开始前冲到篮球场。

怕被发现，他不敢去太前面，就躲在后面看。

比赛很精彩，周围的喊声震耳欲聋。他也想喊，但他一喊就完了，他哥非得揍他。

本来他专心看比赛，视线都在哥哥身上，但余光忽然瞥见佟宇，心思就打了个岔。

佟宇中午找哥哥，他猜到是怎么回事儿。

他不高兴，他觉得这事儿不对。

萧遇安带领（1）班拿了冠军，班主任是物理老师，高兴得眼镜都掉了。

一中篮球一直很厉害，但实验班不行，实验班都是书呆子，不一轮游已经很不错了。这还是头一次冠军被实验班拿走。

萧遇安自己也高兴，将从明恕那儿拿来的水喝完。

程粤说晚上去庆祝，他都答应了，却接到明恕班主任的电话。

“你弟打群架，还组织同学逃课，你这当哥哥的得来管管了。”

4

明恕看着他哥上领奖台，心里美得不行。但美着美着又有点儿不爽，那么多人围着他哥呢，还有中午看见过的佟宇，就他不能上去。

他非要这时跑上去也行，但他哥肯定得生气。就逃个活动课而已，有啥啊？但哥哥说不行，那就真不行。

他敢逃，但不敢让他哥知道。

周五的活动课老师其实都是睁一只眼闭一只眼的，女孩儿有时偷偷摸摸出去逛街，男生钻台球室，只要不是特别大张旗鼓、特别过分，偶尔逃一回，老师也不会说什么。

他这学期一次都没逃过，老师心里肯定有数，不会拿他怎么样。

可他千算万算，没算到杜皓这傻子突然脑子抽风。

中午打了场胜仗，打的还是六年级，杜皓午饭吃到一半就飘了。这顿是他们的庆功宴，学校门口的铁板烧烤，顾客都是小学生。他们一群五年级的往那儿一坐，那叫什么？

那叫大气！豪放！

本来这顿吃了就该回去的，杜皓还答应明恕帮着对付老师。但几盘串儿一上来，虽然没有酒，但肉也能把人给吃醉了。

“杜哥，咱明哥怎么没来啊？”（1）班那个练武术的左看右看没瞧着明恕，以为杜皓忘了叫人。

那不成啊，这种场合不能没有明哥。

杜皓知道明恕去一中看篮球赛了，那篮球赛也没啥看头，明恕主要就是去看他哥萧遇安。作为明恕的第一任同桌兼铁哥们儿，杜皓可太知道明恕在萧遇安跟前儿是个啥样了。

那是毫无身为明哥的威风！

他每次听明恕喊哥哥，就得酸出一手臂鸡皮疙瘩，愁人。

杜皓一想，这事他自己知道就行了，不能让其他人知道，不然明哥的面子往哪儿搁？

明哥就是五年级的脸面。

明哥没面子，那就是整个五年级都没面子。

杜皓成绩虽然不怎么样，但这点利害关系还是分得清。

但人家问得急，一说起明哥，都开始问明哥咋不来。杜皓一时没想出个好的借口，脑门一拍，脱口而出："明哥啊，咱这不把牛粪打趴了吗？明哥觉得必须逃课庆祝一下！明哥以身作则，自己先逃了！"

说完他还挺得意，要不说他和明恕亲呢？一般人哪能把明恕的心思琢磨得这么透？这话一听就是明恕亲口说的。

小弟们马上咋呼起来——

"明哥逃课怎么不带我们？"

"那我们也得逃课庆祝啊！"

俗话说，撒了一个谎，就得撒很多个谎，因为你得圆前面的谎。

杜皓头皮一硬，拍桌道："带啊，怎么不带？逃课这种事儿，当然是自家兄弟一起逃啊！明哥说了，让我带你们逃课！"

老师预料到活动课有人逃课，但没预料到五年级（2）班一半男生都没了，（1）班也有几个没了。

这能行？

杜皓他们逃也没逃多远，就在附近的台球室看初中生打球——他们这课逃得也窝囊，到了地方发现没空桌了，又不能跟初中生横，那就只有看着了。

他们看的比人家打的还激动。

老师把人都带回来，挨个问为什么逃课。大家七嘴八舌，总结起来就是：明哥说我们打了胜仗，该逃！

杜皓全程低着头，心里说"明哥我对不起你"。

明恕怕被哥哥发现，赶在散场之前就溜了。昨天他还听萧锦程酸不溜秋地在窗台上念诗，念的是什么——事了拂衣去，深藏身与名。

他决定回去和萧锦程探讨一下这诗。

哥哥赢了比赛，肯定要在外面吃饭，他一个人溜达了一圈，中午那顿消耗得差不多了，就往家里走。结果他还没走到大院门口，就看见萧锦程从里面出来。

“萧锦程！”他喊道，“你昨天那首诗……”

以前他还叫锦程哥哥、牧庭哥哥，现在对萧锦程直接叫名字，对萧牧庭叫庭哥，至于萧遇安，哥哥变成了哥，但要赖时还是叫哥哥。

“小崽子！逮着你了！”萧锦程冲过来就抓他的后衣领，“是不是逃课了？是不是打群架了？”

明恕蒙了：“啊？”

萧锦程拇指一竖：“不愧是我的传人。不过你完了，萧遇安被你们班主任叫去了。”

五年前，萧遇安郑重其事地对明恕的班主任说：我是明恕的哥哥，以后明恕有任何事，您就找我。

五年来，他每学期都会主动到小学来，跟班主任了解明恕的情况。

最初班主任老说，明恕太秀气了，心思也细，典型的缺少家庭关爱，不被家长肯定，过度敏感，内向自卑。

后来班主任就不这么说了。

小孩子就像一块柔软的橡皮泥，明恕那些敏感和自卑都是从小在明家养出来的，还没定型，在萧家被七揉八揉，就成了个继承萧锦程衣钵的皮孩子。

从四年级开始，萧遇安就因为明恕太皮被班主任叫了几回。明恕认错最快，一看他生气，就讨好道：“哥哥我错了，我再也不这样了。”

明恕惹事儿的时候烦人，和萧锦程八岁时差不多，但认错时又软又乖，依稀还有点小时候的样子。

萧遇安被他“哥哥”“哥哥”叫半天，气就消了，随便教育几句，从来没往狠的地方说。

可明恕显然屡教不改，这回居然领着一大群男生逃课。

“你回去教教他。”班主任愁死了，“也别说太重的话，他这个年纪其实都皮。”

萧遇安给老师道了歉，一出教学楼就看到程粤发来的短信：“请完家长了没？给你留座了，快来！”

萧遇安直接回复过去：“你们吃，我不来了。”

“哎不行啊，你是队长你不来？赶着回去收拾你弟啊？别了吧，又不赶着今天。你哪天不能收拾他？”

萧遇安不含糊："欠着，下次我请客。"

程粤还在发消息，幸灾乐祸："那你悠着点儿啊，谁没皮过？别给整哭了。"

萧遇安收起手机，抬头就瞥见一个熟悉的影子。

不是明恕还能是谁？

闯了祸的人这会儿就在对面的花坛边站着，被看见了马上往柱子后面躲。

可还能躲掉吗？

萧遇安呼出一口气，也不往前走了，看着柱子说："出来。"

和小孩儿生气犯不着，但明恕最近确实过分了。明豪锋和温玥已经两年没回来过，明恕只能给他管。

他本来觉得中午和明恕说好了，明恕就会乖乖回去上课，结果人家根本不听。

翅膀硬了。

明恕缩在后面不肯动。他机灵着，哥哥是不是真生气，他听个声儿就能分出来。

哥哥这是真生气了，他有点慌，想去哄，又怕被说。

萧遇安说："还要我再说一遍？"

明恕心里一毛，见躲不下去了，慢慢露出一个肩膀。

萧遇安声音一沉："过来！"

哥哥经过变声期，现在已经不再是少年的音调了。明恕被这道声音抓着，同手同脚走出来，但走了两步又不动了，小声说："哥哥。"

萧遇安今天就没打算惯着他，仍是沉着脸："我让你过来。"

在这条路上，明恕中午还是追着人打的明哥，现在就啥声势都没有了，埋着头走过去，还走走停停的。

萧遇安几乎要觉得又要听见以前经常听到的哼哼呜呜了。

5

明恕还真没哼也没呜，这是他的地盘，明哥是白叫的吗？

即便是哥哥，他也不怕。

但走近了，他余光往上瞥，还是有点犯怵。

这都夕阳西下了，秋高气爽的天气，没阳光了就冷。但哥哥还穿着球衣，外面就披了件运动外套，打球时的热气好像还没散。

明恕垂着脑袋撩着眼："哥哥，我来了。"

小学本来就放学早，而且今天是周五，更早。校园里只剩下零星几个刚做完值日的学生。他们远远地往这边看。

有没有人看都一样，萧遇安本来就不打算在这儿教育明恕。见明恕过来了，他便转身，头也不回地朝校门口走。

他知道明恕肯定会跟上来。

明恕在原地站了一会儿，见哥哥啥都不说，还不等自己，心里彻底慌了，看着哥哥被夕阳拉长的背影，下意识就跟上去。

他宁可哥哥骂他一顿，就在这儿骂都行，但哥哥不说话就走了，他连辩解的机会都没有。

杜皓已经哭着跟他说了经过，打群架的事他可以解释，逃课他也可以解释，根本不是他号召全班一半男生逃课的。

哥哥误会了。

哥哥好像很失望。

他快步在后面跟着，手心都出汗了。

他就没这么紧张过。

以前他淘气，哥哥也说他，但这回不一样，哥哥都懒说他了。

比生气更严重的是失望，怎么办啊？

出了校园，外面人就多了，萧遇安大步朝前走，明恕矮那么多，只有跑才跟得上。

明恕又着急又委屈，跑得直喘气。

平时哥哥都等他，从来不像这样。他忽然害怕起来，如果哥哥就这么走了，不要他了，那怎么办呢？

他是犯了错，不该逃课的。但他知道错了啊，他下次一定改。

他想喊，却又喊不出来。哥哥第一次这样，他已经蒙了。

萧遇安知道明恕跟在后面，也知道明恕着急。但他必须这么做，不然明恕根本不会往心里去，长不了教训。

明恕没有父母教，温玥和明豪锋自己日子过得舒坦，不回来看看，什么都不管，而明家老一辈的教育本来就有问题。

当年他要是不管明恕，那现在就随便明恕怎样，逃课打架都无所谓。但他既然管了，就得对明恕负责。

小孩子打架其实不算什么不得了的事，而且明恕的出发点是保护弱小，逃课也情有可原，杜皓后来承认半个班的男生逃课和明恕无关了。

但明恕保证回去上课，最后还是逃课了，跟他耍小心机，这才是他晾着明恕的原因。

看似只是个小问题，但明恕心里会掂量，知道他宠着、惯着，无所谓。

他确实太宠明恕了，不仅是他，他们家哪个不宠明恕？宠到这地步也该收一收了，任由明恕这么嘚瑟下去，将来还不成一个纨绔？

萧家不养纨绔。

从小学到大院这条路，明恕和哥哥一起走过无数回，没哪次像现在这么气急败坏。

到了萧家门口，他以为哥哥要一个人回家，把他留在外面，终于没忍住，扑过去紧紧抓住哥哥的手臂。但他还是不说话，死死抿着唇。

萧遇安低头，就看到小孩儿的发旋儿。

“撒手。”

明恕用力摇头。

萧锦程在二楼探头探脑地看。

萧遇安继续往里走，明恕不肯放手，被牵了进去。

萧遇安将人领到院子里的水池边，让洗手洗脸。明恕还是不肯松手。

“你想这么脏着跟我回屋？”

明恕一下子反应过来，他不会被关在外面，哥哥要带他去卧室！

回屋后萧遇安脱了外套，随意搭在椅背上，坐在椅子上看明恕。

明恕把门关上，还把锁给扣上了。一是怕哥哥把他丢出去，一是觉得哥哥一会儿得揍他，不能让萧锦程看到。

那太没面子了。

但哥哥似乎没有动手的意思，只让他走近点儿。

他蜗牛似的挪过去，离哥哥也就两步距离。

萧遇安钩钩手。

明恕就又挪了一步。

萧遇安和明恕对视了一会儿，想起明恕五岁时的样子。那时明恕总是很小心，老师说那是长期得不到肯定而形成的自卑。

现在明恕眼里早就没了自卑，他恐怕都不记得自己曾经自卑过了。

“让你回去上课，你有没有答应我？”萧遇安冷着声音问。

明恕点头：“答应了。”

“那为什么不听话？骗我是吧？”

明恕急了：“哥哥，下午是活动课。”

“不管什么课，你答应了，但没做到。”萧遇安顿了下，“不是无法做到，是你答应的时候就没想过要回去。”

明恕撇着嘴。

哥哥没说错，他确实是随便答应的。他觉得这也没什么，只要他好好藏着，哥哥根本不会知道。即便知道了也不会生气，哥哥那么宠他……

他要知道哥哥不仅生气，还失望了，他肯定不这么干。

“说话。”萧遇安轻轻踢了踢他的小腿。

他都不知道该说什么，半天才憋出一句：“我错了。”

“错哪儿？”

“不该逃课。”

“这不是重点。”

“不该骗你。”

萧遇安让明恕站了一会儿：“你觉得不管你做什么事，哪怕是错的，我也不会怪你。”

明恕低下头。

“就算我怪你，你撒个娇，也就过去了。”

明恕辩驳不了，因为他确实是这么想的。

“把你养成这样，我也有责任。以前杨老师跟我说你的问题，我想着你还小，没事儿。”萧遇安声音稳稳的，听不出火气，但就是让明恕发慌，“但现在看来，问题大了。我要再纵容你，将来你不知道还会惹出什么事。”

明恕不乐意，小声说：“哥，我不会惹事。”

萧遇安说：“要我数数你从四年级到现在惹的事吗？”

明恕的脾气早被惯出来了，之前心慌是害怕哥哥不要他，现在知道哥哥没有不要他，那根弦就放下去了，还想着反驳。

他打架、逃课是不对，但哥哥也不对啊。

萧遇安一看明恕这眼神，就知道人家憋了一肚子话。他今天也不单是跟明恕说教，也想听听明恕的想法。明恕有话说，那他就让明恕说。

“不服气？我哪说错你了？”

明恕一听就憋不住了：“我做错的地方我认错，但你没认错啊。”

萧遇安挑眉：“我？我犯什么错了？”

明恕说：“你跟女孩儿在一起，我都看见了，你还不承认！”

6

明恕今天哪儿哪儿都不爽，看到哥哥赢了比赛，开心归开心，但那兴奋劲儿就是没到头，总觉得堵住了，可他也不知道怎么就堵住了。

这下喊出来，他心里终于舒坦了。

喊完他自己都愣了下，就像一块石头落了地，他还想给捞起来。

萧遇安就看出这浑小子有话要说，却没想到他的尾巴根儿小弟能这么冤枉他。

莫名被这么一控诉，萧遇安气都生不起来，就觉得滑稽。

他指了指自己：“我跟谁？”

“佟宇！”明恕这一声喊得颇有些痛心疾首，“你们今天在植物园玩儿，她还给你水，我都看到了！”

萧遇安知道明恕看到了，吃小炒时不还把水从口袋里拿出来往一边儿放着吗？

可当时他根本没想那么多，就觉得明恕这是耍小孩子脾气，还排外，别人的东西不让放自己口袋里。

这也不是头一回了，明哥还没当上明哥之前就这样，当上明哥之后就更霸道了。

“哎，你别退。”萧遇安睨着明恕，下巴往跟前示意了下，“告了污状就想跑啊？给我过来。”

明恕也没想跑，他只是吼得太攒劲儿了，吼完累了，就下意识退了一步，才不是想跑。他又不是杜皓，没那么㞞的。哥哥叫他过去，那他当然又挪过去了。

萧遇安抬手就按住明恕的脑袋，胡乱揉了一下：“看到什么你都看到了？”

明恕没想到哥哥居然还动起手来了。以前他刚会打架那会儿，动不动就去和别人干。哥哥还说要做一个讲理的人，别老想着揍人。

在他心里哥哥最讲道理，结果这一下让他准备不及，想反抗又被拿捏着，气急败坏地争辩：“我就是看到了！你收了她的水！”

萧遇安把人松开：“谁教你这些乱七八糟东西的？”

明恕刚被揉得晕头转向，晃了两下才站稳，那眼神就有点蒙，好一会儿才说：“哥，那你没早恋啊？”

“啧。”萧遇安倚在靠椅上，往明恕脑门上一戳，“当然没有。”

明恕差点原地蹦起来。

他刚才瞎生一通气，这下真相大白，原来是自己错怪哥哥了，顿时有点不好意思。

萧遇安凑近了些，又戳了戳明恕的脑门：“明同学。”

明恕乖巧地答：“嗯。”

“还有什么话说没？”

明恕在外面凶，“明哥”“明哥”都被喊飘了，但在家里还是甘当小弟。

当小弟嘛，有个诀窍就是不要面子。

他琢磨着哥哥好像没刚才那样生气了，就靠近一点，再靠近一点，乖巧地说：“哥哥，我错啦。”

萧遇安刚才看他往前挪，就知道他要哄自己，连说完话之后那个眨巴眼睛的表情都猜到了。这淘气玩意儿烦人归烦人，却也会哄人，每次干了坏事儿，就乖乖跑过来哄，让人狠不下心。这方面萧锦程就不行。萧锦程像明恕这么大时，是只管惹不管哄，在家里人见人嫌。

不过萧遇安这回不打算继续惯着明恕了。

一方面班主任说了重话，另一方面他能管着明恕的时间也就这一年多了。高中毕业之后的事谁都说不准，他得在管不着之前，把明恕那些坏习惯都给纠正过来。

“去那儿站好。”萧遇安往书桌旁边指了下。

明恕愣了愣，有点不知所措。凭他以往的经验，哥哥已经被他哄好了，这怎么还罚站啊？

但哥哥都说了，他还是站过去，眼巴巴地望着哥哥。

“从今天起，作业给我检查，要背课文、要默写，来找我签字。”萧遇安说，“作业写完练字。”

明恕脸儿都皱起来：“啊？”

萧遇安说：“啊，什么？忙着当明哥，上学期考的什么成绩？”

这事明恕没法狡辩，他成绩一阵一阵的，心思放在学习上，那成绩就好，四年级时还被选进了奥赛班，老师都夸他聪明。但后来当上明哥后他就忙着训练小弟了，成绩堪比当年萧锦程滚荒草坡。

“你帮助弱小我没意见，但要有分寸。”萧遇安继续道，“逃课绝对不允许。”

明恕连忙说：“为了你逃课也不行？”

萧遇安气笑了：“我是你的合理逃课理由？”

明恕正儿八经想了想，然后很郑重地说：“是。”

为了哥哥，干啥都是正当的。

萧遇安：“……”

和小学生说话真费劲啊。

但更费劲的还在后面。

明恕被教育了一顿后回去“痛定思痛”，错误没怎么认识到，只觉得必须把成绩搞上去。

老师没说错，他聪明，把落下的功课补上来没什么难度。可他一想，普通成绩不算什么，奥赛成绩好了，哥哥才会表扬他。

周末，明恕拿自己的零花钱买了蛋糕、奶茶，将奥赛卷子往哥哥跟前一放，要哥哥给他讲题。

萧遇安看淘气玩意儿态度这么端正，本来还挺欣慰，结果题没讲多久，他就有点忍不了了。

可能高中生和小学生真的不在一个空间，一道题不管他怎么讲，明恕耳朵听懂了，脑子却不会，在那儿支支吾吾，写完一个“解”字就无助地看着他。

辅导小孩儿写作业是这么困难的事吗？比他自己解物理竞赛题困难一百倍。

最初他还耐着性子跟明恕好好说，在又一次听见明恕说“哥哥这上一步怎么解出来的”时，他一个没忍住，拍了下明恕的后脑勺。

明恕马上“哎哟”叫起来，笔一扔，抱着脑袋说：“哥你怎么打人啊！”

萧遇安没想过要揍明恕，刚才那一下也不算重，根本打不痛。

但明恕不依，他哥怎么能打他？打的还是头！

“哥哥！”这下好了，作业不写了，得掰扯一下打人的事，“你这不对！”

萧遇安侧着身子，手臂搭在桌沿：“那你想怎样？”

明恕捏着拳头：“我要打回来。”

萧遇安：“……”

啧！

7

萧锦程今天下午诗都没朗诵，就守在萧遇安门口。

他觉得明恕这小屁孩儿真被萧遇安给惯坏了，当年一摇一晃来萧家的时候，还小心翼翼地叫他锦程哥哥。现在呢？大名都给喊上了，一点儿兄友弟恭都不懂。

没礼貌，没素质，讨人嫌。

也不想想上次被请家长，是谁给通风报信的。

就说这一次吧，明恕提着那么几个口袋跑来，他想拿一个蛋糕，明恕都不给，说是让哥哥给自己辅导的酬劳。

辅导？

酬劳？

萧遇安要给明恕辅导功课？

那他倒要看看，萧遇安会不会在辅导的过程中发飙，把明恕收拾一顿。

这事他有经验。以前萧牧庭就辅导过他的数学，他觉得萧牧庭教得差，还没点儿师德，他听不懂那不是他的错，是萧牧庭的教学方式有问题。萧牧庭不承认，还揍他。他气不过，还手，萧牧庭就揍得更来劲儿。

反正每次辅导功课就没和平收场过，他都习惯了。

明恕辅导起来肯定比他还费劲，就看萧遇安揍不揍了。

萧牧庭上楼，见萧锦程鬼鬼祟祟的，立马往那撅着的屁股踢了一脚："你在这儿当什么癞蛤蟆？"

"嘘！"萧锦程连忙从裤兜里翻出十块钱，往地上一拍，"赌不赌？"

萧牧庭懒得理他："十块钱也想赌？"

"那赌一百！"萧锦程将几个兜都翻出来，统共才二十五块，"你等着，我回屋去拿！"

他这会儿正在抽条变声，声音难听死了，个头疯长但是体重没跟上，萧牧庭逮他就跟抓小鸡一样。

"赌什么？"萧牧庭拎着他的后领，将人丢到一旁。

萧锦程把事情说了："我赌今天萧遇安还是不会收拾明恕，一百块，来！"

萧牧庭白他一眼，转身走了。

"嘿，你跑啥！钱呢？"萧锦程追上去，"你赌萧遇安会收拾明恕，咱开盘！"

"我有病吧？"萧牧庭说："他能收拾明恕？明恕一讨好他他就没辙。"

萧锦程汗都急出来了，非得赌，输钱都要赌，心一横，说："那这样，我赌他收拾明恕，十块；你赌他不会收拾明恕，一百块。我象征性输给你十块。"

萧牧庭觉得这弟弟没救了。

萧锦程小时候跟个窜天猴似的，现在长开了，脸没得说，漂亮男孩一个，在初中部人气那叫一个高。但男孩——尤其是萧家的男孩——要那么漂亮来干什么？他宁可萧锦程拿脸去补贴一下脑子，别这么稚气难脱。

萧锦程又闹了一会儿，萧牧庭就跟他赌上了。

萧锦程自己都觉得十块钱输定了，结果没过多久见明恕从屋里出来，蔫蔫儿的，小脸垮得像个小老头。

"你咋啦？"萧锦程说，"萧遇安说你啦？"

说不叫收拾，萧遇安说人温温和和的，每次都这样，雷声不大雨点更是没有，这才养出明恕这么个浑蛋玩意儿。

明恕爬上凳子，双手叠放在桌沿，叹了口气。

那模样若是成年人，还有点忧伤的意思，搁明恕这儿就只剩下滑稽了。

萧锦程看着直乐，输十块钱的事儿都给乐忘了。

“我哥刚收拾我了。”明恕说，“狠狠收拾我了。”

萧锦程听愣了，第一反应是自己耳朵坏了，然后猛地跳起来：“什么？萧遇安收拾你了？咋收拾的？”

明恕还沉浸在自己的伤感中，没留意萧锦程为啥反应这么大：“上次请家长他就收拾我了，课文要给他背，默写的也要给他默。刚才我做不出来题，他自己没讲好，那我当然听不懂啊，他就……他就……”

一中如果有个最佳听众奖，那绝对得颁给萧锦程：“他怎么了？”

“他就打我这儿。”明恕指着自己被拍乱的头发，“反正他就收拾我了，我还手，也打他这儿，被镇压了。”

萧锦程凑过去，看了看明恕的发旋儿：“哎哟，小可怜，发旋儿都给打没了。”

明恕说：“你知道我这出来干吗吗？”

萧锦程说：“干吗？”

“透个气。”明恕伸出十根手指，“就十分钟，马上还要回去继续做题。”

萧锦程乐死了，冲去找萧牧庭要一百块钱。

晚上萧牧庭还问萧遇安：“你今天真把明恕给收拾了啊？”

萧遇安莫名其妙。

他收拾明恕很奇怪吗？

他还不能收拾明恕了？

转眼到了腊月，明恕因为彻底被管着了，期末考试进步神速，一放寒假就天天往一中跑。

小学放得早，高中生却没那么轻松，尤其是几个理科实验班。萧遇安考完还要在物理竞赛班搞集训，起码得忙到腊月廿七。

明恕五岁之前最盼望春节，因为春节可以见到妈妈。那时他不懂爸爸妈妈为什么不喜欢他，想来想去，觉得是自己不乖，没有其他的小孩乖。他努力按照爷爷奶奶的要求去做，努力变乖，可爸爸妈妈还是不喜欢他。

现在他明白了，爸爸妈妈是因为不爱彼此，所以才无法爱他。

可他已经无所谓了，他也不爱爸爸妈妈，不爱爷爷奶奶，他长大了，不需要他们的爱。

不过他还是期待春节，去年春节和哥哥一起守了岁，哥哥说今年有时间的话，带他去海边的外公家。

他一早就等着了。

夏柊比萧遇安和程粤低一个年级，这才念高一，但是因为从小和萧遇安、程粤一起长大，所以总爱和他们凑在一块儿。

下午放学时，明恕和程粤、夏柊在学校里遇上了。程粤过来就想揉他脑袋，被他一偏，躲开了。

“野了野了。”程粤拍着篮球，“不让摸头了。”

明恕以前长了脑袋就是让这些哥哥揉的，脾气一长就不给揉了。

“天天来接你哥下课，别人不知道的还以为他才是小学生。”程粤笑道，“等我们打场篮球再回去啊。”

竞赛课下课早，程粤跟萧遇安约了篮球。

明恕喜欢看哥哥打篮球，一本正经地说：“那我去给你们买奶茶。”

程粤乐了，赶紧掏钱：“咱弟弟太懂事儿了。”

明恕自己有钱：“不要你的。”

萧遇安没一会儿就到了篮球场。夏柊不打，场上就程粤、萧遇安，还有两个男生，他们打 2V2。

夏柊小时候就白，现在也是清秀俊美的长相。

看了一会儿球赛，夏柊忽然说：“你天天跟着萧遇安啊？”

明恕想也不想就说：“因为我是他弟弟。”

夏柊皱了下眉，似乎不太愉快。

明恕很会看人脸色，知道夏柊不喜欢自己。

那行，你不喜欢我，我也不喜欢你，反正不是什么重要的人。

第六章
哥哥的保证书

1

明恕跟哥哥去海边的愿望落空了。

腊月廿七，竞赛班在考了个天昏地暗之后终于放假了。明恕当天就把早就收拾好的行李搬到萧家，就等着第二天出发。

他还没有出过远门，四年级上学期班上组织去滑雪，郊区的滑雪场就是他去过的最远的地方了。这回他老早就跟爷爷打了报告，萧叔叔亲自跟爷爷聊了一会儿，爷爷才同意他跟哥哥去外地过春节。

一周前，萧叔叔就把机票买好了。谨澜姐姐从大学回来，昨天专门领着他去逛商场、吃西餐，还买了两套喜庆的衣服。

“小孩儿过年就得喜气洋洋的。”谨澜姐姐在他的新衣服上拍了拍。

明恕小时候就喜欢姐姐，虽然有点嫌弃新衣服太花哨，却也美滋滋换上了，晚上穿给哥哥看，被撵去洗澡，洗完澡马上钻进被窝里。

他今晚不回自己家了，明早萧叔叔会来接。

“过去点儿。”萧遇安忙了一学期，今天考完才放松下来，这时正坐在窗边擦头发。

明恕以前在他床上滚，他只觉得烦人，但那时明恕到底小，即使摊饼也不占多少位置。

现在不同了，他和明恕都长了个子，再这么挤一张床就不免要碰着贴着。平时他都不让明恕上来了，明恕再怎么求，他也要把明恕赶回家。今天这是特殊情况，才让明恕留下来。

这小东西居然跟蹦游乐园的蹦床一样开心。

“再不老实我扔你出去啊。”他威胁了一句。

明恕哪儿怕这种威胁啊，继续卷着被子在床上滚：“哥哥，飞机要坐多久啊？”

萧遇安说：“三个多小时吧。”

“哥哥，海有多大啊？”

“无边无际。”

“哥哥，我可以下海抓鱼吗？”

“海不是河。”

“哥哥……”

“我真扔你了。”

明恕“咯咯”笑，却忽然看见窗户外扫过一片车灯的光。

此时已经很晚了，十一点多。大院里夜里很安静，一般也不会有车在这时候出入。

萧遇安去窗边看了眼，发现那车缓缓停在明家门口，一个穿着大衣、盘着头发的女人从车上下来。

隔着一段距离，他看不出那女人是谁。

“哥哥，你看什么？”明恕想下床。

萧遇安没让他下来，关了灯：“睡觉，明天六点就要起来。”

屋子里一黑下来，外面的动静就更清晰了。有些许响动从明家的方向传来，而那辆车一直停着没动。

明恕很兴奋，萧遇安却因为那个女人而有些走神。

那是谁？怎么会这么晚了到明家去？

不久，门外传来脚步声，然后是敲门声。爷爷在外面说：“遇安，开门。”

萧遇安重新将灯打开，爷爷的语气让他察觉到不妙。但明恕还蒙着，从床上坐起来，看向门口，看到已有两年没见过的妈妈时没能立即认出来。

妈妈以前每年至少还会来爷爷家看他一次，后来越来越少，几乎不来了。他也不再伤心，接受了自己不被喜欢的事实。很多时候他甚至觉得自己不姓明，是萧家的孩子。

他早就不盼望妈妈爸爸和自己一起过春节了，而在他要和哥哥去海边过春节的这一年，他们却一起回来了，要把他从哥哥身边带走。

妈妈眼眶很红，像是哭了很久。爸爸站在她后面，面色凝重。

明恕望着他们，就像望着两个陌生人。

他和他们相处的时间还没有萧叔叔和萧阿姨多。萧叔叔和萧阿姨很恩爱，当着他们这些小孩的面也会搂在一起，不像他的爸爸妈妈。

这一晚兵荒马乱的，大人们低声说着话，他耳边像蒙着一片水，听不真切。哥哥迅速给他披上外套，围上围巾，他的鞋子和袜子都是哥哥帮他穿的。

他其实听到了他们在说什么，但他强迫自己不去听，也不去想。哥哥给他穿衣服、穿鞋子，那就是早晨到了，萧叔叔的车停在外面了，他们马上要出发，而他又赖床起不来，哥哥拿他没办法，才帮他做这些事。

他被推到妈妈跟前，妈妈牵起他的手，往楼下走去。

妈妈的手很冰，还在发抖。他觉得自己应该给妈妈呼呼，却做不出来。下楼时，他不断往后看，哥哥就在他后面。

可是哥哥为什么没有换衣服？谨澜姐姐不是也给哥哥买新衣服了吗？

哥哥为什么不拿行李箱？睡觉前他才将自己的小行李箱挨着哥哥的放着。哥哥怎么只拿了自己那个小的？

哥哥为什么皱着眉？

哥哥在担心什么？

周围这些声音又是什么？他们到底在说什么？

他被推到了车上，这时候，那片蒙住耳朵的水才消失。他什么都听清了，妈妈的爸爸——那个他从来没有见过的外公——过世了，所以妈妈和爸爸才会突然来接他，他们一家三口要去参加外公的追悼会。

车缓缓往大院外开去，车里除了爸爸妈妈，还有两个他没有见过的人。

他们正在将他带走，从那片有哥哥的海滩带走。

他还没有见过海的样子。

忽然，他抓住车门，用力摇晃。若不是车门锁着，他这一下直接就摔出去了。

温玥显然吓了一跳，拉住他。

只是拉，而不是寻常母亲在意识到孩子遇险时的抱。

“你干什么？”他听见妈妈这么责问他。

“让我下车！我要回去！”他疯了般在车里挣扎，“我不去！我明天要和哥哥去看外公！”

“啪！”一记巴掌招呼在他脸上，他被打得偏过头去，额头撞在车窗上，发出一声闷响。

脑中充斥着嗡嗡声，可他还是在喊：“我要回去！我不跟你们走！”

“你的外公过世了，你要去看谁的外公？”妈妈本该是他最亲的人，可不仅打了他一巴掌，还歇斯底里对他喊叫。

他瞪着双眼，与她对视，心里依然只有一个想法——下车，回去找哥哥，和哥哥一起去海边过年。

但一个五年级的孩子，又怎么拗得过父母。车已经从大院驶离，开向陌生的街道。

他脸上火辣辣的，耳边是妈妈的哭声，爸爸则一言不发。

在短暂的愣怔后，他渐渐对“外公去世”有了实际的感受。但这种感受并不是悲伤。

他当然知道那个老人是他的亲人。

可是那又怎么样呢？他记得很小的时候，就是刚遇上哥哥的那一年，他听说哥哥去海边看外公，便央求爷爷给妈妈打电话，他也想去看看自己的外公。

可妈妈怎么说的？

忘了，这么多年，妈妈从来没有带他去看过外公。

也没有和爸爸一起，在春节时与他吃一顿团圆饭。

现在他们凭什么跑来将他带走呢？

他已经不想看外公，也不需要他们了呀。

2

车开走之后，外面就安静了下来，车尾的光渐渐被周围的黑暗所吞没，直至彻底消失在前方的转角。

萧遇安站在门口，有些出神地看向光消失的地方，等到后面传来萧锦程的声音，才察觉到有点冷。

寒冬腊月，雪时停时下，而他出来得急，忙着给明恕穿衣服、拿行李，忘了披一件外套。

萧锦程一副很震惊的样子："出啥事儿了？谁把小不点儿带走了？"

明恕早就不是小不点儿，个子比同龄男孩高，但萧锦程喊惯了小不点儿，懒得改。

这么一闹，萧家人全醒了，一楼大厅开着灯，萧牧庭丢了件外套给萧遇安："穿上。"

事出突然，别说明恕是蒙的，萧遇安也被打了个措手不及。爷爷刚才带着明恕爸妈上来，说是明恕外公去世了，要接明恕去办理后事，也算是见外公最后一面。

他下意识就看明恕。明恕当时肯定听清楚话了，但坐在床上，双手抓着被子，眼睛直勾勾地看着温玥，像是消化不了这个信息。

温玥说马上要走，但明恕一动不动，是他将明恕挪到床边，叫明恕换衣服。明恕看着他，轻声叫着哥哥，那种情况下他没办法说太多的话，只得将衣服拿过来，帮明恕穿。

明恕不动，就这么让他穿。

前几年他也帮明恕穿过衣服，小孩儿被弄痒了会咯咯笑，声音特别软。有时他着急，动作太大，如果明恕手被别着了，呼吸被闷着了，就会皱着脸儿说哥哥你把我弄疼了。

总归不会这么安静。

他心里一时间有种形容不出的感觉。

温玥一直在催，外面明豪锋在跟爷爷说家里的情况。

他也是第一次遇到这种事，手忙脚乱是难免的，给明恕穿好鞋就推着明恕出去。明恕抓住他的手，眼神有点无助："哥哥。"

他一度认为明恕是得知外公过世太难过了，所以才会抓他。他安慰了一句，余光瞥见角落的行李箱，连忙给明恕拿了过来。

箱子里装的是明恕跟他去海边玩的衣服，但明恕现在不得不带着这个箱子去参加外公的追悼会。

下楼时明恕像个木偶，他提醒了好几次，明恕都没反应，却一直紧紧抓着他。

到了门口，温玥从他手中牵过明恕，拉拽着向车边走。明恕转过来看他，还有个挣脱的动作。但温玥拉得很重，不久，明豪锋向爷爷点了点头，快步上前，揽住明恕的肩膀，将明恕的视线直接挡住了。

温玥和明豪锋他都见过，却是第一次看到他们同时牵着明恕。

父母牵着孩子，这本该是温馨的画面，可他面前的画面却有几分残忍，像是一张被撕开的照片，又勉强粘连回去。

明恕是被推上车的，看到温玥那个动作，他不禁皱眉，差点就喊出“你干什么”。

车门关闭前，明恕又喊了声“哥哥”，还是很轻很茫然的声音。

可他已经来不及去回应了。

“明天怎么办？”萧谨澜问，“要等明恕回来吗？”

萧争云说：“刚才豪锋给我说了，温家办丧事没那么快，明恕春节后才会回来。”

就连最爱惹明恕的萧锦程也有些难过了：“小不点儿肯定很难接受。”

“都去睡觉吧。”萧争云说，“这些事你们都要学着面对。”

这话让大家都沉默了。

长大意味着家人会慢慢老去，一个接一个离开。

萧谨澜抱住萧争云：“不准您这么说，您会长命百岁。”

萧争云笑了笑：“好，好，听我宝贝孙女儿的。”

萧遇安在客厅坐了一会儿，最后一个上楼，在床上躺了半天也睡不着，最后索性起来整理房间。

之前他没有思考的余地，现在静下来想，才意识到明恕抓着他又拽着他，是希望他能拉自己一把。

亲人过世必然是一件悲伤的事。但他了解明恕，也了解明家的情况。明恕小时候对父母的依恋已经转为了一种防备与憎恶，对爷爷奶奶还算有感情，但对从未见过面的外公，哪里生得出一丝感情？

明恕刚才那种被打蒙的状态，大概不是因为外公过世了，而是因为期待了很久的春节旅行在还没有开始就已经结束。

明恕有多么期待这次旅行，没谁比他更清楚。

但明恕就这么被拉走了，拉去参加一场“陌生人”的追悼会。

萧遇安看向墙角的行李箱，那儿本来还有一个，目光渐渐暗沉。他向来避免去评价明恕的父母，更没有对明恕说过一句温玥和明豪锋的不好，但此时也感到不平。

他们从来没有尽到身为父母的义务，尤其是温玥，这两年居然一次都没回来看过明恕。

可他们却要求明恕尽为人子的义务。

明恕当然应该去参加外公的追悼会，可是他们难道不应该关心一下明恕的心情？拽着拉着推上车算什么？他们为什么就不肯好好听明恕说一句话？

明恕不是蛮不讲理的孩子，即便这几年被他惯得有些嚣张。可假如温玥像一个正常的母亲那样对明恕说——外公去世了，我知道你很想和哥哥去海边，但这次能陪妈妈回家吗？

明恕就是再不情愿，也一定会同意。

但他们都做了什么？

家人、家，都让明恕没有安全感和归属感。萧遇安拉开抽屉，看见两串手链，薄荷色、粉色，都已经有点旧了。

那是当年他送给明恕的礼物，也是明恕收到的第一份礼物，后来明恕将它们放在他的抽屉里。他问为什么，明恕说因为它们很珍贵，要放在踏实的地方藏起来。

对明恕来说，家竟然不是踏实的地方。

萧览岳一早来接人，才听说明恕被带走了，一时也有些无奈。这趟旅途从一开始就不愉快，除夕夜外公家虽然热闹，但萧遇安始终惦记着明恕，放鞭炮都没去，一个人站在露台上看潮起潮落的海。

外公过来说："你们啊，还小，一点事就放在心上。等你们长大了，就会懂，有些事呢，只能接受，顺其自然。小恕今年来不了，你明年再带他来不就是了？明年还不行，那就后年。外公等着你们。"

萧遇安回头看外公。老人满头白发，在月光下泛着银灰。

他的心阵阵发软，张开双臂，抱了抱外公。

从记事起，他每年都会回来看外公。早几年外公还特别硬朗，带着他和萧谨澜在海滩上跑步。现在外公老了，多走几步都大喘气。

爷爷其实说得没错，他们需要接受，并适应离别。可他希望这样的离别能够再晚一点。

温家是个大家族，丧事办了七天，明恕在遗照上认识了自己小时候很想见的外公。

香烛燃烧，纸钱在风中飞舞，他那个精心整理了半个月的行李箱被温玥弄丢了，他准备春节时穿的衣服一件都没有了。

不过那些彩色的衣服本来也不能在丧礼上穿，那些不认识的人让他披麻戴孝。他没反抗，但眼神却越来越阴沉。

丢失的行李箱里有他准备送给哥哥的礼物，是他拿上学期代表学校参加手工大赛得到的奖金买的一把工艺匕首。

他的第一份礼物是哥哥从海边带回来的，所以他一直瞒着哥哥，想在海边将礼物送给哥哥。

可现在，匕首不见了。

3

哀乐回荡了七天，明恕穿着丧服，不时被介绍给从未见过面的大人。丧服并不合身，穿在身上像一个过大的麻袋，风灌进来，如果他正在走神，能将他吹得一个踉跄。

不是所有人都穿着丧服，实际上，穿丧服的只有很少几个人，其他人都穿着黑色的西装或者套裙，肃穆凝重。

明恕知道另外几个穿丧服的是谁——他们都是他名义上的兄弟姐妹。对过世的老人来说，他们是至亲孙辈，穿着丧服给老人送终是他们的责任。

可明恕却对这种责任嗤之以鼻。

他早已到了懂事的年纪，小时候有多渴望亲情，现在就有多排斥亲情。爷爷奶奶好歹照顾过他，温家的长辈做了什么？

他们不是慈爱的长辈，他却要在这里扮演孝顺的外孙。

和哥哥约定好的旅行泡汤了，送给哥哥的匕首也不见了。他心里压着火，一日一日地忍耐，终于忍住了，没在丧礼上爆发。

因为他知道，那样是错的，是不体面的。哥哥教过他很多道理，当年他因为妈妈一句“男孩子不能哭”而总是在委屈时强忍着，哥哥说，他可以哭，听哥哥的，可以哭。

哥哥说强忍着不叫勇敢，哭泣也不是娇气，男孩子更重要的是要有担当和责任。

“担当”两个字刻在他心里，即便对过世的老人毫无感情，也不愿意在丧事上扮演一个孝顺的外孙，可他明白，他需要尽这么一份担当。

父亲下葬，温玥悲伤与疲惫交加，从上午睡到晚上。醒来时见明恕端正地坐在一旁的椅子上，面无表情地看着她，竟是感到一阵惊慌。

那是她的孩子，这是她的娘家，她本不该惊慌。

“你……”她坐起来，尽量让自己不显得狼狈，客气地说，“找我有什么事吗？”

明恕记得小时候，温玥每次来爷爷家里，他都开心得睡不着，想妈妈抱抱自己，亲亲自己。但妈妈即便抱她，那拥抱也十分勉强。

现在，他已经无法将面前的女人和妈妈这个词画上等号。

他们将他从哥哥家带走时，她狠狠甩了他一个巴掌，他的头撞到了窗玻璃，痛不痛他记不清了，可他清楚地记得那时从大脑深处传来嗡鸣。

像一群恶心的苍蝇。

“我的行李箱是你收拾的吗？”明恕问。

他觉得自己情绪管理得很好，没有露出狰狞的表情，语气也算平和。他没有因为匕首不见了大闹丧礼，是因为哥哥教给他的担当。

现在丧礼结束了，他得把匕首找回来。

可他这样的冷静和疏离看在温玥眼中就是可恶的质问。

小孩子怎么能这样跟大人说话？

温玥心中起了火，站起来道：“我没时间管你的行李。”

明恕抬起头，和温玥对视。他曾经渴望她又害怕她，现在这两种情绪都没有了，他只想找回送给哥哥的匕首。

“我在箱子里放了一把匕首。”他双手抬起来，比画了一个长度，“是一把工艺匕首，我打算送给哥哥。箱子不见了，我找不到它。”

温玥皱着眉，觉得这个平静地说着话的小孩根本不是她的孩子。

明恕小时候不这样，他的眼睛很大也很亮，看人的时候总像有光在里面晃，笑意分明。他怯生生伸出小手喊妈妈的时候，有种想要靠近又不敢靠得太近的委屈。

她知道明恕在讨好她，可是她怎么敢任由明恕亲近呢？

她和明豪锋的婚姻就是一场交易，她本来可以拥有另一种人生，却被这场联姻给毁了。有一段时间，她甚至不敢看明恕，他的存在无时无刻不在提醒着她——你为这场婚姻失去了多少。

她都快要魔怔了。

可是如今，看着这样一个冷漠到陌生的孩子，她竟然开始怀念起那个小心翼翼讨好她的小孩。

她不想承认，自己现在有些害怕明恕。

因为害怕，她不得不装出生气而傲慢的样子，声音也拔高："别跟我要匕首，明豪……你爸已经扔了。"

她记得那把匕首，过安检时明恕的行李被拦下来了，安检员说管制刀具不能带上去。明豪锋看了看，直接扔了。

在他们眼里，那匕首不是什么值得耗神费力留下来的东西。

明恕终于变了脸色："扔？"

温玥解释完道："是你的错，谁让你把匕首放在行李箱里，这种危险工具根本不能上飞机！"

明恕握了握拳头，弄丢匕首对他来说是件大事，但温玥这种反应竟然冲淡了他的气愤。

因为他觉得温玥有些可笑。

连他都知道，遇到事情先找找自己的问题，不要一上来就怪别人，温玥不知道吗？

他盯着温玥，温玥也看着他。可这种对视并没有持续太久，温玥很快用手挡住眼睛："我累了，你别用这种事来烦我。"

"那是我送给哥哥的礼物。"明恕说，"我不是来烦你，我只是想把它找回来。"

"找不回来了！扔了！已经扔了！你听不懂吗？被明豪锋扔了！"温玥忽然尖叫起来，仓皇地从床头柜翻出一张卡，丢到明恕脚下，"你自己去买，买什么样的都行！别来烦我了！"

明恕没有捡。

他觉得温玥确实该赔他那把匕首的钱，三百二十九元，一个零头都不能抹。

可他不想弯腰去捡这张卡。

"出去！"温玥指着房门，手在颤抖，"滚出去！"

明恕却站在原地，一动不动："把我的匕首还给我。"

温玥彻底被激怒了，吼道："你不会自己去买吗？那是什么不得了的匕首，你非得跟我要？"

"因为是你突然来找我，我的匕首才丢失，不找你要，我找谁要？"明恕上前一步，运动鞋踩在了卡的一个角上，"我不要别的匕首，我只要那一把。"

温玥看着逼近的男孩，头痛欲裂。她觉得自己根本不该生下明恕，这个怪物——对，在她眼里，她的孩子是个怪物——就是来跟她讨债的。

她情不自禁地又扬起手，毫不留情地朝明恕扇去。

但这次和在车上不同，明恕头一偏，不仅没有被打到，还抓住了她的手腕。

她用力往后抽，竟然没有在第一下挣脱开。虽然后来还是挣脱开了，但那只是一个五年级的孩子，她居然差一点没能挣脱明恕的手！

这让她更加恐慌，大叫起来。

一种报复的快意在明恕心中升起，他继续说着："我的匕首丢了，你还给我。"

一声一声，就像咒语。

温玥将花瓶砸碎在地上，这动静引来很多人，都是温家的人。明豪锋不住在这里——虽然和温玥在丧礼上扮演着和美的夫妻，但这几天他一直住在酒店，未与温玥同床共枕。

涌进来的人隔开明恕和温玥，温玥还在惨叫，明恕一言不发。

他听见他们问温玥是不是忘了吃药，又问刚才发生了什么，关怀备至，好像是他欺负了他的母亲。

他一分钟都不想再待在这里，匕首他可以不要了，他只想赶紧回家。

回哥哥的家。

即便哥哥和谨澜姐姐不在，他也想回去。萧锦程肯定正被逼着写作业，庭哥在一旁监督，卷子上一片空白，然后他们就因为作业打了起来……

明豪锋还是来了温家一趟，是温玥打的电话。

“你不该和你母亲这么说话，她身体不好。”明豪锋站在明恕面前，他太高大了，高大且强壮。明恕抬头看他，只说：“匕首呢？”

明豪锋蹙眉。

明恕还没记事时，他就将明恕放在父亲家。明家家教森严，他理所当然地认为父亲会教导出一个听话懂理的少年。

可明恕却直接质问他：匕首呢？

小孩子的脸上稚气未脱，那眼神却当真像一把刀。

是谁把明恕养成这样？不知礼数，蛮横，无法无天！

肯定不是老爷子。

明恕经常往隔壁萧家跑的事，他早就知道，只是懒得管。萧家和明家都是体面的家庭，他与萧览岳亦相识多年。他没想到放任明恕去萧家的后果，竟然是一身戾气地与他叫板。

成年男性的气场压下来，明恕腰杆挺得再直，仍是不由得犯怵。他往后退了一步，神情戒备：“我想回家，你们什么时候送我回家？”

明豪锋上前：“是谁教你用这种态度和长辈说话的？”

从除夕开始，海边就没阴过，天天大太阳，晒得人暖洋洋的。今年萧遇安一家四口都来了，原计划待到初十再回去。但萧遇安越想明恕被带走时的状态，就越担心，初三一过，就反复考虑是否要提前回去。

外公老了，身体不怎么好，能陪老人家的日子过一天少一天，他难得在春节回来，不该这么快就走。

可明恕那边，他也实在放不下心。

“我也担心小不点儿。”傍晚，姐弟俩在海滩上散步，萧谨澜说，“要不你先回去吧？我陪着外公。”

萧遇安转过身，一眼就看出萧谨澜是知道他的想法，故意这么说的。

“哎呀呀，你可别这么看我。”萧谨澜笑着捂住脸，“不知道你姐受不了帅哥啊？”

他“啧”一声笑了。

萧谨澜在他肩上拍了下：“我寒假长，回去面对你们仨，外加一个小不点儿，还不如多陪陪外公。”

萧遇安点头：“我再想想。”

萧谨澜笑："还想什么想，你可是人家哥哥。"

4

萧遇安和萧览岳一起回来。他现在已经和父亲一样高了，萧览岳说和他一起走时，他不乐意，说用不着送。

"你这小孩儿。"妈妈揉他的头发，替萧览岳解释道，"爸爸马上要归队，本来就计划这两天走，谁稀罕送你了？"

萧遇安心说：那你还说我是小孩儿？

他们家气氛从来都很融洽，父母和孩子之间没那么多隔阂。他有时想不明白，为什么同样的家庭背景，明恕会过得那么辛苦。思来想去，也只能用"家家有本难念的经"来解释了。

回家时，车从明家院子前经过，萧遇安看向明家二楼的窗户。他无数次从这个位置经过，时常看到明恕趴在窗口冲他挥手叫哥哥。

明恕五六岁那会儿，他担心明恕从窗口摔下来，不准明恕趴窗户上。后来明恕长大了，他就不管了。

明恕有分寸，起码能对自己的安全负责，这一点他这个当哥哥的是明白的。

现在二楼的窗户关着，明恕应该还没有回来。

"担心小恕啊？"萧览岳一共给明恕开过两次家长会，不说疼爱，至少也有几分关心，"明豪锋和明老爷子很像，对你们这些当孩子的没多少耐心。但小恕到底是他的孩子，他不至于将小恕怎样。"

车已经停在萧家门口了，萧遇安拿上行李下车："他们的不怎么样已经给明恕造成了伤害。"

萧览岳愣了下，叹气道："但他们终究是小恕的家人，你我再关心，也是外人。明白吗？"

萧遇安皱了下眉，想说点什么，还是咽了下去。

血缘是很重要的纽带，血缘联系着亲情，而亲情是无私的。这些年明恕都跟着他生活，他们姐弟四人都是明恕的哥哥姐姐，但是他们其实都没有资格对明恕的人生负责。

明恕姓明，是明家的血脉。当年给明恕开家长会时，萧览岳就说过，我们这是越线了。

只是那时的情况，确实需要一个大人去见见明恕的班主任。

血缘这一点让萧遇安有些难以接受。

血脉相连，亲人就能对一个稚幼的小孩做任何事，并且冠以爱的名义，你不接受，那就是你不懂事，你不孝顺。

亲情如果是这样的无私，那无私这个词就不是什么好词。

反之没有血缘关系，即便再亲密，再真心为对方考虑，在做一件事之前都得瞻前顾后，反复思考这事能不能做。

念小学和初中时想不到这么多，萧遇安这两年才理解父亲当时的顾虑。

萧锦程不知上哪儿野去了，萧牧庭从楼上下来，冲萧遇安使了个眼色。

萧遇安立即看出不对劲，跟着出了院子。

今年的春节晚，气温一天天回升，光秃秃的树干上已经冒出嫩绿的新芽，风一吹，就跟着枝条摇晃。

但天上压着一片铅云，很难让人感受到春天快要到来的喜悦。

“明恕回来了。”萧牧庭下巴往明家方向一指，“昨晚闹了一场，听不清楚，今天没声儿了。”

萧遇安沉着嗓子问：“什么时候回来的？”

明恕因为小时候中过暑，所以在家的时候就老爱开窗，所以他刚才看见窗户关着，才会判断明恕没回来。

“就昨天傍晚。”萧牧庭说，“明豪锋带回来的，温玥没见着。听那动静，明恕可能挨了揍。”

萧遇安的脸色变得很难看。

“奔丧照理说不会这么快就回来吧？”萧牧庭往他肩上拍了下，“幸好你回来了，去他们家看看到底怎么回事儿。萧锦程想去，被我拦住了，他正事干不好，老闯祸。”

要搁初中，萧遇安直接就过去了，但现在他需要考虑的更多。回家收拾了下行李，他找出带回来的特产，这才快步朝明家走去。

明豪锋就在院子里，一见到萧遇安就皱起眉。

萧遇安和他见面的次数不多，对他有个很刻板的印象——眉头永远皱着。

“明叔叔。”尽管不喜欢这一家人，但该有的礼数萧遇安从来不缺，“你们回来了？这是我从海边带回来的，煲汤好喝。”

明豪锋短暂地打量萧遇安，嘴角很僵硬地牵了下：“谢谢，进来坐吧。”

萧遇安跟着进了客厅。

客厅里光线昏暗，明瀚正闭着眼听戏。萧遇安不自觉地往楼梯方向看了一眼。

若是平时，明恕早就冲下来了，现在那楼梯却安安静静，在戏曲的调子里显得格外沉寂。

“明恕不在家？”萧遇安压着心里的火，用一种与年龄不符的沉稳语调问。

“在楼上。”明豪锋说完这三个字，与萧遇安四目相对。

这更像是一场无声的交锋。

须臾，明豪锋补充道：“闭门思过。”

萧遇安眉毛轻轻挑了下，眼睑在瞳仁投下黑沉的阴影。而正当他思索如何合理地表达疑问时，明豪锋又开口了：“今后如果不是必要，你和你的兄弟还是少来接触明恕吧。我知道你们关系不错，明恕总是往你们家跑。但他还小，不懂事，你们不能和他一样不懂事吧？”

戏曲攀上一个高峰，女声尖锐得有些刺耳。明瀚仍旧闭着眼，手却在随着调子摆动，听得十分入迷的样子。

萧遇安直视明豪锋：“能问下是明恕做了什么吗？明恕经常来找我，但我不认为我给他做了一个坏的榜样。”

明豪锋本以为刚才那句话能让面前的少年识趣离开，这儿是明家，发生在这儿的是明家的家务事，怎么着也轮不到外人插嘴。

可萧遇安不仅不识趣，还反问他明恕做了什么。

鲜少被顶撞过，即便是委婉的质问也极少，明豪锋眉头皱得更紧：“明恕年纪小，看到什么不当的行为，就当作好的学过来，他没有分辨能力。你们……”

听到这里，萧遇安就是再冷静，也忍不住辩驳：“他五年级了，有分辨能力。”

不仅被质问，还被打断，明豪锋脸色越加难看：“在长辈说话时随意打断，这就是你给他做的榜样？难怪他目无尊长，对家人没有感情，做出伤害他母亲的事！”

萧遇安微愣。明恕伤害了温玥？这不可能，是他教明恕打架，一并教给明恕的是勿欺弱小、知分寸，明恕在学校打过那么多次架，每一次都有原因，每一次都没有失去分寸。

他不相信明恕会无缘无故伤害温玥，甚至不相信明恕伤害了温玥。

“不可能。”在头脑给出一个完美答案之前，萧遇安已经道，“如果他真的做了不对的事，那必然是你们让他没有别的选择。”

明豪锋冷笑：“你凭什么下这种结论？”

“因为他跟着我长大，我了解他。”心里有个声音说，失控了，停下来，现在不是做口舌之争的时候。

明豪锋脖子上的青筋跳了下：“你了解他，所以他现在的古怪脾气也是你，你们萧家惯出来的！”

萧遇安按捺着：“我能见见他吗？或许你们之间有什么误会。无论怎样，你也不该将他关起来。”

“我还犯不着挨一个毛头小子的教训！”明豪锋喝道，“看在萧览岳的份上，今天的话我不跟你计较。今后少来找明恕，我明豪锋的儿子，不用你们萧家来管教！”

此时，二楼传来撞门的声音，一声接着一声，很闷，也很沉。

“哥哥！”明恕声音沙哑，却是半点哭腔都没有，“哥哥！哥哥！”

忽然，戏曲的声音更大了，明瀚握着遥控器，几乎将音量开到了顶峰。

萧遇安第一反应就是冲上楼，却被明豪锋拦住。

他虽然已经很高，但力量比不过成年人。而这里还是明家，修养让他定在原地，握紧的拳头上骨节泛白。

“回去吧。”明瀚忽然说，“这几年明恕给你添麻烦了，他怎么成长，成长为什么样的人，该他父亲来操心。”

“哥哥——”

喊声不停歇地从楼上传来，而明豪锋挡在面前，如同一座难以翻越的山。

萧遇安难得地犹豫了，他并非没有胆量冲上去，却不得不考虑这样做是不是真的对明恕好。

最关键的是，明恕叫他一声哥哥，他却并不是明恕真正的哥哥。法律层面，道德层面，他都没有资格对明豪锋此时的做法说三道四。

冷静，冷静下来。

汗水浸湿了里衣，他到底没有任由性子横冲直撞，转身离开时明恕仍在喊他。这让他头一次对理智、该做不该做感到迷茫。

“幸好你没冲上去。”萧览岳说，“明家在教育孩子上有很大的问题，但这不是外人随便插手的理由。”

萧遇安回来之后连衣服都没换，他向来是做事有条理的人，过去每次从外公家回来，都会尽快将行李收拾好，带回来的礼物分门别类。当他将一切收拾妥当，萧谨澜那边往往还乱作一团。

而这次，行李箱随便扔着，他没有心思去管。

“他们把明恕关起来了，还说明恕伤害了温玥。”他十分笃定，“这不可能。”

“也许是明恕在温家犯了错，你把闭门思过想得太严重了。”萧览岳说，“明豪锋不至于虐待明恕。”

萧遇安抿着唇。

萧览岳又道：“我知道你担心明恕，但你也该明白，明恕不是萧锦程，你们之间天生就隔着一块屏障。明豪锋和明老爷子不发话时，你带着明恕，这没问题。现在他们已经有意见了，你再想突破这块屏障，于情于理都说不过去。”

萧遇安沉默了一会儿，低声道：“这我知道。”

“先看看吧。”萧览岳看出儿子情绪低落，走过去，往后颈那儿捏了下，不出意料被一条手臂划开。

他也不恼，说：“你不是总说明豪锋从来不顾明恕吗，这次也许是他们关系改变的一个契机。”

5

但萧览岳还是错估了明家的情况。又或者说，他预料到了可能出现的情况，却因为年长者的世故与顾虑，不希望萧遇安再去干预，于是给了尚未成年的萧遇安一个自认为恰当的提议。

萧览岳走后，萧遇安独自考虑了很久，觉得现在确实没有办法去插手明家的事，况且明恕在温家到底发生了什么，他也不清楚。他相信明恕不会无缘无故伤害温玥，但母子、父子之间的那些恩恩怨怨，似乎只能由本人去解决。

他可以当明恕的哥哥，尽可能地去保护明恕，可他给予明恕的关照取代不了明恕应该得到的亲情。看样子明豪锋会在明家待一段时间，如果这段时间的相处能够让明恕感受到父爱——哪怕只有一丁点，哪怕更多的是摩擦，那也算是一个好的趋势。

但决定暂时当一个旁观者时，他感到一种极其低落的情绪。这情绪难以纾解，沉甸甸地将他往下拉。

而一个声音在高处喊着哥哥。

无能为力。对，就是无能为力。他无意识地看了看自己的双手，这种感觉很陌生，似乎是他第一次体会。

它像一把很钝的刀子，在身上用力切划，你知道它根本切不开你的肢体，可它的存在感太强，强到你无法忽视，最终催发出压抑的恶心。

前面所有客观的、积极的设想，其实都是这种无能为力的借口。

他放下明恕，不是因为父亲的话，也不是因为刚才理性的思考，归根结底，还是因为他没有立场。

他没有资格去过问明恕、明豪锋和温玥的家事。

这样的认知无法不让人气馁。

他盯着窗外出了很久的神，回过神来时看到的是一棵光杆子树——或许枝丫之间已经有新芽了，可是隔着一段距离，新芽那点可以忽略不计的绿，已经和光杆子的褐色混淆在一起。

那是当年他将明恕抱下来的树，最初那树不太结实，现在一到夏天就枝繁叶茂。

他转过身，双手用力捏了捏。

明恕昨晚被扔进卧室后一声都没再吭，他对这个出生、长大的家感情已经很淡了。

人们总说小孩子容易哄，却忽略了一点，小孩子还擅长记仇。

明恕说不清自己是从哪一年开始，不再渴望母亲的拥抱、父亲的肩膀，回忆起这两个人，他只觉得寒冷。

不久前在温家，他认为自己已经做得很好了，匕首丢失了也没有立即追问，直等到丧礼彻底结束，才找温玥问匕首为什么丢了。

是温玥自己发疯，还将责任推到他身上来。

他闭上眼，就能想到那女人歇斯底里的样子。

他觉得厌恶。

昨天明豪锋一路推搡着他，将他赶上二楼。他心里想的是——我要长到多高，才能打倒这个人？

夜里他半梦半醒，白天也过得无精打采。他知道哥哥还在海边，无法来看他，所以他连多余的精力都懒得浪费。

但他听见哥哥回来了，在楼下，似乎正在和明豪锋争辩。

那一刻他心脏都快裂开了，像有一束光劈下来，就在门外，他推开门就能看到。

可那门锁得严严实实，他开始撞门，大喊。

哥哥一定听到了，他撞得更加厉害。他的力气撞不开门，但没关系，哥哥会上来，哥哥和明豪锋差不多高，肯定能救他出去。

但没过多久，楼下就没动静了。

他不相信哥哥自己走了，也不相信哥哥打不过明豪锋。如果说萧遇安已经到了将事情考虑得尽可能周全的年龄，他却仍旧是个遇事总做单项选择的小孩。

门被打开，他在看到站在门口的明豪锋时，向后退了一步。一天没吃饭，加上撞门消耗了许多体力，他这一退，就直接摔坐在地上。

“你看看你现在是什么样？”明豪锋怒斥道，“撞门，大喊大叫，我们明家教不出你这样的儿子！”

明恕一阵眩晕，倒不是害怕，更有可能是低血糖，加上哥哥没有出现这件事对他打击不小。

他呼吸很急，脸色发白：“你们教过我什么？”

明豪锋眉间挤出颇深的沟壑：“你还会顶嘴了？”

明恕出奇的平静：“爷爷的管教就是不让我做任何我想做的事，你和妈……你和温玥的管教，就是一年回来看我一次。”

“你放肆！”明豪锋将明恕从地上拉起来，“我让你想错在哪里，你想的是我们哪里对不起你？”

明恕说：“原来你知道自己对不起我。”

明豪锋手臂上鼓起青筋，这次回来接明恕去温家之前，他没想到明恕长成了现在这般德行。

他没有教过明恕，甚至没有尝试过与明恕相处，此时竟然有些不知所措。

明恕以为自己要挨揍了，但抓着他衣领的手却渐渐松开，最后狠狠推了他一把。他单薄的后背撞在墙上，痛得他龇了龇牙。

仅是这个动作，看在明豪锋眼中都是不体面的：“你再好好想想，你错了没，错在哪里，想不通就一直给我待在这里！”

门即将再次关上时，明恕忽然“喂”了一声。

明豪锋不悦地转过身来，脸上的线条像情绪一般冷硬。

“哥哥……”明恕觉得心里有一股不平在震荡，让他五脏六腑翻江倒海，“哥哥走了？”

明豪锋厉声道：“你就是跟萧遇安学成了现在这副德行！他都知道错了，你还在这儿跟我犟！”

这一声堪称震耳欲聋，明恕耳边轰鸣作响，条件反射闭了下眼，睁开眼时，门已经被重重甩上。

明恕盯着再次上锁的门，脑中空了好一会儿。

哥哥知错了？

哥哥知道什么错了？

哥哥没有错啊……

愣怔片刻，他又想，哥哥是因为知道错了，所以才没有上楼来看看他吗？

披麻戴孝站在那个陌生老人的灵堂，被温玥扇一耳光，被明豪锋锁在屋子里，他都没有害怕紧张过。

这一刻，他忽然颤抖起来。

不是冷，只是害怕。或者害怕的情绪是冰冷的，从他的脚底顺着血管灌入心脏。

他从来没有这样害怕过。

如果哥哥认错了，哥哥是主动离开的，那是不是就意味着哥哥不要他了？

他从来没有想过，会被哥哥落下。他一直在努力地、拼命地追赶。他要成为哥哥那样的人，可哥哥为什么会认错呢？

天黑下来，明恕蜷在角落，喉咙里发出“呜呜”的音节。

他不知道，这到底是哭，还是小时候的习惯又来找他了。

哥哥说，难过的时候可以哭。

哥哥也说，今后不要呜呜也不要哼哼，他不必发出那些声音，也不会孤独。

“呜——”眼泪还是掉了下来，仿佛是用孤独的音节，听哥哥的话。

6

萧遇安在家里待了几天，什么事都做不进去，每天都会去明家院子外看看，明恕的窗户一次也没有打开过。

萧览岳也不是随便敷衍儿子，前天找明豪锋了解了下明恕的情况。

两人年龄相近，年少时也不是毫无交情，但多好的朋友也算不上，性格不同，各有一帮志趣相投的兄弟。

面对萧览岳，明豪锋自然不可能摆出对萧遇安的态度。两人寒暄了一番，萧览岳主动递台阶，说萧遇安他们几个人从小缺弟弟，遇到明恕了就稀罕，久而久之就把明恕当成了自家人，平时说话处事也不怎么注意，可能让明恕受了不好的影响。

话都让萧览岳说了，明豪锋也不好总板着脸，说小孩子胡闹，做大人的都理解。

萧览岳这才问起明恕最近怎么样。明豪锋说吃了教训，已经认错了，在家老实待着，暂时不想出门。

萧览岳半开玩笑半认真地问：“吃教训？你没揍他吧？”

明豪锋皱了下眉：“温玥动过手，我没有。”

萧览岳点点头：“这男孩啊，你得给他讲道理，光是打不行。你现在能打他，等他长大了，打不动了，那怎么办？”

明豪锋情绪不明地“嗯”了声。

萧览岳也不能说得太过，在明豪锋肩上拍了下，笑道：“我就是替我家那小子来问问，他呀，担心得话都不怎么跟我说了。你们的家务事本不该由我这个外人插嘴，不过小孩儿之间的友情也挺珍贵的。你们早点和好，那是最好。”

明豪锋似乎还想说什么，但想了想还是打住了：“明恕没事，小孩子怄怄气也就过去了。”

萧览岳说：“成，你难得在家待着，多陪陪他，增进一下你们的父子之情。”

回家之后，萧览岳把从明豪锋那儿打听来的情况给萧遇安说了。

萧遇安低着头，半天才说：“我知道了。”

人很容易产生逃避情绪，从而自我麻醉。

无能为力这一认知让萧遇安有些痛苦，他十七岁，在学校无所不能，可在成年人的世界里，却还微不足道。

他的身份、他的能力，他能为明恕做的太少了。

所以每天听不到明家传来的争吵声，他就在潜意识里告诉自己，明恕和明家长辈已经和解了，慢慢来吧，总会好起来。

又过了几天，萧锦程上来说，夏柊找他，就在楼下。

他有些诧异。夏柊一般不会单独来找他，都是和程粤一起。他还刻意问了句：“程粤也在？”

萧锦程却说：“就夏柊一个人。”

夏柊小时候老是跟着他和程粤，但上高中后，他事情太多，和程粤还能打打球，和夏柊就没太多活动，也不怎么能聊到一起，没以前那么亲密了。

夏柊单独来找他，他第一反应是觉得奇怪，然后还懒着不想动。

“你都家里蹲多久了？”萧锦程拽他，“我看着都着急，有人来找你玩儿你还不玩儿啊？快去快去，别霸占书房，我还要打游戏。”

萧锦程一叨叨起来就没完没了，如果不赶紧走，说不定还得听这人现场朗诵一首狗屁不通的原创诗。

萧遇安到底还是下去了。

他们这年纪的男生，正是臭美的时候，出门总得收拾一下。萧遇安平时也这样，但今天实在没心情，只是抓了下头发，拿了件橘色羽绒服就出门了。

夏柊在楼下，倒是将自己打扮得十分细致。头发烫着男生里流行的小卷，还染了色，耳朵上戴着一枚银色的耳钉，白色外套，胸前挂了个有些夸张的坠子。

“萧哥。”夏柊热情地挥了挥手，“新年好！”

萧遇安上次见到夏柊，还是和程粤打篮球那天。这个春节过得不太平，时间好像也被拉长了，感觉像是已经很久没见。

“新年好。”他神色淡淡地笑了下，既不十分热络，也没有刻意疏远的意思，“找我有事？”

夏柊立即拍了拍挂在肩上的包——那是一个在高中男生间不太常见的包，宽大梯形，皮革材质，两条肩带，墨绿色，时尚得过了头。班上女生爱买的那些流行杂志里，模特就爱这么搭。

夏柊这才高一，但瘦高，五官长开了，脸不像小时候那样嘟着，已经有了少年的骨感和分明的棱角，背着这样的包倒也不显得突兀。

“哥，你今天有空吗？有空的话我们去咖啡馆坐坐吧。”打完招呼夏柊就把萧字给省了，直接叫他哥。

夏柊平时也经常这么叫，对程粤和萧遇安都叫哥：“我们下学期也开竞赛课了，我报的物理，假期在家里做了好几套题，很多都搞不明白，你给我讲讲好吗？”

萧遇安其实没什么心情讲题，他自己的竞赛题都没碰，昨天找出来看了下，有点难度，需要静下心来做。他写了几道就烦了，扔下不想管。

现在夏柊找他讲题，他第一反应是拒绝。这会儿要是程粤找他去打个球那还行，顺便散散心，发泄一下，讲题怎么发泄？

但夏柊看向他的目光太诚恳了，呼吸带起一阵一阵的雾气。

这个天儿不在家里待着，却跑出来问问题，他有点儿不知道怎么拒绝。

“哥，我是勉强报的竞赛班，怕跟不上。”夏柊微皱起眉，神色担忧，“你如果没事的话就给我随便讲几道吧，我现在就是一个人琢磨不透，可能你点拨我一下，我自己就通了。”

话都说到这份儿上，萧遇安更不便拒绝了：“你进来等我一下，我上去收拾几套卷子。”

夏柊双眼立马变得很亮：“哥，我就在这儿等你。”

萧遇安也不坚持："行，我马上下来。"

桌上没收拾，堆着好几套卷子。他拿了几套放进书包，文具草稿纸也都带了。他打算给夏柊讲题的空当，自己也做点题。两个人在一起自习，总比一个人在家走神效率高。

萧锦程本来以为夏柊是来找萧遇安出去玩，一看萧遇安背着书包出去，眼前一黑："你们居然出去写作业？疯了吧？这是寒假啊！"

萧遇安回头冲二楼喊道："萧牧庭，有空检查一下萧锦程的寒假作业。"

萧锦程从沙发上蹦起来，把游戏机塞进靠垫，冲萧遇安"嘘"了好几声。

但萧牧庭还是下来了，手一伸："游戏机拿来。"

咖啡馆哪里都有，但一中的学生有自己的据点，一般就去北门对面那家，一共三层，顾客七成是学生，考试前人最多，简直像一中的校外自习室。

这寒假快到头了，来赶作业的也多，但好在座位多，二楼三楼还有不少空座。

萧遇安找了张窗边的桌子，夏柊忙不迭拿着钱包去点餐台："哥，你想喝什么？蛋糕吃哪种？说好了我请啊，你别跟我抢。"

"红茶。"萧遇安确实没想跟他抢，这写作业不是一两个小时的事，一会儿还得吃饭，夏柊付了饮料和甜点的钱，他请夏柊吃饭就行了，都是朋友，没必要为付钱的事争来抢去。

"不喝咖啡吗？"夏柊说，"那蛋糕呢？"

萧遇安摇头："你点你自己喜欢的就行。"

这咖啡馆他来挺多次了，还办了会员卡，不过那卡是给明恕办的，现在也在明恕那儿。

7

明恕嘴馋，虽然每次来的目的都是写作业，但光是蛋糕就能吃三个，还每一种的第一口都让哥哥吃。

萧遇安不爱吃甜食，也被迫尝遍了这个店的所有蛋糕。那些味儿对他来说都太腻了，所以必点一杯茶，一来二去，把这儿的茶也尝遍了。

夏柊端着托盘上来时，萧遇安已经将卷子、草稿纸、笔都拿出来了，整齐地放在桌子一边。

这儿的桌子对学生来说有个优点——足够大，不至于两个人坐在一起，东西就铺展不开。

“哥，你的红茶。”夏柊先将红茶端上来，又将一块黑森林放在萧遇安手边，他自己的则是樱桃奶酪和巧克力牛奶，“不知道你喜欢哪种甜品，随便拿了一个。”

萧遇安一样甜品都不喜欢，但还是说了声“谢谢”：“哪些题不明白？给我看看。”

夏柊连忙把卷子拿出来：“我做的是你们去年的题，这些打了红圈的都不太明白。”

明家的冷战仍在继续。

明豪锋对萧览岳说，明恕和他的关系已经缓和了，父子俩还谈了一回心，其实根本没有。明恕一句话都不肯和他说，而他也拉不下脸去向明恕妥协。明恕一天不服，他就一天不让明恕出来。

刚才他和明恕又爆发了一次冲突。他端着午饭打开门，语气已经尽可能地放得和缓，但明恕冷眼看着他，问：“我可以去找哥哥了吗？”

他都说不清是明恕的眼神还是说的话再次激怒了他，或许两者都有，他在外面做了半天思想建设才压下去的火顿时又蹿起来，并且蹿得更高。

碗被摔碎在地板上，饭菜汤汁四溅，他瞪着明恕斥责道：“你给我记清楚，你是我明家的种！萧家对你再好，那也是外人！”

碗筷落地时，明恕条件反射地眨了下眼，此后连眼睫都没再颤抖：“外人比家人对我好。”

这话彻底激怒了明豪锋，他指着明恕，手指甚至抖了两下，却没能立刻说出话来，半天才道：“你给我继续反思！”

门甩关发出巨响后，房间又安静了下来。明恕保持抱膝而坐的姿势很久，反应有些迟钝地感到肚子很饿。

最近他吃得很少，喝得也少。他最喜欢吃甜食，哥哥家里有糖，有饮料，还经常有蛋糕，他已经很久没吃过这些东西了。

三天前，他将抽屉里的最后一块巧克力吃完了。那是春节前萧锦程输给他的，他本来要和哥哥分，哥哥不要，让他自己吃。他一回家就忘了，扔在抽屉里，被关起来之后才想起还有一块巧克力。

外面传来响动，比平时吵闹。

明恕仔细听着，发现是家里来了客人，似乎是明豪锋的同事和上级。

他忽然意识到，这是一个逃出去的好机会。明豪锋好面子，他甚至都不用逃，只需要走到楼下，说一句“爸爸我去找同学玩”，明豪锋在那么多双眼睛的注视下，不可能不放他走。

打定主意，他换上出门的外套，习惯性摸口袋时，摸到一张硬质卡片，拿出来一看，原来是咖啡馆的会员卡。

他要先去萧家找哥哥，再和哥哥一起去咖啡馆吃蛋糕。

他要亲口问一问，哥哥那天为什么不上来看看他。

不过在下楼之前，他还是犹豫了。从那么多陌生人面前经过，虽然能让明豪锋吃瘪，但他也不自在。

最后他换了个方法，悄悄推开窗户，从二楼慢慢爬了下去。

没有人发现他，站稳之后他拔腿就跑，几乎是一路飞奔到了萧家。

萧锦程被缴了游戏机，正在一楼客厅苦哈哈地赶作业，见到明恕跟见了鬼似的：“你爸放你出来了？”

明恕来不及解释：“我哥呢？”

萧锦程说：“你哥疯了。”

明恕没明白，刚才他跑得太急了，此时快速喘着气，脸蛋被熏出一片红：“啊？”

“居然出去写作业，是不是疯了？”萧锦程说着指了指自己的脑袋，“夏柊也是。可能他们高中生这儿都不太正常。”

明恕终于缓过气来：“我哥和夏柊出去了？在哪儿？”

萧锦程莫名其妙：“我怎么知道？”

明恕又往大院外面跑。

听说哥哥和夏柊出去了，他心里就有点不舒服。哥哥不来救他，原来是和别人在一块儿。他逃出来不就是想见到哥哥吗？哥哥居然不在家，也不说上哪儿去了。

那他如果一直找不到哥哥该怎么办？

寒假的街头，人比往日多，他大口呼着白气，胸膛里一震一震的，手却被冻得发木。

他把手揣进兜里，又摸到了那张卡片。

哥哥会不会在咖啡馆？

夏柊其实不是学物理竞赛的料，萧遇安给他讲了几道题就发现了。但夏柊似乎对物理很感兴趣，这时候也不好泼冷水。

夏柊问的那些题都很好解答，萧遇安讲完就刷自己的题。到了下午快六点时，他带来的题已经做完了。

但夏柊还在草稿纸上费力地演算，没有回家的意思。

这家咖啡馆除了饮料、蛋糕，也提供简餐。萧遇安说："休息一下吧，你饿不饿？"

夏柊抬起头，有点担心："哥，你要回去吃饭了吗？"

萧遇安说："不着急，就在这儿吃，你是不是还有一些题要问我？"

夏柊点点头。

萧遇安起身，手在桌沿点了下："我下去点个餐。"

夏柊眼中又露出那种明亮的光："好，谢谢哥。"

明恕闯进咖啡馆时，嗅到了一股牛排的香气。已经是饭点了，下午来的那拨客人要么已经离开，要么正在用晚餐。

明恕着急地扫视，没看见哥哥，立马上楼，二楼也没看见哥哥。

他跑上三楼，三楼人最少，窗户边，他看到了最熟悉的身影。

是哥哥。

可是哥哥旁边还有夏柊，他们并肩坐着，挨得很近，正在用刀叉拨弄牛排。

夏柊在跟哥哥说什么，哥哥笑了。

冬天天黑得早，窗外已是华灯初上。那些绚丽的光透过窗户，笼罩在哥哥身上，像是神秘的烛光。

他睁大双眼，感到寒风灌进来，冷得他打了个哆嗦。

哥哥是个骗子。

他费那么大力气跑出来找哥哥，哥哥却把他给忘了。

8

萧遇安本来和夏柊坐在斜对面，但牛排和其他佐餐拿上来之后，桌子铺不开了，夏柊就把卷子收起来，换到他这边并排坐。

用餐时萧遇安没怎么说话，基本都是夏柊在说，他听着，时不时给点反应。

夏柊说起小学时从他这儿得到的珠子手串，还扯了下胸前那个夸张的坠子："手串我现在戴不了了，但珠子都是好珠子，我把它们DIY成了这个，好不好看？"

萧遇安每年从海边回来都会给大院里的朋友、学校的同学带礼物，时间太长，送得也多，只要不是太特别的——比如送给萧牧庭和萧锦程的贝壳枪——他都想不起来。

但夏柊一提，他还是有印象，难怪之前在家门口看到那个坠子时觉得有点眼熟。

"我还以为你上哪儿买的。"他说，"没想到你自己DIY。"

"DIY比买有趣嘛。"夏柊笑着说，"还可以把喜欢的，但是不能再戴的东西以另一种形式戴出来。"

萧遇安点点头："挺好。"

话说到这儿，送珠子手串那年的记忆清晰起来。明恕跟他要礼物，但他没有给明恕准备，想找条手串逗逗明恕，但明恕气冲冲地跑了，而他带回来的手串里最精致的送给了夏柊。

后来还是从萧谨澜那儿挑了两条，一条粉色、一条薄荷色，明恕整个夏天都戴着。

窗边离楼梯口有一段距离，萧遇安朝那儿看去纯属无意。

所以看清站在那里的是明恕时，他感到有些不可思议。

这种不可思议看在明恕眼里，就是哥哥在惊讶。他盯着哥哥，胸膛里两种情绪在搏斗，委屈、愤怒。

或者它们并不应该搏斗，它们是共存而递进的。

夏柊也转过头来，带着几分反感："明恕？"

萧遇安的座位在里面，出来时势必经过夏柊。他移开椅子，正要向明恕走去，夏柊忽然拦住他："哥？"

萧遇安皱了下眉："我过去下。"

夏柊抿着唇，似乎不太愉快：“嗯，好的哥。”

明恕看着哥哥向自己走来，竟然往后退了一步。后面就是楼梯，而他已经一天没有吃饭，又跑了这么远，有点虚。

得亏萧遇安伸手将他拉住：“你爸放你出来了？”

明豪锋今天又骂我了。

他没有放我出来，是我自己翻窗出来。

我没有吃饭，很饿。

我去家里找过你，萧锦程说你和夏柊出来了。

我找了你很久。

明恕望着哥哥，心里的话每多一句，似乎就更沉一分。到最后，他一句也说不出来，只吐出一声单调的“嗯”。

萧遇安一眼就看出他不对劲。如果明豪锋真的将他放出来了，他又找到了自己，不应该是这种反应。

他会欢天喜地——不，小孩儿长大了，情绪收敛了不少，但至少会兴奋地冲过来，喊一声哥哥，然后委屈又带着点儿撒娇地诉说在温家和回来之后受的苦，再点上至少三份蛋糕。

“出什么事了？”萧遇安坐在楼梯旁边的椅子上，将明恕牵到跟前。

从明恕的角度，还看得到夏柊。他的视线越过哥哥，与夏柊缠在一起，旋即弹开。

夏柊的反感里又多了一分厌恶，这些阴湿的情绪像青苔一样爬在他脚背上，他轻而易举就能察觉到。

他懒得去思考，反正他也不喜欢夏柊。

“我……”他看着哥哥，满腔的难过压了又压，忽然将手挣脱回来，他知道最该说的是自己从家里逃出来了，却说不出口。

哥哥不来救他，却和别人共进晚餐。夏柊抢走了他的哥哥。

他拥有的太少了，别人有父母兄弟，慈爱的爷爷奶奶、外公外婆。

他只有一个哥哥。

谨澜姐姐、庭哥、萧锦程，那都是哥哥附带的。他们也很好，但他拥有的是哥哥，不是他们。

他不能让任何人抢走哥哥。

不然他就什么都没有了。

夏柊那么幸福，院子里还有好几条狗，程粤也是夏柊的。夏柊已经有那么多了，为什么还要来和他抢哥哥？

这时，夏柊挎着包走过来，温言细语：“哥，你们有事要说，那我就先回去了。谢谢你今天给我讲题，还有刚才的牛排。”

明恕看向夏柊的目光中充满敌意。哥？除了他，还有人这么叫他的哥哥？

萧遇安叮嘱了一句“路上注意安全”。夏柊笑笑，下楼时还朝明恕也挥了下手。

明恕那过分纤细的神经绷断了，夏柊的这个挥手，看在他眼里就是挑衅。夏柊在说：你没有哥哥了，萧遇安是我的哥哥。

夏柊走后，萧遇安觉得有必要和明恕好好谈一谈，从腊月明恕突然被接走，他们就再没好好说句话，关于明恕的一切，他都是从明豪锋、萧览岳那儿间接打听到。他需要明恕亲口跟他说，这段时间发生了什么。

他买了两个明恕最喜欢吃的蛋糕上来，问及在温家的事，明恕却偏执地说：“你为什么和夏柊来这里？”

萧遇安叹了口气，语气尽可能温和：“我们只是一起写竞赛题。”

“他还叫你哥。”

“这是什么不能叫的称呼吗？”

明恕就蒙了，他可以叫哥，叫哥哥，别人也可以叫。

萧遇安见明恕瞳仁上压着一块阴影，知道现在不是争论称呼的时候：“你一件件事慢慢讲清楚，我听你爸说你和温阿姨有矛盾，到底是怎么回事？”

他没有用“伤害”这个词，尽管这是明豪锋的原话。

“他们把我送给你的匕首弄丢了。”明恕低着头，拳头攥得很紧：“我没有跟他们闹，你说要懂礼貌，我已经很有礼貌了，我是在丧礼之后才找她要匕首，她还骂我，想打我！”

萧遇安问：“匕首？什么匕首？”

“我想在海边送给你！是我用奖金买的匕首！”明恕红着眼，差一点就哭出来，“带不上飞机，他们就扔了！”

小孩儿的话断断续续，但萧遇安听懂了，心中有几分触动。难怪他说要检查行李，明恕却不让，还说东西都带齐了，自力更生，不需要检查。

原来是藏着礼物。

“好了好了。”他拍着明恕的背，“不是你的错，明天带我去看看是什么匕首，咱们重新买一把。”

“但我没有钱了。”

“我借给你，下次有了奖金再还给我。”

眼看着明恕快要被哄好了，明豪锋却找了过来。

明恕逃跑的事，明家没过多久就知道了。明豪锋去萧家，萧家没人知道萧遇安上哪儿去了。后来夏柊回来，说明恕和萧遇安都在一中北门外的咖啡馆，明豪锋这才赶去。

明豪锋粗暴地将明恕扯过来，萧遇安想阻止，却无法跟明豪锋硬扯，那样会伤害到明恕。

“上次我说得还不够清楚？不要再来带坏我们家的小孩。”明豪锋冷斥道，“我知道怎样管教他，不用你们萧家来操心！”

萧遇安起初不知道明豪锋是怎么找过来的，后来一想也就明白了，只可能是夏柊说的。但这也不能怪夏柊什么，夏柊到底只是一个局外人。

他大致明白夏柊为什么会对明恕有偏见。他、夏柊、程粤三人是一起长大的，夏柊最小，向来被他们俩当弟弟保护着。明恕这小孩儿黏人又可怜，自从来到他的生活里，就占据了他大量的时间和精力。他没那么多时间和夏柊、程粤待在一块儿了。程粤不在乎这些，但夏柊不一样，夏柊心思从小就细，免不了觉得是明恕离间了他们三个好友。

夏柊找他讲题，大约也是以一种拙劣的方式维护友情。心思这样细的人，他难以去责备，只是后来夏柊再来约他去咖啡馆自习，他都找借口推了。

这时程粤却来横插一脚，质问他理由。

程粤那天就像吃了炮仗，蛮不讲理，非要说他不顾一起长大的情谊，不把他们当兄弟。

他本来就因为明恕的事烦着——明恕那天被带回家之后就没消息了，他那颗想帮又帮不了的心悬在空中，再温和的性子也被点着了。

何况他骨子里并不是纯粹的温和，他有他的棱角，更多时候只是因为宽容而显得温和。

程粤这一惹，把他的火也点燃了，两人打了一架，闹得不欢而散。

可这个注定不平静的寒假还没有结束。

9

和哥哥短暂的见面并没有让明恕感觉好一点，被明豪锋生拉硬拽带走时，他迫切地希望哥哥能拉住他，像拔河那样都可以，他不怕被哥哥拉坏。

他怕的是哥哥根本不来拉他。

可哥哥只是跟着他们下楼，看着他，没有拉他的意思。他被塞进车里，就像去海边前的那个晚上一样。

车发动时，他看见哥哥站在路边皱着眉。他们隔着深色的车窗，他不确定哥哥能不能看到自己。

家里已经没有客人，但令他惊讶的是，温玥竟然回来了。那天晚上他还是被关在卧室，而父母、爷爷似乎在楼下讨论什么。

他的窗户被上了锁，能打开的只有最上面一溜类似天窗的小窗。他就是再小五岁，也不可能从那儿翻出去。

夜里，一阵脚步声过后，楼下便没了动静，从门缝下面漏出来的灯光也熄灭了。

明恕躺在床上，一点一点回忆不久前的事，最鲜明的记忆竟然是夏柊的那一声哥。

睡着之后，他做了噩梦。

很奇怪，这些日子他没一天过得好，可是一旦睡着，就什么都不知道，没有梦，或者梦是空的。这天他却梦见哥哥将送给自己的会员卡拿走了，给夏柊买了咖啡馆所有的蛋糕。他哭着将会员卡拿回来，里面剩下的钱连一杯最便宜的黑咖啡都买不到。

夏柊一直在叫哥，当着他的面。

而他想叫一声哥哥，却发现不管怎么用力，都发不出一个字来。

他望着的哥哥像根本没有看见他。

哥哥明明和夏柊站在一起，夏柊看得见他，哥哥却看不见。后来他们转身走了，他喘着粗气追出去，追不上也发不出声。夏柊转过来，向他挥手。

他看明白了夏柊的意思。

你没有哥哥了。

醒来时，他浑身冷汗，秋衣秋裤均濡湿。

温玥这次来，是跟明豪锋商量一件事——将明恕接走，试着亲自抚养。

她与明豪锋是被温、明两家因为利益强行捆绑在一起的，早年相看两厌，甚至直白地迁怒于孩子，双双缺席了明恕人生里最初，也是最渴望父母关怀的十一年。

这十一年对他们来说未尝不是另一番折磨。

二十多岁时的偏执渐渐被琐事、现实消磨，其实在去年，温玥就考虑过将明恕接到自己身边。这次父亲的丧礼上，明恕让她感到陌生，之后的冲突更让她害怕。

她不喜欢明恕，这孩子是她妥协、失败人生的见证。可她到底是一位母亲，待病状减轻，冷静下来，她开始担心明恕将来与自己成为毫不相干的陌生人。

她只有这么一个孩子。

而对于明豪锋，她也不像刚结婚时那样反感了。不管她愿不愿意，这个男人都将和她绑在一起，甚至成为她的依靠——比如父亲丧礼那样的场合。

她第一次心平气和地坐在明家的客厅里，说自己的想法，小心地试探明家父子。

明豪锋正因明恕焦头烂额，温玥的提议碰巧拉了他一把。

他们在这里说得最多的是离婚，将最难听的话抛向彼此，此时却因为共同的孩子握手言和。

他们自信，胸有成竹，却忽略了时间的作用。如果再早几年，比如明恕刚上小学时，他们的踌躇满志或许还能挽回缺失多年的亲情，但现在已经太迟了。

明恕最不需要的，就是父母的关心，还有那些苍白的，自以为是的爱。

一早，温玥就上楼敲明恕的门。

明恕从噩梦中醒来就再也没睡，看到她的脸，首先想到的是她在自己面前发狂的样子。

“起来了？”温玥蹩脚地扮演一个温柔的母亲，连笑容都是僵硬的。

她很漂亮，此时却笑得毫无美感，像一张五官制作精良，凑在一起却哪儿哪儿都不对劲的面具：“快去洗漱，妈妈给你熬了粥，汉堡也做好了。”

明恕坐在餐桌前，看着丰盛的早餐，无动于衷，甚至还有些反胃。

除了粥，其他都是西式早餐。昨晚他在咖啡馆看到的就是西餐，西餐让他顷刻间想到夏柊。

虽然决定拉近与明恕的关系，但长久的习惯与偏见无法马上改变，温玥见明恕盯着餐盘发呆，情绪立即开始波动，厌恶、烦躁，进而想到自己被迫做出的那些选择，语气冷下来：“吃啊。”

明恕看她一眼，只喝了粥，那汉堡一口都没吃。

他不懂温玥为什么来，更不知道父母正在计划将他带走、转学，他根本没去琢磨那些。夜里的梦还魇着他，饭后他问了明豪锋一个问题：“你是怎么找到我的？”

明豪锋说：“夏家的小子说你们在那儿。”

明恕咬着后槽牙，低头，睫毛遮住了眼底的晦暗。

从这天起，日子似乎变得不同。明豪锋不再关着明恕，但还是不让他去萧家，也绝口不提萧家的人，仿佛那儿是个什么魔窟。

温玥带他去商场，挑了好几套新衣，还带他去豪华的餐厅，问他开不开心。

他不知道这有什么值得开心的。

市里的餐厅、商场他都去过，哥哥的妈妈每次回来，就带他们几个去，那时他拉着哥哥的手，才是真的开心。

温玥满以为小孩儿都是好哄的，自己努力了这么多天，怎么也该有个成效，明恕却一个笑脸都没有给过她。

她并不是真正慈爱的母亲，几天下来身心俱疲。

明恕正好一个人溜出去。

萧家大门紧闭，大概是走亲戚去了。明恕骑了辆车，离开大院，漫无目的地在附近转悠。

骑过一个转角，接下来就是一段缓坡。他本来不打算下坡，但忽然看见夏柊就在坡底。

噩梦，咖啡馆，哥，告状……一块块细小却锋利的碎片从他心底划过，割开了一块坚硬的膈膜，黑沉的恶意释放出来，一点一点覆盖他的理智。

他也没有别人以为的那么正义，小时候吃过的亏、受过的苦他都记着，只是有人给这些积淀的恶意裹了层柔软的糖衣，经年累月，像一个牢实的茧。

因为这个茧，他从未报复、伤害过任何人。

可现在，这个茧破了。

前方的景物在不规则地晃动，令人眩晕。明恕双眼无神，紧紧盯着下方的夏柊。而当他反应过来自己在做什么时，自行车早已在斜坡上疾驰而下。

夏柊看着俯冲下来的自行车，极度的紧张和恐惧之下，做不出任何反应。他的脑子甚至来不及替他辨识清楚那是明恕，明恕想要报复他。

平路上，自行车对人不一定能造成太大的伤害，尤其这只是一辆供小孩骑的自行车。

但一辆在坡道上俯冲的自行车，对少年的伤害力不言而喻。

明白自己不能这样做时，车已经停不下来，而夏柊呆若木鸡，面容惊惧而僵硬。

最后时刻，明恕竭力将车甩向一旁，他自己狠狠地摔了出去，头撞在路边的栏杆上，而自行车还是伤到了夏柊。

明恕忍着剧痛和眩晕看过去时，只见夏柊被压在自行车下面，自行车的轮胎缓慢转动着，血从夏柊的手背上渗出来。

医院充斥着刺鼻的消毒水气味，明恕已经很久没有来过了。他不常生病，上次进医院还是跟着萧锦程吃坏了肚子时。

明家、夏家的人都来了，明恕被拉扯着辗转于各个检查室，照了好几个片，头上还缝了针。

医生问他感觉怎样，他反应有些慢地摇头。

他想告诉医生，他的头很痛很晕，像快要爆炸，想吐，还想说他的背和右肋痛，呼吸都痛。

可他说不出口。

这些痛不是别人给予他的，都怪他自己。

他没有资格说痛，因为被他伤害的夏柊还躺在病床上。

医院有暖气，但是打从被送来，他就止不住地颤抖。他太害怕了，看见夏柊手上的血时，他以为夏柊快要死了。

那一刻，头上、身上的痛几乎淡去，他唯一担心的，是自己真的伤害了夏柊。

温玥怎么也没想到，明恕会骑着车撞人。她和明豪锋火急火燎赶到医院，面对的就是夏柊父母的质问。

夏柊脸色苍白如纸，手上缠着的绷带渗着血。他抬起头，看向温玥和明豪锋，无措、委屈，哽咽着说："我当时在坡下走，明恕骑着车就冲下来了，我不知道……他不是控制不住，他就是冲着我，车也没有停。幸好，幸好那个坡不算特别陡，我……"

还未说完，夏柊就哭了起来。

夏父怒不可遏，愤慨道："看看你们教出来的好儿子！他想干什么？为什么要伤害小柊！"

明豪锋还没有这样抬不起头过，怒火中烧，却只能替明恕道歉，然后在露台上一支接着一支地抽烟。

温玥盯着明恕看了一会儿，也转身走了。

他们不约而同地认为他是泼在自己身上的耻辱，却没有想到明恕也受伤了，或许也需要关心。

守着明恕的人是明瀚。

老人看着木然站着的明恕，眼中满是痛心和失望："夏柊说你故意骑车撞他，是真的吗？"

明恕张了张嘴，没发出音节。

他能怎么回答？

故意撞人是事实，尽管最后关头他想要停下来，并且为此受了比夏柊更重的伤。

不知道是不是因为老了，明瀚比过去多了一份耐心。他拉住明恕的手臂，再问："你真的故意撞他了？"

萧遇安闻讯赶来，在门口听到的正是这段对话——

明恕："嗯，我故意撞他。"

“为什么？”

“因为……因为我讨厌他。”

10

夏柊和明恕的病房并不在同一层楼，他的手臂在摔倒时被划出一道口子，缝了两针，腿摔青了，现在伤已经处理完，正在病床上输水观察。

病房是单人间，里面放着不少花——夏家亲戚多，陆续来探望，知道夏柊喜欢花，送的东西除了补品、水果，最多的就是花。

萧遇安来时，程粤正坐在床边剥橙子，本来还在跟夏柊讲笑话，忽然脸就沉下来：“你来干什么？”

两人前不久才因为夏柊的事闹了个不欢而散，现在遇上着实尴尬。但夏柊被撞，撞人的又是明恕，这一趟萧遇安是不得不来。

而且除了探望，他也有事要亲口问问夏柊。

夏柊看到他，倒是很开心的样子，柔软地笑了笑：“萧哥。”

刚受了伤的人，精气神好不到哪里去，夏柊这样子像是强撑，挺招人疼。

程粤说：“你还叫他？”

“算了程哥，大家都是朋友，别这样。”夏柊用没有输液的那只手扯了扯程粤的衣角，“以前的事都过去了，你老放在心上干什么呢？”

“过去？”程粤哼了声，“你还帮他说话？”

夏柊小声道：“你别说了。”

夏柊好说歹说将程粤支走，程粤在病房门口和萧遇安擦肩而过，不悦地瞪了一眼。

“哥。”病房里只剩下自己和萧遇安时，夏柊就换了称呼，“谢谢你来看我。”

萧遇安带来的是一个果篮，装着这个季节盛产的草莓。他没有立即坐下，站在病床边替明恕道歉。

夏柊听见明恕的名字时，神情不自然地僵了下，讪讪道：“他就是个小孩子，可能不懂事吧，突然就冲下来了。”

萧遇安又道：“抱歉。”

夏柊赶紧摇头，想了想又说：“可能我做了什么事，让他记恨上了吧。哥，你们最好是带他去看看医生，他这样……这样心理有问题，将来说不定会伤害更多的人。”

萧遇安准备的那些话，忽然就问不出口了。

他和萧牧庭到出事的坡底看过，自行车的痕迹并不是直接冲向夏柊，在靠近时紧急刹车，这是明恕在补救。

地上还有一段明显的抛擦痕迹，在无法让车停下来时，明恕奋力将车压向一边，自己在惯性作用下被甩了出去。

如果不是听到明恕说“我讨厌他”，他已经确定这是一个意外。明恕并不是故意要撞夏柊，而是因为某种原因冲了下去，尽力补救，以至于摔伤撞伤多处。

那夏柊说的就不是实话。

然而明恕明确说了故意，此时再面对夏柊，他便没有立场去质疑夏柊的话。

不管怎样，夏柊都是遭受无妄之灾的那一个，明恕无意也好，故意也好；完好也好，重伤也好，夏柊都是无辜的。

错在明恕。

他不能因为明恕是自己的弟弟，而去指责一个无辜受到牵连的人。

“你好好休息，明恕那边我会再去问问。”萧遇安说。

夏柊脸上露出难过的表情：“哥，你会因为这件事讨厌我吗？”

萧遇安拧眉：“讨厌？”

“因为我没有说明恕撞我是意外。”夏柊手抓着被子，“如果我说是意外，这件事就更好解决了是不是？”

萧遇安摇头：“是什么就是什么，他如果故意撞你，那他就应该为此负责。你不用为他隐瞒。”

夏柊抿了下唇：“哥，我知道了。明恕……明恕他的确是故意撞我，他看到我了，最后也没有刹车。”

萧遇安说：“我知道了。”

明豪锋将明恕的暴力行为归结于萧家的纵容，萧遇安想去看明恕，次次都被阻挡。

他知道明恕是故意撞夏柊，也知道最后关头明恕后悔了，竭力去减轻可能对夏柊造成的伤害。他甚至猜得到明恕为什么讨厌夏柊。

但他想让明恕直视他的眼睛，给他讲出事情的经过。

明恕会去撞夏柊，他比谁都清楚，那绝不是夏柊说的心理有问题，也不是明豪锋认为的暴力倾向，而是因为自己。

明恕对咖啡馆的事耿耿于怀。

他有责任去将明恕引导出来。

在当初他跟明恕说听哥哥的话时，明恕就已经成了他的责任。

明豪锋和温玥在病房看着明恕时，他一点办法都没有。明豪锋正在气头上，即便是萧览岳出面，也没有用。何况萧览岳早就不在这边了。

是明瀚将萧遇安放进去的。

明恕瘦了一圈，头上、手臂、腿上都缠着纱布。过分消瘦让他的眼睛显得比平常更大，看到哥哥时，眼里忽然涌出浓烈又矛盾的情绪。

"哥哥……"

萧遇安坐在病床边，看着他，好一会儿没说话。

明恕鼻腔酸了，伸手去抓哥哥，以近乎低声下气的语气说："哥哥，我错了。"

这几天他像犯人一样被管着，自个儿琢磨了很多事，越琢磨越害怕。

他撞了夏柊，这绝对不应该。他那天跟爷爷说讨厌夏柊，现在他还是讨厌夏柊——这个人要抢走他的哥哥，但这份厌恶并不影响他知道自己做错了事。

所有人都用一种奇怪而防备的眼神看着他，温玥一出现就不断叹气，明豪锋则是连番责骂，还问他这些行为是不是跟萧家人学来的。

他不在意明豪锋怎么骂他，即便是打他他也认，是他撞了人。

但哥哥一直没有出现，牧庭哥哥、萧锦程也没有来，这让他害怕、心慌。

哥哥一定生他的气，对他失望了。

他在心里说了无数句"哥哥我错了"，可是哥哥听不见。

哥哥真的来了时，他陷入一种思绪满涨的空白，许久才想起自己应该道歉，请求哥哥不要讨厌自己。

"哥哥，我错了。"他又说了一遍。

眼前的小孩儿犯了错，还不是小错，唯一庆幸的是夏柊只是受了轻伤。

可即便如此，萧遇安还是忍不住心疼、心软。

明恕眼里是懊悔，还有乞求，整个人显得很消沉，情绪低落得仿佛只差一个力，就要散开了。

萧遇安下意识抬起手，想揉揉明恕的头发，却意识到明恕头上缠着纱布。

最终，他的手指停留在纱布上，轻轻点了两下。

明恕微抬起头，眼睛似乎比刚才亮了些，里面有强忍着的泪水，在灯光和他的注视里一晃一晃的。

“怎么回事？”他的语气很温柔，是这个年纪的他能有的最温柔的语气。

明恕用力呼吸，将眼泪憋回去：“我就是讨厌他，讨厌他……”

萧遇安知道理由，但既然是谈心，就必须让明恕自己说出来。

明恕咬牙：“他要把你从我这里抢走！”

萧遇安说：“怎么会？”

“会！”明恕越说越激动，眼睛和鼻尖都红了，“哥哥，我只有你一个哥哥，你别不要我！”

明恕刚经历了一个痛苦的寒假，被父母关在家中，正是精神最紧绷脆弱的时候，萧遇安试着安抚他：“哥哥怎么会不要你呢？”

明恕轻轻发抖，低着头：“我做了错事，我不乖。”

萧遇安在心里叹了口气：“你会改正的，我监督你改正。”

明恕瞳光绽开，像遥远的星星释放光明。

可在他眼里，哥哥才是为他撞开黑暗，一路牵引着他的星星。

11

“哥哥，那你可不可以给我写个保证书？”安静了一会儿后，明恕说。

萧遇安挑眉。

他从小到大可没写过任何保证书。

但他们家有个写保证书的专业户萧锦程，明恕跟着萧锦程混，上学期也写过保证书。

在小学生的圈子里，写保证书似乎是件特别正式的事。

明恕爬到病床边，从床头柜里拿出一个本子：“哥哥，你就写保证不会不要明恕，好不好？”

萧遇安挺无语的，这不过家家吗？不嫌拗口吗？

但小孩儿的眼神太真挚了，他忽然又觉得，这份保证也许能够解开明恕的部分心结。

那也不是不能写。

他将本子接过来，拿起挂在病床上的笔，在本子上“唰唰”写起来。

明恕抻长脖子看，眼里的阴沉一点点消失。

他们小学生都较真，口头保证不算数，书面保证才算数。

这时，门外传来动静，萧遇安以为是明豪锋和温玥来了，扭头一看，却是萧牧庭和萧锦程。

“弟弟！宝贝儿！我可怜的崽崽！”萧锦程表情夸张地冲进来，看猴儿似的盯着明恕，“让你锦哥哥看看，都伤哪儿了？”

明恕被这声“宝贝儿”臊得脸都红了，他小时候才去萧家时，谨澜姐姐老叫他“宝贝儿”“小宝贝”，那时他就觉得不好意思。但能当小宝贝，他又很高兴。

现在他都是接过萧锦程衣钵的明哥了，哪还能是宝贝儿啊？

“你吼啥？”他连忙说，“别这么叫我，别人听到了会笑！”

“哪有别人？”萧锦程大咧咧的，“这儿就你三个哥，你说说我们谁是别人？”

明恕刚才只是脸红，现在眼睛也红了。

他就受不了萧锦程这么说。

他这都孤单多久了，被关在家里时他越想越怕，觉得哥哥不要自己了，撞了夏柊后就更怕。

结果哥哥才没有不要他呢。

萧锦程和庭哥也来了，他们都没有嫌他。

“嘿，你们看！”萧锦程说，“要哭了！”

萧牧庭一掌拍在萧锦程后脑勺上：“不都是你惹哭的？”

病房里忽然热闹起来，萧遇安松了口气。萧锦程烦是烦了些，但心思其实挺细的，也是真关心明恕。他和萧牧庭都没法像萧锦程这么活跃气氛，得有人给明恕讲道理，也得有人闹明恕。

萧锦程忽然发现萧遇安手里的本子，明恕捂着不让看，抢过来一看，震惊了："老天爷！本人萧遇安，保证不会不要明恕，老天爷啊！"

萧遇安："……"

萧牧庭笑惨："不是吧老二？这什么东西？"

萧遇安心说哄小孩儿的，但要真这么说了，某个小心眼的家伙又得惦记着，于是一把将本子拿回来，把那页撕下来给明恕："收着，不担心了吧？"

明恕露出一排小白牙，用力点头："嗯！"

四个人闹了一会儿，明瀚回来了。

两家现在毕竟有矛盾，有隔阂，萧遇安跟明瀚道了声谢，又跟明恕说过几天再来看他，就带着萧牧庭和萧锦程走了。

他这次来是避着明豪锋和温玥的，不过下楼时还是遇到温玥了，才意识到明瀚刚才是来提醒他们离开。

温玥刚和明恕的医生道别，嘴角还带着一丝笑，可见到萧遇安等三人的瞬间，笑容就消失了，变成了冰冷的敌意。

萧遇安礼貌地朝她点了点头，萧牧庭收敛了笑容，就萧锦程看在对方是明恕亲妈的份上，还想笑嘻嘻说一句"阿姨好"。

但此间的气氛让他闭了嘴。

萧遇安不想在这儿和温玥发生冲突，尽管他对这对父母已经有些忍无可忍。必要的招呼打过，他从温玥身边经过，继续往楼下走去。

但是走出三步之后，却听温玥道："你们又来干什么？"

萧遇安停下脚步，没有转身。

萧牧庭侧过脸，不悦地瞥向温玥。

"你这是什么眼神？"温玥声音微颤，极其防备地瞪着萧牧庭。

在她眼中，萧家这三个人没有太大区别，都是带坏明恕的罪魁祸首。明恕和萧遇安最亲近，但其他两人也并非没有过错。

萧牧庭当即顶回去："我什么眼神关你什么事？"

温玥气到发抖："好啊，好啊，难怪明恕现在变成了这样！"

"撞人是他不对，但错得更多的是你们。"萧遇安终于转过身来，"我劝您在自己身上找找原因。别一味怪他，他才五年级。"

“教训起我来了？”看得出温玥正在竭力控制情绪，“你们在家里也是这么跟长辈说话的？”

萧锦程躲在萧牧庭背后打岔：“我们家没您这样的长辈。”

温玥面色一白，闭眼深呼吸一口，堪堪维持着体面：“我不替你们的家长管教你们。我只希望，从今往后，你们不要再来打搅明恕。他和你们不一样。”

这话激怒了萧遇安：“他哪里不一样？”

12

“他小时候不是这样！”温玥的声音渐渐变得尖而细，“你们把他变成了……变成了……他现在没有礼貌，还会骑车去撞人，我怎么对他，他都爱答不理！”

萧遇安眼色一寒。

明恕绝不是没有礼貌的小孩，学校没有一个老师说明恕没礼貌。

温玥在这儿歇斯底里控诉的，是一个他根本不认识的人。

温玥手捂着胸口：“你们来医院演哪一出呢？你们以什么立场来？他撞了人，是我们跟人道歉，怎么解决也是我们去伤脑筋。麻烦你们别再来影响他了，我知道他这个年纪的小孩儿，看着会打架、会玩儿的人，就喜欢去认个哥哥。但这不对！”

萧锦程听不下去了：“什么叫认个哥哥啊？明恕一年级开家长会，你们谁都不来，害他被欺负。这账我还没跟你们算呢！我就是他哥哥！”

温玥一听，越发激动，摇着头说：“明恕绝对不能再跟你们待在一起了！”

萧遇安听出端倪：“你要带他走？”

“是！”温玥说，“我后悔没有早点带走他！你们走吧，如果你们再来找明恕，为了他能够健康成长，我只能立即将他带走！”

医院外，萧锦程跳了起来：“不是吧？那个疯婆子要把明恕带走？她要把明恕带哪儿去啊？他们不是根本不管明恕吗？”

萧遇安和萧牧庭都没说话，心事重重地过马路。

“你吱个声？”萧锦程扯了扯萧牧庭的衣服。

萧牧庭下意识看向萧遇安，萧锦程也看萧遇安。

他们都把明恕当小弟，但谁都知道明恕和萧遇安最亲。明恕是萧遇安捡回来的，萧遇安已经是他的半个家长。

“你怎么想？”萧牧庭问。

萧遇安现在脑子也有些乱，温玥似乎是动了真格，一定要带明恕离开。但他们能把明恕带到哪里去呢？

父母带孩子搬家，他这个外人着实没有阻止的理由，况且现在萧览岳不在，连一个能够和明家交涉的人都没有。

“要不我们把明恕收养了吧？他爸妈什么玩意儿？”萧锦程又异想天开了，“咱们把他的户口弄过来。”

“一天到晚瞎想些什么？”萧牧庭说，“他爸妈不还活着吗？”

这天三人琢磨了一路，也没想出个解决方法来。

晚上萧遇安睡不着，发现这事当真是无解。

今天遇到温玥之前，他心情挺不错。终于见到明恕了，好说歹说，把小孩儿给哄好了。离开病房时他还琢磨，明恕的心结虽然解开了，但并不是说问题就彻底不存在了。

明恕的性格还是受到了家庭和成长环境的影响，不像平时表现出来的那么阳光，那些黑暗的烙印都藏在看不见的地方——它们本不应该存在。

可既然存在了，将来他只能更加注意。明恕还小，他还有办法将烙印慢慢抹除。

但温玥的话让他意识到，他可能根本就没有这个机会。

明家硬要带走明恕，他无计可施。

路灯的光从窗外照进来，他心绪不宁，抬手遮住了眼睛。

明恕不知道哥哥从自己病房离开后，与温玥产生的冲突。

他今天彻底高兴了，将哥哥写的保证书小心翼翼地叠起来，藏在衣服里。后来看到温玥，他都没那么抵触。

温玥也没提遇见萧遇安的事，和他说了几句不尴不尬的话，问他愿不愿意去跟夏柊道个歉。

如果温玥更早问他这个问题，他不仅不会答应，说不定还会失控。

但现在哥哥写了保证书，那他就不在意了。

没有人能够把哥哥从他这里抢走。

“好啊。”他回答的时候还笑出声。

温玥很意外，已到嘴边的那些说教不得不咽回去。

夏柊伤得比明恕轻，明恕还得在医院待上一阵子，夏柊已经可以出院了。他出院当天，明瀚、明豪锋和温玥带着明恕去了他的病房，郑重其事地道歉。

夏柊站在床边，瘦削，头发柔软，看上去虚弱而缺乏攻击性。明恕鞠躬说“对不起”时，他还慌张地向后退了一步。

“是我做错了，我向你道歉。”明恕直起身子。这事他不觉得憋屈，他都知道是怎么回事了，道歉也道得心甘情愿，“以后不会了。”

双方家长都在，夏柊低声道：“嗯。”

这事到这里就算解决了，夏柊出院，去外地调养，明恕继续治疗。

中小学已经开学，明恕天天问明瀚自己什么时候能去上学，明瀚总说要听医生的意见。

他又有一阵子没见着哥哥了。但他没问。

他知道明豪锋不喜欢哥哥，哥哥不来看他，肯定是被明豪锋阻止了。但他现在一点也不慌，他兜里有哥哥写的保证书，等到出院了，他就自个儿去找哥哥。小学和一中离得那么近，他还愁见不着哥哥吗？

可就在他计划回学校的事时，他转学的事也已经提上日程。

在明恕骑车撞夏柊之前，温玥和明豪锋就商量过将明恕从明家老宅接走。这个突发事件让他们更加确信，不能再将明恕丢在大院。

明恕被放养，被影响，在他们眼中已经成了一个怪物。

而怪物应该被驯养。

明恕在医院数着日子，终于等到了出院。

“我直接去上学吗？”他坐在轿车后座，眼里闪着光，“今天星期四，课多，我一会儿就去学校。”

“不急。”明豪锋却说，“今天就先不去学校了。”

明恕当然着急：“可我已经缺了很多课了！”

“有适合你的老师在，很快就能补上。”温玥说，“回去休息一下吧，在医院住这么久，你也累了。”

明恕隐隐觉得不对劲。但直到看到已经被收拾好的行李，他也没有想到，明豪锋和温玥给他办了转学。

“我不走！”他大喊道，“你们想带我去哪儿？我不走！”

明豪锋强硬地挡在他面前：“转学手续都已经办好了，不由得你不走。你撞人的事整个大院都知道了，继续待在这里对你没有好处！”

“那我也不走！我都道歉了！”明恕着急地喊道：“爷爷！爷爷！”

明瀚背过身去，一言不发。

“哥！”被锁进车里时，明恕用力拍打着车窗，用尽全力朝萧家的方向喊道，“哥哥！哥哥！”

正是上课的时间，高二物理竞赛班开始发试卷。

萧遇安没由来地抬起头，蹙眉看了看窗外。

“卷子！”后桌喊了几声，不得不拿笔戳萧遇安。

萧遇安这才回神，拿起卷子往后面传去。

13

灿心小学位于言城城郊，是一座封闭管理的寄宿学校。

明恕是转学生，刚被温玥和明豪锋送去时，一度无法正常上学。

因为他无法接受被迫离开哥哥、离开萧家，他舍不得他们。

灿心是私立小学，硬件设施一流，师资力量雄厚，校园比明恕念了四年半的小学大很多，宿舍两人一间，干净整洁。

然而明恕第一天就砸烂了窗户，将一切能砸的东西摔得稀巴烂。他的室友——一个比杜皓还要胖的男生吓得从寝室爬了出来，哭着要求换寝室。

在那之后明恕就一个人住了。

校方多次联系温、明二人，要求对明恕进行父母在场的适当心理疏导。

明豪锋公事繁忙，几乎没有来过。温玥心里一百个不愿意，却还是遵从了老师的要求。

她不想见到明恕，却又无法否认明恕是她亲生儿子这一事实。寒假在温家发生的事，以及后来明恕骑车撞人的事让她意识到，她必须管一管明恕。

但即便和明豪锋商量好将明恕带到言城，她还是无法让明恕待在身边，与自己朝夕共处。

言城的教育资源很强，知名小学就有三所，灿心小学正是其中的一所。最终她舍弃了离居所最近的一所，将明恕送去了灿心。她对明瀚解释那里的老师更加专业，而集体生活或许更能纠正明恕心理上的问题。

可真正的原因她与明豪锋都清楚——如果明恕每天放学回家，而他们要扮演关系和睦的父母，迟早他们会发疯。

每次参加校方安排的心理疏导，按照医生的要求与明恕互动，温玥都如坐针毡，甚至后悔将明恕接过来。

她还是没有准备好做一个母亲，去接受这段失败的婚姻。

从冬末到夏初，明恕在发狂的挣扎中终于认识到，父母是铁了心要将自己关在这里。他回不了那个熟悉的院子，即便离开灿心，他还是没办法见到哥哥。

他先是浑浑噩噩，然后给自己穿上了乖顺的外衣。

当他不再表现得充满攻击性，开始平静地吃饭、看书，医生告诉温玥，她不用次次都来了。

温玥为此松了口气。

五年级下学期只剩半个月就要结束时，明恕走进教室，坐在最后一排的空座位上。

他已经成为整个灿心的焦点。

他的前室友是他的同班同学，他在宿舍发疯的事早就一传十十传百。听说他要来上课了，班上的同学一方面紧张，一方面又很好奇，想看看这到底是个什么样的暴力学生。

然而没几天他们就对明恕失去了兴趣。

因为明恕既没有发疯，也没有刻意与其他人保持距离。他就像是一个普通得不能再普通的插班生，认真听课，不积极也不懈怠地参加课间操、体育课等集体活动。不明白的地方用笔戳一戳前桌，客气地询问，任何人帮助了他，都会得到一声“谢谢”，下午或者第二天会收到他送的一瓶饮料。

外表出众是一个人与生俱来的优势，明恕在班上没有惹过事，加上长得好看，那些针对他的传言没过多久就偃旗息鼓。他的前桌——那个叫傅映的男生——成了灿心第一个为他说话的人。

“我觉得我后桌挺好的啊，你们哪儿听来那些乱七八糟的，他和我说话一点儿不凶，我上次数学作业没做，他还借给我抄……”

不久后的期末考试，虽然缺席了绝大部分课程，可明恕竟然考进了班级前五。

老师又把温玥叫到学校，欣慰地将明恕的卷子放在桌上。

“我了解过明恕以前的成绩，一直徘徊在年级中段。你将他送到我们这里来，是一个很正确的决定。小孩子不容易管教，外界一有诱惑，就会被分散注意力。他很聪明，以前只是不太将心思放在学习上，现在一集中精力，成绩就上来了。”

温玥向老师道谢，却没有太多家长该有的欣喜。

她对明恕没有寄予什么希望，成绩好不好是次要的，只要明恕不变成一个暴力分子、一个怪物，她就满足了。

现在期末考结束，意味着漫长的暑假到来，明恕将回到家中，她的生活又将被破坏。

看着考试成绩，和温玥一样平静的是明恕。

他确实没有考出过这么高的分数，但他惊喜不起来。

这几个月他唯一能让自己分散注意力，不去想“家”的办法就是看书、做题。

上学期，哥哥监督他学习，把五年级下的功课给他讲了一部分，他当时三心二意，一会儿偷看哥哥，一会儿缠着哥哥玩，有一次把哥哥惹毛了，他还和哥哥打了起来——当然只是闹着玩。

那时听不懂的地方，现在都自己琢磨会了。

他已经在反抗和僵持中发现了自己与父母之间的巨大鸿沟，他对付不了他们，那如果他乖一点，说不定来自他们的管束就会松一些。

他在这里当一个好学生，考一个好成绩，暑假时他们就会将他送回大院。

温玥将明恕接回家，那是位于市内繁华地段的一栋别墅。

得知明恕转学，萧争云亲自到明家，向明瀚询问一二。

“明恕确实伤人了，再住在我这里不合适。”明瀚摇头，“我管不了他，等他上了初中，我就更管不上了。豪锋说要给他换个环境，那就换吧，他们打电话回来说明恕适应得还行。老萧啊，你就别操心了，也回去跟你那几个孙子孙女儿说说，明恕有自个儿爹妈管。”

至于明恕现在在哪里念书，明瀚一句都不肯说。

萧遇安起初在冲动之下，准备请假去找明恕。明恕是他带大的，他太清楚明豪锋和温玥会怎么对待明恕。但是听说他们给明恕请了心理医生，他又犹豫了。

明恕现在的状态，确实需要被正确引导，能让心理医生帮忙，那再好不过。他贸然前去，说不定还会影响明恕。

高二下学期开学一个月之后就是竞赛，学校十分重视，把可能拿奖的尖子生集中起来搞新一轮集训，连其他课都暂时不用上。

萧遇安被物理竞赛老师寄予厚望，无暇在别的事情上分心。

三月初赛，五月决赛，次次顺利，暑假还要参加全国赛。但放假之后，明恕还是没有回来，萧遇安不免有些担心。

他和萧牧庭都有手机，他向明瀚打听明恕的联系方式，起码通个电话，问问近况。明瀚却连这都不肯说。

不过之后没过多久，他就收到了明恕寄来的信。

以前他监督明恕练字，明恕总是偷懒，现在字写得也不好，歪歪扭扭的，但他看得出，这确实是明恕写的。

明恕在信中说，自己考了全班前五，在年级里也排在前列，数学一道题都没错，已经交到了新的朋友，让哥哥不要担心。他又说暑假学校有活动，自己报名参加了，所以不会回爷爷家。小学不准用手机，他也没有，哥哥如果想他了，就往这个地址寄信。

地址是温氏集团的其中一个子公司，收信人是温玥，说明信件得由温玥转交。

萧遇安从头至尾将信看了三遍，总觉得有些不对劲。明恕太乖了，而在他的认知里，明恕太乖并不是一件好事。

那是明恕刻意筑起来的防备。

上一次见面时，明恕的情绪明明还那么不稳定。

但他不确定这是不是心理医生开解的结果。

往好的方面想，明恕在父母的陪伴下逐渐改变，丢掉了一些偏执。往坏的方面想……

坏又能坏到哪里去呢？如果比寒假离开时更加糟糕，明恕写不出这样的信。

萧遇安给明恕写了回信，就在信寄出之后，坐上了参加全国赛的飞机。

明恕从温玥手中接过信，信没有开封，温玥一眼都没看，似乎对信的内容毫无兴趣。

他立即拆开，看信的过程中，眼里蒙了许久的灰散开，像有什么在尘埃中发光。

哥哥在竞赛里拿了奖，还要去参加全国赛，他就像拿奖的是自己一样高兴。

在写给哥哥的信里，他说自己过得很好，没再和父母产生矛盾，还交了很多朋友。看上去的确是这样，他只用半个月就扭转了大多数同学对他的偏见，也不再触怒温玥。可他并不是很舒服地做这样的事，只是知道这是他们想要的，才露出让所有人喜欢的一面。

包括那封信，也是他主动写的。

明豪锋回来了一次，明确告诉明恕暑假不会放他回去，他必须待在这边，上同龄小孩都会上的兴趣班。

他偷偷哭了一回，但没有让明豪锋和温玥知道。他已经不想在他们面前显露任何弱点。

给哥哥写信，报喜不报忧，是不想让哥哥担心。

心理医生是个温和的老头儿，他从老头儿那儿明白了一个道理——不要因为不懂事让记挂你的人受到伤害。

他已经长大了，和父母之间的事能够自己解决。他想将这边的事处理好了，再回去见哥哥。

在这之前，反正明豪锋也不让他回去，他不想让哥哥担心了。

担心也是一种伤害。他不能让哥哥受伤害。

萧遇安拿到全国赛二等奖，开学之后就是紧张的高三。明恕觉得寒假总可以回去了，寒假有春节。但这年明豪锋和温玥一反过去各过各的，带着他一起回了温家。

而这一年寒冬，萧遇安的外公在亲人的陪伴下过世了。

很多年后，明恕和萧遇安说起儿时的遗憾，还是会提到这件事——他从未亲眼见到这位送了自己很多礼物的慈祥老人。

14

“你们什么时候放我回爷爷家？”六年级下学期，明恕问了温玥这样一个问题。

他转来灿心寄宿学校已有一年多，和哥哥分开也有一年多了。上学期他表现良好，成绩优秀，连班主任都说，他现在和刚来时判若两人，已经彻底融入了班级。

而在一月一次的返家假中，他和温玥也几乎没有出现过争执，温玥甚至带他参加了一次社交晚宴。

他长了个儿，比同龄男生稍稍高一些，穿上温玥给他准备的礼服，显得贵气俊秀。

温玥要求他做的事，他都配合，春节回温家，他的表现也很得体——起码没有弄出去年那样的闹剧。

温玥有时看向他的目光不像过去那样防备、警惕，似乎有了一种母爱的情愫，尽管它非常浅淡。

他幼年时最渴望的就是温玥的宠爱，但现在这种宠爱对他来说不值一提。他只是在经历了同龄人不曾经历的痛苦后，迅速长大，不打算再做浪费时间的挣扎，他要利用温玥的母爱，尽快回到哥哥身边。

猝不及防听到这个问题，温玥愣了片刻，眼中浅淡的母爱消失了，眼神又变得冷漠：“回去干什么？那边的教学资源比得上灿心吗？”

明恕说：“可我已经有两个假期没有回去了。我想爷爷了。”

温玥皱着眉，视线像扫描光束一般落在他身上。

他又说：“暑假我能回去吗？”

这个问题他其实并不需要温玥的答案，因为最迟这个暑假，他一定要回去。哥哥高中毕业，或许会去外地念大学，再不回去，他就不知道什么时候才能见到哥哥了。

温玥露出一个应付般的笑：“当然可以。”

明恕点点头，回到自己的房间。

这学期还剩最后一个月，班级里毕业的气氛已经很浓厚了。学校给每一位学生发了空白的同学录，他们可以在DIY之后拿给其他人写上个人信息和祝福。

明恕虽然是插班生，但一年多时间已经让他成为这个班上最受欢迎的学生之一，找他写同学录的不少，他自己的同学录却没有拿给任何人写。

“真羡慕你，初中就可以去外面读了。”班长是个圆脸男生，有点黑，竟然和一年级时与他打架的煤炭之一长得有点像，一边等着他写同学录，一边在他旁边感叹：“我吧，虽然成绩好，但还得苦读六年，参加高考。唉，命不好。”

明恕放下笔：“什么去外面读？”

“嘿，你还装！我昨天帮班主任誊资料，都看到啦！”班长挤眉弄眼的，“你马上要出国了，你妈都和班主任谈过了！”

明恕根本不知道什么出国不出国，没有任何人跟他说过要出国。而前不久温玥还跟他保证，暑假让他回爷爷家。

“你怎么啦？”班长晃了晃手，“怎么比我还惊讶？不对吧，你自己都不知道？”

明恕脸色不太好看，正在竭力克制那股心惊。

“我知道。”他不想让别人看出来，勉强笑了下，“但这事我家里不想让太多人知道，你别到处说。”

班长做了个嘴巴拉拉链的动作：“放心放心，快给我写祝福，就写‘祝你上了初中长成个大帅哥’吧。哈哈哈——你怎么不开心呢？出国是好事啊……”

为了证实班长的话，明恕在午休时偷偷溜进班主任的办公室，找到了那份毕业意向，他的名字后面的确跟着“预计出国”四个刺眼的字。

将资料放回原处，合上抽屉后，明恕忽然出奇的平静。

初夏的光从窗户射进来，照在他的背上，身体仿佛起了一种矛盾的化学反应，看不到的地方温暖，胸膛却冷得让他不禁打了个寒战。

此时的校园很安静，老师和同学都在午休，他听见自己轰隆作响的心跳，它们像击打在鼓面上的重锤，将这一年累积在鼓面的水全掀了起来。

他一直在忍耐，他从没想过温玥和明豪锋已经打定主意将他送出国——而在其他人眼中，出国似乎是一件可喜可贺的事，他不用参加中考和高考了。

但他不接受。

哥哥参加过中考，即将参加高考。

那么他也不能放弃这两项考试。

毕业前最后一次回家，明恕将同学录放在餐桌上，以天真且礼貌的口吻问："妈妈，我初中去哪里念？"

温玥僵了下："实验中学，你在爷爷家待到八月中旬，回来我们就去办入学手续。"

实验中学是言城最好的中学，明恕看着温玥的眼睛，知道她在骗自己。

饭后，他拿起书包和同学录："那我回屋写作业去了。"

温玥其实察觉到明恕不太对劲，但她下意识不让自己想得太深。

实验中学是个幌子，她和明豪锋已经商量好，等明恕一从灿心小学毕业，就将他送去国外。

一年半以前，是她从明家将明恕接来，她觉得自己应该尽到母亲的职责。但现在，执意要将明恕送走的也是她。

她受不了了。即便明恕在寄宿学校，她也感到压抑。她努力扮演一个合格的母亲，还将明恕带去她的社交场合，仍旧适应不了。

她就不该生下明恕。

他是来跟她讨债的。

但将明恕就这么送回去，那也不行。明恕去年的那些行径吓到了他，一旦回到大院，她不确定明恕会不会又变成一个随时可能伤人的疯子。

明豪锋也不同意将明恕送回去。

他们商量的结果就是，让明恕出国。他们教不好明恕，那就让明恕远离他们，换一个环境重新开始。

或许，或许明恕更适应国外的教育方式？

至于答应让明恕回去看爷爷，这不可能。她觉得明恕在骗她，明恕想见的根本不是爷爷奶奶，而是萧家的那几个孩子。

她不喜欢明恕，可对明恕又有一种扭曲的占有欲，发现明恕和外人亲近，她感到非常不满。明明她才是明恕的母亲。

明恕回到卧室之后并没有写作业，他坐了一会儿后，将攒下的钱全找了出来。

他清楚地知道，想从这个家中逃离，剩下的机会已经不多，不能等到暑假，从学校逃走比从家中逃走容易。

他也不能现在联系哥哥，哥哥马上高考了，知道他离家出走会担心。

他从容地收拾好要带走的东西——不多，只有钱、哥哥寄来的信，还有那两串他始终带在身边的手串，以及哥哥写的保证书。

返家假结束，明豪锋开车将明恕送到灿心小学，承诺会来参加半月后的毕业典礼。

刚上小学时，明恕盼望明豪锋来给他开家长会。现在听到明豪锋说这样的话，他只是乖巧地笑了笑。

“好的，爸爸。”

灿心小学在半山腰，对学生管理得非常严格。但明恕知道一条下山的路，他必须在夜里行动，白天很容易被发现。

他计算了时间，只要他在早读之前搭上离开言城的长途汽车，就算成功了一半。

到时候发现他不见了，班主任会马上联系明豪锋和温玥，可他已经在车上。他查过路线，只要他不搭两地之间的直达城际客车，就几乎不会在回家之前被找到。

他的钱足够他“迂回”地回到长大的城市。

礼拜三，晚间的活动课之后，学生们纷纷回到宿舍。

六年级学生即将毕业，老师们对他们的管理放松了些，让他们多在教室待一会儿，准备毕业典礼。

明恕背着书包，安静地观察了一圈，正准备离开时，听见前桌傅映喊自己：“明恕，你要发言啊，来排练一下！”

明恕说：“我今天不太舒服，明天吧。”

傅映毫不怀疑，挥着手说：“那你早点回去睡觉哦！”

明恕在灿心小学其实收获了许多善意，这些早早被父母“扔在”寄宿学校的同学，家庭多多少少和普通家庭有些不一样，这让他们更能彼此珍惜。

从校园西面的墙洞钻出去之前，明恕停下来看了看那栋亮着灯的教学楼，向它鞠了一躬，低声说："再见。"

下山的路非常难走，即便早有心理准备，走到一半时明恕心中仍是涌出一阵恐惧。他摔了一跤，脚被扭到了，不严重，但继续走就痛。

他不敢在盘山公路上走，担心被偶尔驶过的车辆送回学校，只能藏在公路旁的林子里，艰难地下山。

清晨四点，他终于下到山脚，而这里距离长途客运站仍有一段距离。

山下有出租车，但他不敢搭，忍着痛往长途客运站的方向跑。

天边出现一抹青色时，他买到了第一班车票，狼吞虎咽啃完一个煎饼果子后就冲到车上，坐在倒数第二排，用帽子将脸挡住。

司机是个中年男人，打量他半天："嘿，哪家小孩儿这么早就来坐车啊？"

他僵着脸说："妈妈生病了，我赶着回去探病。叔叔，车什么时候出发？"

"哟，孝顺！"司机乐呵呵地送给他一个面包、一根火腿肠。

他缩在座位上，浑身冒汗。

他远没有表现出来的那么淡定，司机跟他搭话时，他紧张到了极点，生怕司机看出些什么，然后通知警察。

好在司机相信了他的话，太阳彻底蹦出来时，客车已经上了高速公路，驶向家的反方向。

温玥得知明恕不见了时，已是当天的正午。

15

明恕不告诉哥哥自己要离家出走，是因为害怕影响哥哥高考。

高考离他还遥遥无期，他的爸妈甚至都不希望他参加高考。可是高考是件大事，他虽然还小，但已经明白高考的重要性。

总之他不想因为自己害哥哥考差了。哥哥是一中最好的学生，哥哥应该考上最好的学校。

可他在情急之下忽视了另一件事——他失踪之后温玥和明豪锋一定会联系爷爷，然后就找到了萧家。

离高考没几天了，萧家整个氛围都还算轻松。萧牧庭不准备上大学，已经联系好了部队，拿他的话来说，只是陪老二萧遇安上一回战场。

不过萧遇安也没把高考当战场，他的成绩加上在全国物理竞赛上拿的奖，足够上国内任何一所名牌大学。但那些大学都不是他的目标，他打算报考的是公安大学。

萧牧庭说："你不是闭着眼都能考上吗？"

"那也需要考一下啊。"萧遇安有十足的把握，过线肯定没问题，可他还想尽量将分数考高一点。

他知道公安大学内部还有一个选拔机制，最优秀的学生会被集中起来进行特殊培训，高分完成特殊培训的学生出来之后都是全能型人才。

他就是奔着这项特殊培训去的。

"行啊，以后我穿军装，你穿警服。"萧牧庭趴在二楼露台的栏杆上，看向院子里逗狗的萧锦程，"猴子就跟着你混了。"

萧锦程这时才初三，但已经多次声明将来要当特警，问就是特警服比迷彩服帅。

这会儿太阳已快下山，初夏的夕阳总是很绚丽，金色和红色纠缠在一起。

萧遇安忽然想到了明恕，小孩儿长大了想做什么？也会像他和萧锦程那样成为警察吗？

以前他问过明恕这个问题，明恕反问："哥哥想做什么？"

"想当警察。"他说。

"那我也要当警察。"明恕脱口而出，"哥哥做什么，我就要做什么！"

他揉明恕的头发："什么都跟我学，你得想想你喜欢做什么。"

"唔……"明恕这回考虑了一会儿，眨了眨漆黑的眼，"我喜欢追随哥哥！"

谁听到这样的话，心都会发软，明恕天真却也真诚，他那时就想，当警察就当警察吧，他能当警察，明恕为什么不可以？他比明恕大六岁，将来明恕若真的循着他的路成为一名警察，他，不止他，还有萧锦程，都可以照应明恕。

大院的傍晚有种令人心安的宁静，萧遇安和萧牧庭在露台上有一搭没一搭地闲聊，都带着点儿分别的惆怅——他们一同在这里长大，生日只差一天，不懂事时没少打过架。但一转眼，当这个夏天过去，就都要离开这里了。

不过少年的惆怅敌不过展翅高飞的憧憬，那点儿离愁别绪被风一吹，就轻飘飘地散了。

正当两人要回屋时，萧遇安忽然看见明瀚匆忙赶来。

萧锦程因为明恕的事，对明家没有好感，垮着脸说："您有什么事啊？"

"明恕在不在？"明瀚一头银发，气息有些急促，"他来找你们了是不是？"

萧遇安紧皱起眉。

萧锦程蒙了："他不是去年就被你们带走了吗？我都一年半没见着他啦！"

萧牧庭也听出问题来了："怎么回事？明恕不见了？"

萧遇安立即下楼。

明瀚把明恕失踪的事说了，灿心小学已经明确，明恕是自己离开的，从他带走的物品判断，他就是离家出走了。

明恕离家出走，只可能是来萧家。

可萧家上下没有一个人知道这件事。

明恕不知道哥哥为了他已经两天没去上学，他自认为选择了一条温玥和明豪锋无法将他半途堵截的路，绕了个弯，直到第三天才从县城坐一辆中巴回到长大的城市。

艳阳刺眼，下车时他狠狠呼吸了一口熟悉的空气，心潮澎湃，甚至有点想哭。

这两天他其实也很害怕，他搭了好几班长途客车，在充斥着各种小贩、黑司机的车站走来走去，住的是窗户都没有封严实的招待所，前台问他怎么是一个人，他装腔作势地喊："打工！"

现在终于回家了，他迫不及待要去找哥哥。中途实在太饿，他才进肯德基买了个汉堡，顺道给哥哥也买了一个。

可是到了一中，他才知道哥哥已经几天没来学校了。

"你这狗东西！"程粤因为夏柊的事，和萧遇安这一年多以来就没怎么说话，却也听说明恕丢了，萧遇安在到处找人。

此时看到明恕傻不楞登地提着个肯德基口袋站在教室门口，就气不打一处来，拽着他的手臂就往外面拖：“你跑哪儿去了？知不知道你哥急成啥样了？后天就高考了，你想害他落榜是不是？”

明恕被吼蒙了，满脑子都是落榜。

程粤生怕一放手人又跑了，抓着没放，另一只手拿出手机给萧遇安打电话。

萧家、明家的大人都在托人找明恕，萧遇安看到是程粤的电话，一时间有些意外，但到底还是接了。

“你家那个不省心的在你教室门口。”程粤语气里全是不耐烦，“我给你逮着了，你马上过来。”

直到萧遇安赶到，明恕还在发抖，苍白的脸上全是冷汗。

他自责得眼眶都红了，眼泪就挂在眼角。

他以为小学放假之后，就没有机会逃回来了，不逃回来就见不到哥哥。他以为自己制定了一个完美的计划，既不会被抓到，又不用让哥哥担心。

但他都在搞什么？这么关键的时刻，哥哥竟然在到处找他。

一年半没有见了，他好想哥哥啊，视野模糊一片，是一块一块降下的水纹。哥哥从走廊的另一头跑来，哥哥又长高了，头发比去年寒假时更短。

他抽泣得不能自已，本该冲过去抱住哥哥，却生生退了一步。

我害了哥哥——他心里这么想着，我不懂事，我又做了错事。

从小，家里人跟他说得最多的话就是你这里错了，那里不对。这一年多和温玥生活在一起，温玥的态度也时常让他觉得自己又犯了错。

他下意识就觉得自己错了，没有脸面对哥哥。

他只是用很轻的声音说：“哥哥，我回来了，哥哥。”

却没想到下一瞬，哥哥蹲下来，牢牢将他抱住，那么用力，几乎搂得他无法呼吸。

一中是高考考点，教学楼正在清场，这时走廊里的人已经不多了，萧遇安紧紧抱着明恕，半天没说一句话。

程粤站在一旁看着。他人高马大的，在高三是出了名的扛把子，有他站在这儿，即便有人想围观，也都打消了这个念头。

那些探寻的目光都消失了，他“啧”了声，这才转身下楼。

明恕瞪大双眼，眼泪打着转，还是掉了下来，滑过脸庞，滴落在哥哥的肩头。视野终于又清晰了，他试探着抓住哥哥的校服，用力得手发抖。

哥哥的心跳撞在他的胸膛上，哥哥的呼吸近在咫尺，哥哥的汗水贴着他的手臂，像火一样。

“哥哥。”他终于喊了出来，“哥——”

这两天大约是萧遇安十八年来最慌乱的两天，明恕不见了，萧、明两家都找不着人，明恕才六年级，一个人能上哪里去？

两地的各个汽车站、火车站，他们都去找了，没有明恕的影子。他和明家一样，也认为明恕离家出走肯定是来找他，但明恕一直没有出现。最有可能的情况就是——明恕在路上出了事，比如被人贩子拐走。

温玥和明豪锋都来了，两人皆是追悔莫及的样子，一个说今后再也不逼着明恕做不喜欢的事，一个说明恕想留在这边就留在这边，只要平安回来就好。

他才隐约知道，明恕在信中说的很多都不是实话。小孩儿在远离他的地方过得很辛苦，只是因为不想让他记挂，而只告诉他好的方面。

明恕还是当年那个被他捡到的小孩，敏感而纤细，会一个人躲起来琢磨很多。

后悔的不止明恕的父母，还有他。

这两天他不断在想，去年他如果不顾及那些什么立场、什么资格，强横一点站在明豪锋面前就好了。

接到程粤的电话，他飞快地赶来，看见明恕好端端地站在走廊上，红着一双眼轻声叫他哥哥。眼前的景象仿佛陡然翻转，不再是教室，而是多年前那个蝉鸣聒噪的夏天。

明恕看向他的眼神从来没有改变过，仿佛他是希望，是光明，是火焰，是一切。

那一刻，他只想抱住明恕，告诉这个吃过很多苦的小孩儿，不怕，哥哥来了。

只是感情时常超越言语，体温、眼泪、哽咽……它们让言语变得苍白，不再重要。

他牵着明恕回家，在那条他们走过无数次的路上。他给明恕买了炸肉串——明天小贩就不允许在这里摆摊了。他还给明恕买了奶茶，这种糖精兑的饮料，以前他几乎不允许明恕喝。

“哥。”明恕低着头，情绪仍旧十分低落，“对不起。”

“不是你的错。”萧遇安说，“你不用道歉。”

“可是我害你不能复习。”明恕最在意的是这件事，他仰着头，看着哥哥的侧脸，“你怎么办啊？”

萧遇垂下双眸，与他对视：“放心，你哥不差那两天复习时间。”

16

最后一堂考试已开始七分二十五秒，一中门外翘首以盼的家长还舍不得往阴凉处退一步。

鉴于往年高考曾经出现学生没晕家长中暑的情况，一中很贴心地在校门外那一大块空地上支起遮阳伞，摆上塑料桌椅板凳，供家长们乘凉。

今年格外人性化，还提供了冰镇绿豆汤和酸梅汤。

不过比起去遮阳伞下歇着，家长们大多愿意戳在门口，目光殷切地望向教学楼的方向。

他们的孩子正在战斗，他们不能陪伴，也想和孩子一同受煎熬。

大夏天站在太阳底下，确实也算一种煎熬了。

门口那一排戳着的家长里，有两个不那么像家长的身影。

明恕满脸汗水，嫌校门挡住他的视线，时不时踮起脚。

萧锦程虽然比他大三岁，个头却没比他高多少，也老踮脚。

萧览岳在一旁看得哭笑不得，一人肩上拍一下：“看够了没？能跟我去躲躲太阳吗？”

“我就要在这里。”明恕说，“我等哥哥出来。”

萧锦程也说：“萧牧庭和萧遇安在里面遭罪，我们自个儿凉快去了，这不厚道吧？”

“人家教室里有空调、有风扇，要你们瞎操心啊？”

萧览岳其实有点担心，萧锦程自己成绩就不怎么样，过阵子还要参加中考，要晒出毛病耽误了考试，萧家上下得翻天。明恕也是，离家出走小一周，刚被找到，路上吃了苦头，这要是中暑了也麻烦。

但跟半大的男孩讲理最没用。俩大的参加高考，俩小的就一定要在门口守着，谁来说都不听。明恕还说什么心要诚，哥哥才能考出好成绩。

这不是搞迷信活动吗？

但明恕和萧锦程非要这样，他这个当大人的也觉得窝心。萧锦程从小和萧牧庭、萧遇安闹，这关键时刻还是知道心疼哥哥，比自己参加考试还紧张。

太阳越来越晒了，萧览岳一想，还是觉得不能让俩小的一直站在门口，推着他们往遮阳伞走。

萧锦程好歹听话了，明恕还在犟，扬着一张被晒得通红的脸说："我得站那儿！"

"为什么非得站那儿？"萧览岳说，"站在阴凉处也是一样等，这还有一个多钟头，快收卷时你再挤过去。"

明恕皱着眉，目光有点深沉："哥哥前两天都没来得及复习。"

萧览岳叹气。他知道明恕内疚，小孩儿想用这种"自虐"的方式缓解内疚，但其实没什么意义。再说了，萧遇安那成绩，最后两天复习不复习都无所谓。

"你都惹哥哥一回了，害哥哥没能复习，还想惹哥哥生气啊？"跟小孩儿说话就得用小孩儿的思路，萧览岳说，"哥哥一会儿出现，看到你晒出两块高原红，不理你了怎么办？"

萧锦程已经在一旁笑了："现在就有高原红！"

明恕"啊"了声，又犹豫了一会儿，终于还是不情不愿地去伞下喝酸梅汤去了。

这两天他过得晕晕乎乎的，既像真的，又不那么真。那天哥哥将他领回家时，温玥、明豪锋都在，温玥哭了，想牵他的手，他躲开了。

他以为温玥又会甩他一个巴掌，就像一年半以前在车上那样。但温玥不停给他道歉，说平安就好。

明豪锋始终板着脸。他问："我可以留在爷爷这里吗？我不想出国，我能在这边读中学吗？"

这问题让整个明家沉默下来，最后是温玥说：“不出国，今后我不会逼你，你想在爷爷这边就在爷爷这边，只要你别再离家出走。”

他点了点头。

当时他在心里反驳：这不是离家出走，他只是回到自己真正的家而已。

哥哥要考试，他不敢去萧家打搅。哥哥跟他保证，说缺了两天复习时间也没关系。可他还是不放心，开考第一天就和萧锦程去一中门口守着。

每一门考完，哥哥都说发挥得不错。他高兴一会儿，又开始担心。就这么反复着，萧锦程说他都快愁成一个小老头儿了。

温玥昨天已经离开，明豪锋还在。他和他们都没有太多话可说，只跟爷爷说，初中想上一中。

爷爷老了，不像以前那样严肃，问他决定好了没有，他点头。

爷爷也点头，他后来听见爷爷跟明豪锋说：“明恕就留在我这儿。你们以前不管他，今后也不用管了。”

他跟着温玥生活了一年半，时间漫长得比他从五岁到现在加起来还难熬。但他现在又回来了，他知道温玥和明豪锋是彻底放弃了他，他一点儿不悲伤，反倒觉得是个好兆头。

他的苦日子过去了，好运传给哥哥，哥哥要考出最好的成绩。

萧遇安考完后没能第一时间出来，高中三年就此画上句号，将来天南海北，各奔东西，班长挨个通知今晚的聚会。他刚问了地方，就听后面有人“喂”了声。

是程粤。

程粤算是他从小一起长大的朋友，但夏柊成了他们之间一道无法修复的隔阂。夏柊高二读到一半就出国了，与他们都断了联系。但他们的关系并没有因为夏柊的离开而缓和，有点渐行渐远的意思。

萧遇安听说程粤要去当兵，今后就真是天各一方了。

程粤叫住萧遇安，也没有太多要说的。周围有很多学生跑来跑去，哭的哭，笑的笑。他们俩都没说话，像是静止在洪流里。

不久后，萧遇安走过来，伸手搂住程粤的背。

程粤绷着的表情在那一刻终于显出一分笑意。

两人不那么亲热地抱了下，彼此拍了拍后背。

放开时萧遇安说："我先走了，小孩儿在门口等我。"

程粤点头："我走之前找你喝一回。"

萧遇安挥手："行。"

明恕看着一波接一波涌出来的人，半天没等到哥哥，脸都急红了。萧牧庭先出来，萧锦程赶紧冲上去问能不能及格，被萧牧庭一把拍开。

萧遇安跟程粤告别之后就没再耽误时间，刚到校门口，人没见着先听到了声音。

"哥哥——"

明恕这一声太响亮了，他循着方向看去，明恕已经跑到了他跟前。

"哥哥，考得怎么样？"

学生都烦考完之后被家长问考得如何如何，萧遇安也不大想说。可他知道明恕忧心这事，心思还细，没法糊弄，他要不说，明恕能自个儿想出最惨烈的结果。

"不错。"他只得道，"上线没问题。"

明恕把心放回去，拉着哥哥的手不放。他都有一年半没见着哥哥了，有很多话要和哥哥说。虽然回来已经有几天，但高考在前面挡着，他不敢耽误哥哥的时间，就自己憋着。这下好了，他今晚要拉上哥哥说个一天一夜！

但他没想到，哥哥要和同学玩个一天一夜。

萧遇安虽然疼明恕，却也在乎朝夕共处三年的同学。聚会是早就说好了的，他自己也盼着，不可能因为明恕放大家鸽子。那种场合带个小学生也不合适，明恕就被安排和萧锦程还有萧锦程那群初三同学一起吃烤肉。

萧遇安凌晨两点多才回家，萧牧庭班上结束得早点，他走进自家院子时，看到萧牧庭正和明恕坐在一块儿啃西瓜。

这画面有点滑稽，萧牧庭那是喝了酒，啃西瓜醒酒呢，明恕当了个陪啃的，聊不到一路去，尽瞎聊。

萧牧庭昏昏沉沉地说自己要去部队了，萧锦程是个事儿精，你帮我管着他。

明恕哪管得了萧锦程，居然小大人似的答应，说庭哥你放心，有我罩着萧锦程。

萧遇安都听笑了，萧牧庭还在那儿说胡话。

明恕瞧见哥哥回来，拿起一块西瓜就凑上来：“我切的！”

萧牧庭啃完西瓜就趴桌上，萧遇安把人架上楼扔床上，又下来了。

明恕现在是彻底被放养，这大半夜的不回家睡觉，明家也不管一管。萧遇安一方面松了口气，一方面还是觉得明恕可怜。

明恕被带走的这一年多，他有很多自己的事要忙。有时想到明恕，仍是担心，但他再担心，好像也没有什么办法。

直到听说明恕丢了，从去年冬天开始发生的一幕幕不断在他脑里回放，他为当初“没有立场所以后退”这个决定感到后悔。

对，他不是明恕的亲人，但他们萧家哪个没有将明恕当作自家孩子来疼？现在明恕在父母那儿受到伤害，连人都不见了。他在冲动之下理智地想，找到明恕后必须把他保护起来，到时候不管明家是什么态度，他都一定会挡在明恕面前。

意料之中的冲突没有发生，大约是因为那一层血缘关系，温玥妥协了。从此之后，明恕就真正成了萧家的责任。

“哥哥。”明恕说，“你去上大学之后多久回来一次？”

院子里很安静，明月挂在枝头，偶尔有夏虫叫两声。

萧遇安说：“大一的时候一年能回来两次吧。”

明恕嘟嘴：“真少。那我可以去看你吗？”

萧遇安说：“你不上课了？”

“那我想你怎么办？”

“打电话，给你配一部手机。”

明恕直乐。

他乐完了还想讨价还价：“但我还是想见到你。哥，你真要当警察啊？警察是不是很危险？”

萧遇安沉默了一会儿，点头：“但危险的事也该有人去做。”

明恕琢磨半天：“哥你等着，我跟你考一个大学。我毕业之后去你那儿工作，你就是我老板了。”

第七章
青春明哥的烦恼

1

扎着双马尾的女孩站在明恕面前，手里提着一个浅蓝色的精致小纸袋，害羞地说："明……明哥……"

明恕叹了口气。

上初中之后，他都被自个儿班、别人班的女生堵好几回了。上体育课打篮球，也有女生冲他尖叫，给他送水。

但他都没接受，根本没那种想法。

被送小礼物的情况多了，明恕看着面前这位，以为人家也是冲他来的，正在脑子里琢磨怎么拒绝，就听人家说："明哥，帮我把这个交给杜皓好吗？"

明恕马上笑了："皓子？成！"

杜皓念小学时是个小胖子，明恕打起架来像一道闪电，杜皓像个炮弹，完全不同的风格，不过杀伤力都很强就是了。

上初二后，小胖子开始长身体，居然"噌噌"抽了条儿，体重转换成身高，居然成了和明恕不相上下的帅哥。

明恕小学最后一年半被关在寄宿学校，和杜皓断了联系，中学一起进一中，居然又分到了一个班，延续着从一年级开始的友情。

杜皓抽条儿之后，也开始受女生欢迎。

把浅蓝色小纸袋放在杜皓桌上时，杜皓愁眉苦脸地抬起头："你干吗啊？"

明恕的座位就在他前面，坐下后从桌肚里拿出一瓶可乐：“看看？”

“不看了，我只想学习。”杜皓说着不看，还是往纸袋里瞄了一眼。

明恕“啧”了声：“信你个鬼。”

“真的！”杜皓挺了挺胸，“我决定好好学习，暑假报个补习班，下学期不就初三了吗？皓哥发誓要考个好高中！”

明恕还想调侃杜皓两句，但忽然想起暑假快到了。

下周期末考，马上就放暑假。

这事让他有点犯愁。

哥哥今年春节没回来，参加特训去了。他也不知道哥哥为什么才大二就要参加特训，连春节都不能在家里过。

除夕时哥哥打电话回来，他和萧锦程正在河边放鞭炮。

以前哥哥和庭哥还没有上大学，没去部队之前，过年时都是他们四个一起放鞭炮，谨澜姐有时也在。现在只剩下他和萧锦程，放鞭炮都不好玩儿了。

他想哥哥想得很，问哥哥明年春节回来吗——那时他觉得哥哥既然春节都不能回来，那暑假肯定更不能回来了。

哥哥却说，暑假找个时间回来看看。

他从那会儿就盼着暑假了。

但这马上到暑假了，他又开始发慌了。

他怕哥哥笑他。

男孩子很多都是在初二开始发育，出现明显的性别特征。一中还开了健康教育课，引导进入青春期的男生女生平安度过这个阶段。

他一下子蹿了个头，成了他们班最高的，也许不等升入高中，就要追上萧锦程了。

现在他不怎么住在自己家了。明家有他的床，卧室还是那间卧室。但是小学毕业前夕闹离家出走，将他与温玥、明豪锋的矛盾彻底敞开来。这两年他都没有再见过他们，倒是和爷爷的关系融洽了许多。他跟爷爷说想去萧家住几天，爷爷也同意。

他想告诉哥哥自己长个儿了，但他拿着翻盖手机编辑了半天信息，还是全删了。

他有点害羞。

即便要说，也得等到哥哥回来了再说。

怎么说他都想好了——“哥，我和你一样，是男子汉了！”

还是个英俊的男子汉。

但又过了一段时间，他发现长大不仅是长高，还有变声，以及长青春痘。

他脸上时不时冒一颗痘，丑不丑得看位置，长在额头和脸颊边缘都没什么，就怕长在鼻子嘴巴附近。

萧锦程就不长痘，自夸这叫天生丽质，还嘲笑他鼻尖长痘，像个小丑。还是谨澜姐回家一趟，带他去看中医，喝的和涂的开了一堆，最近一个月他都没再长痘。

真正困扰他的是变声。

他上面三个哥哥，他们变声时他都知道，印象里没谁难听。但轮到他自己，怎么就像嗓子被烧了一样？破破烂烂的，低不下去也高不上来，经常说着话就破音了。

最近一听他说话，萧锦程就笑：“你还是别说话了，公鸭都比你好听。”

“你没公鸭过吗？”他烦躁地怼回去。

“鸭过啊。”萧锦程清着嗓子，“但我这不是不鸭了吗？”

“你结巴。”他一激动就又破音了。

萧锦程笑得直抽：“哎哟，我的傻弟弟，你真别说话了，再说我给你录下来，发给萧遇安听听。”

他吓一跳，赶紧把萧锦程的手机抢过来。

现在他有点懊恼。

其实当时让萧锦程录段儿发给哥也不算坏事，起码让哥提前知道他变声了，有个心理准备。

期末考结束，暑假真的来了。

杜皓踌躇满志地上补习班去，据说在补习班还收了几封情书。

明恕啥班都没上，在网上找了个偏方练嗓子。那偏方据说是过来人整理的，能够让变声期的少年听上去不那么像公鸭。

事实证明，过来人是骗子。

明恕直接练成了一只哑公鸭。

而哥哥回来的日子已经到了。

公安大学正常放寒暑假，但是萧遇安当年的高考成绩远超录取线，后来又通过了一系列复杂的体力和智力考核，被选入那个神秘的特殊培训梯队，从大二就开始接触实战任务，寒暑假没有保证。

因为春节没能回家，他跟队里申请到了十天“暑假”。

上初中后明恕就有手机了，写日记似的给他发信息。他很难第一时间收到，往往一开机，手机就不停振动，大部分信息都是明恕发来的。

他都会看，有时拨回去，有时回文字。

明恕最近不给他打电话了，他猜到可能是小孩儿到了变声期，觉得自己声音难听。

但他没想到，那声音实在是太难听了。

萧谨澜开车载着明恕到机场，明恕眼巴巴望着。萧遇安其实一眼就看到他了，一年不见，小孩儿高了一大截，有这个年纪男孩一贯的清瘦，穿着白色运动T恤和牛仔裤，脚上是一双白色篮球鞋，一只手上戴着护腕，另一只手上戴着表，头发打理得很清爽，一看就是校园里最受欢迎的干净小少年。

萧遇安笑了笑，扬手打招呼。

明恕看到哥哥的那一刻，那股矜持小王子的劲儿一下子散了，咧嘴露出洁白的牙齿，不顾萧谨澜在后面喊“慢点儿”，就逆着人流跑了过去。

当然，他也忘了自己此时的嗓子是破烂公鸭嗓。

“哥——哥——”

第一声还好，第二声破得把旁边的白领都给逗笑了。

破音的时候他就傻眼了，一看哥，哥正别开脸笑。

萧遇安身为稳重的兄长，一位准人民警察，本来不至于笑的。但明恕那一声实在是踩在他笑点上了。

从小跟在自己身后的小孩长大了，在青春期里，像一棵生机勃勃的竹，挺拔又俊美。即便是在人头攒动的机场，也那么扎眼，叫人一眼就能看到。

正是因为明恕长成了如此出众的样子，那一声破音的“哥”才显得那么好笑。

就像一个精美的礼盒，打开后突然蹦出一个缺牙的小怪物。

明恕皮肤白，所以脸红起来根本遮不住。

他这会儿顿在半途，臊得脸都要滴血了。他可看清楚了，哥刚才在笑他，真的在笑他！

萧遇安知道自己伤到小孩儿自尊了，立即整理好表情。可没办法，他还是想笑，忍笑忍得腹肌都绷紧了，快步走过去，想宽慰两句。

明恕看着哥向自己走来，嘴瘪得越来越厉害，心里委屈死了。

他想过哥会笑他，但哥这么毫不掩饰，当着他的面笑出来，他那点儿倔强的自尊心碎成了粉，一吹就没了。

他现在一句话都不想说，就想听哥哄哄他。

2

萧谨澜没搞明白，明恕怎么撒着欢冲出去，满脸委屈地被萧遇安领回来。

“你别是欺压我们小恕了吧？”萧谨澜看看明恕，又看看萧遇安，诧异得很。

自个儿亲弟是什么性子她还不了解吗？萧遇安干不出欺负小孩儿这种事啊。

明恕睁着一双大眼，斜斜地朝哥瞥了下，又别扭又殷勤地道：“哥，行李给我吧。”

长个头的男生普遍瘦，吃再多都消耗了，细胳膊细腿，身子跟拔竹节似的，不挂肉。明恕这一年饭量涨得厉害，脸却比以前还瘦，孩童那点肉感没了，出落得清隽又灵气。

也是因为他脸太瘦了，眼睛就显得特别大。

他以为自己偷偷瞥了哥，哥啥都不知道。但他这大眼睛扫出去的光哪儿藏得住啊，萧遇安马上就注意到了。

“不用你。”萧遇安笑着挡了下，“不然姐又说我欺负你。”

萧谨澜笑道：“唉，我说错了还不行？但小恕怎么愁上了？刚不还好好的吗？”

明恕假装没听见，双手插在牛仔裤袋里，看向别处：“啊……”

“我们一会儿自己解决。”萧遇安一只手拎着行李包，另一只手从明恕脖子后面绕过去，搭在明恕胸前，往自己身边一捞：“小恕，是不是？”

在明家，小恕是长辈的叫法。几个小的不兴这么叫，不是直接叫名字，就是学萧谨澜小时候对明恕的称呼，叫宝贝儿。

萧谨澜现在工作了，把自己当长辈，过年还给四个弟弟发压岁钱，就也叫小恕了。

萧遇安故意学萧谨澜，一声“小恕”叫出来，他自己都觉得奇怪。

明恕就更奇怪，鸡皮疙瘩都起来了。

而且明恕刚才还在走神，不仅被叫了“小恕”，还被哥捞了这么一下，重心直接歪了，往后一跌，撞在哥身上，连忙说：“对！姐，我们自己解决，你别操心啦！”

萧谨澜笑道：“行行，自己解决就自己解决，我还不稀罕掺和你们俩的事呢。”

从机场到家里，明恕没怎么说话。他其实有很多话想跟哥说，还想问哥在大学训练了些什么，执行了什么任务。

可他有阴影了。声音太难听，前阵子参加那个糊弄人的学习班，还把嗓子糟蹋得更难听了。一出声他自己都嫌，哥笑他那也正常。

遇到好笑的事儿，总不能拦着不让笑吧。

所以他就愁。

哥大忙人一个，回来也就待个几天，他这破烂嗓子几天内肯定好不了。但他想哥都快想疯了，有一肚子话想和哥说，就这么憋着也太难受了。

说话吧，哥耳边天天就是他的嘎嘎嘎嘎，那直到下次见面，哥只要想起他，就会想起他这公鸭叫。

天哪！

萧遇安早注意到明恕的小情绪了。这小东西在学校虽然是虎头虎脑的明哥，但在他跟前就一话痨、黏人精，就算现在长大了点儿，成了个英俊小少年，懂得害羞了，也不至于这么缩在一旁。

不过男孩儿的事得私底下说，现在萧谨澜还在，听了不合适，小孩儿得更别扭，说不定就不理他了。

萧谨澜倒是没注意明恕缩在一旁，她也挺久没见到萧遇安了，惦记得很，一见面就有说不完的事，这一说就说到了家门口。

萧锦程马上升高三，暑假得学习，这会儿还在学校。奶奶走了，家里就萧争云一个老人家，好在还算健康，早早准备了冰镇西瓜和盐水煮毛豆，听见车的声音了就赶紧拿出来，看着萧遇安满脸欣慰："我们遇安这么高了，好，好。"

萧谨澜帮着准备晚餐去了，一中有晚自习，本来萧锦程晚餐都在食堂吃，但听说萧遇安今天回来，就早早跟她这个当姐姐的点了菜，非要赶天赶地回来吃。

家里已经装了空调，但院子里的大树比以前更加枝繁叶茂，坐在树荫底下，比待在空调房里还舒服。

萧遇安回屋洗了个澡，换好衣服下来，正好看见明恕顶着一头汗从外面回来，手里提着一口袋雪糕。

"哥！"明恕到底还是出声了，"我和萧锦程都不怎么吃雪糕了现在，冰箱里没有，我刚去买了些。"

萧遇安好笑："你们都不怎么吃了，我还吃啊？"

明恕眨巴了下眼。

在他的记忆里，夏天有几样必不可少的东西——切成三角形的西瓜、萧老爷子煮的毛豆、树荫下的水池，还有批发的冰棍雪糕。

小时候他特别喜欢吃薄荷冰，这几年饮料层出不穷，没什么人往家里批发雪糕了。去年萧锦程还批发了一堆回来，最后没吃完，今年都没人提这一茬了。

但刚才哥上楼洗澡时，他忽然想起来，总觉得差了冰棍，这夏天就差了一抹味儿，赶紧跑出去买。

小时候的批发店已经没了，他这一口袋其实不是批发来的，是在便利店按正价买的。

家里冰箱换了台新的，黑猫警长的贴画早就没了，取而代之的是五颜六色的冰箱贴，下面压着便笺纸。

两人将雪糕冰棍一起放进冷冻室，萧遇安注意到其中一张便签纸上鬼画桃符地写着今天的日期，还有"哥要回来"。

是明恕的字迹，开心都从字里面蹦出来了。

萧遇安笑了笑。

明恕剥开一支薄荷冰："哥，你真不吃啊？"

萧遇安不想吃，但到底接了过来。明恕赶紧给自己也剥了一支。

薄荷冰还是以前的味道，一下子就将人拉回了小时候。萧遇安想起自己被明恕那满是糖水的手弄脏的白衬衣，转眼小不点儿就成变声期少年了。

"还在生气？"伤害到少年脆弱的自尊心，萧遇安准备道个歉。

明恕拿着薄荷冰的手抖了下，佯装淡定："我没生气啊。"

"没生气，但不高兴。"萧遇安说，"我们明哥受委屈了。"

明恕这个年纪包袱特别重，脸皮还薄，几句就被说红了脸，还要硬撑着："哥你说啥啊？我从来不委屈。"

还从来不委屈。萧遇安想，家里最能委屈的除了明恕就没别人了。

"在机场嘴角都要撇到下巴上去了。"萧遇安说，"还不委屈啊？"

明恕脱口而出："那是你笑话我！"

萧遇安说："嗯，给我们明哥道歉。"

哥的声音很低沉，明恕以前就觉得哥声音好听，但这回感受特别明显，有他羡慕的、向往的成熟男人的低哑磁性。

不像他，动不动就破音。

还被笑。

"谁都有这个过程，就跟长个子一样。"萧遇安又道，"我和萧牧庭变声时不跟你现在一样吗？"

"一样吗？"明恕说，"哥，你声音就没鸭过。"

萧遇安被他这种描述逗乐了："没，我们都鸭过。"

"那我怎么没印象？"

"因为那就是一小段时间，很快就过去了。"

明恕自个儿想了一会儿，半信半疑的。

"我那时也觉得难听，负担重，能不说话就不说话。"萧遇安继续开解，"但你看，只要过了那个阶段，你就记不得了。"

也不知道是觉得哥说得有道理，还是单纯因为哥说的话他都无条件相信，明恕这就被说服了："那我不鸭了，声音能变成你这样吗？"

这鸭来鸭去的，萧遇安忍住笑："你什么都照着我来啊？"

"因为你是我哥啊。"明恕之前都压着嗓子说话，现在不压了，嗓音一放出来，又响亮又滑稽，“你是什么样，我就要变成什么样！”

少年天真的话语让萧遇安不禁有些感慨。

早几年他自己都还没成年，不懂怎么管小孩，但明恕又是他的责任，他不得不管。摸不到缰，那就用最主观也最笨的方法——照着他自己的喜好“捏”明恕。

明恕确实长成了一个优秀的少年。

但阅历增加，再看明恕，就觉得应该给明恕一个选择的空间。他是他，明恕是明恕，他不应该把明恕养成另一个他。

不过明恕好像已经习惯了处处模仿他，将他走过的路视为自己要走的路，这才是初中生，就想着今后当他的下属。

他有点苦恼，一方面觉得当警察也好，他可以多照应明恕；一方面又觉得明恕应该脱离他的影响，考虑自己到底喜欢什么。

只是这些话好像也没办法和一个刚进入青春期的男孩说。

人家现在还在为公鸭嗓苦恼，操心下一次考试、下一场架。

家里长辈总说养男孩儿不操心，他觉得养男孩儿也挺愁人的。

明恕放暑假后几乎就住在萧家，折腾的是哥哥的卧室，躺的是哥哥的床。这下哥哥回来了，床就得还回去。

两年前，就萧遇安和萧牧庭毕业离家之后，萧家搞了个老房翻新，重新装了一回。有的家具还在，有的实在太旧了，就换成了新家具。

几个卧室的床都换了，萧遇安这屋的床跟以前差不多大。

明恕不愿意走，哥哥回来一趟多不容易啊，就是打地铺，他也要留在这儿。

夏天气温高，在地上铺席子睡也舒服。萧遇安晚上和萧争云下棋，就见明恕风风火火拖着席子在院子里刷，刷完还拿来小风扇对着吹。

萧争云吃掉一枚棋子，笑道：“尽会使唤人，一回来就让小恕做这做那。”

萧遇安挺冤枉的，他什么时候叫明恕刷席子了？

他只跟明恕说，一张床睡不下，你要么回家睡去，明天再来，要么睡客房。

明恕起初不干，硬要和他挤一张床。

他没答应。

明恕是从小在他被窝里待惯了，觉得这儿就是自己的窝。他不在家时倒没什么，但他回来了，就不好让明恕挤上来。

男孩儿长大了，老这么黏人不叫个事儿。

“别刷了，进来喝酸梅汤。”萧争云对着院子喊。

明恕忙着呢：“爷爷，我席子还没晒干！”

“哪用得着你晒席子。”萧争云说，“哥哥一会儿自己弄！”

明恕穿一橘色运动背心，背对着屋，干活干得热火朝天的：“这是我自己席子！”

萧争云看萧遇安：“你让他睡地上啊？”

“随他。”萧遇安也吃掉一枚棋子，“他想睡地上，我还拦得住？”

“不像样！”萧争云现在上了年纪，就格外惯着家里两个小的，反正三个大的都各有各的出息，也就萧锦程和明恕还天天在他跟前晃。

“家里这么多房间，地上有什么好睡的？”老人家一疼起孙辈来，棋也不下了，“你去跟他说说，席子帮他搬回来。”

萧遇安笑道：“好，好，棋别动啊。”

下棋本来就只是陪萧争云过过瘾，不下就算了。

萧遇安朝院子里走去，明恕听见声音了，回头说：“哥，你不陪爷爷啦？”

席子还有点湿，但这种天气，再过一刻钟肯定干。

萧遇安说：“我给你放隔壁屋去？”

隔壁屋就他卧室旁边，空着没人住。

明恕斩钉截铁：“不！”

萧遇安：“……”

那行吧。

萧锦程吃完晚饭后冲去学校上晚自习，十点来钟蔫蔫地回来，就看见萧遇安和明恕正在客厅打游戏。

准高三生马上疯了：“你们这也太没素质了！知道这儿住了个即将冲击命运的高三学生吗？你们居然在他辛勤耕耘的时候在他面前玩游戏！”

说着，萧锦程站在电视机前猛戳胸口：“你们没有心！”

这么一挡，明恕的角色差点死了，赶紧吼道：“萧锦程，你挡哪儿不好非挡电视？让开！”

萧锦程偏不。

萧遇安冲他摆一下手：“校草，让让？”

萧锦程刚还横眉竖目，时刻准备干一场，被萧遇安这么一喊，马上眉开眼笑，笑得还有点二。

一中年年都会评选校草，萧锦程那张脸是越长越英俊，从高一开始就当上了一中的校草。

不过这校草有点心口不一。

萧锦程时常表现得不把校草这名头当回事，说男人不看脸，看实力。

但一回家就炫耀自己是校草，恨不得把这两个字写在脸上。萧遇安和萧牧庭假期回来，喊他一声校草，他能高兴得把家务活全包了。

萧校草乖乖闪一边儿，书包都没放，就盯着电视看萧遇安带着明恕过了一关。

“我来一把，我来一把！”看哪儿过瘾，还得自己来。

明恕眼看自己的手柄要被抢过去了，就往哥哥身上靠。

他“狐假虎威”有一套，哥哥在，萧锦程还能欺负到他头上来？

“做你的题去。”萧遇安护着明恕，往楼梯扫一眼，示意萧锦程上去。

萧锦程不依：“你就知道疼他！我不是你弟啊？”

明恕快美死了，冲萧锦程做了个对眼。

他们老这样，吵是真吵，但气不是真气，就闹着玩。

萧锦程这回反应迅速，摸出手机“咔嚓”就是一下。

明恕听见那声都愣住了。

萧锦程拍完直接发萧遇安手机上，凶巴巴地哼一声，对明恕道：“看看你都丑成啥样了。”

萧锦程那手机是萧牧庭上回回来给买的，最新款，拍照清晰，号称毛孔都能看清。

毛孔能看多清明恕不知道，但他知道自己的大白眼仁儿那是太清晰了。

哥哥还故意把照片放大，笑道：“这是个智障吧？”

明恕：“……”

再说他要生气了！

明恕一蹦一跳地要抢手机，萧遇安举起手，不让他抢。

“哥、哥！”明恕急得不行，“你还留着啊？”

萧遇安逗：“不让留啊？”

明恕说：“当然不能留！”

这都什么鬼照片？

萧遇安将手机放进裤袋，还轻轻推了下明恕的脑袋：“不让也留。”

明恕又怄又没办法，怪谁呢？怪他自己脑子犯抽，冲萧锦程做对眼。

这一闹时间就不早了。萧遇安最后跟明恕确认了一遍——是不是非要跟自己睡一屋。

明恕点头点得那叫一个坚定，回屋后也没耍脾气，说睡地上就睡地上。

萧遇安从学校赶回来，其实有点累了，关了灯就想睡觉。但小孩儿像只夜猫子，嘴巴就没停过——

“哥，你们平时练些什么啊？”

“哥，你在你们专业拿第几？”

“哥，你看我能考上你们专业吗？”

“哥，执行任务危险不危险啊？你受过伤没？”

“哥……”

萧遇安觉得自己身边跟了个聊天机器人，叽叽呱呱的。前面几个问题他都带着困意回答了，后面那个受过伤没，他却顿了下，然后困意一下子就没了。

他受过伤，不重，就春节那回，他们组被拉出去执行实战任务。不算特别紧要的任务，而且有前辈带着，风险不高。

但任务中途却出了事，情报错误，他们五个人被困在埋伏着走私犯的仓库里。外面接连爆炸，如果不突围出去，等待他们的就是死。

一位前辈对他们说：“是我把你们带过来的，我就一定会把你们安全地送回去。一会儿听我指令，都不要含糊！”

“是！”

子弹在空气里撕开一道道火光，他们且战且避，硬是坚持到了救援赶到的那一刻。

直到攀上直升机，他才感到后腰钻心地痛，一摸，满手的血。

队友将他背上的衣料剪开，做紧急处理。幸运的是，子弹只是擦着后腰飞过，皮肉崩裂，没有伤及骨头和内脏。

回去后他一直待在医院养伤，半月后才听说当时护着他们的前辈受了重伤，人救回来了，但是身子也残了。

这么近距离面对死亡和伤痛，于他而言是第一次。

而这只是最普通的任务，今后还有更多更危险的任务等待他去执行。

腰上的伤已经好了，但疤还在。他有时洗澡会摸到。和旁边的皮肤相比，疤是硬的，指腹上的茧也是硬的，它们贴在一起，摩擦起来粗粝又分明。

“哥？”明恕半天没等到回应，从席子上坐起来，趴在哥哥床边，“哥，你睡了啊？”

萧遇安当然没睡，但明恕刚才的问题让他无法平静地作答。

倒不是因为那道伤疤本身，而是伤疤承载的重量。

他还不能平静地谈起那场战斗，还有前辈残缺的身体。

所以他没有回答，在黑暗里轻轻闭上眼。

明恕这个年纪，想象不出真实的任务，以为哥哥真的睡着了，便悄悄躺回席子上，小毯子一掀，也睡了。

听见明恕的呼吸变得平稳，萧遇安翻了个身，借着外面照进来的光，将被掀开的小毯子重新搭在明恕肚子上。

明恕很早就醒了，今天他要做一件大事——偷偷看看哥哥上公安大学后练出来的腹肌，作为他将来努力的方向。

不过哥哥朝里睡着，不方便他观察。他做贼一样靠近，却瞧见哥哥露在外面的一截腰上，有一道难看的伤疤。

3

明恕像是宕机了一样，盯着那道细长的疤。

疤的颜色比周围的皮肤浅一些，不规则地拱起，中间拱得多一些，两边较平，疤旁边有点起皱，像一条难看的虫子。

他耳边“嗡嗡”的，像是有烦人的虫子在飞，可是脑子又像停顿了一样，啥都没办法想，就空着，傻着。

好一会儿，他才愣怔地抬起胳膊，用自己的手隔空比画了一下，发现伤疤竟然有手掌加上中指那么长。

收回手时他忽然一个激灵，脚底发凉，眼睛已经先于脑子给出了反应。

他哭了，就在那一段耳鸣和空白之后。

他就坐在床底下，折着两条腿，穿着睡觉时才穿的背心和小短裤，哭得没点儿声音，但他肩膀直抽，眼泪滑过脸庞落下来之后，就“吧嗒吧嗒”地砸在膝盖和手背上。

他都忘了应该叫醒哥哥，就这么自己哭自己的。

萧遇安晚上失眠了一会儿才睡着，早上正是睡得沉的时候，模糊察觉到背后有动静，醒来转身一看，残留的困倦顿时消失了。

床沿边是个满脸是泪的家伙，眼睛和鼻尖通红，鼻翼一收一张的，大眼睛里不断流出泪珠子，都哭抽了。

“怎么了这是？”他连忙抓住小孩手臂，早起的嗓音本来就带着一分沙哑，温柔起来更是往心坎里沉。

“哥——”明恕闷着哭了半天，泪没停过，可是情绪半点没发泄出来，被哥哥这么一哄，那些心痛、难过、不安啊，才一股脑地奔涌出来，忽然号啕起来。

他很久没这么哭过了。

他都不记得自己小时候有没有这么哭过。

但他现在就是没办法，忍不住。

那道疤多长、多丑啊，他的哥哥怎么能受伤？他的哥哥去年春节时回来还好好的。谨澜姐带他们去泡温泉，那时哥哥腰上没有这道疤！

萧遇安不知道怎么回事，下床和明恕一起跪在席子上，将人搂住：“怎么了？跟哥说，怎么了这是？”

这种情况在明恕很小的时候发生过。当时也是早上，他隐约听见有人哭，一找，发现是明恕团在床尾哭。他哄了半天，明恕才说做噩梦了，爸爸妈妈不要自己，哥哥姐姐也不要自己。

按理说，明恕这马上初三了，而且和温玥、明豪锋几乎没了感情，不至于还能因为做梦哭成这样。

萧遇安拿起床头柜上的抽纸，扯了很多张给明恕擦眼泪：“有什么事就说出来，到底怎么了？”

明恕不是不想说，他肯定得问，刚才不说话是哭岔气了，一出声就抽。现在哥哥把他捞到怀里，哥哥的胸膛比以前还坚实，他靠在那儿，就听得见哥哥沉稳有力的心跳声。

就这么数着心跳，他才渐渐平静下来。

“哥。”明恕双手撑在哥哥腿上，“你痛不痛啊？”

萧遇安没听明白。

什么痛不痛？

明恕管不住情绪，一问出来鼻子就又酸了，鼻翼一鼓一鼓的，望着哥哥，声音都在颤抖：“哥，你痛不痛啊？”

萧遇安皱着眉，一下知道明恕指的是什么了，下意识摸向后腰。

他受伤的事家里只有父亲和萧牧庭知道，这趟回来，他没打算跟爷爷和明恕说。本来就是点小伤，只是伤疤看着有点严重，起码得耗一年时间，拱起的地方才能平下去。

睡觉时背心翻起来了，他又背对着明恕，所以才被明恕看见。

他不想跟明恕说，就有这个原因。明恕和他最亲，以前他打架受丁点儿伤，明恕都能伤心得掉金豆子，看到这个伤疤还得了？

可到底还是让他看到了。

“已经好了。”他只得尽量安抚明恕，“伤的时候有点痛，现在没感觉了。”

明恕吸着鼻子，拿手背擦眼泪，擦完爬到哥哥身后，仔细看那道疤，心疼死了：“你是怎么受这个伤的啊？”

既然已经被发现了，萧遇安不好继续遮遮掩掩，但实话不可能跟明恕说。明恕这年龄最容易瞎想，而且本来就敏感，要让明恕知道这伤是实战时受的，当时情况还特别危急，明恕今后忧着这事儿，恐怕就再睡不好觉了。

“演习时没注意。”萧遇安哄着，“还被教官批评了。”

明恕一听，又气愤又委屈：“你都受伤了，怎么还批评你啊！”

小孩儿是真的为他着想，直白又霸道地护着他。萧遇安心里一阵酸软，将背心下摆放下去：“应该批评，是我没做好。”

明恕使劲儿摇头，不同意：“我哥哥什么都好，没有我哥哥做不好的事！”

萧遇安在心里叹了口气，想赶紧让这事过去，又听明恕说：“哥，我能摸一下吗？”

都这样儿了，还能不给摸吗？

萧遇安点头，又将下摆拉回去：“摸吧。”

明恕小心翼翼的，手指刚贴上，就像被烫到似的缩回来。

他怕把哥哥给弄疼了。

萧遇安偏过头去看：“摸好了没？”

“我再摸摸。”明恕说着，手又伸了过去，还是很小心，但好歹没有一碰就缩。

拱起的伤疤挨着指腹，像一条绷起的筋，有点硬，凹凸不平的。

明恕摸着摸着，嘴角就撇下去了。

哥哥说现在不痛了，但受伤时肯定痛啊，这么长一个疤呢。他打了那么多次架，受的伤也不少，可从来没有留过这么长的疤。

哥哥也没有留过这么长的疤。

痛死了。

麻痒在后腰延展。其实伤疤上的感知比其他地方迟钝，可大约是明恕摸得太仔细、太专注了，手指的颤抖连同心疼通通传达给了萧遇安。

那不是真正的麻，也不是真正的痒，是感受到一个人无条件的关心后，心脏催生的化学反应。

萧遇安到底把下摆放了回去，拍拍明恕的手：“好了，看也看够了，摸也摸够了，去洗把脸，别伤心了。”

明恕这还没完，伤疤不给摸了那就不摸，可他得跟他哥唠叨几句。

“哥。”

萧遇安一听，这语气都变了。刚才还是小孩儿委屈得不行的调子，现在就有小少年的稳重了。

但少年再稳重能有多稳重？少年的稳重多半都是强装出来的。

“嗯？”萧遇安应了声。

“那你今后不能再受伤了。”明恕摆着明哥谱儿，“你一个人在外面读书，我也不能去照顾你、看着你，只有你自己顾着自己。”

萧遇安差点笑出来，心想：我还用得着你这小不点儿照顾啊？

“你还笑？”明恕看出他哥在笑，抓住他膝盖，“我说正经的呢！”

“我听着。”萧遇安假装洗耳恭听，“明哥还有什么吩咐没？”

真要这么聊，明恕又吩咐不出什么东西来了：“哥，你有伤，这几天在家享福就行。”

萧遇安忍俊不禁，赶明恕去洗漱。

明恕把伤疤的事情问清楚了，那股急得掉泪的劲儿才散。

萧遇安这次回来就是陪陪家人，没通知以前的同学，就打算在家里过。

结果从早上到晚上，他过得都很“累”。

倒不是体力上的累，明恕把他当成需要伺候的病号，啥都抢着干，恨不得厕所都帮他去上。

他想去厨房拿瓶冰水，明恕冲过来帮他开冰箱门，瓶盖都要亲手给他拧开，活像他已经残得开不了瓶了。

他踩着拖鞋去菜市场买菜，明恕一会儿站在他左边，一会儿跑到他右边，生怕别人挤着他、碰着他，菜也要帮他提。

但他不能让一只瘦猴儿提那么重的东西。

明恕还跟他来语重心长：“我都是为了你好”那一套。

回屋他想自己做个菜，明恕想帮他，围裙都穿上了。

他问：“你会吗？”

明恕：“……”

我可以学！

他给明恕的勤学好问泼了盆儿凉水：“教你太麻烦，还不如我自己做。”

下午他往客厅一坐，准备看看手机，明恕就端着果盘过来了：“哥我给你削个桃子。哥你吃香蕉吗？哥你吃哈密瓜吗？”

吵，吵得头晕。

他手机也不想看了，索性拿这大半天的事逗明恕：“你在学校经常帮女生开瓶子啊？”

明恕愣半天：“没啊。”

没女生找他开瓶子，倒是杜皓上回买了瓶可乐，不知怎么回事，脸都涨红了也没拧开，找他帮忙，结果他轻轻一拧就开了。

为这事他嘲笑了杜皓几天，嫌他矫情。

萧遇安说："那你给我拧瓶盖拧得那么熟练？"

明恕觉得这事儿根本不用解释："你不是我哥吗？"

我给你拧瓶盖儿天经地义啊。

萧遇安看着明恕那表情就想笑。小孩儿以前长得秀气，像个女孩儿，现在五官渐渐长开，越来越俊，可以想象在学校冷着脸的时候就是那种很有气质的校草。

但在家里，气质这些东西都是没有的。

明恕在他面前就是一个长不大的烦人玩意儿。麻烦是真麻烦，贴心那也是真贴心。

这要倒回明恕五岁那年，问他还捡不捡，他可能还得捡。

就这么又过了两天，萧遇安上哪儿明恕都跟着。他还是想看哥哥的腹肌，却又不好意思直说。说了哥哥当然会给他看，但他不想这样。他又没腹肌，已经输给哥哥了，今后等他也有了腹肌，再正大光明和哥哥比一比。

要偷偷看，那就只有趁早上哥哥还没醒的时候。

这天晚上明恕不到十点就睡觉，萧遇安还纳闷小孩儿怎么不打游戏了。

早睡还是有好处，清晨不到六点，明恕就醒了，开始暗中观察。

这时天还没亮，哥哥平躺着，腰间搭着一条毛巾被。

太阳升起，光线从开着的窗户照进来。

明恕看了好一会儿，低头揪揪自己的肚子，郁闷地想，努力的方向是有了，可是……

哥哥这腹肌，他什么时候才能比得上啊！

4

萧遇安又觉得明恕不对劲了。

都说男孩子长大之后会学着独立，小时候再黏人，到了初中，也不好意思老缠人了。但他们家明恕是个例外，心眼儿多是多，也爱琢磨事儿，但这毫不耽误人家黏人。

而且这黏人的功夫还随着年龄“噌噌”往上涨，一点不害臊的。

萧遇安回来这几天，明恕就只差双手套个圈，挂他脖子上了——而且挂脖子这事明恕也干过，被他拍下去了，只得一边当尾巴根儿，一边跃跃欲试等待机会。

早上刷牙明恕都要和他挤一起。

而且人家还有正儿八经的理由。

“哥你这么久没回来了，一走又不知道什么时候才回来，理理我还不行啊？”

就是这么个离不得人的东西，突然在吃完早饭之后说——

“哥，我一会儿出趟门，你别跟来啊。”

“哥，我想一个人写写作业。”

“哥，我今晚回家睡觉。”

…………

那绝对是心里藏了什么事。

明恕说回家就真回家了，萧家难得清静下来。萧遇安陪萧争云看了一会儿电视，萧锦程下晚自习回来，将一张写得乱七八糟的物理卷子拍在桌上，用十分谦虚的语气说：“哥、亲哥，给你又帅又可爱的弟弟讲讲题成吗？”

萧锦程成绩不好不坏的，主要是以前基础没打好，现在马上高三了，一中搞题海战术，他被打击了几回后硬生生被逼出了斗志，一想家里有个物理竞赛选手，不利用白不利用。

萧遇安两年没做过高中的题了，但给萧锦程讲讲重点问题不大。

兄弟俩窝在书房，一人一杯咖啡，磨到了凌晨两点多。萧锦程打哈欠打得一脸眼泪，把最后一道题写完之后摇摇晃晃睡觉去了。萧遇安却没有马上回屋。

解刚才那些题把他的精神解起来了，暂时没有睡意，就开始琢磨明恕到底怎么了。

昨天明恕说要早点睡，早上他起来时已经没见到人影了。

早饭是爷爷熬的粥和去外面买的油条和卤鸡蛋，明恕前两天跟他坐在餐桌一边，一边吃一边说话，爷爷都吃完多久了，他们俩还没下桌。

今天明恕在他上桌前就吃得差不多了，看到他时视线有点闪躲，说了句“早上好，哥”。

特矜持，可能明哥在一中就这样。

早饭吃完没多久明恕就出门了，说要去买教辅材料，老师布置的任务。

既然是和学习有关的正事，那他这个当哥的当然应该过问一下，说一起去，到了书店好帮忙看看。

明恕居然拒绝了。

小孩儿从小到大拒绝他的次数，可能一只手都能数出来。

不过马上念初三的男生，向往独立这太正常了。他也没多想，就帮爷爷打理小花园去了。

中午明恕是回明家吃的饭，午后又背着书包来了，说要写作业。

他把书房让出来，中途削了水果拿去书房给明恕吃，无意间看到明恕摊开的习题册上一个字都没写，草稿纸也干干净净。

这写的是啥作业？

明恕见他进来，还有点紧张。

他倒也没戳穿明恕，小少年哪个没点心事，明恕不主动告诉他，他也就不问。

这书房现在归萧锦程和明恕，大半是高考冲刺卷，小半是中考冲刺卷。他走到明恕那一堆，随手翻看，又拉开抽屉，发现里面有个陈旧的笔记本。

是明恕上小学时的周记本。

明恕当年被温玥和明豪锋带走，这个周记本跟着明恕。后来明恕回来，本子也回来了，一直放在这儿，重修装修也没被扔掉。

周记本里夹着很多卡片、小纸画，一翻就掉。一同掉出来的还有一张和本子颜色不一样的纸。

萧遇安捡起一看，眼中多了几分惊讶。

那是他的字迹，写着——本人萧遇安，保证不会不要明恕。

萧遇安：“……”

他念高二时，因为夏柊的事，小东西心理和身体都遭受不小的打击，一双圆溜溜的眼睛可怜巴巴地看着他，跟他讨要一份保证书。

他那时不想写来着，也犯不着和小孩儿保证什么。但他想哄哄明恕，让受伤的小孩儿尽快好起来，于是写下了这份保证书。

他写完之后，明恕终于笑了。

他以为这张纸早没了，没想到明恕居然还留着。

这倒是给了他一些启发。

明恕躺在自己的床上，恁是失眠了。

他今天一天都亢奋得难受，像是突然被怼了一管精力，怎么消耗都消耗不完。

想快点长大，和哥哥一样。

本来去买完教辅材料他就该蹲自己家里的，可他又舍不得。哥哥在家的日子就剩三天了，他怎么都得去守着。

结果去了吧，还想着腹肌，只好去书房躲着。

哥哥中途来送水果，他吓一跳，上课看闲书都没这么紧张。

熬到天快亮了，明恕还瞪着眼。

青春期的烦恼实在是太多了，明恕没想到，他失眠整宿后还要面对他哥语重心长的拷问。

“跟哥说，是不是在学校有喜欢的女同学了？”

明恕正打哈欠呢，下巴差点脱臼。

萧遇安一看这吓得，应该是被说中了，揉了下明恕的头发：“你这年纪，还是得以学习为重。”

明恕把嘴合上，头上直冒汗。

哥这是在说什么啊？他哪有喜欢的女同学？

一看明恕要争辩，萧遇安就觉得应该多说点：“你还没上高中。高中生谈朋友，还得被老师、家长管管，你个初中生，心里有点数啊。”

明恕脸都气红了：“我没谈朋友！”

这不变声期嘛，一喊就给喊劈了，气急败坏的一句话，劈了听着就搞笑。

萧遇安强忍住笑，拿捏着身为兄长和半个家长的度，又道：“没有最好。”

明恕急死了，公鸭嗓又让他出了个大洋相。

咋就这么倒霉呢？

萧遇安这也就是敲打一下，他不能像以前那样守着明恕成长，现在明恕动了歪心思，他只能提前打个预防针。

但愿明恕听得进他的话，安安稳稳把初中最后一年过完。

至于上了高中以后，那就看明恕自己了。初中是最不稳定的时候，很多孩子学坏也就是在初中，升上高中基本就有判断能力了。明恕在他眼皮子底下长大，他还是相信明恕会有分寸。

“记得这张纸吗？”他拿出当年写的保证书，在明恕眼前晃了晃。

明恕“啊”了一声。

萧遇安笑道：“你监督我写的。”

明恕臊得不行。

“咱们礼尚往来，明哥，你也写一张？”萧遇安从那本泛黄的周记本上撕下一张纸，笔也准备好了，“来，写。”

明恕握着笔半天没动：“可我写什么啊？”

萧遇安挑眉：“就写，保证一心学习。”

明恕努嘴：“可我还打球呢！”

萧遇安在纸上点点：“别废话了，快写。”

这么一折腾，明恕那点亢奋劲儿被打压得偃旗息鼓，老老实实在萧家待了两天，然后就到了哥哥离家的日子。

第八章
成年礼

1

上高中之后，明恕住校了。

报到那天在住读生名单上看到明恕，杜皓吓一跳："明哥，你住校干吗？你家离咱学校那么近，我都没住校你还住校？"

"我爸回来了。"明恕穿一套白色短款运动服，两旁有不规则的金边，张扬得很，说话时很平静，语气淡淡的，一副从容又不在意的样子。

杜皓却险些把嘴里的雪碧呛出来。

"啊？他回来干吗？又想把你带走啊？"小学最后一年半的事儿杜皓一直记着，当时他还以为自己和明恕的友谊就这么断了，回家哭了至少三场。

明恕和家里那些事他知道得虽然不全，却也明白明恕和父母关系不好。现在一听明恕的爸回来了，他马上如临大敌。

"没。"明恕在领书单上签了名，抱着自己的书往教室走，脸上没什么情绪，有点酷。

他算是男生里发育得较早的，这才高一，就长到了一米八。刚刚过去的暑假被即将去警校的萧锦程拖去健身房，手臂和腹部练出了一层肌肉，看上去不像同龄男生那么单薄。

他走在过道上，微抬着下巴，青春逼人，又带着几分傲气，吸引了来不少人的视线。有人小声说："看到没，那个就是初中部升上来的校草。”

杜皓没心思听别人八卦，他现在就关心他兄弟：“不是，那你干吗住校啊？又闹家庭矛盾了？”

“懒得天天对着他们。”明恕还是那冷冷的调子，“我妈也回来了，他们俩现在住一起，想让我也搬过去。是你你乐意吗？”

杜皓就搞不懂了：“他们……他们不是包办婚姻，互相看不惯吗？”

“谁知道。”明恕轻蔑地“啧”了声，“彼此折磨太多年，忽然发现凑合着还能过吧。”

走完大半个过道，杜皓算是把他明哥住校这事儿给弄明白了。

明豪锋和温玥冰释前嫌，住在市中心，隔三岔五去大院看看明瀚和明恕，有点想补偿过去，一家人家和万事兴的意思。

可惜明恕不买账，懒得玩这父母慈爱、儿子孝顺的游戏。加上萧家仨哥哥的最后一位也去上大学了，他索性办了住读，眼不见心不烦。

为这事明家还吵了一回，明豪锋骂明恕不懂事，明恕不争辩却也不妥协。最后还是温玥说，算了，孩子大了，想住学校就住学校吧。

杜皓觉得明家真是烦人，他明哥能长这么大着实不容易。你说这温玥和明豪锋都折腾半辈子了，这时候还和好什么？想给他明哥一个家吗？

扯淡呢！

他明哥要答应，他都不答应。

明恕就这么在宿舍住下来，周末有时回去，有时不回去，即使回去也只是看看明瀚和萧争云。两个老爷子现在都老态龙钟了，腿脚不像以前那么灵活。他有时帮着做点事，陪着吃顿饭。

萧锦程经常说他心眼多。他就是心眼多，还斤斤计较，温玥和明豪锋在他这儿没什么分量，但明瀚有。

再怎么说，他也是明瀚带大的，当年也是明瀚松了口把他留下来。这老头儿严肃了一辈子，鲜少表露感情。但他知道，爷爷心里好歹有自己。

如果遇上温玥和明豪锋也在，那他就不在家里吃饭了。他们俩能冰释前嫌，他没那么容易接受他们回到自己的生活中。

不需要，没必要。

他现在在学校过得挺舒坦的。

一中宿舍四人一间，他读理，杜皓读文，纠纠缠缠十年的友情眼看就被文理分科给破坏了。结果杜皓有事没事就往他寝室跑，给他带自家做的包子、蛋糕，俨然成了他们寝室的外挂兄弟。

同寝的其他三人都是外校考过来的，不清楚初中部的事。和杜皓熟了之后，三人就问，明哥长这样，怎么这都高二了还没个走得近的女同学？

杜皓一边分蛋糕一边说："谁知道他，爱学习吧。"

大家就笑，明哥能爱什么学习？成绩不上不下的，聪明是挺聪明，但不努力，老喜欢出去打球。

就明哥这脑子，要真爱学习，早就上年级红榜了。

为啥没走得近的女同学这事儿，明恕被问得太多了，一般不理。但要是被问得急了，他刚好当时心情又不错，就会从手机相册里找一张拍下来的纸条。

那纸条上写的是——本人明恕，保证一心学习。

"以前给家长写过保证，要认真学习。"

别人要说这话，那一定是苦哈哈的。哪像明恕，还挺得意，好像在炫耀自己有人管似的。

萧遇安从公安大学毕业之后，参加了几次涉密任务，和外界的联系时常处于中断状态。明恕高一时，他还能时不时关心一下小孩儿的学校生活，成绩怎么样，和同学处得好不好。

等明恕上了高二，他几乎就没有多余的精力了。

因此他也不知道明恕会因为联系不上他而以为他出了事，担惊受怕。

疏于关心的后果就是，当再次见到明恕时，他甚至有一瞬间的晃神，觉得站在自己面前的少年有些陌生。

高二的暑假，明恕一个人去了首都。

他提前联系萧遇安："哥，你不回来，那我放假去找你啊。"

萧遇安住在单位安排的公寓，正好有一段时间的假，听说明恕要来，自然同意。但他嘱咐明恕把作业带上，马上就高三了。

一中高三的暑假只有一个月，八月提前开学。这意味着明恕顶多只能在哥哥身边待一个月。

他不想让作业挤占为数不多的时间，但为了显得像个好学生，还是听话地将卷子带上了。

飞机傍晚到，萧遇安开车去接。明恕又长了个头，已经比萧锦程还高，穿着豆绿色的T恤和牛仔裤，露出额头，手上戴着一块黑色的表，还有一串木珠。

萧遇安愣了下，就见明恕咧出一个大大的笑："哥！"

上车之后，明恕下意识嗅了嗅，车里有一股很淡的香水味。

"嗅什么？"萧遇安让他系好安全带，发动车子滑出去。

当然是嗅有没有陌生的味道了。明恕没说，但心里其实揣着事儿。他开学就十八岁了，他哥也快二十四，肯定有人惦记他哥，就是不知道他哥在百忙之余，抽没抽时间跟谁谈恋爱。

这事他在电话里也不好问，更不好去问谨澜姐。

不过据他观察，哥应该还没有谈恋爱。

车里的香味很舒服，不像混合了其他乱七八糟的味道，他一下子安了心，但车快到家时还是问了一嘴："哥，你一个人住吗？"

他自认为这话问得很有水平，问完一双亮亮的眸子就盯着萧遇安看。

"谨澜让你打听的？"萧遇安说。

昨天晚上他才和萧谨澜通过电话，萧谨澜很有长姐的自觉，对他的个人问题操心得很。他说最近忙，没时间考虑那些，萧谨澜好像还不太信。

他就猜到明恕也会问。果然。

不过自从今天接到明恕之后，他就有种不知该怎么形容的感觉。

小孩儿是真的长大了，十月份成年，不仅身高冲了一大截，身板也结实了，不像初中时像根竹签。

就连看人时的眼神都变了。

"啊？姐没让我打听啊。"明恕眨两下眼，"我怕你屋里有人，那我住进去不方便吧？"

萧遇安笑道："不方便那你还来？"

明恕吓一跳："那真有人啊？"

萧遇安停好车，逗他：“嗯，有人。”

2

明恕一听哥家里有人，心里就“咯噔”一下，咯噔完了一看哥那眼神，才知道被骗了，马上拖着行李箱追上去：“哥，你逗我玩呢！”

萧遇安心想：这不赶着来招逗的吗？

明恕第一次来哥哥从家里独立出去之后的住处，打从进电梯起就按捺不住新奇，往门口一站，那更是两眼贼亮，鞋还没来得及换就说：“哥，你喷的啥空气清新剂？”

“阳台上有几盆薄荷和茉莉。”萧遇安提前整理过屋子，给明恕准备了拖鞋，是蓝色的卡通牛牛。

地板干净，明恕打着赤脚就往里跑。

萧遇安踢了一脚拖鞋：“回来把鞋穿上。”

“不穿！”明恕一点儿不客气，“哥，你那拖鞋是给小孩儿穿的。”

萧遇安看了看，自己脚上是正常成人拖鞋，灰色，没多余的装饰，衬托得明恕那双是有些好笑。

但明恕在他这儿就是个孩子。

“我马上就十八岁了！”明恕说，“不穿那种拖鞋。”

这是夏天，打赤脚没什么，萧遇安也就没坚持，但押着明恕去洗手。

明恕是故意的。

在学校他可爱干净，身上随时带着湿巾和免洗洗手液，在外面晃了大半天回家第一件事一定是洗手。但他要自己去洗了，哥就不会来唠叨他了。

他就稀罕哥唠叨他、管着他，有时他觉得自己这样说不定是有什么毛病，但再一想，有毛病那也是快乐的毛病。

他不想好了。

萧遇安这套公寓不大，一室一厅，客厅外有个阳台，一个人住着正好，多一个人就显得挤。明恕现在是大高个儿了，在房间里窜来窜去，萧遇安就老觉得有个影子在跟前晃。

明恕先在阳台上欣赏了一下薄荷和茉莉，然后又冲进卧室，大着嗓门儿喊：“哥！你这床不够大啊！”

萧遇安那是单人床，挤两个人不是不行，只是他们都太高了。明恕来之前，萧遇安就计划好了，让明恕睡床，他睡沙发。

“放心，这回不让你打地铺。”萧遇安想起大二暑假回家时的事了，明恕赖着不走，非要在他房间打地铺，他也没纵容明恕，让明恕上床来。这回好歹客厅还有个沙发，凑合一下，谁都不用睡地上。

明恕探了半个身子出来：“哥，挤挤呗。”

萧遇安笑：“让你一个人睡你还不乐意啊？”

明恕跑出来，在萧遇安跟前蹲着。他上学期和杜皓他们一起去烫了头发，金黄金黄的，特酷，被老师批评了也没染回来，倒是来首都之前老老实实去弄成了黑发。

托尼老师给他做了护理，他现在头发特别顺，黑得发亮，仰着头看人时有种和平时不一样的乖巧。

“哥，就挤挤吧。你那屋有空调，挤着也不热，我想跟你聊天。”

萧遇安不知道他折腾过头发，抬手揉了两下：“白天还不够你聊的？”

“白天和晚上聊天是两种风格。”明恕有道理得很，“晚上有氛围，能聊白天不好聊的东西。”

萧遇安没答应，却也没立即拒绝。虽然这几年明恕没跟在他后面当尾巴根儿了，但只要一见面，这家伙那股黏人劲儿马上就能上来。

偏偏他还是像以前那样惯着明恕。

收拾一番后，萧遇安带明恕出去吃饭。

这天气上哪儿都热，在家里最舒服，明恕其实也想和哥待在家里，但是更想和哥出去溜达。

“傻乐什么？”在去餐厅的路上，萧遇安说。

出门之前，他就觉得明恕过于亢奋了，挑衣服挑了半天，行李箱大敞着搭客厅地板上，一件一件拿出来试，最后选定的其实是第一次试的那套。挑完衣服又弄发型，发胶可劲儿喷，那架势哪里像是随便出去吃个饭，简直就是上舞台。

他头一回觉得，他这臭美的小弟有花孔雀的潜质。

以前好像不这样？

明恕承认自己乐，但不承认傻乐。

“我高兴。”他挑着眉，意气风发，“哥，我特想你。”

萧遇安一阵窝心。明恕从小就这样，有时特烦人，但说好话的时候又很乖。

别人说想，那不一定是真想，或许只是一句场面话。可明恕说的就是真想，半点不含糊，发自肺腑。

没有人能无视这种直白和热烈的真情。

萧遇安带明恕去的是一家西餐厅，明恕这个年纪正是能吃的时候，点菜毫不客气，萧遇安都不用招呼他多吃，他就吃撑了。

杜皓不知道明恕上首都去了，接连发了好几条信息，约他去山里玩几天，算是高三前的誓师大会。

明恕干脆拍了张照发过去：“不去了。”

杜皓一看就急了：“这是哪儿？吃好的不叫我？把我们穿开裆裤的友谊置于何处！”

明恕：“你一年级还在穿开裆裤？”

杜皓：“我就打个比方！”

杜皓这人特能掰扯，如果不被他妈没收手机，那种胡说八道的信息能发一下午。明恕可没这闲工夫，有哥在呢，于是说：“我上我哥家了，精神上参与你的誓师大会。”

萧遇安看明恕在按手机，猜到他是和同学在说话。明恕上初中后交了不少朋友，这五年他没办法陪着明恕，但小孩儿也在他看不到的地方好好长大了。他最担心的心理问题没有再出现，后来认识明恕的人可能都不知道明恕五六年级时发生的事。

那个总是一个人哼哼呜呜的小孩儿就这么长到了十八岁，自信，还有点可爱的自恋，上一秒还是高冷校草，一下秒就黏上来笑着撒娇。

偶尔想到明恕和萧家的缘分，萧遇安不免心生感慨。

明恕没和杜皓聊了，收起手机继续对付牛排。

萧遇安又给他叫了两份甜点，其中一份是薄荷蛋糕。

他就乐了：“哥，到底是你喜欢薄荷，还是我喜欢薄荷啊？”

萧遇安：“嗯？”

“你还在家里种薄荷。”明恕说，“你比我还喜欢薄荷。”

那两盆薄荷倒不是因为喜欢才买的，萧遇安有次回家，见到一个老汉背着背篓卖花。天正在下雨，老汉剩下四盆花，看见有人经过就问买不买，很便宜。

萧遇安把四盆全买了，放在阳台上，也就每天浇浇水，居然都养活了。

“给你泡水喝。”萧遇安换了话题，“等会儿和我去趟超市，买点你喜欢的零食回去。”

明恕愉快地应下来。

西餐厅在一个商场里，吃的逛的啥都有。明恕硬要让哥哥陪着去看衣服，然后再去超市，中间还去看了场枪战片，采购完回家都晚上八点了。

明恕抢了那双灰色的拖鞋，萧遇安也懒得说他，自己穿上蓝色牛牛，明恕又乐。

到了睡觉时间，明恕还想争取一下：“哥，咱就挤挤吧。我又没汗臭味，跟你一个味儿，不信你闻闻。”

他说的味儿是香皂的味儿，刚洗过，身上是香的。

萧遇安从柜子里拿枕头，笑他：“自己闻去。”

明恕抓住枕头，耍赖：“哥，你是不是嫌弃我了？”

他就这么盘腿坐在床边，双手抓着枕头，脸仰着，头发黑，眸子更黑，覆着一片透亮的潮湿水膜。

萧遇安心软了：“怎么会嫌弃你？”

“那你不和我睡。”明恕撇了下嘴，“你大一大二还能在固定时间回来，现在不仅回来没个规律，我还经常联系不到你，你的号码总是打不通。我只知道你去执行任务，却不知道你在哪里执行任务，也不知道你好不好。我太担心了，哥，你都不知道我有多担心。”

萧遇安将枕头抽出来，思考该怎么安慰明恕。

语言有时很苍白。他选择了这份职业，危险就存在于每一次任务中，他无法对明恕说“别担心，不会有事”，因为他连对自己都无法这样保证。

片刻后，他轻轻拍了拍明恕的背。

“我就想跟着你，看着你，我在家就看不到你，有时连声音都听不到。”明恕声音里不知不觉间多了几分依赖的意思，“见得着的时候我就不想和你隔一堵墙，我睡卧室，你睡客厅，不要这么生分。哥，我想跟你多说会儿话。”

萧遇安走去客厅，喊道：“来搭把手，帮我把这个沙发床搬进去。”

3

明恕这趟来首都，主要还是因为他想哥了，只要跟哥待在一块儿，别的什么都不做，他也觉得高兴。

但其实他也是来提前踩点的，等明年高考结束，他打算彻底离开明家，哥在哪儿，他就去哪儿。

外面很热，晚饭出去吃还好，中午在太阳底下走一遭简直影响食欲。所以萧遇安每天早上都带着明恕去附近的菜市场，赶在太阳还没那么晒之前把菜买回来，中午就在家里吃。

明恕在萧家就跟个小少爷似的，没做过什么家务，会煮面和炒蛋炒饭就不错了。他在厨房忙，明恕一点忙都帮不上，只能在一旁看着，还和小时候一样，像只癞皮狗一般跟着。

明恕很喜欢这种感觉，离开那个糟心的家，有了一个能够容纳自己的天地，做任何事都是随心自由的。他还很喜欢听哥说那些没有听过的名字——队友、同学，或者仅仅是便利店的老板。这就像正在融入一段新的人生。

不过明恕的惬意生活只持续了短暂几天，萧遇安在休假中途突然接到任务，回队里开了大半天准备会，第二天就得走，且不能告诉明恕自己要去做什么。

明恕知道这时候最该做的就是跟哥说一声“注意安全”，然后乖乖回家。但情感上他就是受不了，几乎立刻想到念初中时看到的伤痕。

那时他不知道哥是哪一天出发执行任务，哪一天负伤。可这次哥就站在他面前，告诉他即将离开。

他难过极了，也担心极了，又因着少年的不成熟，委屈极了。他不想哥去面对危险，他还没有长大，还不能保护哥；他好不容易来首都一次，还没有吃够哥做的菜……

乱七八糟的想法一瞬间充斥脑海，他捏紧的拳头有些颤抖。这一刻，他比以前任何时候都想要赶紧穿上警服，成为和哥一样的警察。

4

杜皓在魔法台球室看到明恕时，还以为自己穿越了。

他明哥不是上首都当“哥宝男”去了吗？

可那个穿着豆绿色T恤，将台球打得砰砰响，浑身散发着“我很烦，别来惹我”气场，黑脸遮不住苦的男士，不是他明哥还能是谁？

魔法台球室是一中附近一个坏学生据点。

倒也不是说好学生不去那儿，但老师们心目中品学兼优的学生基本上都不会去。即使去也是偷偷摸摸的。

杜皓和明恕去过几回，想着这马上要跳入高三的火坑，再不去就没机会了，当机立断约了帮兄弟来玩。

早知道明恕回来了，他就不约别人，只约明恕了。

和明恕打球带劲，他明哥打起台球来人狠话不多，一杆接一杆上就完事儿了。不像其他人，打出几杆好球就叨叨半天。

“啥时候回来的？”杜皓不和约的人玩了，把人家安顿好，跑明恕这儿来，“怎么也不说一声？”

明恕没抬头，又是干净利落的一杆。

“哟，清脆！”杜皓看着看着，忽然觉得明恕不对劲。

他明哥虽然有时挺高冷的，但那得看人，对他这发小那必须是春风般温暖。

这大夏天的突然美丽“冻”人，怕不是遇到什么事儿了。

明恕能遇到啥事儿？

杜皓都不用琢磨就知道肯定跟温玥和明豪锋有关。

“他们又想送你出国啊？”杜皓拳头都捏紧了，“别听，也别气，咱马上十八了，他们想管也管不着！”

明恕绕着台球桌找角度，杜皓就跟着他绕。明恕一转身，两人直接撞到了一块儿。

明恕不耐烦地“啧”了声：“边儿去。”

“我这不担心你吗？”杜皓说，“你烦也别闷着，往台球上出啥气啊？台球又听不懂。”

明恕“砰砰砰”连着撞了好几杆，不打了，去座位上喝水。

台球才好呢，听不懂，不会在一旁烦他。

杜皓跟上来："你被你哥赶回来了？"

明恕被一口薄荷水给呛住，咳了半天才停下来，眼尾有些发红。

杜皓大惊："咋把眼泪都给咳出来了！"

明恕小臂在脸上一抹，拿上包就想走。

他确定自己没有咳出眼泪，更没有因为别的事冒眼泪，但眼尾确实在发热，和呛不呛没关系。

按原计划，他现在确实还该待在首都，等到开学前一天再回来。

但他昨天晚上就回来了，提前买了机票，一个人从萧遇安的住处打车到机场。

他现在想到萧遇安都不想在心里喊哥了。

喊萧遇安哥，就意味着他还是那个没用的弟弟。他要长大，像萧遇安一样。

得知萧遇安要走，他情绪上头，没忍住哭了起来。萧遇安哄了他很久，他心里还是憋得慌。

萧遇安说给他订机票，送他去机场。他拼命摇头，硬说不回去，就待在这儿。萧遇安没法，只能将钥匙留给他。

但他只住了一天，自己买机票就回来了。

他来魔法台球室纯属是想发泄，结果遇上杜皓这么个话多的。

杜皓拍着明恕肩膀说："你也别瞎怄，马上高三了，咱得好好准备考试不是？别的事能放就放了，你不是想跟你哥一样吗？你哥成绩那么好，你不努力考不上他那所学校啊。"

这话说到了明恕心坎里。

杜皓又说一会儿打完球大家一起吃晚饭，他没应，说要回去看书刷题。

杜皓："……"

这就开始了啊？

虽然是暑假，但一中的校园每天都挺热闹。上一届高三毕业的回来填志愿，住得近的跑来打球；准高三里那些特别勤奋的，七月就找老师要了教室钥匙，按上课时间来上自习。

明恕单肩挂着包，提着两杯奶茶走进教室时，引来所有人的注目。尽管这时在教室里的学生只有个位数。

明恕径自走进去，走到最后一排自己的座位上，拿出纸巾开始擦桌子。

“明哥！”数学课代表是个蘑菇头，惊讶半天终于回过神，“你……你怎么来了？”

“学习。”明恕扔掉用脏的纸，又拿出一张，“和你一样。”

在座的都是理科（12）班的勤奋选手，但明恕不一样，高中三年，他这名字就没和勤奋沾过边儿。

蘑菇头和斜前方的招风耳面面相觑，又问：“你也学习啊？”

明恕“啧”了声：“我还不能学习了？”

“没有没有，明哥你当然能学习！”蘑菇头说，“我就是好奇……”

“写你的题去。”明恕心情还是不怎么好，不太想说话，“马上高三了，多花点心思在学习上。”

莫名其妙被他们班的大哥教训一顿，蘑菇头愣头愣脑地转回去，还真算起题来了。

别的学生也没好奇多久，说了一会儿小话，教室又安静下来。

明恕打架虽然厉害，有时还爱冷脸，气场两米八，但不是那种动不动就拿气势去压同学的人，他们班好学生、坏学生都跟他关系不错，女生还说他笑起来可爱。

收拾完桌子，明恕把书本拿出来，一本本放好，想了一会儿，决定从物理开始。

这些书都是他上午去书店买的，他基础一般，智力不低，每次考试的分数取决于他考前努没努力。

题海战术对他这种人最管用了，几十套题刷下来，马上在考试里见成效。

下午热，窗外的蝉叽叽喳喳，明恕起初觉得烦，后来做题投入进去了，就听不到蝉鸣了。

五点多的时候，他对着答案改完错题，丢下笔伸了个懒腰，发现蘑菇头一群人又在向他行注目礼。

他笑骂了声：“看啥？”

“明哥你到底咋了？”蘑菇头说，“你是不是遇到啥事儿了？”

那小眼神还挺关切的。明恕打架时凶，但对别人的好意特别敏感，谁一对他好，他就心软，重话都说不了一句。

“没事儿，就觉得基础没打好，想努力一把。你们想考重点，我也想考个好学校。”

他这话说得真诚，不像之前那样吊儿郎当的。

蘑菇头马上感动了：“那你要是有不懂的地方，随时来问我啊！我其他科目不行，但我数学好，保证给你讲明白！”

明恕笑道：“谢了。”

晚上大家一块儿吃了个饭，又回教室来备战。

明恕放空时忽然想起，高一时蘑菇头被其他班的人欺负，他顺手帮了一把。这对他来说不算什么事，但蘑菇头还一直记着。

也不知道是因为做了大半天的题，还是单纯因为这件小事，明恕觉得压在心头的那些烦躁好像散了些。

他还得加快步子往前跑。

一晃就到了八月，高三开学了，明恕给萧遇安打了几个电话都没打通，看来是还在任务中。

他别的做不了，只盼着在自己能够独当一面之前，萧遇安能够平平安安。

而现在，他首先得考上公安大学，踩在萧遇安的脚印上。

有一件事在他这儿毋庸置疑，那就是萧遇安始终在他前面，他走的路和萧遇安是一条路。

萧遇安在他能看见，能追逐的地方，跑不了。

他怕什么。

5

八月底，高三来了个摸底考，然后就是家长会。这次的家长会和以前不一样，相当于一个动员会。

明恕犹豫了半天，才给明豪锋打电话。

小学时，明豪锋和温玥都不来参加家长会。但到了高中，他们俩关系缓和，还双双搬了回来，现在住在一块儿，就没缺席过家长会。

但明恕不太希望他们来开家长会。

明豪锋问了时间，说一定会去。

明恕倒是无所谓。

家长会那天，明豪锋果然来了。班主任专门夸奖了明恕，说摸底考进步很大，整个八月都很有冲劲，后面还有一场硬仗，要坚持。

明恕没去教学楼，也没回家，一个人去高三的副楼自习去了。家长会后明豪锋给他打电话，说有事想跟他聊聊。

他去了。

父子俩一块儿在校园里走，明豪锋心情不错，问了些学习上的事，明恕冷淡地一问一答。

走到喷泉附近时，明豪锋忽然停下脚步，语气颇为认真："我和你妈商量过了，想让你学商。以前你小，不愿意出国，现在也这么大了，应该明白去外面深造的好处。但你如果还是不想出去，我们也不逼你。你就考个管理专业，先读两年，等想出去了，我们再计划。"

喷泉很吵，哗啦啦的，明恕转过身，眉头紧皱。

他的五官已经隐隐有了锋利的意思，但到底还是少年，有少年的纤弱，不过他的眼神已经变得锐利，不躲也不闪："我读什么，将来做什么，由我自己决定。"

明豪锋脾气不像以前那么暴躁了，但还是很难接受独生子的冷漠反抗，闻言板起脸："我们已经给你铺好了路！"

明恕冷笑一声："你就那么自信，觉得我稀罕你们铺的路？"

明豪锋显然对此有所准备，强压住火气："我不想和你吵。为人父母，总不可能害自己的孩子。你也该懂事了，老师说你最近学习很努力，明年想考个好成绩。你回去静下来好好想一想吧，我为你做的选择是最好的选择，你会明白的。"

明恕说："不必了。"

明豪锋说："不必？"

"我的意思是，我不必再考虑。"明恕轻蔑地哼了声，"我的前途我早就规划好了，用不着你们来横插一脚，你们也插不上。我不念什么经管，我要像我哥一样，去公安大学。"

6

这几年里，明豪锋最不愿意听明恕提及萧遇安。

他无法否认萧遇安的优秀——高分考入公安大学，进入特殊培养梯队，大二就开始跟随前辈执行任务，毕业即进入公安部。

但明恕对萧遇安，以及萧遇安背后萧家的依赖，令他感到不悦。

明恕上高中之后，他与温玥反思过以前对明恕做的事，知道自己不是合格的父母。萧家代替他们，给予了明恕幼年时最需要的关爱。

一方面他感激萧家，一方面又意难平，这种感觉每每在明恕说到“哥哥”时攀上顶峰。

那种感觉，就像是自家的血脉被别家夺走了。

他已经尽力去理解明恕，尝试补偿，但是明恕不领情，还老是用萧遇安来给他添堵。

“去什么公安大学？”气头上，明豪锋脱口而出，“路我已经给你铺好了，别的你想都别想！”

明恕睨眼看着面前这个极少露出笑容的男人。

小时候，他害怕他。长大了些，他又恨他。

到了现在，害怕消失了，恨也很淡了。

他都懒得和明豪锋吵，只冷笑了声：“我不仅要想，我还要做。而且我已经在做了。”

“你！”

“老师不是给你看过我的成绩单了吗？我进步了一百多名。你以为我废寝忘食是为了出国留学？”明恕嘴角带着一丝笑，一字一字，“我是为了追赶萧遇安，成为像他那样的警察！”

说完这话，明恕看了看明豪锋铁青的脸，不耐烦地扬了下手：“我上自习去了。”

温玥在家里准备了菜，门口传来动静时，笑着上前迎接，可回来的却只有明豪锋一人。

她脸上的笑马上就淡了。

晚餐味同嚼蜡，温玥听完明豪锋的话，沉默了很久：“下次再好好和他谈谈吧。他现在大了，也该知道我们是为了他好。”

“什么都跟着萧家那小子学，也不知道萧遇安给他灌了什么迷魂汤！”明豪锋仍是愤愤不平，“不行，绝对不能让他当警察。我们明家的孩子，凭什么走萧家的路？”

国庆过了没多久，明恕的十八岁生日就到了。这天他手机铃声就没停过，不断有人跟他说生日快乐。温玥也打来电话，说在一家高档餐厅订了座，下午放学后直接过去就行。

他倒不是刻意想让温玥难堪，只是明哥人缘太好，跟杜皓他们早就约好了，就在一中对面的烤肉店，来回不费时间，吃完了接着回去上晚自习。

“那你……”温玥试探道，“周末我们再约吧。”

明恕说：“算了吧，我们周末只放半天，我想睡个觉。”

高三最重要的无外乎学习和休息，温玥不好再说什么了，但挂断前忽然道：“你最近和萧遇安有联系吗？”

明恕皱眉，语气马上冷下来：“有什么事吗？”

他不想和温玥讨论萧遇安。温玥和明豪锋忌惮谁、厌恶谁，他心里门儿清。

“没什么。”温玥讪讪的，“那你好好和同学过……”

明恕没听完温玥后面的话，就把手机拿开了。但他也没有马上挂断，直到那边挂了，他才将手机收起来。

杜皓以前说过他：“是我我直接就把电话给挂了，留什么面子？”

他有时也不知道自己这点儿温柔是怎么回事，礼节性的客气？还是不忍心在这种事上伤害对方？

萧锦程以前老笑他心眼多。

那多就多吧，心眼多有时是会累一点，却也比没心没肺好。

没心没肺那成什么了？

高三生的聚会注定不可能太长和太疯，一中晚自习七点开始，明恕等一群人五点多过去，吃到六点五十五，不得不匆匆赶回教室。

烤肉店很吵，明恕都到教室了，才看见手机里有三个未接来电。

萧遇安。

以前他的备注是哥哥，这次回来后，他把哥哥改成了萧遇安。

那仿佛是一种神秘的仪式，他在宣告着自己即将成为和萧遇安并肩而立的人。

铃声响起，几个男生踩着点冲进教室，差点和拿着手机冲出去的明恕撞个满怀。

“明哥，上课了！”

“明哥今儿生日。”

“嗐，明哥才努力两个月，咋又逃晚自习了？”

最后这一句是蘑菇头说的，有点恨铁不成钢。

明恕跑到这层楼的露台上，迎着秋凉的风，脸和心却像火烧一样烫。

他其实从昨天开始就在等这通电话了。

他紧紧抓着手机，焦急地听着里面传来的机械音，心“怦怦”跳快。

这声音他太熟悉了，萧遇安的手机经常打不通，很多时候他明知萧遇安在执行任务，手机不在身边，还是忍不住拨过去。

等待的时间并不长，但他太紧张又太期待，以至于觉得长到即将自动挂断。

“喂——”一声低沉的、熟悉的男声传来，像带着电流。

“哥！”他语速快到滑稽的地步，“我刚才和杜皓他们在吃烤肉，没听见。”

萧遇安笑了笑：“猜到了，一中对面那家？”

“嗯。”明恕兴奋道，“哥，你是不是有事？怎么才接？”

萧遇安略有不解：“一响我就接了，最多耽误了两声。”

明恕这才意识到，是自己的感知出现了偏差。从他拨过去，到萧遇安接起来，根本没有他以为的那么久。

他抓住被风吹得发凉的栏杆，甚至想将脸也贴上去。心里憋着的一股劲儿连同紧张一起消退，他再开口时，语气也弱了几分：“哥……”

“生日快乐。”萧遇安说，“十八岁了。”

明恕勾着唇：“谢谢哥。”

“给你寄了份礼物，今天应该送到家里了。”萧遇安说，“下了晚自习去看看喜不喜欢。”

每年生日，明恕都会收到萧遇安的礼物。但这次不一样，十八岁是一个特殊的象征。

“是什么？”明恕兴奋地问。

“看了就知道了。”萧遇安说，“今晚在外面玩儿？”

“没有！”高三生怎么能动不动就玩呢？明恕马上说，“我们吃完烤肉就回来了，一分钟都没耽误。”

萧遇安说："真的一分钟都没耽误？"

明恕"啊"了声，他何止耽误了一分钟，这都打上课铃多久了！

"回教室去吧。"萧遇安又道，"这一分钟挺长的。"

明恕情绪有些翻涌，一个没按捺住，就说："哥，我已经决定了。我明年要考你的大学，你在哪儿我就在哪儿，你执行什么任务我就执行什么任务。你别劝我，我不听劝的！"

萧遇安的呼吸声传来，似乎想说什么。

明恕不让他说，又加快了语速："哥，你就当这是我的生日愿望吧，不兴在许愿时泼冷水的啊。我说完了，我回去上自习去了，哥，再见！"

最后一个音节落下，明恕慌忙把电话挂了，生怕萧遇安泼他冷水。

温玥的电话没挂，倒是把萧遇安的电话给挂了。他背对着蓝紫色的晚霞，用力往肺里吸了口气，然后朝教室跑去。

礼物是一套定制西装，贴合身体的线条。

明恕在镜子前照了很久，然后蹩脚地行了一个绅士礼。

暑假在首都时，他非要穿萧遇安的西装。但他比萧遇安矮一些，身板也不如成年男性，撑不起来。

萧遇安就带他去定制铺子量了尺寸，只是后来发生的事让他把西装都给忘了。

但萧遇安没忘。

7

明恕没跟任何人说自己有西装了，自个儿美完了就换下来，规规矩矩挂在衣柜里，然后心平气和地写了三个小时作业。

深夜，窗外万籁俱寂，他桌前的光映着路灯的光，像在深棕色的瞳孔里点了一盏星星灯。

写到最后一道题时，明恕抬起头，看着窗玻璃上自己的影子，忽然觉得有些不可思议。

他没想到自己能这么平静。

今天是他十八岁的生日，他收到了萧遇安送的成年礼——一套西装。

他在心里给礼物分了类，过去的生日礼物是哥哥送的，十八岁的生日礼物是萧遇安送的。

片刻，他双手捂住眼睛，没笑出声，肩膀却抖了起来。

萧遇安，是你鼓励我的。

那我就来了。你等我先考上你的大学。

你给我等着！

他这么想。

高三上学期的期末考试，在一中又被叫做一摸，下学期三月和五月，还有二摸和三摸。

一摸最后一门考完，蘑菇头就冲过来找明恕对答案，忧心忡忡："明哥，你发挥得咋样？"

这半学期明恕和蘑菇头他们老在一起上自习，数学和物理分数次次都在往上涨。蘑菇头高兴归高兴，但一摸和之前的月考到底不一样，考的是综合，题也更难，月考考得好，一摸不一定也能考好。

"还行吧。"明恕拿着笔袋，不慌不忙瞥了蘑菇头一眼，"你考得不行？脸都皱成抹布了。"

蘑菇头叹了口气："我这不担心你吗？来对个答案，哪儿做错了我提前给你分析一下，你心里也好有底。"

明恕乐了。

他心里其实挺有底的，能做的都做上了，那些实在做不出来的本来就在他能力之外，寒假再加把劲，二摸时可能就没问题了。

除了语文，其他几门他估都能把分数估出来。

估分这事，是他以前跟萧遇安学的。

萧遇安上高中时，他还是个小学生，觉得哥哥怎么这么厉害，考试一结束就知道大致多少分。

"哥哥，你很神奇。"他那时带着一种很自豪的语气说。

"这有什么。"萧遇安就笑，"等你上了高中，你也会。"

几天后，分数出来，蘑菇头看完自己的又看明恕的，惊讶道："和你估的差不多！"

"说了我有分寸。"明恕笑笑，往蘑菇头肩上一拍，"谢了啊，上学期给我讲这么多题。"

蘑菇头不经夸，马上害羞起来："都是同学，没事儿！"

春节萧遇安和萧牧庭都没回来，据说甚至不在国内，萧家没人能联系到他们。

明恕知道萧遇安是执行任务去了，除夕都过得提心吊胆。他现在没什么怕的，就担心萧遇安的安全。可他也明白那是萧遇安自己选择的路，并且他也会追到那条路上去。

下学期快开学时，萧遇安回了国，给家里打了电话报平安。明恕把心放回去，开始最后四个月的冲刺。

高三生有些神秘的仪式，在课桌或者墙上贴标语。

蘑菇头写的是"我相信我，我最行"，杜皓写的是"我愿用我帅气的脸换帅气的高考分"。

明恕桌上贴着一张纸，言简意赅——"等着我"。

"你这啥意思？"可能太赅了，杜皓看不懂，"谁等着你？"

明恕充耳不闻，在草稿纸上疾笔演算。

杜皓想了一会儿，自己觉得想明白了："大学等着你啊？你还真够隐晦的。"

燥热的夏天终于到了，高三年级开了最后一次家长会，明恕的座位上坐着明豪锋。

三摸已经结束，明恕整个高三的成绩一直在稳步上升，明豪锋手里拿着老师发下来的成绩单和初步志愿——一中每年都会搞一次志愿模拟填报，学生先填，然后老师根据成绩提出建议。

明恕用极其嚣张的字迹写着，公安大学。

明豪锋眉头深拧，手指将纸捏出折痕。

家长会结束之后，老师和家长们一对一交流。

明豪锋找到班主任，班主任欣慰道："明恕这大半年特别努力，他这志愿填报也没有问题。我和他聊过，他的目标就是成为警察，而且他的分数也够得上。"

明豪锋道："请您建议明恕修改志愿，他不去公安大学。"

班主任愣住了："您的意思是？"

"我和他母亲已经给他计划好了将来的路，我们希望他学商学管理。您是他的老师，他会听您的话。”

“这……”班主任思索了一会儿，“填志愿的事，我会和明恕再讨论一下。但您也应该多听听明恕的想法。在您眼中他还是个孩子，但其实他已经有判断力，也认真思考过自己的人生。”

明恕上高中之后，每次家长会，明豪锋或者温玥都会来。班主任不像明恕小学的老师那样清楚明家的问题，但仅仅是从明豪锋这寥寥几句听来，她就已经发现了明恕和父母不睦。

“我会的。”明豪锋语气有些冷硬，“我们当父母的，总不会害他。”

“明哥，镜姐叫你干啥？”看明恕从班主任办公室出来，杜皓赶紧凑上去。

明恕笑了声：“没什么，问志愿的事。”

杜皓奇怪：“上次不是问过了吗？是不是你家……”

明恕叹了口气，目光沉沉看向杜皓。

他这发小吧，有时是个铁憨憨，有时又冰雪聪明得过分。估计从他被班主任叫走，就猜到是什么事。

但杜皓着急，他反倒轻松了。

去年开学那会儿，他就跟明豪锋掰扯过一回志愿的事。他亮明了态度，明豪锋不接受，不欢而散。

后来没人再提这件事，连春节吃团圆饭也都没说。

但将来做什么，考哪所大学，是必然要面对的问题。现在明豪锋让班主任来做他的工作，那就是又把这件事摆到台面上来了。

那行，大家也都别闷着了。

班主任虽然答应了明豪锋，却并没有一味地劝说他：“父母和老师的话你都可以听，但人生是你自己的，我给你足够多的信息，就业前途、理想都给你分析透了，剩下的由你自己去判断。明恕，镜姐相信你有判断能力。”

明恕离开时向班主任鞠了个躬，从容地道：“镜姐，您放心。”

杜皓可劲儿在一旁焦虑：“你想报公安大学，可他们要送你出国，那怎么办啊？”

“你瞎操心什么？”明恕在杜皓脑门儿上戳了下，“走了。”

“去哪儿？”杜皓摸着额头，“你是我兄弟，我能不操心吗？”

明恕单肩挂着书包：“回去，解决事儿。”

杜皓愣住了：“你要去和你爸妈谈判啊？”

明恕先“嗯”了声，又摇头：“你语文怎么学的？谈判是有商量的余地，我今儿是回去告知他们。告知，懂？”

杜皓：“……”

操，你可真酷！

明恕不爱搞突然袭击，提前给温玥打了电话。温玥很高兴，问他想吃什么。

“我不吃饭。”他说，“我就回来说说志愿的事。”

一楼客厅开着亮堂的灯，明恕和明豪锋、温玥对坐在饭桌两侧。

后来过了很多年，他还记得当时的情形。

他很平静，也很从容地对他们说——

“我不会按你们设计好的路走，我要考公安大学，将来成为警察。

“我要追随萧遇安的每一步，因为他优秀，他是我想要成为的人。”

温玥在一段并不漫长却令人窒息的沉默后发出一声尖叫，失态地向明恕扑了过去。

但明恕早已不是随随便便就会被扇耳光的小孩儿。现在别说是温玥，就是明豪锋，也无法轻易对他动手了。

他看着温玥扑过来，敏捷地一退，迅速抬手，抓住温玥的两只手腕，看向温玥的目光冷淡，却带着一丝怜悯。

温玥哭着喊道：“你不能和萧家那些人一样！你是我的孩子，你要继承我们温、明两家，你不能有一点危险！”

“我是你的孩子？”童年时的经历涌上脑海，明恕仍旧牢牢控制着温玥，言语间抬头瞥向一旁震惊的明豪锋，“那为什么我在萧家长大？我被请家长的时候，被同学欺负的时候，你们又在哪里？我要报考公安大学这件事，不管你们接不接受。我不是来询问你们接不接受的。”

明豪锋喝道：“你知道你在说什么吗？”

明恕轻嗤：“你想威胁我什么？”

他太清楚自己这对父母可能对自己做出什么事来了。

小时候，他已经经历过。那时他绝望而无助，只能盼着哥哥来救自己。可哥哥也是个未成年人，哥哥的肩膀还没有到他能够依靠的地步。

但现在他已经长大了，他十八岁了，是个成年人了。

他比他哭泣的母亲、盛怒的父亲都更高，他心里燃着一团咆哮的火，它将他的顾虑、不安烧成灰烬，留下的是一颗闪烁的、坚硬的宝石。

萧锦程念初中时总是念那些酸不溜秋的诗，什么“向往可以让人勇敢”“理想无所不能”。他听不懂，酸得直掉鸡皮疙瘩。

现在他懂了，对想要的人生的向往确实可以让人无畏。

明豪锋面色铁青，额角青筋都暴了出来：“你想清楚你正在跟谁说话！想清楚你在说什么！”

明恕半步不退让，甚至还扬了扬下巴：“该头脑清醒的人是你，你又在计划把我关起来，然后直接将我送去国外，是吗？”

被说中了心中所想，明豪锋脸色更加难看：“既然知道，你还敢和我犟？”

“你无权对我做这种事。”明恕笑了声，“我知道你本事不小，但我也有准备。今天如果我没能回学校，萧遇安和萧锦程马上就会知道。萧锦程虽然还没毕业，但已经开始执行任务。萧遇安……萧遇安就更不用说了吧？囚禁一个成年人犯法，你、你们……”

说着，明恕又扫了温玥一眼：“可别知法犯法。”

温玥已经被松开了，跌坐在靠椅上，双眼空洞地看着明恕。

她的孩子，是有备而来！他再也不是那个被她丢进寄宿小学的男孩，也不是被明豪锋关在房间里的男孩。

他一直都在反抗，只是过去的反抗没有太大的力量，现在的反抗，却已经有了成年男人的魄力。

“小……小恕。”温玥伸出手，想要拉一拉明恕。

明恕躲开了：“我要说的已经说完。至于你们的意见，我不想听，也不会接受。”

“你现在翅膀硬了是吧？敢这么跟你老子说话了？”明豪锋大步上前，一把抓住明恕的衣领。

温玥再次尖叫，明恕却冷静地看着自己的父亲，缓缓吐出两个字：“放开。”

明豪锋当然不会放。

明恕扣住他的手，因为用力，手背和手腕上骨骼突起。

两人沉默地角力，一旁是温玥的抽泣声。

明豪锋的力气很大，明恕最后挣脱开来时，双手已经麻了，领口也被扯出一道口子。

“话我已经说完。”他拿起丢在椅子上的书包，甩在右肩上，“走了。”

“站住！”明豪锋说，“你今天从这个家走出去，就别想再回来！”

温玥痛苦地摇着头：“不！”

明恕觉得自己听到了一个笑话，侧着脸道：“你以为我想回来吗？哪一次不是你们叫我回来？”

“既然你提到这事儿，那我就一次性说明白，省得下回又来掰扯。”明恕手压着眉心，刻意将脸上那些属于少年的羸弱抹干净，“你们如果接受我考公安大学，那我们还可以维持家庭关系——就跟过去这几年一样。如果你们非要反对，那从今天起，我不再承认你们是我的父母。”

温玥双手捂嘴，明豪锋惊愕地瞪大眼。

“作为你们婚姻的附属品，我早就累了。”明恕的目光冷下来，“你们心里清楚，你们配不配为人父母。”

说完，明恕不再逗留，摔门而去。

杜皓守在明家附近的咖啡馆，死死抓着手机，上面全是汗。一看明恕出来了，竟放松得翻了个白眼。

明恕无语：“帅哥，注意一下表情行吗？”

杜皓连忙说：“我这不是紧张吗？我怕他们真给你关起来，你再不出来，我就得给锦程哥打电话了！”

“行了。”明恕要了杯薄荷奶油冰沙，一口气喝下大半，“没事儿，我能解决。”

杜皓还是忧心忡忡的：“他们这是被你打了个措手不及，这事儿肯定还没完。等明豪锋反应过来了，有你的罪受。”

“我不怕。”明恕伸了伸长腿，“总要迈出这一步，我不能一直缩着。”

咖啡馆的卡座有点窄，明恕一伸腿，就踩到了杜皓的白鞋。

杜皓赶紧拍拍：“不能缩你就来祸祸我啊？”

明恕盯着他，“扑哧”一声笑了，站起来在人头上揉了几下，弄得杜皓直叫唤。

“最近还是得辛苦你，如果发现我突然不见了，及时联系我哥和萧锦程。”

“放心，兄弟一直都在。”

明恕和明家的关系就像一条绷到极致，马上就要断裂的弦。但在高考结束之前，明豪锋和温玥都没再做什么。

明恕在高考前一天接到萧遇安的电话。

“我准备好了。”明恕紧张归紧张，但一点儿不想在萧遇安跟前露怯，“哥，我如果拿到录取通知书了，能去找你吗？”

萧遇安打这通电话就是为了鼓励明恕，话都拣好听的说。高考是件大事，他这当家长的也是操心，不能回去陪着，心悬得更厉害。

“拿没拿到通知书都可以来找我。”萧遇安温声道，“放平心态，提前把笔、准考证都准备好。”

明恕佯装淡定：“那一定得拿到通知书。哥，我先复习了啊，你再祝福我一句吧。”

萧遇安顺着毛捋：“祝我们明哥考出好成绩。”

明恕说：“不是这句，哥，你得说——祝明恕考上公安大学。”

“祝我们明哥考上公安大学。”

“好勒！”明恕满意地笑起来，“那我……我复习去了，等我的好消息。”

烈日下的征战，以不眠的狂欢夜告终。

成绩放榜，明恕松了口气。高三这一年，他一次都没有退步过，最终分数已经够他填报公安大学了。

不过一直未降下来的暴风雨终于在此刻落在明家。

明豪锋态度强硬，绝不允许明恕报考公安大学。他和温玥已经给明恕决定好了人生，半个月之后，明恕就将被送去国外。

明恕站得如同一棵松柏：“你认为你真能把我送出去？”

明豪锋反唇相讥：“你那些小伎俩还奈何不了我！我管教自己儿子，萧遇安没有资格过问！”

“我已经不是你的儿子了。”明恕神情冷漠，“你们也不再是我父母。”

“少拿断绝关系来威胁我！”明豪锋喝道，“随你认不认我，你不可能去公安大学，更不可能当警察，你想都别想！”

明恕说：“那你就等着，萧遇安和萧锦程马上就会知道你们囚禁了我。”

“知道又怎样！这是我明家的家事！”

“够了！”一直没说话的明瀚忽然一杵拐杖，“家事闹得尽人皆知，还要萧家掺和进来，你们也不嫌丢人！”

明恕看向风烛残年的老人，忽然有种预感，爷爷这次会站在自己这边。

明瀚是个极其固执刻板的老头，几乎不笑，对小辈非常严厉。但明恕不得不承认，是爷爷将自己带大，六年前他从外地跑回来，明豪锋和温玥还打算将他送出国，也是爷爷出面阻止了。

爷爷和他没有太多感情，但养育本身就是一种牵绊。

明豪锋说：“爸，您什么意思？”

明瀚睁着混浊的眼：“他成年了，让他去做他决定好的事。”

老爷子发话了，明豪锋一时间也只能收敛脾气。

明瀚又转向明恕，语气仍是不悦且厌烦的：“自己家的事，关起门来解决，动不动就找萧家帮忙，我们明家没你这样的孩子。”

两句话，把子辈和孙辈都骂了。明恕愣了一会儿，意识到自己可以从这个家离开了。他们明家的事在明家解决，虽然解决的方式过于粗暴，却也算遂了他的意——他不再是明家的孩子，往后明家谁也别再管他。

凌晨，萧遇安执行完任务，回到所住的小区，想着家里没水喝了，于是上便利店买水。

一个穿着工作服的男生抱着一箱水，不小心撞到了他。视线交汇，他眼中是惊讶，对方眼中却是惊喜。

“哥！”明恕喊道。

第九章
家有土猫

1

从明家离开时，明恕拖着一个半空的行李箱，橘红色，在太阳底下闪闪发亮。

高考本来就是一场断舍离，十八岁以前的行囊多数被他抛下了，而那些珍贵的、承载着他成长经历的东西，不少都放在萧家，好端端地摆在萧遇安的卧室里。

他拉着那个行李箱，“哐当”“哐当”，迈入萧家的院子。萧争云白发苍苍，脚步已经不像当年那样矫健了。

“爷爷。”明恕轻轻唤了声。

萧老爷子拄着拐杖走过来，仰头端详他——他早已是一米八几的青年，而萧争云缩了筋，只有抬头才能与他对视。

片刻后，萧争云叹了口气，在他手臂上拍拍：“进屋去吧，那儿是你家，爷爷这儿也是你的家。”

明恕点点头，头低下去就没再抬起来。

因为他眼眶红了。

和明豪锋决裂时，他眼眶没红；被怒斥“滚”时，他眼眶也没红。

但是在萧争云面前，他眼睛开始发烫。

其实他一点儿也不难过。他等这一天很多年了。萧争云说那边是他的家，其实不是。他固执地觉得，只有像萧家这样温暖的、令人有归属感的地方才是家。

他处处拿萧家作为参照物，明家就当不成家。

现在他被明豪锋赶了出来，挺好，他再也不用充当一场失败婚姻的附属品了。

萧争云做了粉蒸排骨和凉拌鸡，是他爱吃的。他吃完涮洗了碗筷，昏睡一场后，就开始收拾行李。

现在离开学还早，录取通知书都还没有下来。他填了公安大学，通知书的地址写的是萧遇安家。

他买了后天出发的火车票，钱是跟杜皓借的，说好暑假打工还。

杜皓哭着捶他一拳，说他敢还钱，就跟他绝交，还非要他把火车票退了，买更贵的机票。他没答应。

出发前，他给萧遇安打了几个电话，但没打通。

萧遇安不知在哪里执行任务，归期不定。

可他奔赴前程的日子已定。

“要不再等等？”杜皓唠叨起来像个婆婆，“你现在去了也没用啊。万一遇安哥十天半个月也不回来，你睡大街啊？”

明恕说：“没睡过，体验一次也成。”

杜皓皱着眉：“没你这么瞎体验的！”

“皓皓，你就别操心了。”明恕笑着瞥自己的发小，“我去年不是过去住过一段时间吗？那周围我都熟，找个网吧、餐馆打工，包吃住的那种，怎么着都能凑合，几百块路费我过不了多久就能还给你。”

“我呸！”杜皓恶狠狠的，“你再给我提路费！”

明恕笑笑，火车站人多，还杂，大喇叭不断播着到站、晚点、检票之类的信息，还有十分钟，他那趟列车就要检票了。

“回去吧。”明恕收起脸上时常挂着的散漫，“我要追梦去了。是兄弟就别担心。”

“追吧追吧。”杜皓其实挺舍不得明恕的，他们俩可是小学一年级第一场架的交情，但好哥们儿奔着理想去了，他怎么也得配合着豪情万丈，给明恕打足气，“别管你家里怎么说，你兄弟我永远支持你！”

车轮撞击着铁轨，火车从站里驶出，轰隆向前。

明恕看着倒退的城市和天际线，轻轻按了按酸胀的眼眶。

萧遇安果真不在家，明恕早有准备，在附近的宾馆开了间房，行李放进去，吃了碗炒饭，马上就开始找工作。

他这个年纪想找份零工很容易，他还有外表的优势。火车中午到站，他当天晚上就搞定了工作——在一家24小时便利店当店员。

便利店有休息室，平时也没人住，他跟店长一商量，店长索性让他上夜班，休息室暂时给他睡。

刚成年的男生，精力使不完，一天工作下来也不觉得累，还想再找份工作。

恰巧对街的奶茶店缺人，明恕跑去试了试，又给聘上了。

萧遇安回来的这天，他已经在便利店干了十六天，在奶茶店干了九天。

前阵子，录取通知书他都收到了。

萧遇安风尘仆仆，眉心微拧，打量了他片刻："你怎么在这儿？"

明恕连忙将水放下："我被录取了，未来四年我都会在这儿。"

说完他往休息室跑去，拿出锁在柜子里的通知书，得意地扬了扬，那份等待夸奖的情绪明晃晃地摆在脸上。

此时便利店没有别的客人，萧遇安接过通知书，看看又还给明恕："哪天来的？"

明恕说："半个多月了。"

萧遇安说："怎么不提前联系我？"

"联系了啊，但联系不上。"明恕边说边观察萧遇安。这是才执行完任务的哥哥，他熟悉的温和劲儿还没上来，有种面对犯罪分子时的冷漠与压迫。

是不一样的哥哥。

这也是他成年后第一次和萧遇安面对面，他长大了，是个男人了。萧遇安不能再拿他当小孩儿。

萧遇安问那个问题，是觉得明恕如果知道他不在，就不该来。但是明恕的回答和眼里闪着的雀跃已经说明一切——我偏要来，你在不在我都要来。

"你住哪儿？"萧遇安说着朝休息室的方向看了看，"就那儿？"

明恕说："对啊，店长看我没钱，单独给我的福利。"

"去收拾一下。"萧遇安说什么都不能让明恕一个人在外面住，成什么样子，“下了班跟我回去。”

这会儿大半夜的，离下班还有几个小时。明恕心里美得很，当然想马上就跟萧遇安回家，但换班的同事没来，他就不能走。

有工作就是社会人了，社会人得有责任心。

“我六点换班。”明恕说，“哥，那你先回去吧，等我换了班自己回去。”

萧遇安看一眼时间，考虑了一会儿：“煮面会吗？”

明恕说：“你要在这儿吃？”

“回去懒得弄。”萧遇安说，“你会不会？”

便利店有关东煮，有各种肉串和包子，也有现点现煮的面。

萧遇安不爱吃别的，只想填个肚子。

明恕马上说：“哥，你小看我啊，我都在这儿工作半个月了，他们都夸我煮面好吃。”

萧遇安笑笑，从货架上拿了瓶无糖茶：“一起算。”

明恕扫了货码，却不要萧遇安的钱：“哥，我请你。”

萧遇安也不跟他争，到窗边那排座位边坐下。

他知道明恕一定会来找他，但没想到明恕把工作都找好了。

看明恕意气风发的，他也为明恕高兴。

明家一定希望明恕从商，路说不定早就铺好了。明恕填报了公安大学，在明家必然经历过一场“战争”。

明恕像个斗胜的将军。

“哥，来了！”明恕将托盘放在桌上，满眼期待，“尝尝好吃吗？我自作主张，加了五串关东煮。”

萧遇安搅着面：“吃公粮？”

明恕说：“那哪能！我付钱了！”

便利店里的面都是严格按计量单配比，煮的时间也有规定，难吃不到哪里去，不过也不可能特别好吃。

萧遇安吃，明恕就在对面看。

吃完收拾完，离换班时间还剩一个多小时。

萧遇安没回去，就在店里等着。

反正也没客人，明恕回休息室收拾行李。箱子大敞着，里面除了衣服、证件、充电器之类的必需品，还有一些不那么必需的东西。

早就戴不了的薄荷色手串、上初中时收到的手表，还有十八岁的生日礼物。

萧遇安站在门口，明恕背对着他蹲在地上。

萧遇安说："你把它们都搬过来了。"

明恕肩膀僵了下，转过头来，望着萧遇安。片刻后，他右手抓住了萧遇安的裤子。

"哥，我和他们断绝关系了。

"我没别的地方去，来投靠你，你收留我吗？"

2

六点刚换过班，路上就有老人家出来晨练了。

明恕跟在萧遇安后面，行李箱的轮子在不平的地面拖出"哐哐"的声响。

萧遇安也有行李，他们一前一后走着，从热气蒸腾的早餐摊经过，绕过打太极的大爷，走向那一栋栋外表安静，内里却千姿百态的楼房。

明恕压住嘴角，不让它得意地扬起来。

但他眼里的光遮不住，比那刚从城市的天际线跃起的太阳还璀璨。

不过是长了一岁，心境就彻底不一样了。

去年他从这儿离开，还委屈、担忧。现在故地重回，那种惆怅劲儿一扫而空。

他长大了，出息了，虽然成绩没萧遇安当年好，却也收到录取通知书了。

刑事侦查专业，多响亮的名字。

考上大学对他来说是个里程碑，意义不仅仅在于开始新的人生，也在于完全从明家脱离了出来。

少年的意气风发全在他眼睛里，即便拖着行李，走路也能带起风。

萧遇安察觉到身后那点儿不安分，驻足转身，明恕脸上的嘚瑟都来不及收。

萧遇安皱了皱眉："又在琢磨什么？"

明恕眼珠子一转，瞥见旁边的松针包子铺："哥，我们吃了早饭再回去吧。”

萧遇安半夜吃过一碗面，这时可吃可不吃。但明恕这年纪，不至于一顿吃一头牛吧，两笼包子还是没问题的。

“嗯。”萧遇安答应了。

明恕天天早上在这儿解决早餐，和老板娘都混熟了，一去就说：“陈姐，鲜肉、南瓜粥、咸鸭蛋！”

说完他又跟萧遇安说：“哥，我请你，别跟我抢啊……哎，哥，你干吗盯着我看啊？”

在萧遇安眼里，明恕这劲劲儿的样子有些好笑。

大约刚离开高中校园的男生都这样，拼命想在年长的人面前表现得成熟、体面，但往往把握不好度，一不小心就用力过猛了。

再说了，这年纪的男生能成熟到哪里去？

明恕还不知道呢，老板娘一把包子和粥端上来，他就又卖力起来。哥你吃这个，哥你吃那个，活像他才是这儿的主人。

萧遇安没拆穿他，心说他就像只花孔雀。

明恕说话也不耽误吃饭，萧遇安有那一碗面打底，没吃多少，明恕把剩下的全吃完了，麻溜地给钱。

老板娘笑道：“你们俩原来是兄弟啊。”

明恕“对啊”都说出来了，又改口：“也不是，我们是邻居，发小！”

“你这孩子。”老板娘说，“我都听你叫哥了，还害羞呢？”

屋里挺久没住过人了，萧遇安打开窗户通风。

明恕走在路上威风八面的，这会儿真进了屋，那点忐忑就冒出来了，蹲在地上换了半天鞋。直到萧遇安来叫了，他才磨磨蹭蹭站起来。

两人都是一宿没睡，萧遇安让明恕先去洗澡，明恕要“谦让”。萧遇安就不管他了，自己先去了卫生间。

明恕站在客厅中央，深吸一口气，还捏了一下拳头：“我‘明汉三’又回来了！”

他心里想，长大意味着独立，意味着他不能像个小孩子似的心安理得赖在这里。可他确实需要一个住处，他得让萧遇安看到他的“价值”。

萧遇安洗完澡出来，见明恕正拿着块布擦桌子，而卧室的床上已经铺好了干净的寝具。

明恕说："哥，你累了就去睡，我做做清洁。你不会马上回队里吧？中午我们正点吃还是睡醒了再吃？"

萧遇安看着那块布："你哪儿拿的？"

明恕说："阳台上取的。"

萧遇安说："那是我擦头发的毛巾。"

明恕惊讶："啊？"

萧遇安无语，但语气里没有责备的意思，和以前一样带着几分纵容："一来就搞破坏。"

明恕一耸肩膀："那我下午去店里给你买条新的？你现在拿什么擦？我帮你？"

"不用。"萧遇安去卧室衣柜里拿出一条没用过的，又催明恕去洗澡。

明恕洗完后，萧遇安已经躺床上了。萧遇安是寸发，夏天气温高，拿吹风随便吹几下就干了。

"哥。"明恕趴门上，想进去又藏着些循序渐进的心思，找废话说，"你中午想吃啥？我给你买回来。"

早前在便利店，他们已经聊过一回了。萧遇安知道明恕除了便利店的工作，还在附近的奶茶店打工。下午两点去，工作到晚上十点。

等于说明恕只有上午能休息。

"你别忙了，睡觉。"萧遇安说，"午饭不用你操心。"

明恕抓抓头发："那我就去睡了啊。"

明恕甩着两条长腿，倒在沙发上，没一会儿就睡着了。

他这十几天睡得都不太好，便利店的休息室总归不是自己家，他上午在那儿睡觉，就算关着门，也听得见外面的声音。而且偶尔有同事进来换衣服，睡一个觉能醒四五回。也就他年轻，身体好，才扛得住。

现在到了家里，这种感觉就不一样了，即便往地上躺，那也踏实。

睡不着的成了萧遇安。

以前每次执行完任务，萧遇安回来倒头就睡，也不管时间，睡醒了再处理别的事。

这次明恕就在客厅，虽然不声不响的，但存在感极强，让人难以忽视。

这种感觉其实很新奇。

需要他的通常都不是轻松的任务，精神高度紧张，一丝一毫也不能松懈。那种紧张的感觉很磨人，他每次都是在一个不短的睡眠之后，才能彻底缓过来。

但家里忽然有了另一个人，还是自己能够信任的弟弟、家人，他能够察觉到，任务的“后遗症”正在悄然淡去。

明恕的存在，竟然就跟睡眠一样将他从负面情绪中缓缓拽了出来。

他有个关系要好的队友，叫易卓，家里养了三只猫，一出任务，队里闲着的人就得上门帮着照顾猫去。他都去给猫铲了几回屎了。

易卓说，猫就是他易某人的祖宗，执行完任务第一件事就是回家吸猫，情绪再不对，也能被猫安抚好。

易卓还建议他也养一只，但他没那闲工夫。

“唉，你这是没体会到养猫的好处。那是个活物啊。”易卓说，“想想你一回家，累都不是重点，关键是神经绷着，家里冷冷清清，啥人气儿都没有，你怎么调节啊？睡觉算一个，但你起码得睡七八个小时才好吧？那如果一开门，猫冲你喵喵，要给撸毛，黏死你，那种感觉，真的……嗐，马上就爽了，你得自己试试！”

明恕睡得酣甜，一脚把毯子踹地上去了。

这一声很轻，但萧遇安是狙击手的听力，正好被拉回了思绪。

家里开着空调，不搭毯子的话容易着凉。萧遇安从床上下来，走到沙发边，捡起毯子，轻轻给明恕盖了回去。

明恕无知无觉，睡着了就失去刚才那种装出来的成熟劲儿了，有些乖。

萧遇安看了一会儿，又想起易卓说的话。

他回家没猫冲他喵喵，但有个弟弟冲他喊哥哥。

挺好。

3

“不想上夜班啦？”便利店店长成天笑呵呵的，很好说话，听明恕说想换个班次，马上答应下来，“成，你也上了好一阵夜班了，是得调个班，轮流着来。早上六点这趟你能上吗？”

明恕想的就是六点这趟：“行的廖哥。”

店长见休息室的行李已经拿走了：“崽儿，你哥把你接去他家了？”

明恕眉眼一舒，少年那种带着嚣张的意气风发遮都遮不住：“嗯，他回来了。”

刚到便利店工作时，明恕就把自个儿的情况跟店长说了。店里人都知道他是来找哥的。

店长往他肩膀上拍了下：“那我就放心了。你说你吧，一个人大老远跑来，没个落脚的地方，一直住在休息室也挺憋的。”

便利店排班的事解决了，明恕又琢磨奶茶店的班。

萧遇安没回来之前，他把时间安排得满满当当，一天除了工作就是睡觉，一点儿干别的事的空闲都没有。

现在得变通一下。

他打两份工是因为需要钱，打从走出明家的那一刻起，他就不会再花明家一分钱，今后的一切开销都得由他自己解决。

不过两份整工把他和萧遇安交流的时间都挤占完了，他不乐意。他还想听萧遇安说抓犯罪分子的事。

好在奶茶店不仅请固定工，还请小时工。明恕和店长厘姐一商量，给自己换成了小时工，上下午两点半到七点半这五小时班。

厘姐说：“上一个跟我换小时工的小卫是忙着追女朋友，你是想干吗？”

明恕笑道：“就挺累，有点儿吃不消了。”他个头高，入夏后居然又蹿了一截，穿一身整洁轻薄的白色运动服手叉腰站着，仿佛整个人都在发光。

每天从早上六点工作到晚上七点半，明恕只花几天就适应好了。

于是萧遇安晚上八点来钟从队里出来时，就瞧见霓虹闪烁的夜色里，一个长胳膊长腿，将银灰色运动服的兜帽扯起来罩住脑袋的年轻男人朝自己挥手。

“哥！”明恕另一只手提着奶茶店的包装纸袋，因为周围光影的投射，逐渐成熟的五官和轮廓显得比白天深邃。

萧遇安本来要向露天车位走，此时却停下脚步。

明恕快步走来，声儿听着挺兴奋："我来接你下班。"

萧遇安直视明恕的眼睛。

明恕在他家也住了一周了。他忙，每天披星戴月的。明恕本来夜里要上班，后来把班次给换了，早上走得比他还早。他出来洗漱时，总能看到餐桌上放着便利店的红豆沙面包、巧克力面包，或者保质期仅有三天的八宝粥银耳粥。

他其实不怎么在家里吃早饭，都是到单位上解决。明恕放的这些东西他不爱吃，但总不能扔掉。每每他拿起来，放在包里，就有种被明恕投喂了的感觉。

而他之前还因为易卓的话，觉得明恕像只猫。

所以他这是被家养的"猫"给"反养"了？

但"猫"除了放点便利店的食物，别的投喂技能几乎没有。他八点多钟回到家，明恕就穿着睡衣，双手抱膝团在沙发上，找他要吃的。

再过两个多月，明恕就要满十九岁了，那么高一个人，看外形的话，他已经没法把明恕当作小孩儿。

可明恕跟他要吃的，用那种有点委屈的语气说"哥，我肚子有点饿了"时，他又觉得明恕还是个小孩儿。

家里很少开火做饭，麻烦。队里一日三餐都供应，明恕没来时，他就在食堂吃了再回家。休息日才有兴致出去买些菜，回来做个两荤一素。

但讨债的来了，总不能真给饿着。

小区旁边有一个小型生鲜市场，他经过时就随便买点，做的都是不麻烦的家常菜。

他做什么明恕都爱吃，小伙子食量大，一会儿就把盘子扫空了。

明恕饭前打不了下手，饭后就抢着洗碗，收拾厨房。家务事做完一般就快十点了，明恕早上五点半就得起，跟他说了晚安就去沙发上躺着。

这日子过得比他一个人住时热闹。

萧遇安伸手将明恕那当装饰的兜帽扯下去："费劲，大老远的。"

家离队里有差不多五公里，开车倒是快。但明恕没车也没驾照，只能挤公交车和地铁，累，还浪费时间。

明恕说：“没事儿，反正回去早了也没饭，不如来接你一块儿回去。”

说着，他还提了下手里的奶茶口袋：“我打包了奶茶，刚做的，里面有料，先填填肚子。”

萧遇安说：“你就一‘11路’，怎么接？”

明恕乐了，拿背对着萧遇安，双手往两边一摆，像只企鹅：“‘11路’就不能接啊？要不你上来，我背你。这总算能接了吧？”

萧遇安笑出声，给车解了锁：“上车。”

明恕麻溜钻进车里，坐在副驾驶座上系好安全带。

回家前两人一起去买菜，平时明恕都不点菜，萧遇安做啥他吃啥，今儿也不知道是不是亲自来了生鲜市场，还挑挑拣拣起来了。

萧遇安瞧他：“明天给我列个单子。”

明恕正想说好，忽然打住：“我不，明天我还去接你。哥，你带我来买。”

“真不嫌累啊？”

“我还嫌有劲儿没处使呢。”

萧遇安向来惯着明恕，便没再劝。

就这么过了一周，明恕又有计划了。他这会儿肯定买不起车，但他可以学车，再去考个驾照，那就可以给萧遇安当司机了。

但高三的暑假虽然长，还是不够。明恕算来算去，这时间怎么都不够用。两份工他一份都不想耽误，得攒钱呢。报驾校的话，就必须辞掉一份。

结果他把这事儿说给萧遇安听，萧遇安就特不给面子地说：“不坐你开的车。”

他急着争辩：“我学东西很快。”

“那也不坐。”萧遇安笑了笑，“不过你想学开车，我教你。哪天休息，来我们队里练。”

易卓首先发现萧遇安的不对劲，在走廊上盯着萧遇安聚精会神地打量。

萧遇安睨着他：“干吗？我身上贴了金子？”

“你别动。”易卓说，“让我亲眼证实我的猜测！”

萧遇安无语，推他脑袋：“你都猜啥了？”

易卓抬起头，斩钉截铁：“你，终于在我的感召下，供养了一只猫主子！”

萧遇安：“……”

易卓咳了声，又说：“虽然我还没有证据。嘿……你明明养猫了，怎么身上一根猫毛都没有呢？”

其实听到猫时，萧遇安就想到明恕了。

可明恕大小伙一个，还真不是猫。

萧遇安挺好奇的，问：“你哪儿看出我肯定养猫了？”

“这还用问吗？”易卓摆摆手，“你都只在食堂吃午饭了，不是养了猫，还能是养了个什么？”

萧遇安：“……”

“你这状态和我太像了，我想跟它多待一会儿，就在家吃了早饭再出门。”易卓一副过来人的态度，“晚上吧，我得赶回去喂它小鱼干，不然它饿了就拿水汪汪的眼睛瞪我，特招人疼，那咱肯定不能在食堂耽误时间了。”

萧遇安回想一番。

明恕来接他之前，他一回屋，确实能看到明恕饿狠了的表情。

等着他回家，等着他做菜。

“不过你养的啥猫啊？”易卓说，“咋不掉毛？它不在你身上打滚吗？”

萧遇安懒得解释了，随口道：“土猫。”

“土猫也掉毛啊，还掉得贼凶。”说着，易卓忽然想明白了，怜悯地看向萧遇安，“那就是它不黏你。你得多哄哄它。”

萧遇安心想，这都从小黏到大了，还哄不得上天？

“土猫”本猫正在便利店搬货，捂着鼻子打了个喷嚏。

“咱们空调是不是开太低了？”店长正好经过，“我调高点去。”

明恕揉揉鼻子：“没事，廖哥你别忙了，一会儿我去。”

店长笑道：“跟我客气啥？”

明恕搬完货就下班，得赶去对面的奶茶店。拿驾照接萧遇安上下班的事被否了，但他过两天可以去萧遇安队里练车。

这几天特别热，晚上去接萧遇安时，明恕又打包了两杯奶茶。

他就在路边等着，也不进去。等了一刻钟，见萧遇安出来了，白衬衣、黑西裤，不过分健壮，却也能看出是有料的。

他又忍不住拿萧遇安和自己对比，等他开学了，他要拼了命地练，才能赶上萧遇安。

4

萧遇安也看见明恕了，正扬手打了个招呼，准备走过去，就被突然杀出的易卓叫住了。

“遇安，跟我到车上去一趟。我那儿有个猫爬架，我们家祖宗好几个，那个它们都不爱用，你拿回去组装一下就可以了。”

只要是和猫有关的事，易卓就特别热情：“嗐，你别跟我客气啊，那个架子我家就一个祖宗爬过一回，新的！”

萧遇安当时说自己养了只土猫就是随口糊弄一下，现在却要扛一个猫爬架回去。

这……

明恕远远看见一个和萧遇安年纪差不多的男人与萧遇安拉拉扯扯，那情形就像是对方哄萧遇安去哪里，但萧遇安很为难，不想去。

明恕马上赶过去，正巧听见对方说：“土猫也要好好养的，你以为土猫不喜欢猫爬架啊？你家土猫不是不在你身上打滚吗？那就是不亲近你。你把我的猫爬架拿回去，它知道你对他好，保准黏着你不放！”

明恕头上冒出一串问号。

什么猫爬架？什么土猫？什么黏着你不放？

易卓正说着，忽然发现旁边多了个人：“咦，你是？”

萧遇安觉得这天要聊出问题来了，无奈道：“我弟。”

明恕在外人面前挺能装的，教养、体面、风度，啥都不缺，说话温温和和的：“你好。”

“原来是弟弟。你好你好，我是遇安的队友，易卓，你叫我卓哥就行。”易卓是个几句话就能混成兄弟的性子，“来找遇安玩儿啊？”

明恕说：“我来接他回家。”

“哟！那你们现在住一块儿啊？”

明恕微笑：“对啊。”

易卓猛地反应过来：“遇安的土猫是你养的吧？我就说嘛，他这性子怎么突然养起猫来了！”

明恕这回是真迷惑了。他们家什么时候养了只土猫？

萧遇安想打断这段尴尬的对话，但易卓没给机会，跟明恕说：“我刚才和你哥说呢，我车里有个猫爬架，新的！他居然不要。养猫怎么能不要猫爬架呢？难怪那猫不黏他，他身上一根猫毛都没有。来，你跟我拿猫爬架去……”

就一会儿工夫，易卓已经揽着明恕的肩，将人捞远了。

萧遇安看着这俩人的背影，失策地扶了扶额。

明恕稀里糊涂就被塞了盒猫爬架，当易卓合上后车厢门时，那“嘭”的一声突然敲醒了他。

他们家没有土猫，而萧遇安跟易卓说家里养了只土猫，易卓以萧遇安身上没有猫毛为由，认为土猫不亲萧遇安，所以热情送来一个猫爬架。

虽然不知道萧遇安是在什么情况下说出家里有土猫，但很显然，萧遇安指的应该是他这只土……

呸，指的就是他！

队员们的车都停在这一片，萧遇安也走过来了。易卓兴致勃勃地跟明恕传授养猫秘诀，明恕心下已经明了，并未拆穿萧遇安，假装虚心地听着。

萧遇安给车解了锁，冲明恕喊：“上车。”

明恕一副受教的模样，礼貌地跟易卓说：“谢了卓哥，我哥叫我了，咱下次再聊。”

易卓笑得像个慈祥的班主任：“有问题找卓哥，就没有卓哥教不黏人的猫！”

明恕抱着盒子回来，放到后座上，坐上他熟悉的副驾驶座，一切都和平时差不多，但萧遇安敏锐地察觉到，明恕一身都冒着劲儿。

明恕起初还老实地坐着，双手甚至还抓着安全带。

但车开出一截后，就着实憋不住了，转过去看萧遇安：“哥，你什么时候养了只土猫啊？”

明恕自己觉得这话问得还挺诚恳，语气也很真挚，但其实听在萧遇安耳朵里，就有些欠。

这就是猜到自己是土猫了。

萧遇安也不费力解释：“养了不少年。”

明恕也不好好在座位上坐了，侧着身说：“哥，你居然跟别人说我是土猫！”

萧遇安笑：“土猫不还自己拿了个猫爬架回来吗？”

明恕撇了下嘴：“我哪儿像猫了？”

像猫也不能像土猫啊！

萧遇安看着路，目不斜视：“那你想当什么猫？”

明恕认真想了想：“怎么着也得是只波斯猫？”

萧遇安笑道：“臭美。”

回家后，萧遇安去厨房做菜，明恕在客厅折腾猫爬架。饭菜上桌时，明恕已经把猫爬架装好了，就立在沙发边。

萧遇安看了看：“何必呢？”

明恕欠欠地说：“毕竟家里养了只土猫。”

萧遇安认输：“服了你了。”

5

萧遇安一到队里，就迎来一道关切的目光。

他这种执行过多次实战任务的警察，对视线格外敏感，不用看都知道，是易卓在盯着他。

“有话就说。”萧遇安一边换衣服一边道。

最近没有特殊安排，新的任务也没下来，普通任务轮不到他们，训练占了大头。他打算去练个枪，下周要带地方警察的特训，得提前准备准备。

易卓马上溜过来，那股殷切的劲儿就跟搓手的卖家差不多。

“我那猫爬架用着还行吧？”

萧遇安说：“这事你问我？”

易卓愣了两秒："嗐，我还能问你家猫啊？"

萧遇安想了想那个放在沙发边的猫爬架，用着行不行，他确实不知道，根本就没人也没猫去用那玩意儿。

但不给易卓个好评，这位爱猫人士就消停不了。

萧遇安随口道："还行吧，谢了啊。"

不想易卓是个售后服务极其到家的卖家，又问："那它爬多少回？爬得兴奋吗？"

这天聊不下去了，萧遇安斜了易卓一眼："申队一早就在找你，你不去问问他什么事？"

申队是他们副队长，特战前线退下来的，严格得像个阎王。

易卓一听申队找，马上跑了。

萧遇安和另外几名队友去射击中心，前面几组打下来总是找不到状态，精力不像平时那样集中，脑子里反反复复就是土猫和猫爬架。

训练时他向来是最快进入状态的人，那几组打出去，一旁的队友都注意到他不对劲了。

"我歇会儿。"他摘下护目镜，坐在休息区一边看队友们练习，一边盘算着家里的事。

他现在住的地方不大，就两间屋，他一个人住着合适，明恕来了就显得小了。客厅没有柜子，阳台上的储物柜放的是杂物，明恕的衣服还有其他乱七八糟的东西只能放他卧室的衣柜里。

他专门给明恕收拾了三格出来，能挂着放，也能叠着放，还有放内裤和袜子的抽屉。

他没有窥探别人隐私的习惯，那一块儿给了明恕，就是明恕的地方。

前阵子萧谨澜得知明恕和明家闹翻，被他收留了，爱心泛滥，买了好些夏秋的品牌男装寄过来。东西到了，明恕不在，他便帮明恕放柜子里。

这收拾来收拾去，他越发觉得家里小了，明恕老睡沙发也不是个事。未来至少四年，明恕是会跟着他的。明恕相信他，这么远跑来投靠他，他也想担起自己的责任，给明恕更好的生活。

明恕后来有几回去萧遇安队里，又遇见了易卓，这人简直爱猫如命，一见他就问猫和猫爬架相处愉不愉快。

那猫爬架在他们家都落灰了，做大扫除时被萧遇安拆了放进杂物柜里。但这事不能让易卓知道，而且土猫是谁也解释不清楚了。明恕索性问啥答啥，说猫儿很喜欢猫爬架，天天待在上面就不愿意下来。

“那你们给它起名字没？”易卓想到了一个关键问题，“你们不会就叫它咪咪吧？”

明恕一哆嗦，脱口而出：“起了啊。”

“叫啥？”

“宝贝儿。”

易卓差点喷了：“这么腻啊？你起的还是萧遇安起的？肯定是你吧，萧遇安不可能起这么腻的名字。”

明恕说：“我哥起的啊，那是他的猫。”

易卓不敢相信。

这番对话萧遇安没听见，特训拖的时间有点长，他出来时明恕已经等好一会儿了。

明恕没跟他说自己给那只根本不存在的猫取名了，结果第二天，易卓就在他跟前直转悠：“我的萧哥，你这是铁汉柔情啊！”

萧遇安莫名其妙：“喝多了？”

“谁喝多了！咱搞训练呢！”易卓故意压低声音，“我听说，你给你家那只猫取名叫宝贝儿？”

萧遇安：“……”

易卓大笑，在萧遇安肩上拍了拍：“所以你这是铁汉柔情啊。宝贝儿、宝贝儿，真够宠的！”

萧遇安也笑了笑，没回答。

明恕刚在奶茶店换好制服，耳根忽然烫起来，拿手去冰，结果越捏越烫。

“谁在说我？”他没好气地哼哼。

这时，厘姐忽然探了半个身子，朝他招手，看上去似乎有难以启齿的话要跟他说。

明恕被厘姐叫到奶茶店后面的小巷里，暂时没人经过。他对看人表情这件事太在行了，一眼就明白厘姐要跟他说的事可能不太好。

"是这样，咱们店生意不是挺好的吗，老板就招了几个熟手，都是上固定班的，他的意思就是咱们不需要小时工了。"厘姐越说越不好意思，"小楠我已经说了，她愿意调去长生路上班。那咱们店就只剩你一个小时工。你看你是调一下店，还是改成固定班？"

明恕听明白了，他正面临踏入社会后的第一次"裁员"……

本来他也是上固定班的，但是继续上固定班的话，他和萧遇安就没什么相处时间，所以后来才调成小时工。这会儿让他调回去，他自然不愿意。

换店就更加不可能了。他选这儿，就是因为离家和便利店近，换个远的地方，他赶不上。

两种解决方案都不行，厘姐挺遗憾的："那就只有……"

明恕也不是非要这份工作不可，更怕别人因为自己的事为难，连忙道："没事儿，我下个月也开学了，那你看我明天还来吗？"

厘姐松了口气，但还是有些过意不去："工资我给你结到这周末，我给你开了个贵宾，今后你来喝奶茶不要钱。"

明恕笑笑，大方地接受了厘姐的好意，下午做事也挺麻利的。但下班之后，他的心沉了下来。

他其实并不想打工，在便利店和奶茶店工作都挺累的，早上五点多就得起，中间除了吃饭，就没有休息的时间了。也就他年轻，体力好，才无所谓。

杜皓、蘑菇头他们旅游的旅游，学乐器的学乐器，个个都在利用这个绝无仅有的漫长暑假提高自己，做以前没时间做的事。

就他还在为钱的事发愁。

过去十九年，他就没愁过钱。

和明家的关系断了，临走之前，爷爷倒是给了他一笔钱，这笔钱够他大学的开销。但他轻易不想动。

他已经十九岁了，有能力应付自己的生活。如果还是花明家的钱，那他的腰杆就挺不直。

学费、生活费，他得自己攒，争取大一结束时拿一笔奖学金，那后面的日子就好过了。

现在只剩下便利店这一份工作，这两天必须再找一份小时工。

萧遇安每天晚上看到明恕，这家伙都是精神奕奕的，今天却只盯着一处，似在走神。

他都走近了，明恕还没发现他，被他吓了一跳。

“哥！你走路怎么没声儿啊！”

“你自己走神还赖我？”萧遇安说，“遇到什么事了？”

明恕这一听就高兴起来，他有心事，萧遇安一看就知道，这不是关心吗？

回家路上，明恕就把被“裁员”的事说了，接连叹了好几口气：“哥，你说我再去找份什么工作啊？”

“歇着吧。”萧遇安说，“打一份工就差不多了，打两份你吃不消。”

明恕说：“我吃得消啊。”

“不单是身体的问题。”萧遇安又说：“你耗在打工上面的时间，可以做更多提高自身的事。”

明恕想了一会儿，有点闷闷的：“可是我现在需要很多钱，比起别的事，我只能把钱放在第一位。”

6

萧遇安转过头，以一种有别于以往的目光审视明恕。

这似乎是明恕不再是个小孩儿后，第一次跟他提到钱。明家和温家都不缺钱，但明恕不要。从明恕离开大院的那一刻起，他就从那个令人窒息的家庭脱离了出来。

但成年，考上大学，在现在这个社会不一定就意味着完完全全的独立。萧遇安回想自己高考结束后，其实也没有立即放弃来自家庭的帮助，从未因为钱而发愁，更没有为了学费和生活费而起早贪黑打工。

十九岁可以负担起自己的生活了，很多困难家庭的小孩，也很早就出来打工赚钱。

但自己看着长大的孩子，考虑起来难免多一层心疼，总归不希望他受太多苦，只希望他平平顺顺。

明恕当不成明家的宝贝，还当不成萧家的宝贝吗？萧家的孩子，虽然不乏严格的家教，但哪一个不是被宠着长大的？

没道理眼看着这就要读大一了，明恕还在愁学费，愁奶茶店的工作没了，该赶紧上哪儿再找一份。

明恕以前没穷过，那现在，未来也不会穷。

不是不能为钱发愁，是没必要。

明恕小时候是骄傲的、有包袱的明哥，今后也把包袱给好好背着，不兴委屈，那些因为缺钱的窘迫、寒酸、局促，都不属于明恕。

明恕就是要闪闪发光，他养出了明恕的骄傲，还能让明恕丢了？

明恕被看得紧张起来，不由得将视线挪开：“哥，你……你看啥呢？”

萧遇安将车发动起来，缓缓挤入夜间的车流：“攒多少钱了？”

“啊？”明恕没想到萧遇安突然问这个问题，想了一会儿低下头，“就几千块。”

其实他打两份工，一个暑假下来，攒齐学费生活费没问题。

但他到底没过过精打细算的生活，赚了不少，花得也多，把萧遇安的屋当自个儿家，时不时添置些东西，不便宜的花和进口水果也买过好几回，遮遮掩掩地献殷勤。

要不是谨澜姐寄了好些夏秋的新装来，他还得花钱买衣服。

一中的明哥不是叫着玩儿的，他长得帅，穿得也不赖，以后肯定不能老在衣服上瞎花钱了。但要他马上将身上的名牌换成地摊货，他心里也憋得慌。

这么花着花着，钱就捏不紧。他自个儿研究过他那专业的课程，大一就挺忙的，虽然不至于忙到不能打工的地步，但做不相干的兼职绝对会影响学业。

说到钱他就觉得别扭，没差过钱，突然穷了，那种感觉有些无地自容。他头埋得更低了些，想找条地缝钻进去。

“老爷子的钱不打算动？”萧遇安问。

明恕“嗯”了声：“不动，我自己能挣。”

萧遇安说：“开学了还打工吗？”

明恕没马上回答。这事他也在犹豫，继续打工的话，时间上消耗不起。考上公安大学只是第一步，但萧遇安远比普通的公安大学学生优秀。当年萧遇安进的是特殊培训梯队，他已经差一截了，若是不奋力追赶，和萧遇安之间的差距只会越来越远。

“我不是说打工不好，用劳动来支撑自己的生活，是一件能够挺胸抬头的事。”萧遇安顾及着明恕的自尊，每一句话都经过深思熟虑，“你离开了父母，尝试过以前没有过过的生活，赚钱、攒钱，这不丢人。”

明恕低着头，没说话。

“但是我不想就这么看着你因为金钱而束手束脚。”萧遇安的声音像是混入了夜色，醇厚且迷人，“便利店的工作你继续做，但是第二份工作就不必再去找了。”

明恕闻言，飞快地看向萧遇安：“但是……”

萧遇安直视前方，余光都没有瞥向右侧：“你懂得自力更生，但自力更生不代表完全不依赖身边的人。”

明恕十指越收越紧：“哥……”

“学费、生活费的事你不用操心。”萧遇安说，“以前怎么过，今后还怎么过。”

“哥，你说这话，挺不好的。”明恕小声嘀咕。

家附近有家西餐厅，开到近处时，萧遇安直接将车停下了。

他今天懒得做饭，不如带明恕在外面解决。

“下车。”萧遇安解开安全带，“边吃边说。”

明恕还沉浸在自己的情绪里，抬头往外面看了看。那西餐厅是间很有格调的玻璃房子，晚上霓虹闪烁，漂亮又别致。

“在外面吃啊？”

“嗯，有你喜欢的蟹肉焖饭。”

时间已经有些晚了，用餐的客人很少，靠窗的位置安静，吧台上有一个身着长裙的优雅女人正在拉小提琴。

萧遇安点了蟹和牛排，还有一份海鲜杂烩，都是这儿价格比较贵的。

明恕计较着车上说的事，服务员一走，立马问道：“哥，你刚才那话什么意思？”

“我还想问你。”萧遇安说，“我那么说，哪儿不好？”

明恕一窘：“你听到了啊？”

他庆幸这儿的灯光是暖色调的，这样显不出他那发烫脸颊上的红晕。

“嗯，听到了。”萧遇安语气平静，“有什么想法就说出来。”

明恕别扭了好一会儿，牛排都上桌了才道：“你让我不要打工了，不要操心钱，我的学费和生活费你来管吗？”

萧遇安点头：“我给你一张卡，你自己掂量着花。你现在是个大人了，钱怎么花，用在什么地方，我相信你有分寸。”

“可是……”明恕皱着眉，双手握着刀叉，却没有切下一块牛排。

他有点着急，怕自己表达不清楚。

可怎么能表达清楚呢？他自己心里都没有捋明白。

萧遇安耐心道：“可是什么？”

“可是你凭什么呢？”明恕脱口而出之后突然生起自己的气来。他明明不是那个意思，他怎么能质问萧遇安，可是话说出来就特别难听。

萧遇安半挑起眉：“凭什么？”

明恕索性放下刀叉。他今天太不对了，这阵子他就没有对过。

见明恕着急，萧遇安温声说：“不着急，慢慢说。”

“我……我马上十九岁，成年都一年了，我不花明豪锋、温玥的钱，爷爷的钱我也不想花，我得证明给他们看，我负担得起自己的生活！”明恕情绪激动，眼眶微微泛红。

这个年纪的男孩，看着长大了，实际上又没有。对赚钱特别在乎，但和三四十岁的人赚钱又不是一个目的。

他们只是迫切地想要证明，自己是个可靠的男人了。

“我打工是没多少钱，但那也是我一小时一小时挣来的，我用着心里踏实。”明恕像只刚从母亲的巢穴中走出来的年轻野兽，眼里迸发出没有杂质的光，“我不依靠他们，我也不能依靠你。”

萧遇安说：“为什么不能依靠我？”

“因为……”明恕卡住了。

“因为你成年了？马上十九岁了？”萧遇安说，“成年是一道分水岭，但它只意味着你可以直面外面世界的风雨了，并不意味着你身后就不再有港湾。”

明恕瞳光忽闪，轻轻咽了口唾沫。

“别说十九岁，萧锦程二十多岁了还在找萧牧庭要手表。”萧遇安笑了笑，“这影响他的独立和成长了吗？”

明恕说不出话来。

“你不依赖明家，一分钱都不花，那是因为你已经下定决心和他们划清界限。”萧遇安又道，“但你和我们也划清界限了吗？”

明恕马上摇头。

他怎么可能和萧家划清界限呢？萧遇安刚才说港湾，萧家不正是他的港湾吗？

萧遇安说：“那我让你不用操心学费、生活费，该怎么过还是怎么过，有什么问题吗？”

明恕眼皮烫得难受，不得不拿手去捂。可是手也不凉，捂了半天，温度没降下去，倒把眼睛捂得更红了。

菜已经上齐，萧遇安多的也不说了，示意明恕快吃。

桌上都是自己喜欢吃的，明恕几乎狼吞虎咽。

他其实没那么饿，但是他身上憋着一股蛮劲儿，都是萧遇安刚才给灌进去的。

萧遇安怎么这么好？老是说捅他心窝子的话，他打了鸡血，宁可天不亮就去打工！

后来萧遇安又加了份甜点，看明恕吃得打嗝了，才笑着去埋单。

回家路上经过早餐铺，夜里那个位置卖的是麻辣烫。

明恕看了一会儿，说：“哥，我明天起来再早一点，买包子回去，等你起来时应该还是热的。”

萧遇安摇头：“不用，我出来……”

明恕蛮横地打断：“我要！”

萧遇安略感诧异。

路灯下，明恕像是浑身的汗毛都竖起来了：“我也想为你做点事，我不能就这么花你的钱。”

萧遇安顿了下，笑道：“行。”

7

男子汉的自尊让明恕跟萧遇安较了一回劲，但花萧遇安的钱，对他来说没有花明家的钱那么重的心理负担。

萧遇安不让他过苦日子，他心里别扭了半天，也就接受了。开学之后，他搬去学校宿舍，本来还想兼顾便利店的工作，但大学生活过于丰富，加上不差钱，他就把工作给辞了。

他每个周末都回家，收拾一包脏衣服回去，星期天晚上又提着大包小包回来。同一个寝室的兄弟里有个叫杨竞的，起初还以为他是本地人。

他不得不费唇舌解释："我住我哥家。"

"那你带那么多衣服回去，你哥给你洗啊？"杨竞羡慕道，"这么贤惠？别是你嫂子给洗的吧？"

明恕说："家里有洗衣机，我自己洗。"

他确实是自己洗，家里阳台大，洗衣机还能烘干，比宿舍方便得多。

眼看着大半个学期过去了，马上就是寒假。明恕花着萧遇安的钱，萧遇安不出差去外地的话，他每周都能和萧遇安一起待两天。

萧遇安现在还正儿八经成他的家长了，他的学费、生活费都是萧遇安给的，他想买的新品冬装也是萧遇安买的。他暑假打工的钱没花出去，就偶尔往家里买些没用的玩意儿。

没有人待他比萧遇安更好了。

明恕回家得坐几公里校车，下了车再转公交车。快放寒假了，明恕坐在窗边琢磨假期怎么过，被冷风刮得差点面瘫。

今年冷得特别早，明明还没到腊月，街上就有蜡梅卖了。

明恕掏小金库买了把蜡梅回去，插好瓶又上菜场去买菜，等萧遇安下了班回来做。

他每个周五都是这么过的——赶天赶地回家，脏衣服丢洗衣机里，做做扫除，把想吃的菜都买好，数着点听萧遇安的脚步声。

这周特别忙，他们和反恐专业一起搞体能，就今天上午还有一场拉练。他又困又饿，买菜的路上还打包了奶茶和烤串，打算在萧遇安回来之前先填填肚子。

家里本来只有一张床，他夏天睡沙发，九月份他军训完回来，发现客厅多了张小床，就在沙发旁边，本来整洁的屋子突然变得拥挤起来。

小床虽然比沙发舒服，但还是没有卧室的大床舒服。他惦记大床，趁萧遇安不在，拎着奶茶和烤串坐上去，枕头垫在腰背上。哪知他刚吃了一串五花肉，就把奶茶给打翻了。

完蛋！

萧遇安是处女座，特别爱干净，他居然把萧遇安的床给毁了！

明恕立马不困也不饿了，连忙蹦起来洗床单。

萧遇安一开门，就闻到洗衣液的味道，很浓，过浓了。

洗衣机在阳台上，按理说，正常洗个衣服，不会有这么大的气味。

他换了拖鞋走到阳台上一看，大冷的天，明恕居然光着膀子在往晾衣竿上挂毯子。

“哥，你回来啦！”明恕刚才着实慌了，手忙脚乱地拆被子、拆床单，塞进洗衣机里，情急之下洗衣液倒多了。中途他又觉得只洗卧室的床具不洗自己的床具太可疑，连忙把客厅那床上的也拆了洗了。

一通瞎忙，他居然忘记自己只穿了条睡裤，非但没觉得冷，还忙出一身汗来。

萧遇安一眼就看出了问题，让出一条道：“你先进来，把衣服穿上。”

明恕低头一看，“啊”了声，冲进屋里穿睡衣。

萧遇安走到阳台上，洗衣机还转着，地上一堆喷出来的泡沫。床单洗好挂着，盆里还放着明恕自己的被套和床单。

明恕几下穿好衣服，又用力在卧室嗅了嗅，没闻到奶茶和烧烤味儿。

保险起见，他刚才把蜡梅放进去了。庆幸自己有先见之明，早早准备好了蜡梅。

深呼吸一下，明恕才回到客厅，粗着嗓门儿给自己壮胆：“哥，今天天气好，我就把被套、床单都洗了！”

明恕这一嗓子让萧遇安越发确定——这家伙干了坏事。

明恕挺能做家务的，每周回来都是自己洗衣服，但从来不洗床具，大约是嫌太大了，洗着麻烦。今天这么上赶着把两张床的床具都洗了，一定有别的原因。

萧遇安又往阳台看了一眼，明恕那张床的被套和床单还在盆里排队，最先洗的是卧室的床单。

那问题就出在卧室的床单上，其他都是打掩护。

明恕眼珠子转了几下，耳根泛红。

他心里慌着呢，也不知道能不能糊弄过去。萧遇安要是一会儿问他，他就装傻到底。反正现在卧室全是蜡梅味，萧遇安就算聪明过头，也找不到证据。

然而萧遇安还真就找到了证据——卧室床底下丢着一根备用吸管。

明恕：“……”

萧遇安笑道：“奶茶倒我床上了？”

明恕立正：“哥，对不起！”

萧遇安拿吸管在他脑门上敲了下：“现场收拾得不仔细。你是刑警，今后勘查现场时，要更仔细一些，不要错过犯罪分子的任何蛛丝马迹。”

“犯罪分子”又羞又恼：“知道了，哥。”

等了一会儿，“犯罪分子”又说：“哥，你不去做饭吗？我买了翅膀，你给我炒鸡翅膀吧。”

萧遇安点了点头：“行。”

明恕松了一口气，在洗衣机边忙碌时还哼起了歌。之后两套床具洗完，晚饭也吃了个十成饱，明恕就被叫到卧室去灌被子。

他小时候最喜欢灌被子，哥哥一说要灌被子，他跑得比谁都快。哥哥灌好一个角，他就捏住，等到四个角都灌好了，就卖命地抖。哥哥说“好了别抖了”，他都不愿意停。

他觉得被子抖起来就像海浪，他向往海边，哥哥带他去海边度过了一个快乐的夏天，现在暂时去不了海边，那就抖抖被子。

长大了，还能和萧遇安一起做这些家务。他想，这就是他小时候想象过的未来。

第十章
启程

1

自从萧遇安和萧牧庭高中毕业，萧家的春节就很难有小辈齐聚一堂的时候了。

萧遇安是警察，除夕这样的大日子，别说是回家过年了，就是假都休不成。

萧牧庭在部队，春节倒是不像萧遇安这样忙，但是部队有部队的纪律，涉密特种部队更不可能说放人就放人。

但明恕大一这年春节，萧家四姐弟却到齐了，加上明恕这个“外挂”，那就是五姐弟都回家了。

萧家张灯结彩，萧谨澜买了不少灯笼和彩灯。明恕刚放下行李，就被叫去充当苦力。

他是和萧遇安一起回来的，他倒是挺早就放假了，只是萧遇安一直忙到腊月廿九，才终于拿到假期批条。萧锦程比他们早回两天，被萧谨澜“奴役”得够呛。见他回来，马上摆出哥哥的架子，指挥他做这做那。

明恕小时候在萧锦程手下总吃亏，打也打不赢，说也说不赢。

但现在情况反转了，他比萧锦程高，如果不是怕被追着打的话，他拍拍萧锦程的脑袋都不是问题。

个子高了，心态都比以前好了，过去萧锦程让他干活，他老觉得委屈。现在他不委屈了，干就干呗，帮小矮子做做事，就当日行一善。

萧谨澜心思细腻，让明恕也回去给明老爷子挂挂灯笼，她都准备好了。

明恕点点头："姐，我心里有数。"

就算萧谨澜不提，明恕也会回去看明瀚。他和明豪锋、温玥再无往来，但对明瀚，心里是感恩的。

高考后拖着行李箱从明家离开，一别就是半年。从萧家过去，不用五分钟就能走到。

明家现在就明瀚一个人住，冷冷清清的。除夕中午，明豪锋和温玥开着车回来，接明瀚去吃团年饭，傍晚又把明瀚送了回来。

这些明恕都知道。

他也知道明豪锋和温玥不会留太久，尽到了孝心，也没有失掉体面，那就行了。

果然，天黑下来时，那辆在明家门口未停多久的车便开走了。萧家的团圆饭还没吃完，萧锦程喝了酒，闹着要和萧牧庭、萧遇安玩小时候老玩的军棋。

明恕听见车离开的声音，过了几分钟，放下筷子。

萧遇安知道他要去陪明瀚，将冲他嘟囔的萧锦程拉到自己这边，轻声道："去吧，这边有我。"

明恕离席，拿了萧谨澜的灯笼，还有自己和萧遇安准备的礼物，在大家的心知肚明和假装的没有注意中向明家走去。

"老爷子。"

明瀚正在院子里的石桌上写对联，忽然听见一个熟悉的声音。

转身，明恕站在院子外，朝他扬了扬手上的灯笼和红口袋。

明瀚脸上满是皱纹，眉头紧拧着。他脸上似乎没有笑容这种表情，永远古板严肃。但明恕看得出，自己的出现让他十分高兴。

"这儿没你的饭。"明瀚朝隔壁努嘴，"回去吃了再来。"

明恕笑道："我这不已经吃了吗？"

明瀚说："真吃了？"

"真吃了。"离家之后，明恕觉得一切都在改变，他从容地站在这里，并无一丝忐忑。倒是明瀚，似乎比他紧张许多。

"要贴对联啊？"他走过去，把东西全放下，"那您快写，写完了我来。”

明瀚抬头望着他，眼睛有些混浊了，看得清，也看不清。

爷孙俩就这么站了一会儿，明恕说：“那您接着写？我去把灯笼挂上？”

明瀚欲言又止，重新拿起毛笔。

长大让很多困难变得渺小，以前明恕总觉得明家是一座大山，明豪锋是他翻不过的山顶。但是长大之后，山就变得低矮，轻轻一迈，也就过去了。

他顺利地把灯笼和彩灯挂好，其间几乎没有与明瀚说话。直到明瀚叫他，说对联写好了。

“来了。”他从 A 字梯上跳下来。

明瀚还板着脸说：“要摔。”

“不会。”他将对联接过去，拿上胶水，朝门口走去。

明瀚写的对联有好几幅，除了大门和院子门，里面的几张小门也要贴。

明恕动作麻利，上上下下好几次，背上出了汗。贴完最后一张门后，明瀚问他要不要留下来吃几个饺子。

明恕从下午开始嘴巴就没停过，萧锦程偷东西吃时，也会帮他偷一块。

但他现在也不是吃不下一盘饺子。

“吃。”他说。

明瀚点点头，脚步蹒跚地朝厨房走去。

明家包饺子时，萧家已经下了席。萧锦程嘴上说要下军旗，萧牧庭一说车后备厢里全是烟花鞭炮，他立马改口要去放鞭炮。

现在城里不让放了，得去河边，萧遇安让萧牧庭他们先去，自己等等明恕。

明恕吃完饺子，帮明瀚收拾完厨房，远处的商业中心已经开始放礼花了。明恕陪着老人家看了一会儿，收到萧遇安的短信，问他结束没有，要接他去河边放鞭炮。

车被萧牧庭和萧锦程开走了，明恕和萧遇安只能走过去。寒风扑面，明恕紧了紧衣领。萧遇安走在前面，他落后两步，没急着赶上去，却也没有拉远距离。

越是靠近河滩，鞭炮的声音就越响亮，萧牧庭和萧锦程就在放鞭炮的人群里。再往前走，他们就要汇入人群中了。

明恕停下脚步，他不想放鞭炮了。

这里好像是世界的边缘，再走下去，他们就要染上其他人的气息。

有人点了一个昂贵的烟花，在头顶砰然炸开，像亿万星辰闪烁又寂灭。

那些光和暗，都落在明恕眼中，像未知又热烈的前程。

2

大一即将结束时，明恕所在的刑事侦查学院搞了一次选拔，考核内容包含刑侦实操，也包含作战技能。

选拔并非人人都必须参加，本着自愿的原则，在选拔中进入前十名的，会被拉出去和其他警校生一同进行为期四十五天的封闭特训。

特训在暑假进行，这就意味着，明恕一旦参加选拔并挤入前十，大学后的第一个暑假就泡汤了。

而他们这批新生在刚入学时就被告知，大一的暑假很可能是大学阶段唯一一个不会被任务占据的暑假。

“咋整？”杨竞穿着大裤衩，焦虑地蹲在寝室阳台上，“露露你说咋整，这选拔咱要参加吗？”

明恕刚结束了他愉快的周末，提着一堆东西从家里回来，顺带给兄弟们带了一只烧鹅。

学霸不看书了，马上不客气地分烧鹅。

“参加啊。”明恕觉得这都不是个问题，选拔都不参加，那还想干啥？他们寝室怎么能出杨竞这么个没上进心的玩意儿？

杨竞烦死了：“但是如果进了前十，暑假就废了啊。”

明恕正喝奶茶，险些呛出来：“想啥呢竞竞？还没进前十就幻想自己没暑假了？”

杨竞就是个经不住激的，刚才一副老大不情愿参加选拔的样子，这下一蹦而起：“前十算啥？你竞哥出马，必须拿个前五给咱寝室光宗耀祖！”

学霸吃着烧鹅，白他一眼："耀你自个儿的祖宗去。"

明恕全寝室的人都报名了，后来排名出来，拿到前五给寝室光宗耀祖的成了明恕，杨竞挂在第九名，也挤进了集训名单。学霸和另一个哥们儿也都在前二十，期末考一结束就收拾行囊回家了。

杨竞有点幽怨："我就说我不该报名的。"

明恕白他一眼："你哪来那么多戏啊？"

"我和你不一样吗？"杨竞得意归得意，但回不了家，到底挺惆怅的，"你家坐地铁就几站路，我家在大西北呢。"

"我家……"明恕本来想说自己家其实也不在这儿，也得坐飞机、坐火车的。但再一想，萧遇安在哪儿，他家不就在哪儿吗？

"暑假一共六十天，集训训掉四十五天。"杨竞苦哈哈地掰着手指算数，"如果剩下的十五天集中在前面或者后面，我还能回去一趟，前面八天后面七天！"

明恕听笑了，在杨竞背后拍了拍："走，明哥请你涮肉去。"

整栋宿舍都没多少人了，明恕今天就要回家，十分具有人道主义精神地打算用肉来安抚一下室友。

"不要。"杨竞摇头晃脑，"回你的家吧，从今往后我就一个人霸占寝室了！"

好歹当了一年兄弟，明恕最后还是把杨竞拉出去涮了顿肉。回宿舍搬行李时，他看见萧遇安的车已经停在楼下了。

杨竞热情地道："哥！"

萧遇安来接过明恕几回，自然认得明恕的室友，笑着点了点头。

明恕在同学面前一个样，在萧遇安面前是另一个样。一见着人，他赶紧把杨竞打发掉，行李往后座一放，坐到副驾驶座上。

"哪天回学校？"萧遇安已经知道明恕挤进选拔前十了。他当年念大学时，暑假之前也有类似的选拔，不过入校不久他就被选入了特殊培训梯队，接受的一直是最为严苛的精英训练，不必参加选拔。

"只能在家待四天。"明恕撇了下嘴，"老赵让我们提前回去，他再磨我们几天。"

萧遇安笑："应该的，不然到了集训营，你们适应不过来。"

明恕声音软软的，有点撒娇的意思："哥，那你明天陪我去逛街，我想试新衣服。”

去年这个时候，他和明家决裂，带着不多的行李跑来“投奔”萧遇安，身上只有一张明瀚给的卡。卡里的钱他不打算用，为了学费、生活费打了两份工，满脑子想的都是自立。

但后来他还是没自立得成。

萧遇安给他钱，养着他，为他解决学费的烦心事。他没过过苦日子，喜欢漂亮的名牌衣服，萧遇安也没短着他。

他起初还不好意思，觉得这哪行呢，还是得去打份工，起码买衣服不能花萧遇安的钱。

但学业不轻松，他想追赶萧遇安，就不能把时间耗在打工上。

久而久之，他脸皮就厚了，住萧遇安的，吃萧遇安的，还要萧遇安给他买衣服。

萧遇安说：“明天队里有事，后天下午陪你去。”

明恕开心道：“哥，你最好了。”

马上就要去接受魔鬼集训，明恕在家睡了一天，中午把自己收拾得人模人样的，坐地铁去找萧遇安。

等萧遇安时他又遇见易卓了，这位仁兄打架时猛，一遇到和猫有关的事，脑子就变得特简单。这都一年了，易卓居然还没发现明恕就是萧遇安家的那只土猫。

明恕和易卓聊了一会儿猫，各说各的，这天居然还能聊下去。

易卓说：“你哥这人对猫不上心，你多疼疼你们宝贝。”

明恕说：“没有没有，我哥挺疼猫的。”

易卓又说：“土猫你别看它高冷，它其实最喜欢主人摸它。你哥不摸的话，你帮着给挠挠痒，摸摸头。”

明恕说：“好的，好的。”

萧遇安从楼里出来，易卓就要走了，发自肺腑地说：“萧队，没想到你还挺会养猫的。”

萧遇安看明恕，明恕别过脸假装什么都不知道。

商场里的新款琳琅满目，明恕试衣试得兴奋，每件都要萧遇安给个意见，逛到天都黑了才提着大包小包回家。

萧遇安在卫生间洗澡，明恕就在卧室里整理衣服。

以前卧室这一面墙的衣柜里，他只占其中一扇门。现在萧遇安的地盘不断被他侵占，两人的衣服也开始搅和在一起，快要放不下了。

不过萧遇安已经在计划换个住处，他今后努力工作，争取“入股”。

一想到这些，他就觉得日子特别有奔头。

在家过了几天舒坦日子，马上就要去受苦了。

集训营不允许使用通信设备，天塌了都不能和外界联系。明恕要赖不想走，萧遇安将人送到学校，叮嘱他注意安全，却有件事没跟明恕说——队里有个高级别的任务，他马上就要出发了。

明恕参加集训，正好不用为他担心。

3

“我想我家的猫了。”

阴云吞噬掉星星和月亮的光，一辆警用吉普在浓墨般的黑夜中穿行。车上的四人都穿着黑色作战服，战术背心、头盔佩戴齐整，在摇晃中握紧各自的枪械。

说话的是易卓。他坐在窗边，眼神和语气都很温柔，根本不像即将执行一场生死未知的任务。

“健哥他们有没有天天去给它喂罐头，给它看我的照片啊？”易卓说，“它见不到我，肯定想我。它一想我就抓我的沙发，坏家伙。”

“我这次买了三个月的罐头。”易卓又说，“本来还想多买几箱，但再多就过期了。我走之前给它开了一个，它知道我要走了，都不肯吃。我……我忘记让健哥照着我那牌子买了。”

“你自己回去买。”萧遇安突然打断他，“健哥都帮你喂猫了，还要帮你买罐头？”

易卓愣了下，笑着叹气：“我说错了，回去罚我喝酒。我……刚才我就是有点紧张。”

“出息。”萧遇安声线比平时冷，戴着黑色战术手套的手扶着一架狙击步枪，“执行多少次任务了，紧张什么？”

易卓又笑，拍了几下头盔：“你们别学我啊，没事儿，多大个任务啊，咱们队是不虚的！”

之后车里就没人说话了，粗粝的风裹挟着沙子和石头砸过来，在车身上打出令人牙酸的声响。

萧遇安看着前方，面容冷峻。

易卓和他同期入队，能力没话说，每次执行任务之前话都多，老是嘀咕家里的猫祖宗。但以前易卓不会担心猫今后没人管，罐头够不够。

这次任务级别太高，出发前队长跟他们每个人都说了，要做好牺牲的准备。

后腰忽然传来隐约的痒。萧遇安下意识地背过手去摸了下。

起初他没意识到是什么在痒，手按上去，才忽然想起，那是他大二第一次执行实战任务时受伤留下的疤。

这么些年下来，那本来狰狞丑陋的伤疤已经变得又浅又淡。但奇怪的是，它偶尔还会痒一下，像是提醒他它的存在。

队里的兄弟没人没有受过伤，大家有时说起伤，都有相同的经历——陈年的伤疤也会痒。

萧遇安收回手，闭了一会儿眼。

那微弱的痒让他想起了明恕。

当年明恕发现这道伤疤时，还是个初中小孩儿，清早起来把脸都哭花了，小心翼翼地摸着伤疤，生怕弄疼他，不断问——哥哥，你痛不痛啊？

他不痛，但他被明恕摸得很痒。

伤疤像是记住了明恕手指的触感，后来每一次痒，都和明恕那次哭哭啼啼的抚摸差不多。

小孩儿娇气，心疼他，那么小的一道伤疤，就交待了那么多眼泪。

那如果他受了更重的伤。

如果他有去无回……

萧遇安猛地睁开眼，从假设中回过神来，才察觉到自己和易卓一样，也在为这次的任务感到不安。

易卓记挂的是家里的猫，而他刚才想的是明恕——他跟易卓开玩笑时说的土猫。

在他们队里，牺牲并不是特别遥远的事。队里的英烈墙上有很多照片，每年都有人交出年轻的生命。

和其他队友相比，他将牺牲看得淡一些。因为他出生于军人家庭，他的父辈、兄弟，除了成为特警的萧锦程，都是军人。

他在那样的环境中长大，且选择了这样一份职业，那就是有充足的心理准备。

可现在后腰上的痒刺激着他的神经，每一下都在提醒他：明恕没有做好准备。

如果有一天他没有了，明恕该怎么面对？

明恕正在接受封闭集训，甚至都不知道他正在拿生命冒险。

他了解明恕，明恕将他视为目标，一定铆足了劲想要拿下荣誉，第一时间显摆给他看。

可万一他看不到了呢？

他极轻地吁了口气，体会到一种陌生的、异样的感觉——后悔。

他应该告诉明恕他要出任务了，这次的任务和之前的不同，更加危险，他不见得能够平安回来。

这样，明恕起码有个心理准备。

可假如时间倒流，他真的能说出口吗？

得知明恕要参加封闭集训，他内心是松了一口气的，如此就不必跟明恕解释了。

那天他开车送明恕去学校，明恕浑身都是朝气蓬勃的骄傲，那种即将大展拳脚的兴奋像一团耀眼的光，明恕就在光里面。

车突然停下来，身后是整理装备的响动。

萧遇安立即收回思绪，迅速进入战斗状态。

他们要与另一支小组汇合，缉拿一个跨国犯罪团伙的核心部门。

战斗在夜最深的一刻打响，爆炸将天空烧成血红色，枪声接连不停。萧遇安在光学瞄准具中冷静地锁定一颗颗头颅，沉稳地扣下扳机。

他眼前所见是穷凶极恶的歹徒，是需要他火力掩护的队友。耳边子弹呼啸，呼吸里全是灼人的硝烟。

明恕从他的大脑里彻底扫除出去了，他看着长大的小孩需要知道在血与火中的实战是什么样。

头盔被流弹撞出凹陷，大腿的肌肉被子弹撕裂，血顷刻间涌出，头上的那一下令他剧烈耳鸣。视野里，易卓在向他喊着什么。

直升机在疾风中降落，包括他在内的伤员被抬了上去，进行紧急救治。

天边已经有些许晨光了，是淡青色的。

他一咬牙，这才感觉到腿上钻心的痛。而明恕也恰在这一刻进入他的意识里。

“没伤着血管。”队医三十多岁，经验丰富，麻利地给他处理弹伤，完了往他肩上一拍，“睡一觉。”

他闭着眼，却比被抬上直升机时更加清醒。

他听见哭声，呜呜的，是明恕的哭声。

明恕看着他的伤，想摸，但这回鲜血淋漓，明恕双手就这么悬着，不敢摸。

“哥，你痛不痛啊？”

“哥，你吓死我了！”

“哥，你怎么都不告诉我啊？”

他想说话，但一开口嘴里就是血，一个音节也发不出。

他只能任由明恕控诉。

明恕拿了封闭集训的荣誉徽章，马上二十岁了，英俊的大高个儿，可哭起来还是跟小时候一样，哭抽了还打嗝，埋怨他不要自己了。

我不会不要你，我给你写过保证书。

输入血管的药水起了作用，他的意识开始模糊，脑中独独盘旋着一句话——我不会不要你。

现实和想象渐渐混淆，他温柔又耐心地哄着。

“我不会不要你。”

“可你受了这么重的伤！你都不告诉我！你差点回不来了！”

明恕还在流泪，却不敢乱碰，怕弄裂了他的伤口。

于是他拍着明恕的头：“我都告诉你，以后出什么任务我都让你知道。”

阳光刺入病房，萧遇安刚醒，眯着眼朝窗口看。

他回来已经有一周了，一直在医院养伤。

这次任务有伤亡，易卓险些被子弹削了脑袋，但别的伤没受，每天医院和家两边跑，喂完家里的猫，就来给他们这些负伤的兄弟当牛做马。

萧遇安看了一会儿窗口，就准备下床活动一下。

他现在做不了剧烈运动，但每天都要走动。他身体素质好，队医来看了好几次，今早说再住三天，就放他回家休养。

三天后，正是封闭集训结束的日子，明恕要带着一口袋徽章回家了。

集训到底训成了什么样，他也不清楚。明恕在自个儿学校是尖子生，到了外面不一定能项项拼在最前头。但不知怎么的，他脑中总有明恕提着一口袋徽章的模样。

明恕冲他露齿而笑，骄傲得发光。

作战时，身体的一切机能都为战斗所调动，没有任何机会去想旁的事。

但现在闲下来，一遍一遍回忆当时的情形——刺鼻的血腥味，震耳欲聋的爆炸声，撕开筋肉的子弹……

还好，他平安回来了。

封闭集训宣告结束的时候，明恕头脑一阵空白，躺在地上，双眼盯着天空，只顾着喘气。

没有人来拉他，他身边全是喘气的声音。

他太累了，怎么能这么累呢？

这四十五天他简直脱了一层皮，一想就觉得这儿根本不是人能待的地方。

教官招呼大家起来，回屋收拾行李，明恕听见他的声音肌肉都绷紧了。

不过魔鬼一般的教官现在和蔼了，脸上堆着笑，显然对弟子们十分满意。

陆陆续续有人挣扎着起来，小臂交握，拍拍彼此的背。明恕也终于爬了起来，匆匆收拾好行李，和大家一起离开基地。

他比来的时候强壮了许多，却也受了伤。他有次从高墙上摔下来，把腰给撞了，昨天更是划伤了小臂，刚结疤。

集训时他都没精力想家，坐在车上却归心似箭。

他得了很多徽章，累了四十五天，萧遇安肯定会惯着他。

家里没人，他敏锐地发现，家里已经很久没人住了。

萧遇安出任务去了。

他眼皮突然跳起来，手也哆嗦了两下，连忙拿起手机，给萧遇安拨过去。

他以为电话会打不通。

但是只响了两声，竟然就接通了。

“哥！”他紧张道，“你在哪儿？你出任务去了？”

“嗯。”萧遇安已经到了小区门口，“马上回来。”

4

夏天衣料薄，身上的伤根本遮不住，更别说明恕穿的还是短裤和背心。

挂断电话后，明恕拿上钥匙就往楼下跑，在转弯时迎头撞向一人。

明恕奋力刹车，那人伸出手，将他护住。

明恕眼中的雀跃绽开，急忙说：“哥！”

他还没有留意到萧遇安腿上的伤，但萧遇安已经看见他小臂上那个鲜明的痂。

萧遇安半蹙起眉：“手怎么了？”

明恕看了看小臂，马上露出委屈的神情，声音都软了：“哥，我从高墙上摔下来，擦掉了一块皮，好痛啊！”

擦掉一块皮是够痛的，但痛的时候早就过了。医生给他喷药时，他咬着牙一声都没吭，也就这会儿看见萧遇安了，才娇气起来。

“我腰还摔着了。”光让萧遇安心疼小臂那块皮还不够，他连忙把背心撩起来，露出腰上的绷带，“医生说得缠一周。”

“不过我拿了很多徽章，有个人的，也有集体的。”他把背心下摆放下来，越发得意，“哥，你看不看？”

萧遇安盯着他，他把手臂缩回来，摸了两下：“哥，你又出任务了啊？我都不知道，你受伤了没？”

萧遇安点头。

明恕吓一跳，萧遇安看着不像受了伤的样子啊。刚才他揣着一颗担惊受怕的心冲下来，看到萧遇安好端端地站在他面前，就把心放了回去。

萧遇安这一点头，他立马慌了：“什么伤啊？伤哪儿了？我看看！”

萧遇安沉着嗓音道：“先回去。”

明恕内心忐忑，一进屋就想检查萧遇安哪里有伤。萧遇安让他看了，他难过得差点掉泪：“哥，你有任务怎么不跟我说？你都伤成这样了，是多危险的任务啊？”

萧遇安本就因为瞒着明恕而自责，住院的这段时间他已经想明白了，今后都不瞒着明恕。他们是警察，时刻会面临危险，比起隐瞒，坦白才是真正的尊重和平等。

“对不起，下次一定告诉你。”

明恕愣了下，他刚才就是着急，没想怪萧遇安：“我……”

“跟你保证，和保证书同效。”萧遇安说完拿来医药箱，“来，哥给你上药。”

兄弟俩处理完伤，明恕捂了下胃：“我有点饿了。”

他是真的饿，这段时间训练量太大了，他今天赶着回来，饭都没来得及吃。

萧遇安揉了揉他的头发：“想吃什么？”

明恕什么都想吃，列了一堆，最后强调一定要有毛豆。

盐水煮毛豆，和薄荷冰、西瓜一起，是他还是个小孩儿时，在萧家那个荫凉的院子里最深刻的记忆。

他贪心得不得了，贪心的人不爱做选择题。

家里只有米，萧遇安换了衣服，准备去一趟超市。明恕迅速翻出用薄荷洗衣液洗过的衬衣，和他一块儿出门。

两人闲聊着走在街上，明恕什么都没带，就带了个自己。

临近傍晚，日头西沉，暑气尚未褪去，天地间一片璀璨的霞光。

摆夜市的小贩开始做准备了，小区外面的路上热闹又嘈杂。

萧遇安和明恕踏着暑气，也踏着热闹，朝不远处的超市走去。

明恕穿着干净的衬衣，身上有小时候的薄荷香。

5

除夕将近，冬邺市。

安排给实习警们的宿舍从早上开始就吵闹。

每年的春节假期,都是警察们最忙碌的时候,二十四小时轮流值班,大年夜也很难和家人团聚。

队长考虑到这是实习警们学生时代的最后一个春节，没有将他们排在值班表里，腊月廿八一过，就给他们放了假。

明恕住的是两人宿舍，室友叫陆雁舟，是个特警。冬邺市是座大城市，市局承担着磨炼实习警的任务。被丢过来的实习警别管是什么警种，先放在一起轮岗，哪个岗位都要熟悉。

明恕是刑警，却也必须和特警一块儿训练。好在他大一的暑假就参加过封闭集训，家里还有个从特殊培训梯队出来的全能家长，特警那些训练还难不倒他。

陆雁舟算是实习特警里的佼佼者了，明恕跟他过了几次招，知道这人厉害，就是稍微有点聒噪。

因为马上可以回家了，陆雁舟昨晚就没睡，收拾行李收拾了一宿，和盼着春游的小学生没差。

害得明恕几乎也没睡。

陆雁舟上午十点的火车，早上六点就坐在桌边抖腿。

明恕下床来敷面膜，接收到陆雁舟一万吨好奇的目光。

“明队，你还敷面膜啊！”陆雁舟惊声道。

实习警哪里能当队长，但实习警也有大大的梦想——比如有朝一日成为独当一面的队长。

明恕他们这群人都互称队长，算口嗨，也算讨个好彩头。

“你要吗？”明恕丢过去一张。

陆雁舟像接到烫手山芋似的，赶紧丢开：“我不敷，我不敷！”

明恕心里好笑。

这陆雁舟吧,以他苛刻的审美来看,都称得上帅,但就是不太讲究,特别糙。

他平时也不大想在糙哥跟前敷面膜，但今天要回家了，他想把自己收拾得人模人样的。

“你还这么悠闲呢？”陆雁舟说，“你今天不走啊？”

明恕按着面膜说：“走啊。”

“那你还不收拾？你几点的火车？”

“有人来接我。”

陆雁舟马上来了兴致：“谁谁谁？女朋友？”

明恕差点把面膜笑掉了：“我哥！”

陆雁舟说：“羡慕有哥哥的。”

明恕去洗了脸，和陆雁舟有一搭没一搭地聊天，又一起去吃了早饭。陆雁舟怕堵车，不到八点就拖着行李箱走了：“代我向你哥问好啊。”

寝室门关上，明恕坐了一会儿，也开始收拾行李。

这层楼住的都是实习警，外面“哐哐哐”的声音就没断过。

但这种回家的响动在这个时间点儿听着很舒服，他收拾了一会儿，忽然听见外面开始放“恭喜你发财”，竟然也跟着哼起来。

他要回的是两个家，萧家和明家。回明家就是陪老爷子吃饺子，把屋子打扫一遍，回萧家是得住好几天。

下午，实习警们基本都离开了，走廊安静下来。明恕也已经收拾完毕，正在镜子前抓头发时，手机响了。

萧遇安：“我到了。”

提着行李箱，看到马路对面的人时，明恕恍惚觉得又回到了小时候——他背着大书包，从小学跑出来，“亭亭玉立”的哥哥就站在校门口接他放学。

“亭亭玉立”这个词是他那时学的，现学现用，他觉得哥哥就是亭亭玉立。

这个形容把萧锦程笑了个半死。

“哥——”明恕向萧遇安跑去。

萧遇安将他打量一番，笑道：“黑了。”

明恕马上争辩：“我训练辛苦啊！我还能白回来。”

萧遇安哪会在意他白还是黑，但有事没事就爱逗他：“都黑了还能白回来？”

明恕说：“我哥多给我做好吃的，我就白回来了。”

当天晚上他们就回了家。

萧家院子还是跟往年一样，挂满灯笼和彩灯。大家挤在厨房准备明天的年夜饭，今天晚上就打火锅。

明家居然也挂着灯笼，明恕本来想先去看看老爷子的，却看见外面停着几辆车。既然有客，那他就不去了。

火锅就摆在院子里，一桌坐不下，得坐两桌。

明恕饿了，坐在萧遇安身边就只顾着吃。

菜都是小姑开车现拉回来的，比在外面吃的好得多。他实习小半年，累得够呛，有多久没敞开肚子吃过了，所以也没注意到萧遇安一直在给他烫那些只用煮几秒钟的肉。

烫好一片，就夹到他碗里。

“哥，你自己不吃？”

萧遇安开玩笑：“得让你先白回来。”

火锅咕咕作响，烫着夜色，烫着年味，烫着家的牵绊。

推杯换盏，长辈们问起这一年的工作，明恕这个老幺自然是话题的中心。

萧遇安站起来，说：“明恕下半年就满二十三岁了，也将正式成为刑警。下一个春节，我们不一定还能回来，先敬大家一杯。”

明恕连忙也站起来，拿起酒杯。

喝过这一轮，萧遇安的母亲朝屋里走去，回来时手里拿着一个黑色的盒子。

她走到明恕面前，将盒子放在明恕手里，然后张开双臂，抱了抱明恕。

明恕愣怔地看着眼前的妇人。

小时候，明恕总是盼着她回来。因为她每次回来，都会带来许多玩具，然后带着他们一群小孩儿到处玩。

她说：“看看是什么？”

明恕打开盒子，放在里面的是一份钥匙。

萧览岳也走了过来：“我们一直把你当小儿子，小儿子这么有出息，马上就是正儿八经的刑警了，我们当家长的也觉得光荣。”

明恕轻声说：“这是……”

“这套房子在市中心，地段和交通都不错。孩子在外拼搏，我们帮不了别的，就送一个港湾吧。”

“可是……”

“可是你已经有港湾了？”萧览岳笑了笑，“这里是老港湾，欢迎你们随时回来。至于新的港湾，就等着你们从那里起航，乘风破浪。”

明恕感动得无以复加，他是一段扭曲婚姻的附加品，可萧家填补了他缺失的一切亲情，甚至给了他更多。

“拿着。”萧览岳将钥匙放在他手里，又回头对萧遇安说：“过两天你带小恕去看看，虽然可能不常住，但我们的心意不能缺。”

明恕走过去，将萧览岳抱住，颤抖着声音说：“谢谢——”

他仿佛失去语言能力，只感到眩晕般的幸福。

他曾经那么不幸，现在却这么幸运。

他有了一个哥哥，从此有了一大家子爱他的人。

“钥匙收好，先吃饭。”萧争云发话了，“肉片都烫老了，后面还有那么多菜，你们还吃不吃？”

火锅吃到最后，桌上就只剩萧遇安这一辈的了。

他们当年都是小孩儿，可现在萧谨澜都有孩子了，最后一个学生明恕也即将大学毕业，他们不再是最小的小辈。

萧遇安和萧牧庭喝酒，明恕也跟萧锦程喝。萧谨澜乐呵呵地看他们，也不劝他们少喝点。

他们萧家的男孩子，聚在一起不容易。

明恕喝多了，被萧遇安架走时，萧锦程还冲他招手，笑嘻嘻地说：“小崽子，小崽子！”

明恕马上急了：“哥，萧锦程喝醉了，你看他瞎说什么呢！”

萧牧庭拍萧锦程的脑袋，萧锦程还冲萧牧庭嘟囔：“他就是小崽子啊！我们家的小崽子！长到一米八五也还是我们家的小崽子！”

春节短暂，从大年初三开始，萧家的军人和警察就陆续离家。到了初五，终于轮到明恕和萧遇安了。

明恕收好新房的钥匙，还拿了把备用的给萧遇安。萧遇安送明恕回冬邺市，仅休息了两个小时，就有队里的直升机来接了。

冬邺市局外，明恕看着萧遇安，眼神坚定：“哥，我是不是最厉害的弟弟？”

萧遇安纵容地笑了。

“我踩着你的脚步，马上要成为真正的刑警了。”明恕说，“我就是挺厉害的。”

萧遇安说：“毕竟是明哥。”

明恕踌躇满志，却也有些惆怅。

他终于要在冬邺这个陌生的城市大展拳脚，独当一面了。他是刑警，没像萧遇安那样接受过特殊培训，毕业之后必须下沉到各个城市。冬邺是他、萧遇安、学校一同商量后，认为最适合他穿上警服的城市。

“那哥，你等我几年。”明恕说，“等我成为一个成熟优秀的刑警，我就去找你。”

萧遇安说：“也许是我来找你。”

明恕说：“你找我？”

萧遇安笑：“未来那么长，看着走。”

冬天还未过去，街头仍是浓厚的春节气息。明恕挥着手跟萧遇安说再见，萧遇安看着他融入这座城市的钢筋与云天。

不久后，他就将成为这座城市的守护者。

“我来找你，陪你。”转身时，萧遇安轻声自语，“你都奔跑那么久了。”

（正文完）

番外一
去海边

这年夏天，大院里笼罩着一层离愁别绪。十八年前，好些家庭像是说好了似的先后迎来啼哭的新生命。十八年后，长成的少年们羽翼渐丰，即将奔赴各自的前程。

最惆怅的莫过于萧家，两个男孩一个要入伍，一个要去公大，朝夕相处一同长大，今后再要聚在一起，恐怕就不是那么容易的事了。

明恕才从寄宿学校逃回来，哥哥就要远赴首都。他恨不得自己连夜长大，连夜参加高考，和哥哥一起念大学。

不过他也算是经了事，温玥给他请心理医生并非做了无用功，起码他学会了掩饰情绪。他再舍不得哥哥，也没有无理取闹。

所以，将离愁展现得最淋漓尽致的其实是萧锦程。

这萧家公认的祸害在高考刚结束时还特别高兴。能不高兴吗？过了这个夏天，长期“欺压”他的萧牧庭和萧遇安就要滚蛋了，他头上的两座大山终于消失，从今往后他就是萧家说一不二的大王！

而且部队和公大都是很辛苦的，很折磨人的。小时候他就爱看萧牧庭受苦受难，老爹将萧牧庭丢到补习班，给萧牧庭请家教，萧牧庭越是在学海中痛苦扑腾，他就越是高兴。

但这种日子没过多久，萧锦程在某一天突然开了窍——过了这个暑假，他就没有哥哥罩了！

祸害之所以能成为祸害，其实也是哥哥姐姐给惯出来的。明恕跑来萧家当弟弟前，萧锦程可是心肝宝贝老幺。

萧锦程烦人是烦人了点，成天给萧牧庭和萧遇安找事，却也不是不识好歹。谁疼他，他能不知道？

现在哥哥们要离家了，他那感情一上来，汹涌得像是把天给捅漏了。

于是萧家时不时回荡着——

“哥哥啊！我的哥哥啊！你们怎么就这么走了！”

“萧牧庭！我的萧牧庭啊！”

“萧遇安！我舍不得你！”

“你们不要丢下我！你们回来！”

萧牧庭、萧遇安：“……”

这皮猴子，咒谁呢？

萧遇安看看萧牧庭，萧牧庭又气又烦：“打一顿吧？”

萧遇安笑：“你打去。”

言下之意——我就看你舍不舍得。

萧牧庭还真舍不得。虽然萧锦程就是被他和萧遇安揍着长大的，但现在不一样了。兴萧锦程鬼哭狼嚎，就不兴他有点儿含蓄的不舍啊？十八岁，不就是将兄弟情谊看得最重的岁数吗？

况且萧锦程这马上念高中了，长得俊，好面子，他都许久没动过手了。这一走，最记挂的还是这不让人省心的弟弟。高考那天喝醉了，不还将萧锦程托付给明恕了吗？

萧锦程简直了，比明恕这小不点还能闹。

这时，萧锦程瞎号完了，正在动员明恕。

“萧牧庭和萧遇安都要走了，你咋还这么淡定？白疼你了！”萧锦程戳戳明恕脑门，那神情像极了面对差生的班主任。

明恕挨了一回戳，立马躲开。他心想：我哪儿淡定了？

“走！跟我喊去！”萧锦程满身是汗，却像有使不完的劲，树上的蝉都没他能唱，“我们要让萧牧庭和萧遇安知道，我们舍不得他们，这个家没他们不行！”

明恕力气没萧锦程大，被拽着下楼，边跑边说：“但是哥哥要上大学，庭哥要当兵，这都是正事。我们……我们应该支持！”

被小孩子教育了，萧锦程一个急刹车。明恕没刹住，猛地撞到他背上，鼻梁都给撞红了。

“我当然知道！”萧锦程哪能让自己显得比明恕还不讲道理，连忙气势汹汹地说，“我们不舍得，但我们很支持，这又不冲突！”

明恕揉着鼻子：“昂……”

萧锦程手叉腰，给明恕上课：“我以后还要当警察呢，我也是要离开家的。但他们走之前，我们要让他们感受到亲人的温暖，兄弟的牵绊，这是一种力量，懂？”

明恕：“……”

懂了，又没完全懂。

萧锦程又说：“所以，跟我喊！萧……”

明恕打断：“可是我觉得你喊得不对。”

萧锦程奓毛了：“哪儿不对？”

“不，不吉利。”

萧锦程这人有个优点，知错能改。一通反省后，他揽住明恕的肩膀，小声说：“那我们换个方法。”

“什么方法？”

“没想好呢！”

“哦。”

“哦什么哦，一起想！”

萧锦程突然消停了，萧遇安和萧牧庭还有些不适应。他们正在下军旗，小时候没那么多电子设备，一盘军旗兄弟俩能玩一下午——当然这是萧锦程不来捣乱的情况。

上初中后军旗就被丢到了一旁，还是前几天萧谨澜回来找同学录，才给翻出来的。

明恕稀罕，萧遇安教他下了几次，想起当年和萧牧庭没分出胜负，这才又玩了起来。

院子里蝉鸣声声，下午的阳光将门外的小路冲刷得泛白，但树荫下却是凉快的。

萧谨澜端来切好的西瓜，看两人下军旗。

“后面怎么安排？”萧牧庭吃掉萧遇安一组工兵。

暑假过半，毕业聚餐什么的已经搞过好几轮。刚考完那会儿很多人都哭了，男生也都红了眼眶，现在平复下来，更多的是对未来的踌踌满志。

“我想回海边待几天，以后没多少时间回去了。”萧遇安反手炸掉萧牧庭一个屯兵点，抬头，“你呢？带萧锦程上哪儿旅游？”

带萧锦程旅游是件特别头痛的事，去年旅游完回来，萧牧庭就生无可恋地躺在沙发上，两眼空洞：“再也别让萧锦程跟着我，我老了十岁，不，二十岁！”

而萧锦程正在院子里呼朋唤友分礼物。

往事让萧牧庭眼皮跳了跳，下错一步棋，笑骂：“你故意的吧！”

萧遇安咬一口西瓜，耸耸肩以示自己无辜。

“啊！”萧谨澜突然说，“要不我们都去海边吧？把小宝贝儿也带上，他不是一直想去吗？”

萧遇安和萧牧庭同时看过来。

萧谨澜兴致勃勃地说：“牧庭，反正你也没定地方吧，锦程去哪都行，我们人多，还能给你分担一下。”

萧牧庭马上举双手赞同：“就这么说定了！”

萧遇安却有些犹豫，外公在冬天过世了，家里就剩个外婆，他想安静地陪老人家几天。

这么一大帮人过去，怕老人家吃不消。

“没事儿！”萧谨澜说，“锦程你还不知道，他懂事儿，不该闹的时候从来不闹的，乖起来哪个长辈不喜欢。而且咱们下次一起出去玩也不知道什么时候了。还有还有，小宝贝儿不是特别想去海边吗？”

那次明恕收拾好了行李，对即将到来的旅行满心期待，却迎来了一个不堪的寒假。

萧遇安每每想到这件事，就觉得遗憾。

而且明恕一个人在寄宿学校受了不少苦，回来之后比以前安静了——这是不那么明显的变化，但他还是注意到了。

“行，去海边。”萧遇安推掉了萧牧庭的总部，最终拍板。

萧锦程和明恕在书房激情创作了一条横幅，歪歪扭扭写着“致我们最伟大的好哥哥，祝你们拥有辉煌未来”。

家里没有太长的纸，横幅是明恕发挥手工天赋，用彩色纸一张一张粘起来的。

两人小心翼翼托着横幅来到院子里，萧锦程清了清嗓子，学着校长讲话的架势："女士们、先生们，我和明恕有话要说！"

横幅还没展开，萧谨澜已经忍不住笑了。

明恕认真地看向萧遇安，那眼神仿佛在说：哥哥，你看我的，我要给你一个惊喜！

萧锦程带着明恕就干不了任何好事儿，萧牧庭和萧遇安对视一眼，各自无语。

萧锦程朝明恕抬下巴，明恕会意，二人各自拉着一端向两头跑。

横幅"唰"一下展开。

但大约因为没排练好，又太想向哥哥表达自己的心意，明恕冲得太凶，居然把横幅给扯成了两半。

萧锦程气死了，横幅一丢，满院子追明恕："你个臭东西！你赔我横幅！"

萧牧庭说："你看清那上面写什么了吗？"

萧遇安说："最伟大的好哥哥？"

萧牧庭扶额："不敢当，不敢当。"

萧谨澜都快笑得直不起腰了。

明恕冲过来："哥哥！救我！"

萧遇安抬手一扶，明恕连忙躲到他背后，只探出脑袋。

被萧锦程追的时候，他急得满脸通红。这下被哥哥护着，他登时不急了，一双眼睛亮亮的，连眉梢都不经意地挑了挑。

这模样看在萧锦程眼里，可真是狐假虎威，得意得蹿天了！

"有本事你出来！不要躲在萧遇安后面！"

明恕最会在萧遇安跟前卖乖了，扯扯哥哥的衣服，娇娇地说："哥哥，我就在你后面，我不出去。"

萧遇安背着手拍拍明恕的脑袋，萧谨澜把断掉的横幅捡起来："姐给你们修好。"

萧牧庭按住萧锦程的头："站好。"

萧锦程还在生气："干吗？"

萧牧庭学着萧锦程刚才的语气道："女士们，先生们，我也有话要说。”

两个小的马上竖起耳朵。

明恕直觉是什么他想象不到的好事。

“我和遇安决定了，带你们去海边过夏天。”

院子里安静了一秒，萧锦程一蹦而起：“真的？萧牧庭你要带我去海边？”

萧牧庭差点被飞奔过来挂自己身上的萧锦程撞倒，稳了稳脚步，险险保住大哥的面子，佯装生气道：“你给我下来！”

“嗷！不下来！我写得没错，你果然是最伟大的好哥哥！”

萧牧庭虽然一脸不耐烦，心里还是被捧得十分舒坦的。

另一边，明恕惊喜地望着萧遇安：“哥哥，我们真的要去海边？”

他可太高兴了，声音都有点颤抖。

也不知道是不是从树荫漏下来的光全落到了明恕眼里，萧遇安觉得明恕的眸子比任何时候都更亮。

“想去吗？”他明知故问。

“想！”明恕响亮地回答，“哥哥，我想！”

萧遇安弯着眉眼，就刚才，明恕的兴奋劲压过了蝉，也压过了萧锦程。

“好，我们收拾行李去。”

萧遇安几乎每年都会去海边住一段日子，却是头一次带这么多人一起去。他提前给那边的亲戚打电话，舅舅和小姨都很高兴。

萧谨澜麻利地把姐弟五人的机票订好，这趟没有家长，她就算是家长了。

收拾行李时，萧锦程阵仗最大，用了一整个箱子装他帅气的球鞋。衣服塞不下，他就厚着脸皮丢萧牧庭箱子里。

萧牧庭懒得惯他，当着他的面把他的衣服扔出来，并数落道：“爷爷怎么教的，忘了？”

萧家氛围和睦，但家教其实挺严。小辈们各自有一个箱子，每次出去，自己的东西都得规规整整放在自己的箱子里，这是萧争云的规定。

“那我不是放不下了吗？”萧锦程坐在地上耍赖，“我就借一下你箱子的空间。”

萧牧庭不客气地拆穿他：“你这是借吗？你就是想我帮你提！”

“你亲弟弟有这么卑鄙吗？你还是不是最伟大的哥哥了？”

“谢谢，不是。”

萧牧庭太懂这卑鄙的亲弟弟了，讲理不管用，不如直接动手。他提起萧锦程的箱子，把鞋子都抖了出来，看得萧锦程“嗷嗷”乱叫：“萧牧庭！别摔我鞋！我跟你拼了！”

可惜他现在根本不是萧牧庭对手，高三毕业生和初三毕业生打一块儿，身体上的优势是压倒性的。萧牧庭轻而易举将萧锦程降服，最后难得苦口婆心道：“听哥一句，去海边就别带你那些宝贝鞋了，被泥啊沙的毁了，你都哭不过来。”

萧锦程一听，好像还真是：“那我跟明小狗说一声去，我上周才带他买了双新鞋呢！”

明恕也在收拾行李，但他没有萧锦程的烦恼。能和哥哥一起去海边就是最好的，穿什么都无所谓，非要带点什么的话，他可以把自己缩进哥哥的箱子里，当哥哥的行李。

他把这话对萧遇安一说，萧遇安笑道：“那不行，你这行李过不了安检。”

说到安检，明恕忽然想起一件不愉快的事。

他准备送给哥哥的精美匕首，就是在过安检时被拦了下来，明豪锋和温玥问都没问过他，就把匕首给扔了。

见明恕低下头，萧遇安观察了一会儿，问：“怎么了？”

明恕把心里想的说出来，不等萧遇安安慰，已经有了新的烦心事：“那哥，我还没想好在海边送你什么呢。”

萧遇安难以理解明恕为什么一定要辛苦把礼物带到海边，但想一想，半大孩子总是有一些古里古怪的偏执，他不该给这种偏执泼冷水。

“没事，慢慢想，我很期待。”

萧遇安这话把明恕激励得不轻，正好萧锦程跑来了：“期待什么，期待什么？”

明恕那点儿骄傲全从眼睛里涌了出来：“哥很期待我送他礼物！”

萧锦程一听有礼物，那可就不得了：“我的呢？”

明恕：“啊……”

“居然没有我的？你个没良心的小崽子！”萧锦程喊道，“不管，萧遇安有，我也得有，萧牧庭和姐姐也得有！”

明恕只好说：“你们都有。”

他又悄悄跟自己说：但哥哥的是最好的。

萧锦程这才满意：“我看看你带了什么？萧牧庭说不能带太多鞋……”

明恕起初觉得自己没什么可收拾的，但收来收去还挺多，箱子都快放不下了。

萧遇安在一旁看着，从他箱子里拿出一些放到自己箱子里。

明恕说：“谢谢哥。”

萧锦程直呼不公平：“萧牧庭为什么不让我放！”

萧遇安知道这兄弟俩为行李的事吵过，故意说：“因为我比较伟大。”

明恕说：“最伟大的哥哥！”

萧锦程愤而找萧牧庭理论去了。

出发的这天日光大盛，萧谨澜给弟弟们准备了风格不同的墨镜。萧遇安和萧牧庭走的是酷哥路线，萧锦程的就比较可爱，至于明恕，戴的就是儿童墨镜了。

萧谨澜怕小孩儿晒着，还给明恕扣了一顶青蛙遮阳帽。

这么一群人走在候机厅，俨然一道青春逼人的风景。可经过落地窗时，明恕看了看自己和哥哥的倒影，顿时明白了萧锦程早上的抗议。

萧锦程当时是这么喊的：“姐姐偏心！为什么萧牧庭的墨镜那么帅？我这个是女孩儿戴的！”

此时他的影子比哥哥矮许多，哥哥穿着黑色T恤和牛仔裤，戴一顶鸭舌帽，墨镜挡住上半张脸，很高，手臂已经有了肌肉的轮廓。不像自己和萧锦程那样单薄如竹竿，走路带风，简直比电视里的明星还酷！

而他呢？墨镜比萧锦程的还幼稚不说，帽子也特别丑！

和哥哥站在一起，哥哥是白雪公主，他就是小矮人！

萧遇安回头招呼：“跟上。”

明恕难得地闹起别扭，蹲在地上说："哥，我不走了。"

离登机时间还早，萧遇安有时间和他磨，也蹲下来，扯扯他的青蛙遮阳帽："什么毛病？"

"哥，我们换墨镜好不好？"明恕眼巴巴的，说着就要伸手。

萧遇安没给："这是大人的墨镜，你戴不了。"

"可我想戴。哥，求求你。"

"不。"

"那我们换帽子？"

萧遇安怎么可能戴青蛙帽子："你可以和萧锦程换。"

明恕摇头："他的不酷。哥，你的酷。"

萧遇安笑："我酷我的，有你什么事儿？"

明恕没讨到好，不肯起来。萧遇安故意将他留在原地，没走几步就听见他跟了上来。一看，小孩儿表情又委屈又倔强，挺好玩的。

上了飞机，五人分两排坐。明恕坐在窗边，飞行平稳后，没一会儿就睡着了，后面的萧锦程也很快没了动静。

这俩人昨晚一宿没睡，说是清点行李，其实就是亢奋，瞎玩，这时候终于知道困了。

萧遇安要来一张小薄毯给明恕盖上，过了一会儿，又把自己的墨镜架在明恕鼻梁上，鸭舌帽也扣上去，无声地笑了笑。

明恕这一觉睡得踏实，也没惦记墨镜了。

他想要哥哥的墨镜，并不是因为觉得那墨镜有多酷，只是想和哥哥一样。落地窗前的对比太伤他的心了，那种感觉就是，他还是个没用的小孩，而哥哥已经成为大人，他们之间的差距越来越大，哥哥将会离他越来越远。

哥哥的步子，他就要跟不上了。

飞机降落前，明恕醒了，一睁眼就发现脸上有东西。他愣了几秒才意识到，那是哥哥的墨镜！

"哥哥！"

"嘘——"萧遇安说，"安静。"

明恕是知道乘机礼仪的，连忙压低声音，但语气里的开心是按捺不住的："哥，你答应和我换了？"

萧遇安故作无情：“不换，借你戴一会儿。”

即便只有一会儿，明恕也很高兴，拿着墨镜爱不释手地打量，又戴回去拼命在窗玻璃上照。

下机后，萧遇安也没把墨镜要回去，明恕昂首挺胸，走得虎虎生威，引得萧锦程鄙视道：“一副墨镜而已，看把你得意的！”

萧牧庭经过，萧锦程立即追上去：“萧牧庭，我要墨镜！萧遇安都给明恕了！你是不是伟大的哥哥……”

萧遇安的舅舅开车来接，萧牧庭和萧锦程也跟着喊舅舅，明恕也想认亲，但成人墨镜太大，为了不让墨镜滑下来，只能昂着头：“舅舅好！”

舅舅一看，乐了：“哪儿来的骄傲小孩儿，鼻孔朝天呢。”

明恕被说得不好意思，想摘墨镜又舍不得。舅舅笑道：“骄傲好，小孩儿就该骄傲，戴着，别摘，舅舅给你们拍张照。”

这是家里的规矩，小辈来的时候和离开的时候都要拍照留念。

五人在机场门口站好，萧遇安和萧牧庭最高，自然站中间，萧谨澜和萧锦程在两边。明恕最矮，正自觉地往姐姐身边靠，萧遇安将他拨拉到自己身前：“站这儿。”

明恕斜着抬头：“可我矮。”

萧遇安笑：“别废话。”

舅舅说：“准备好没？拍了啊。”

快门摁下的一刻，明恕的墨镜又滑了。他连忙将头一昂，镜头定格住他在一众哥哥姐姐中“趾高气扬”的小模样。

车开了一个多小时，空气里已经是海的味道，一座座漂亮的小楼出现在天际线上。明恕趴在车窗上，发出小声的赞叹。

孙辈的到来让外婆很高兴，家里也提早准备了消暑茶和海鲜大餐。

海边的房子都是小栋小栋的，五个孩子一人住一间的话，就得分开住两个院子。舅舅考虑到萧遇安和萧牧庭都大了，萧谨澜又是女孩子，本来是这么安排的，结果萧锦程却突然兄弟情深地抱着萧牧庭不让走：“萧牧庭，你都要当兵去了，今后天南海北的，你会想我这个世界上最好的弟弟的。”

明恕有学有样，也拉住萧遇安：“哥哥，你都要上大学去了……”

因为两个戏精弟弟，院子没分成，萧牧庭和萧锦程住一屋，萧遇安带明恕住一屋，大家将风景最好的一间房让给了萧谨澜。

萧谨澜说萧锦程懂事是有道理的，大家都还在楼上收拾时，他已经先一步冲进厨房，给外婆和做饭阿姨打下手了。

外婆上了年纪后就不怎么自己动手了，这次是孩子们回来，才亲自下厨。

萧锦程嘴甜，手脚还麻利，虽然会的不多，但一会儿工夫就把外婆哄得笑呵呵。

“遇安总欺负你呀？那不行，我得去说说他。”

萧遇安和明恕刚到厨房，就听见外婆这么说。

萧遇安：“……”

告污状的来了。

外婆招手：“遇安，快带小恕过来，大杂烩刚煲好。”

萧锦程闻着香味吸溜口水，他听姐姐说过很多次外婆做的大杂烩。名字虽然很大众，但其实是用秘制的酱料做的海鲜汤锅，是其他地方吃不到的美味。不仅里面的海鲜可以吃，汁还能拌饭，萧遇安每次吃完都要就着汁干掉两碗饭。

他想，自己的话，干三碗不在话下！

还没正式开餐，外婆给三人开小灶，盖一掀，浓郁的香味扑鼻而来。明恕当即就馋了，即便是萧遇安也不由自主咽了口唾沫。

外婆盛了三碗，只有在海边才吃得到的新鲜虾贝满满叠在一起，周围是浆黄色的浓汤。

“小恕，这是外婆的拿手好菜，你哥哥姐姐都最喜欢。”外婆将碗放在明恕面前，和蔼地说。

明恕本来就被香味勾得不轻，一听这是哥哥最喜欢的，赶紧夹起一只大虾就往嘴里送，被烫得狠狠皱起眉。

外婆笑道：“慢点慢点，多着呢。”

萧遇安将明恕的大虾夹走，帮忙去掉壳，再丢回明恕碗里。明恕也伸手去拿萧遇安碗里的大虾：“哥，我帮你。”

“吃你的。”萧遇安不让。

萧锦程赶紧把碗端过来："帮我，帮我！"

明恕才不。

萧锦程骂道："嘿，你个狗崽子，就知道给萧遇安当狗尾巴！"

都是正在长身体的男孩子，一碗根本不够吃。萧锦程还惦记着汤汁拌饭，但外婆不给他们吃了，说一会儿开餐了还有烧烤和炒菜，省着点肚子。

明恕卖乖不输萧锦程，吃完大杂烩就围着外婆转，机灵得很，一说有菜要洗，就赶紧抢过来。

不过他的勤快和萧锦程的勤快还不一样，论小心思，萧锦程哪儿比得过他。

"外婆，哥哥还喜欢吃什么呀？"

"嗯……遇安吃得精，好多东西都不吃，味道大的作料不喜欢，你可别学他。"

明恕眨眼，哥哥还总说他挑食，逼着他吃青菜、水果，原来哥哥也挑食啊。

海边的日落是城市里见不到的瑰丽，像是有一大片金色融入碧蓝，不久，天际变成泛着幽光的宝蓝。

为五个孩子准备的晚餐也正式开餐了。

舅舅在院子里生了炭火，海鲜现烤现吃，饮料是鲜榨果汁。考虑到萧遇安和萧牧庭已经高中毕业，还准备了一些啤酒。

萧锦程下午还算着自己要吃三碗拌饭，此时已经将饭忘到了后脑勺，满桌的海鲜他都吃不完，哪儿还有饭的位置？

明恕寸步不离萧遇安，一边自己吃，一边往萧遇安的盘子里丢烤好的海鲜。

萧遇安和萧牧庭去院子外面喝酒，他也追出来送菜。

"你自己吃。"萧遇安撵他。

"外婆说你挑食，让我监督你。"狗尾巴哪儿那么容易被撵走。

萧牧庭笑起来："完了，被管着了。"

明恕举着烤串要喂萧遇安，萧遇安接过来："行了啊。"

明恕跑了几趟，堆在面前的盘子越来越多，一时半会儿也吃不完，索性不跑了，坐在哥哥旁边吃。

星河横贯天际，像一条充满变数又熠熠生辉的通途，酒精点燃了血脉里的斗志，萧遇安和萧牧庭碰了碰杯，从军旗说到真正的战场。

明恕趁萧遇安不注意，偷偷喝了一口啤酒，不一会儿就开始头晕目眩。不过他老实坐着不动，没让哥哥发现。

萧锦程在院子里撑成了狗，后知后觉发现少了人，打着嗝找出来："哇，你们在这儿！"

萧牧庭拍拍身边的位子，让他坐。他刚一坐下去就蹦起来，像被什么扎了似的。

"坐着刺了？"萧牧庭问。

萧锦程直摇头："我就站着，我撑，坐着胃都要裂了。"

院子外海风阵阵，吹着很舒服，萧锦程自顾自地转圈消食。最后他弯腰看着明恕，晃了晃手，以发现新大陆的语气喊道："你们看，小家伙晕了！"

明恕皱眉摇头，小声争辩："我没晕。"

萧遇安这才发现，明恕喝了自己的酒。

萧锦程赶紧把萧谨澜叫出来，一起观赏明恕偷喝酒的下场。明恕觉得丢脸，干脆把脸埋到哥哥手臂里，喉咙里发出"咕咕"的不满声响。

"我带他去海边醒醒脑。"萧遇安把明恕扶起来，笑着教训："谁让你喝我的酒了？"

明恕理亏，抬头一看，满天的星星都在转。他果断认错："哥哥，我下次喝可乐。"

萧锦程笑得前仰后合。

萧牧庭说："小心把你那金贵的胃笑裂了。"

萧锦程当即捂住嘴。

萧遇安带明恕去海边的路上还不忘笑萧锦程，回头道："捂嘴有什么用？捂胃啊。"

萧锦程又捂住胃，然后反应过来自己被两个哥哥欺负了，喊道："外婆，您评评理，他们以大欺小！"

萧牧庭摁着萧锦程的后脖颈："你就别瞎嚷嚷了，走，跟我收拾碗筷去。"

舅舅却不让："我们有的是人，你们别管，和遇安一起去海边走走。”

白天的热度已经消退，夜又没有特别深，这时走在沙滩上，清凉的浪花打过来，最是惬意。

萧谨澜穿着豆绿色的裙子走在最后，风将她的长发吹起来，和裙子一起飘荡。萧锦程要和萧牧庭赛跑，在浪里跑出十多米了，才发现萧牧庭根本没有追上来。他又找明恕赛跑，明恕看看萧遇安，萧遇安说：“你清醒了？”

明恕感受了下，诚实道：“没有呢。”

萧遇安对萧锦程说：“校草，怎么沦落到和小学生赛跑的地步了？”

萧锦程觉得自己被夸了，又觉得自己被嘲讽了，气得跳起来，倒退着跑：“这样总行了吧？”

哪知还没退几步呢，他就摔在了浪花里。

“哎哟！”萧锦程吃痛号起来。

少年向往夏天的海，萧锦程这一摔，溅起白浪，倒是把明恕给激清醒了，也冲进浪里撒欢。

萧遇安还想叮嘱一声，就被明恕浇了满身水。

“哥哥！来玩水呀！”

记忆忽然倒流回刚将明恕领回家的那个夏天，明恕吃薄荷冰吃得满手都是，弄脏了他的白衬衣，自告奋勇要给他洗衣服，却一个人玩水玩得不亦乐乎。

那可怜巴巴的小孩，一转眼就要念初中了，笑得不再小心翼翼，而是眉眼舒展，恣意开怀。

萧遇安笑了笑，大步闯入面前欢腾的浪花里。

四人在海水中嬉闹，星光铺洒在他们周围，碎去又聚拢，是无尽的征程，也是炽烈的青春。

突然，萧锦程说：“快看，姐姐在臭美！”

他们停下来，看向不远处的萧谨澜。

萧家的公主已是亭亭玉立，用手机拍下弟弟们打闹的视频后，正在悄悄自拍。

萧牧庭敲了敲萧锦程的后脑勺：“瞎说，姐那不叫臭美。”

明恕说：“姐姐是真漂亮！”

萧谨澜听到了，笑着喊道："我们小宝贝儿最会说话！"

热闹了一天，萧锦程回到家中倒头就想睡，却被萧牧庭逮起来洗澡。

明恕自觉地洗完澡，想再和哥哥说一会儿话，可萧遇安从浴室出来时，他已经睡着了。

萧遇安给他盖好被子，正要去沙发上睡觉，就听见他嘀嘀咕咕。

说梦话了？萧遇安停下脚步，弯腰仔细听。

"哥……"明恕在梦里还苦恼着，"你想要什么礼物啊……我还没想好呢……"

萧遇安心中登时柔软了，轻声说："小孩儿烦恼还挺多。"

本来明恕只打算送萧遇安礼物，但经过萧锦程这活体喇叭一宣传，萧谨澜和萧牧庭也跟他讨礼物来了。

他看得出来，姐姐和庭哥是开玩笑的。但既然话已经放出去了，他就不想敷衍。

海边一到夏天，就有很多活动，晚上尤其热闹。歇了一天之后，萧遇安领着三兄弟去夜市。夜市不算远，但走着也够呛，萧遇安跟舅舅要来三辆自行车，骑着去，明恕坐他后座上。

夜市上卖什么的都有，一个纪念品区、一个游园区、一个美食区。萧锦程中考发挥得还行，得了一大笔奖励，这时候充起了大款，请大家在美食区胡吃海喝。

明恕其实对萧锦程请吃的食物有点阴影，小时候萧锦程带他吃路边的串儿，让他吃进了医院。

萧遇安递给他一碗冰凉甜豆花，把他手里的铁板墨鱼仔拿走："吃这个。"

刚还担心要闹肚子，现在墨鱼仔被哥哥拿走，明恕又不乐意，追上去硬是咬走了一颗墨鱼仔。

他跑得有点急，一张折起来的钱从裤袋里掉了出来。

萧遇安捡起钱，放进自己包里，又让明恕把钱全部拿出来，他帮忙收着。

明恕很愿意让哥哥管自己的钱，笑嘻嘻地奉上。

萧遇安却正经跟他说，夜市热闹归热闹，但坏人也不少，财物要放好，别跟着陌生人走。

说完萧遇安又觉得自己多虑了，明恕不小了，不至于被拐走。再说，人家有能耐，前不久不还自己搭长途汽车回来了吗？

“快看，那是什么！”萧锦程的声音从前面传来，明恕和萧遇安一同看去，只见萧锦程正站在一个工艺品摊位前，转身朝他们喊：“贝壳枪！”

明恕：“啊！”

哥哥欠他一把贝壳枪，他为这事还哭了一场。虽然后来哥哥和他一起做了一把枪，又送了他亮晶晶的手串，但他还是有点遗憾。

时隔多年，贝壳枪早就升级了，现在的比以前的更大更华丽，还有灯光和音效开关。这些小机关不大能诱惑准高中生萧锦程了，但对准初中生来说还是有很大的吸引力。

当明恕抬头看自己时，萧遇安就知道他想说什么。

“哥……你记不记得小时候……”

萧遇安装傻：“小时候什么？不记得了。”

明恕聪明，知道哥哥是在逗自己：“你明明就记得。哥，我小时候超羡慕庭哥和萧锦程，他们都有，就我没有。”

萧遇安继续装：“哦。”

明恕又说：“哥，你现在送我也不迟。”

没人可以拒绝小孩儿这么直白的请求，萧遇安脑中浮现豆丁明恕忍着眼泪转身的孤独画面。这小东西，跟他算陈年旧账来了。

摊位上最帅气的一把贝壳枪被萧遇安买了下来，明恕神气活现地接过，大摇大摆地走在灯光中，觉得自己就是这夜市里，不，这天地间最幸福、最牛气的人。

萧牧庭和萧遇安一块儿跟在后面，说：“小家伙不是要送我们礼物吗？怎么你先送上了？”

萧遇安说：“小家伙想要，就送他吧。”

萧牧庭笑：“他要星星你也给他？”

“那不会。”萧遇安说，“别看他小，心里有数。”

走了几步，萧遇安又说：“我心里也有数，惯不成纨绔的。”

过了晚餐时间，游园区就成了最热闹的地方，套圈、猜灯谜、烟花表演、花车游行都在那边。明恕端着贝壳枪开路，萧锦程却早就冲到了最前面。

这时，人群里传来一声尖叫："我的包！"

有人抢劫！

靠得最近的萧锦程立即朝黑影冲去，明恕急忙喊："哥！庭哥！你们快来！"

欢声笑语不绝的夜市突然变得混乱，在危险发生时，很多人本能地避开，有人被撞倒在地，拥挤之下像倒下的骨牌。

却有白衣少年闪电一般追向黑影，在女人的哭声中喊道："站住！"

那抢劫者是夜市的常客，靠偷靠抢成功了多次，大约没想到会被一个少年追，一时惊慌，抱着包撞开摊位，珍珠贝壳工艺品碎了一地。

若是反应慢一点，这一下就该被绊倒了。但萧锦程的反应快得非同寻常，跳起来高高一跃，继续追击。

他跑得实在是太快了，闻讯赶来的萧遇安和萧牧庭被无序推挤的人群堵住，难以立即追上。

抢劫者冲出夜市，朝一条光线暗淡的小巷奔去。萧锦程在巷口短暂一顿，而后义无反顾地闯入。

就在紧邻喧闹的黑暗里，四个面目可憎的男人逼向萧锦程。其中一人正是抢劫者，而他手里把玩着刀光雪亮的匕首。

萧锦程瞥一眼角落，被抢来的包被丢在那里。

"我让你追！那么多人不追老子，就你有本事？"抢劫者靠近，将刀拍在萧锦程脸上。

另外三人此时已经将他围在中间。

"老子这刀是见过血的。"抢劫者说着一挥，刀尖朝着萧锦程肩膀扎去。

电光石火，萧锦程猛然矮身，迅速出拳。只听一声痛呼，抢劫者捂着胃在地上像鱼一般翻腾。

但这一击彻底激怒了其他三人，萧锦程灵活归灵活，却无法同时和四个成年人对抗。萧遇安和萧牧庭赶到时，他左臂被划出一道血淋淋的口子，一人正踩在他背上，要将他踩进土里。

少年单薄的脊梁却拼了命不肯塌下。

萧牧庭一看那情形，当即暴怒。等警察赶到时，四个歹徒已经全部倒在地上，痛苦呻吟。

两个哥哥赶来之前，萧锦程像个顶天立地的小英雄；哥哥来了，他立即这里痛那里痛。

萧遇安和警察去做笔录。

萧牧庭和明恕陪萧锦程去医院，缝了针，一通检查下来，除了刀伤，幸好只有一些软组织挫伤。

坐在病床上，不等萧牧庭说话，萧锦程就自夸起来："我不仅会打人，我还会'被打'，要害我全部护住了，我怎么这么厉害啊！"

"被打"的确是门学问，在处于劣势时，如果不会"被打"，那恐怕会受很重的伤。

萧牧庭这会儿心情很不好，居高临下地看着萧锦程。

萧锦程却越说越兴奋，如果不是还吊着输液瓶，他已经跳下来表演怎么追歹徒了。

明恕感受到萧牧庭越来越低的气压，努力给萧锦程递眼色，最后终于忍不住："你就闭嘴吧，庭哥要打人了！"

萧锦程震惊了："萧牧庭，我当了英雄，受了苦，你居然要打我？天哪，我要告诉姐姐，我要告诉外婆！"

萧牧庭拳头都捏紧了，愣是没捶下去。

要不是萧锦程受伤了，他真会收拾萧锦程。这会儿他心情特别复杂，一方面萧锦程见义勇为是好事，他们萧家的人，今后都是要走上这条路的。但萧锦程英雄得过了头，这次算是幸运，没怎么着，那下次呢？他和萧遇安如果没及时赶来呢？

想到这点，萧牧庭就更加烦躁。很快，萧锦程身边就没有他和萧遇安这两个哥哥了，萧锦程从小被保护得那么好，今后遇到事儿了怎么办？

明恕的贴心在这时候就表现出来了。他走到兄弟俩中间，张开双臂挡住萧锦程，语气坚定却又带着一丝稚气地说："庭哥你放心，萧锦程由我来保护，没问题的！"

萧锦程当即给了明恕一下："我还要你这个小不点保护？"

萧牧庭瞪萧锦程："给我老实点！"

气氛就此缓和，明恕松了一口气，说要去外面等哥哥，就出去把门给带上了。

病房里安静下来，萧牧庭在病床旁走了几圈，调了几次点滴的速度，终于坐下来，认真看着萧锦程。

萧锦程这会儿乖了，喊了声哥。

“下次遇到这种事，不要一个人去追。”萧牧庭用大人的口吻道，“掂量一下自己的能耐。”

萧锦程说：“我不怕。”

萧牧庭差点又火了，忍住道：“知道你不怕，但对方厉害得多怎么办？今天这刀如果捅你内脏里、动脉里怎么办？”

萧锦程想了想：“我会变强！”

萧牧庭：“……”

萧锦程忽然正色道：“萧牧庭，我将来要当警察，特警！”

“我知道。”

“所以我不怕，如果我怕了，我没有变强，我就不配当特警，我也不能成为你们的骄傲。”

萧牧庭十分惊讶：“我们的骄傲？”

萧锦程点点头：“你和萧遇安一直都是我的骄傲，我也想成为你们的骄傲。虽然你们老是欺负我。”

萧锦程从小就是只皮猴子，没大没小，连哥哥都很少叫。突然说出这么扎心窝子的话，萧牧庭一时竟有些受不住，半天才憋出一句：“谁让你不听话。”

“我觉得我还是挺听话的，我从来没有犯过大错。”萧锦程又得意起来，“萧牧庭，你也要听我的话。”

萧牧庭挑眉：“你说来我听听。”

萧锦程在床上盘起腿：“你到了部队上，要照顾好自己。你去当特种兵，比我和萧遇安都危险和辛苦。你是大哥，你不能让我们担心。”

萧牧庭：“……”

好的，又被这皮猴子扎心窝子了。

兄弟俩难得的温情时刻，萧牧庭没法再板着脸训萧锦程，沉默了一会儿说："行，不让你们担心。"

萧锦程开心了，晃着脑袋说："真想快点长大啊，等我当上了特警，我们就来比比，看谁抓的坏人多！"

萧牧庭说："那肯定是我。"

萧锦程不服："是我是我！"

萧遇安从派出所赶来，在医院走廊里看见明恕："怎么在这儿站着？萧锦程怎么样了？"

明恕朝病房指了指："庭哥正在和萧锦程谈心呢，我们别去打搅他们。"

萧遇安一听就懂了，笑道："那让他们谈，我们去给萧锦程买点水果。"

不久，萧谨澜和舅舅也急匆匆地赶来了，萧锦程很有精神和礼貌地跟舅舅说自己没事。萧家的孩子上自己家来玩，结果受伤住院了。舅舅过意不去，要联系护工照顾，萧牧庭马上说不用，他留在医院陪就行。

舅舅起初坚决不同意，后来萧遇安和明恕提着水果回来，萧遇安好说歹说，才把舅舅给劝回去。

萧牧庭租来一张陪护床，往病房一摆，萧锦程兴奋得像参加春游活动："我们今晚夜谈吗？"

"夜谈个鬼，睡觉！"萧牧庭没好气。

萧锦程说："但你都要走了，春节也不回来。"

"你要走了"简直成了萧锦程的撒手锏，萧牧庭被他闹得没法子，还真陪他聊了一宿的天。

第二天明恕早早赶来，悄悄跟萧遇安说："哥，你今后可不能受伤，庭哥照顾萧锦程一晚上，感觉像老了十岁噢！"

萧遇安忍俊不禁，又听明恕说："不过我熬夜照顾你，老了十岁的话，你就得叫我哥哥了。"

萧遇安："……"

萧锦程伤得不重，但天热怕感染，萧牧庭不让他出院，天天在医院输液。他只能听明恕说今天玩了这个，明天要玩那个。

少年见义勇为把夜市的乱象闹大了，警方下大力气整顿，那个被抢了包的女士送来不少慰问礼，坚持要支付医药费，还制作了一面锦旗。

这下可把萧锦程给开心坏了，他一只手还没拆线，另一只手舞着锦旗，将病床当舞台："你们谁有锦旗？只有我有锦旗！从今天起，我要改名！我叫萧锦旗！"

萧家男儿的英勇无畏在这个夏天冒出一个尖尖角，仿佛预示着他们用血和汗水浇灌的未来。

少年最易被荣光鼓舞，明恕望着萧遇安说："哥，我想好送你什么礼物了。"

萧遇安说："你也要给我做一面锦旗？"

还是别了吧。

明恕却摇摇头："不送锦旗。"

萧遇安有些意外："那送什么？"

"哥哥，你以后当警察，那我也是要当警察的。"明恕认真道，"我会比萧锦程还勇敢，所以我会拥有很多很多荣誉。"

萧遇安直视他那双澄澈的双眼，一瞬间明白了他想说什么。

"我要把我所有的荣誉都送给你。"明恕的眼神赤诚而纯粹，"我要做最好的弟弟，哥，你会为我骄傲。"

萧遇安静默片刻，微笑道："好，我等着。"

一转眼，在海边的日子就要结束了。萧锦程已经出院，但大家时刻警惕他的手，还拿他当病号。

外婆准备了很多特产，吃的用的都有，按照每人的喜好各有不同，两个小的最多。明恕的行李箱放不下，就去跟萧遇安卖乖，不少都放在萧遇安的箱子里。

萧锦程有了上次放鞋的教训，也不去萧牧庭那儿自讨没趣了，酸不拉几地对明恕说："萧牧庭不会帮我的，要不你帮我塞几样？"

话音刚落，萧牧庭就走过来，把萧锦程放不下的东西全部装进自己的箱子里。

萧锦程看得愣住了，半天才夸张地喊道："太阳打西边出来了！我的亲哥居然伟大了！"

萧牧庭："……"

就不该让这玩意儿说话！

上车之前，舅舅又给五人拍了一张照。明恕举着贝壳枪，比戴哥哥的墨镜还神气。

海边的旅程结束了，可少年们的意气已像海浪一样奔向远方。

番外二
过生日

入秋之后，队里难得地有了几个能够按时下班的清闲日子。下午快到点儿时，易卓已经将办公桌收拾了百八十遍，待秒针指到正上方，站起来就跑。

萧遇安在他后面走出办公室，虽然看上去挺悠闲，但同事们都知道，萧队如果不是惦记着什么事，是不会掐着点下班的。

易卓溜得再快，电梯不给面子，也得等着。萧遇安走到电梯边时，他正着急地按着下行键。见萧遇安过来了，他抱怨道："这电梯就跟公交车似的，你不急时它从你跟前嗖嗖过，你着急时怎么等都等不来！"

萧遇安笑道："下班时间，层层都停。你有急事？"

"嗐——"易卓脸上立即露出烦躁并得意的神情。

这神情萧遇安和全队的人都太熟悉了——易猫奴一准儿要说他家的猫了。

果然，易卓道："我女朋友终于要把猫还给我了！"

前阵子队上搞高原拉练，除了有任务的小组，其他人全被扔到西部去了。易卓无法拜托队友去家里喂猫，好在春节时他交了个女朋友，不至于轰轰烈烈，贵在能够相互理解，已经到了谈婚论嫁的地步。易卓就把家里几只猫交给女朋友照顾。

女朋友原本对猫不怎么感兴趣，结果帮易卓养了一个月，天天被猫咪们喵喵得心都快化了。易卓回来了，她也不愿意把猫还给易卓。

易卓好说歹说，她才答应周末让易卓养两天，周日晚上还要接回去。

易卓喜滋滋地说："又要哄女朋友，又要养猫，我们男人真是太不容易了！"

萧遇安："……"

电梯到了，易卓说完自己，终于意识到萧遇安今儿走得也有点早："你又没猫，这么早下班？"

萧遇安呛他："没猫就不能准时下班？"

易卓自己想起来了："噢，对，你以前和你弟养过一只土猫。那猫呢？"

土猫的事越描越黑，萧遇安敷衍道："我弟带走了。"

易卓说："该，我是猫我也亲你弟，不亲你。"

到了停车场，易卓拉开车门炫耀："看，全是给我的猫们准备的。"

萧遇安瞥了眼，满后座的猫窝、猫粮，还有他叫不上名儿的玩具。

易卓扬手："走了啊，接猫去喽！"

萧遇安来到自己车上，下意识往后座看了看，勾起嘴角。

他的后座和易卓的后座也没什么两样，被购物袋挤满，都是他午休时去超市紧急采购来的食物。

明恕在冬邺市正式成为一名刑警已经有一年多了，工作极其繁忙，连春节都没休息。他抽空去看过明恕几次，小孩儿在没有他的地方经历挫折、迅速成长。去年明恕领到第一份工资，就说要来首都给他买礼物，可实在抽不出时间。今天上午明恕突然打来电话，说这周末有假，已经买了机票，要来给他过生日。

他的生日就是这周六。

明恕的声音听上去朝气蓬勃，隔着电波也不减分毫："哥，去年就没能给你过生日，今年补上。你想好要什么礼物啊，我给你买！"

能要你什么礼物。萧遇安又在后视镜里看了眼后座，好笑地想：讨债的来了。

明恕是下午到的，他一直有钥匙，进屋将行李一扔，第一件事就是冲进浴室洗澡。

辛苦的工作非但没有将他学生时代的臭美和包袱磨掉，还让他变本加厉。别说来见哥了，就是在冬邺时，偶尔休息一天，他也一定会做好发型，换上潮牌新款，整得光鲜亮丽去商场溜达。

萧遇安一打开门，就看见地上打开的行李箱，以及扔到地上的衣服，卫生间传来吹风的声音，夹杂着明恕哼的歌。

“土猫”真的很惬意啊。

吹风声音太大，明恕没听见门口的动静，直到萧遇安来到卫生间，他才知道哥回来了。

吹风嗡鸣声和歌声戛然而止，明恕喊道：“哥！”

两人有几个月没见面了，萧遇安觉得明恕变化不小。

明恕已经度过了从少年到成年的生长期，此时的变化更多是气质上的转变。眉宇间的青涩隐隐变为成熟，年轻人的冲劲和骨干刑警的坚毅、理智在那双清澈的眸子里闪光。

明恕眨眼：“哥，你看什么呢？”

萧遇安笑道：“我们明哥现在越来越有气场了。”

明恕挨了夸，当然高兴：“真的？怎么看出来的？”

萧遇安在他脸上看到了明晃晃的“请继续夸我”：“一来就拆家，头发每一根都要吹好，行李就不管了是吧？”

明恕假装没听见：“哥，我们今晚出去吃？我请你。”

萧遇安最了解明恕的拆家属性了，在外面有多男神，在家就有多不讲究，一边帮他把扔出来的衣服收拾好，一边说：“买了你喜欢的菜，今晚在家吃，明天再出去。”

明恕立即跑进厨房，将装菜的口袋扒拉得哗哗直响，然后抓着门框，露出一张兴高采烈却假装矜持的脸：“那多不好意思啊，我这不是来给你过生日的吗？怎么能劳烦你给我做呢？”

萧遇安从行李中抬头：“谁说我做了？材料都买好了，你做。”

明恕没想到还能这样，当即愣住：“啊？”

“啊什么？你也是个大人了，自己生活了一年多，炒菜做饭都不会？”

“我……我都吃食堂！”

萧遇安继续逗他：“那就学学，网上教程那么多。我过生日，还得做饭给你吃？”

明恕没一会儿就明白他哥在逗他，厚着脸皮蹲在行李边："哥，我大老远跑来，你菜都买好了，就顺手给我做了呗。"

明恕现在都一米八五的大高个儿了，这么蹲着耍赖，萧遇安就老觉得他还是那个在树上下不来的小孩儿，可怜巴巴地看着你，没人疼，孤独的时候只会嘟囔，谁还忍心拒绝他的请求。

萧遇安说："去帮我把煲汤的罐子洗了。"

明恕得逞："好叻！"

忙到七点多，菜陆续上桌，干烧鱼、板栗炖鸡、粉蒸排骨、炒花甲。明恕为了证明自己不是什么都不会，贡献了一钵白水煮青菜——蘸料是萧遇安调的。

明恕早就饿了，筷子动起来就没停过。萧遇安看着他，心中涌起一股热意。明恕上大学的这四年，除开去冬邺实习的大半年，几乎每个周末都会回到这里。他忙归忙，但做一顿大餐，然后两个人一起消灭掉，其实是一种心灵上的减负。

明恕工作后，他就懒得做了，食物和情感一样，能够分享才是美好的。

现在明恕又回来了，说起来像是明恕这艘漂泊的船回到了港湾，实际上他这个港湾也在等待着远行的船靠岸。

食物一扫而空，明恕麻利地洗碗："哥，你是不是背着我偷练厨艺了？比以前还好吃。"

萧遇安靠在门框边："我哪儿有时间。"

"那怎么更好吃了？"

"馋猫饿着了，吃什么都好吃。"

明恕直乐："那哥，你想好礼物没？我这都攒一年的钱了。"

萧遇安说："都给花了，那你怎么生活？"

明恕说："生活费我肯定单独留出来了啊。而且我忙死了，三顿都在食堂吃，想花钱都没空。"

萧遇安心说：我还不知道你？买起衣服来，花钱就像泼出去的水。

但萧遇安没拆穿他："行，明天去逛逛，我看上什么，你送我什么。"

明恕大气极了："卡在这儿，随便刷！"

次日是个晴天，暑气已经退去，秋天的萧索还没袭来，是最适合逛街的天气。

萧遇安即便是休息日也起得很早，想到明恕在，就起得更早了一点，准备给明恕做“儿童早餐”。

“儿童早餐”是很多年前，萧遇安给明恕的一个承诺。

小孩子每年最盼望的除了生日，就是儿童节了，学校给过，家里也给过。但明家没有给明恕过过儿童节，明恕自己不说，眼里却难掩对同学们的羡慕。

萧遇安看出来了。

从那以后，直到明恕被明豪锋和温玥带走，萧遇安都会在儿童节时给明恕做“儿童早餐”。金黄的蛋皮裹着杂粮饭，周围围着一圈糯米肉团子、蔬菜、切成两半的鸡蛋。

中间有几年萧遇安在首都，做不了。后来明恕也来了首都，虽然早就不是儿童了，但这个承诺莫名其妙又续上了。

今年儿童节明恕在冬邺，萧遇安打算给他补上“儿童早餐”。

哪知道明恕起来得比他还早，已经打扮得马上就可以去当模特了。

“哥，早啊！”

萧遇安看着这臭美的家伙：“男神是不是不该再吃‘儿童早餐’了？”

明恕不干：“要吃！”

十点多时，两人出门了。本来还能更早点，但明恕钻进衣柜里，把萧遇安的私服都翻了出来，一挑就是一个钟头。

“你差不多行了。”萧遇安催促他。

“哥，我得给你买一件风衣。”明恕说，“你这么高，就适合穿风衣。”

萧遇安有风衣，只是明恕觉得那是沉稳挂的，不够拉风。

到了商场，明恕果断挑起风衣。萧遇安被他塞了满怀的衣服拿去试衣间换，这种感觉着实奇妙。

他也是衣品不错的人，但不像明恕这样热衷于买新款。通常是他陪明恕选衣服，明恕把他推进试衣间的次数不多。

明恕很有耐心，一家一家看，一件一件换。他哥的身材是真好，气质更是拿捏得死死的，任何款式风衣一上身，即使普通的也衬得不凡。

这就让明恕不好选了。

不过明恕也没怎么苦恼，他都攒一年的钱了，还不能多买几件？

但他的大手还没挥出去，就被萧遇安给拦住了。

“就这件。”

萧遇安看中的那件明恕也很满意，但明恕满意的不止那件啊：“前面试的那几件我也想买。哥，都买了吧，钱够。”

萧遇安笑：“是你穿还是我穿？”

“当然是你穿。”

“那我说了算，就这件。”

提着购物袋从店里出来，明恕还惦记着旁边店里的那件，下意识就往那边拐，被萧遇安勾住后领，拎了回来。

“我还是想买。”明恕不肯放弃，“哥，你不能拒绝生日礼物。”

萧遇安说：“我可以拒绝不合理的生日礼物。”

明恕鼓了下腮帮子：“但我没买够啊。”

萧遇安下巴朝对面一扬：“那就继续买。”

对面那家店是明恕特别喜欢的牌子，没毕业之前，明恕经常去逛。

明恕会错了意：“那不是你的风格。”

萧遇安直接带路：“去看看。”

明恕原本打算今天一天都给萧遇安选礼物，但进了最喜欢的店，忍了又忍，终于忍不住了：“哥，那我试试啊。”

萧遇安带他来，打的就是这个主意：“嗯，试吧。”

明恕就跟进了游乐场的小孩儿似的，开心都写在脸上，最后选了两件外套、一条裤子、一件T恤，要付钱时萧遇安却把卡递了过去。

明恕赶紧说：“哥，我自己买！”

萧遇安道：“你那卡里的钱不是攒着给我买生日礼物？”

明恕哑口无言。

萧遇安笑：“原来是攒着给你自己买衣服啊？”

明恕急了：“不是！”

“那你这就花了？”

“我……我不买了。”

柜姐一头问号。

萧遇安示意柜姐刷卡，又对明恕说：“买还是要买，但不能花给我买礼物的钱。”

明恕说：“那不就是花你的钱了？”

萧遇安说：“只要不花我的礼物钱就行。”

明恕还想说什么，萧遇安转移他的注意力：“你订的哪家餐厅？”

明恕一看时间：“就在楼上，哥，我们现在过去。”

商场和酒店里的餐厅，吃的就是一个环境。明恕订的位置在窗边，视野很开阔，周围也不吵闹。

菜很精致，小碟小碟的，吃到后来，服务生将蛋糕送上来了。

那蛋糕没有蛋糕底，全是冰激凌，盒子里塞满了冰袋，拿出来时还冒着冷气。

明恕忙着插蜡烛，萧遇安拿起手机给他拍视频。

明恕看镜头：“哥，你干吗拍我啊，给你过生日，你该拍自己。”

萧遇安没采纳他的意见，继续拍。

明恕这会儿又没有多余的手拿手机，只能由着萧遇安拍。冰激凌很硬，蜡烛插着费力。

他好不容易弄好了，赶紧拿起手机：“哥，你快许愿，许完了吹蜡烛，我给你拍！”

萧遇安许愿吹蜡烛一气呵成，快得就跟没许愿似的。明恕差点没拍下来：“哥，你这就吹了？”

萧遇安隔着镜头看他：“不然呢？”

明恕说：“我还没跟你说生日快乐！你这演员，怎么不听导演的？”

萧遇安笑得很温柔：“听导演的，导演现在可以说生日快乐了。”

明恕安静地在屏幕里和萧遇安对视了一会儿，脑海里毫无征兆地闪过许多儿时的画面——哥给他过生日，送他礼物，带他去野炊，他受了委屈时哥永远站在他身边。

现在他长大了，他也有能力给哥过生日，保护哥了。

满足感充盈胸膛，明恕用力深呼吸，眼睛里闪烁着锋芒，语气不知不觉间有了成熟男子的稳重：“哥，生日快乐。”

萧遇安微笑点头："谢谢。"

明恕还舍不得关掉视频，右手摸索了半天，把刀递过去："哥，快切蛋糕。"

萧遇安接过："这就不用拍了吧？"

"要的要的。"明恕指挥，"刚还说听导演的，导演没喊'卡'，演员不能擅自结束。"

萧遇安由着镜头越来越近，一刀下去，蛋糕竟然只开了一道小口。

明恕看笑了："哥，使劲儿啊！"

萧遇安说："这蛋糕怎么这么硬？"

"纯冰激凌蛋糕啊这是，没化，当然硬了。"明恕从座位上起来，绕着萧遇安拍，"哥，你没吃过这种蛋糕啊？"

萧遇安还真没吃过："所以你这直接买了块大雪糕？"

明恕说："等会儿吃不完装桶里带回去，冻好了我挖着吃。"

"你小时候就爱挖着吃。"萧遇安这回使了劲，终于切下了一块。以前到了夏天，家里就少不了雪糕。那年头雪糕种类没现在多，妈妈买来一箱桶装冰激凌，他和萧牧庭、萧谨澜没吃，全让萧锦程和明恕分了。俩小的盘腿坐在沙发上，一人抱一桶，跟挨了饿的小乞丐似的，吃几口还去挖人家的。

明恕说："哥，你吃一口。"

萧遇安把手里的递给明恕："你吃。"

"我吃就不能拍了。"明恕说，"你快吃，导演要喊'卡'了。"

萧遇安再切一块，舀了一勺往嘴里送。

明恕满意地配词："我哥的生日宴进行到尾声，他第一次吃到纯的冰激凌蛋糕。看把他给高兴的！"

萧遇安："……"

说得怎么跟土老哥第一次进城似的？

明恕说："哥，发表一下感言？"

萧遇安看向镜头："谢谢明哥带我长见识。"

明恕已经笑抽了："哥，你不要这么一本正经。"

萧遇安这次直视明恕，声音还是温温的，脸上带着年长者的笑意："那我怎么说？"

“就说……”明恕想了想，“就说明年也要和明恕一起过生日。”

“好。”萧遇安转回镜头，对准屏幕，他的笑容里多了一种纵容，或者说包容的滤镜，“期待下一年明哥陪我过生日。”

明恕又不满足了：“还有后年，大后年！”

萧遇安说：“今后的生日，尽可能都和明哥一起过。”

蛋糕还剩下三分之二，明恕请服务生放到冰箱里，一边吃剩下的菜，一边把视频丢到“一代霸王萧锦程”群里。

这群里有五人，萧家四姐弟加上明恕。起初不叫这名儿，后来改来改去谁都被挂上去过，萧锦程次数最多，干脆改成了霸王。

最快回复的也是萧锦程：“小崽子你去给萧遇安过生日了？你居然有假？”

明恕：“就两天，我明天回冬邺。”

萧锦程：“我生日你怎么不来看我，不送我蛋糕？”

明恕：“我还送我哥风衣呢！”

萧锦程：“没良心的小崽子！@萧牧庭@萧谨澜，你们萧遇安弟弟生日，出来发红包了！”

萧牧庭：“已经发了。”

萧谨澜：“已经发了。”

萧遇安：“该你了，萧锦程弟弟。”

萧锦程：“你一个哥哥，你好意思吗？”

群里一片闹腾，萧锦程逼着明恕也给他过生日，礼物清单列了一大串。

萧遇安说：“买不起了，他的钱已经在我过生日时花光了。”

萧锦程：“你！”

明恕笑得歪倒在座位上：“@萧锦程，虽然买不起特别贵的礼物了，但普通礼物我还是可以负担的。”

萧锦程：“可以，礼轻情意重，这个表、这双鞋，还有这个……它们都是普通礼物。你选一个。”

明恕：“其实我已经想好了。你记不记得你小时候特别想要一个溜溜球？但是哥把两个都给我了。”

萧锦程打出十排省略号。

明恕：“我送你溜溜球，小时候的愿望，长大了总会实现的。”

萧锦程已退出群聊。

一分钟后，萧锦程又回来了：“你们俩给我记着！”

萧牧庭将群改名为“萧锦程的溜溜球”。

萧锦程发出灵魂感叹：“我们为什么就不能做相亲相爱的一家人呢？”

午餐之后，明恕还惦记着没花完的钱，又怂恿萧遇安进男装店。萧遇安起初顺着他的意，试了几件，但说不合适，再看看，然后顺其自然将他带到了他喜欢的店。

最后又变成明恕试衣服，萧遇安等着的常规操作。

在咖啡馆清点“战果”时，明恕有点恼火：“说好我送你礼物的，怎么这全是我的？”

萧遇安笑：“是啊，怎么全是你的？”

“哥！”明恕十分羞愧，“我怎么老花你的钱，你也不阻拦一下。”

不仅不阻拦，还惯着。

萧遇安说：“我也想知道，我们家怎么有你这么个讨债鬼。”

明恕用冰咖啡挡住脸：“我真是个讨债鬼啊？”

萧遇安逗他：“那不然呢？都给我花穷了。”

话是这么说，但明恕看得出来，他来这一趟，他哥特别高兴。

已是夕阳西下，金光照在咖啡馆的露台上，光华璀璨。

明恕将椅子挪到萧遇安旁边，拿出手机：“哥，我们今天还没拍合照。”

“拍吧。”萧遇安朝明恕那边偏了偏，很配合地一起看镜头。

画面定格时，一寸流光正从他们肩上滑过。

冬邺市局周日下午要开会，明恕一早就得去赶飞机。短暂的假期一晃就结束了，回家后明恕舍不得，行李都不肯整理。萧遇安也不说他，自己帮他收拾。

新买的衣服要带回去，爱吃的零食也要带回去。全部整理好之后，明恕一看，抱着头说：“天哪！哥，我这是干吗来了？”

萧遇安说：“跟打劫差不多。”

明恕意思意思拿出一件衣服：“要不这件就放你这儿，我下回来就不带衣服了。”

“拿走。”萧遇安说，“放我这儿我还得给你腾柜子。”

明恕：“行吧。”

周日上午，萧遇安开车送明恕去机场。这两天后座就没空过，全放着明恕的东西。

明恕和周五来时一样，穿的是牛仔裤和机车夹克，戴副墨镜，还扣了顶帽子，特别酷。

在机场，萧遇安给他扯了下衣领：“不像个刑警。”

明恕微扬下巴：“回去就像了，我工作时又不这么穿。”

年轻刑警眼中的英气格外动人，萧遇安点头。他当然清楚明恕工作时是什么样子，明恕从小就把“我会和你一样”挂在嘴边，他肩负的责任，他怀揣的热忱与信仰，明恕都有。

明恕能够做，并且已经是令他骄傲的刑警了。

即便如此，作为兄长，他还是忍不住在离别时叮嘱：“注意安全，任何时候都要记得依靠同伴，要果断，但不能冲动。”

明恕站得笔挺，这样的打扮也掩盖不住一身正气：“明白！”

送走明恕，萧遇安回家休息了一会儿，突然接到任务，迅速归队。在队里遇到易卓，易卓身上还沾着猫毛，沉痛地道：“猫又被女朋友抱走了，气人啊！”

队友们起哄：“不就是有女朋友了吗？至于炫耀半年？”

萧遇安笑了笑，整队，气氛顿时肃然。

一辆直升机降落，身着黑色作战服的队员们快速上机。旋翼转动，载着卫士们飞向不为人知的黑暗。

另一边，冬邺市。

从机场到住处堵车，明恕干脆拖着行李箱直接赶到市局。去刑侦支队之前，他先去陆雁舟他们特警支队换衣服。

陆雁舟看他这大包小包的，顿时好奇：“你去哪儿了？”

明恕说：“给我哥过生日。”

陆雁舟：“确定不是你哥给你过生日？”

明恕：“这是什么愚蠢问题？”

陆雁舟："你哥过生日，你买这么多新衣服？"
明恕："呃……"
陆雁舟挠头："所以这到底是谁给谁过生日啊？"
"你管得宽。"明恕换好衣服，潇洒离去。
陆雁舟在后面喊："哎，你等等，今晚一起喝酒？"
明恕扬扬手，头都没回："不喝，你明哥心怀工作，破案去了。"